Sven Stricker wurde 1970 in Tönning, Nordfriesland, geboren. Er studierte Komparatistik, Anglistik und Neuere Geschichte. Seit 2001 arbeitet er als freier Wortregisseur, Bearbeiter und Autor und gewann mehrmals den Deutschen Hörbuchpreis, u. a. 2009 für seine Hörspielbearbeitung und Regie des Romans «Herr Lehmann» von Sven Regener. Er lebt in Potsdam und hat eine Tochter.

Die Presse über seinen ersten Roman, «Schlecht aufgelegt»:

«Wunderbare Unterhaltung. Komisch, irrsinnig und nachdenklich zugleich.» (Florian Lukas)

«Ein klasse Debüt mit viel Hauptstadtflair und zwei sympathischen Typen, die lernen, Menschen zu mögen.» (Grazia)

«Ein toller Erstling! Witzig, spannend und fein beobachtet.» (NDR)

«Immer unterhaltsam und als Strandlektüre fast unschlagbar.» (Stern)

Sven Stricker

Sörensen hat Angst

Kriminalroman

Rowohlt Taschenbuch Verlag

8. Auflage März 2022
Originalausgabe
Veröffentlicht im Rowohlt Taschenbuch Verlag,
Reinbek bei Hamburg, Januar 2016

Redaktion Tobias Schumacher-Hernández
Umschlaggestaltung any.way, Barbara Hanke/Cordula Schmidt
Umschlagabbildung Michael Ihle
Satz aus der Minion Postscript
bei CPI books GmbH, Leck
Druck und Bindung GGP Media GmbH, Pößneck, Germany
ISBN 978-3-499-27118-2

Die Rowohlt Verlage haben sich zu einer nachhaltigen Buchproduktion verpflichtet. Gemeinsam mit unseren Partnern und Lieferanten setzen wir uns für eine klimaneutrale Buchproduktion ein, die den Erwerb von Klimazertifikaten zur Kompensation des CO_2-Ausstoßes einschließt.
www.klimaneutralerverlag.de

FSC www.fsc.org
MIX
Papier aus verantwortungsvollen Quellen
FSC® C014496

Für Juli

«Er beschloss, sein Leben zu ändern, die Morgenstunden auszunutzen. Er stand um sechs Uhr auf, nahm eine Dusche, rasierte sich, kleidete sich an, genoss das Frühstück, rauchte ein paar Zigaretten, setzte sich an den Arbeitstisch und erwachte am Mittag.»

Ennio Flaiano

Prolog

Das war aber auch ein verfluchtes, verdammtes Scheißwetter. Heiner Hinrichs trommelte genervt mit den Daumen auf das mit beiden Händen fest umklammerte Lenkrad. Seit Tagen, nein Wochen regnete es in Katenbüll aus vollen Kübeln. Die einstmals tröstend milde Septembersonne hatte sich dieses Jahr überhaupt noch nicht blicken lassen. Dafür peitschte der Wind mit höhnischem Geheule die Blätter von den Bäumen, das Meer befand sich in gespenstischem Aufruhr, der Koog war beinahe unzugänglich und ein einziger Morast.

Das war schlecht für die Stimmung, und es war schlecht fürs Geschäft. Und bald würde der Herbst das trübe Werk des Spätsommers vollenden und auch die letzten Touristen vergraulen. Hinrichs' gerade mal acht Wochen alter Jeep sah aus wie nach einer mehrmonatigen Rallye durch Sumpfgebiet. Wieso gab es hier auch überall so viel Lehm? So viele unbefestigte Wege? Sie lebten doch nicht mehr im neunzehnten Jahrhundert, verdammt noch mal. Das musste sich ändern, dafür würde er sorgen. Wozu war er schließlich Bürgermeister? Und wenn er jeden einzelnen seiner Wähler zum Steineklopfen schickte – am Ende würde der Asphalt glänzen, überall und vor allem dort, wo er unterwegs war. Im Sinne der Kinder und so weiter, irgendein Mist würde ihm da schon einfallen.

Der Oldie-Sender spielte *Hotel California* von den Eagles, der Scheibenwischer arbeitete in Höchstgeschwindigkeit gegen die grotesken Wassermassen an. Hinrichs seufzte. Oldie-Sender. Jetzt hörte er schon den Oldie-Sender. Genau den Kanal, den er noch vor ein paar Jahren gemieden hatte wie eine offene Bürgerversammlung. Der ihm so gestrig vorgekommen war, so verstaubt, so perspektivlos.

Den nur hörte, wer die Vergangenheit der Gegenwart vorzog. Und jetzt? Jetzt war er einer von denen. Aber nur weil die anderen Radiostationen so ein unerträgliches Gejaule sendeten. Konnte er ja nichts für.

In der Dunkelheit wirkten die wenigen Lichter, die ihm begegneten, verschwommen, flackernd, schwer zu orten. Er kniff die Augen zusammen und beugte sich wie ein Fahranfänger vor, ganz nah an die Scheibe. «Verdammte Scheiße», fluchte er nicht zum ersten Mal. «On a dark desert highway», sang er dann bitter vor sich hin, «cool wind in my hair.» Jetzt nicht die Auffahrt verpassen. Sein Handy klingelte. Er fingerte danach. «Verdammte Scheiße», wiederholte er. Den Anrufer kannte er. Natürlich kannte er ihn.

«Was ist denn jetzt noch?», fragte er und legte die linke Hand mittig aufs Lenkrad. Ab und zu scherte sein Wagen aus oder wurde kurz langsamer, wenn er durch eine der zahlreichen Wasserlachen schlitterte.

«Ich glaube, da kommt ein Problem auf uns zu», sagte die Stimme am anderen Ende der Leitung, die ungewohnt hektisch war.

«Was denn für ein Problem?», ächzte Hinrichs und riss das Lenkrad nach rechts. Da war sie, seine Auffahrt. Das sah aber auch alles gleich aus hier. Vor allem bei einer Sicht unter zehn Metern.

«Einer will reden», sagte die Stimme.

«Woher weißt du das?»

«Ich weiß es halt.»

«Dann hau mehr Kohle raus», befahl Hinrichs und würgte sein Auto direkt in der Einfahrt ab. Das Wohnhaus war dunkel. Der Junge lag natürlich längst im Bett, und seine Frau hatte sich wahrscheinlich bereits anderweitig die Lichter ausgeknipst. Wie üblich. «Oder droh ihm. Irgendwie hat das doch bisher immer geklappt.»

«Wir müssen aufhören», sagte die Stimme. «Es ist vorbei.»

Hinrichs öffnete die Fahrertür. Es war, als erfasste ihn die Sintflut. «Wann es vorbei ist, bestimme ich!», brüllte er, sprang kraftvoll in den Schlamm, versaute sich die Halbschuhe, die in Husum glücklicherweise nur fünfzig Euro gekostet hatten, und wuchtete seinen massigen Körper mit großen Schritten und auf Zehenspitzen wie ein übergewichtiger Balletttänzer unter den schützenden Vorbau des Pferdestalls. Er liebte den Geruch von nassem Heu, er liebte es, die Pferde atmen zu hören, ihr Scharren, ihre Trägheit, wenn sie sich wohl fühlten. Wenn es nicht so zugig wäre, würde er lieber hier als bei seiner Frau schlafen. «Alles Glück dieser Erde …», brummte er.

«Was?», fragte sein Anrufer.

«Nix.» Hinrichs hörte Bonnie schnauben, aus der hintersten Box links. Ausgerechnet Bonnie, die doch eigentlich nichts erschüttern konnte. Schon gar nicht Regen. Aber Bonnie war nervös. Dafür hatte Hinrichs einen Sinn.

«Ich meld mich wieder», sagte er und legte auf. Der Regen prasselte dumpf auf das Blechdach, das Heu dampfte. Bonnie scharrte mit den Hufen und krachte mit dem Hinterteil gegen das Gitter, als wollte sie ausbrechen. Hinrichs tastete sich in die Stallungen hinein und betätigte den Lichtschalter. Nichts passierte. «Verdammte Scheiße», fluchte er zum dritten Mal. Er glaubte eine Bewegung vor Bonnies Box wahrzunehmen, aber es war zu dunkel, um Genaueres erkennen zu können. Auch die anderen Pferde wurden nun unruhig, spürten die Spannung, die in Hinrichs' Glieder kroch wie Schüttelfrost. «Ist da jemand?», rief er und ging breitbeinig auf die Box seines Lieblingspferdes zu. Er kam sich vor wie ein Cowboy. Oder ein Farmer. Er verspürte zwar ein wenig Angst, aber das hier war seine Ranch, und niemand würde es wagen, ihm diesen Ort streitig zu machen.

Lächerlich, dachte er dann. Was für ein lächerlicher Gedanke. Farmer. Cowboy. Ranch. Streitig machen. Ein Schatten bewegte sich, schien in einer Entfernung von etwa fünf Metern von links nach rechts durch das diffuse Bild zu gleiten. Er drehte sich um und suchte nach irgendeiner Waffe, einer Heugabel oder Ähnlichem. In diesem Moment krachte ein Schuss. Sein linkes Bein wurde weggerissen, er sackte auf die Knie. Es tat gar nicht so weh, wie er sich das immer vorgestellt hatte. So ein Einschuss hatte vor allen Dingen Wucht – und dann kam der Schock und unterband den Schmerz.

Hinrichs zitterte, merkte, wie sein Kreislauf schwächer wurde, wie das Blut austrat, wie sein Bein mit dem restlichen Körper nicht mehr verbunden schien. Auf Knien drehte er sich erneut um und sah dem Schützen direkt ins Gesicht. «Du?», fragte er fassungslos. Und grinste. Begriff, dass es ernst war, und ließ das Grinsen fallen. Zwei weitere Kugeln drangen in ihn ein. Den ersten Knall hörte er noch und dachte *Ach?* – dann gingen die Lichter langsam aus, wie durch einen Dimmer, in derselben Geschwindigkeit, wie der Boden sich näherte. Der Regen setzte zu einem letzten Trommelwirbel an, und noch bevor sein Kopf auf Stein aufschlug, war es in ihm endgültig dunkel geworden.

Erster Tag

Jeder flieht vor irgendwas

Sörensen stand im Stau, betrachtete seine feuchten Handflächen und ärgerte sich über sich selbst. Da hätte man nämlich drauf kommen können. Man hätte darauf kommen können, dass so ein früher Montagmorgen in der Mitte des Monats September vielleicht nicht der ideale Zeitpunkt für eine Fahrt an die Nordsee war. Ein gewöhnlicher Montagmorgen, kein Ferienmontagmorgen, auch kein Feiertagsmontagmorgen, einfach ein typischer, hemdsärmeliger Wochenanfang, an dem die allermeisten Arbeitnehmer das taten, was normale Arbeitnehmer an einem x-beliebigen Montagmorgen eben so taten: Sie setzten sich in Bewegung. Kreuz und quer, wie die Insassen eines ruckartig umgekippten Ameisenhaufens, aus allen Stadtteilen und Vororten nach Hamburg hinein oder aus Hamburg hinaus.

Man hätte also darauf kommen können, dass die Fahrt am Tag zuvor, einem ganz gewöhnlichen Sonntag, egal zu welcher Uhrzeit, wesentlich entspannter, nervenschonender und zeitsparender gewesen wäre. Sörensen fuhr sich mit der Hand durch das stetig schwindende Haupthaar und seufzte. Denn er war natürlich nicht darauf gekommen. Der HSV hatte noch das Sonntagabendspiel bestritten, und als das endlich vorbei und selbstverständlich verloren gegangen war, hatte die Uhr schon wieder halb acht gezeigt, und er hing ja nicht nur wie ein nasser Sack in seinem Fernsehsessel, sondern auch so sehr an Hamburg. Also hatte er es einfach nicht mehr aus der Tiefe seines Sitzmöbels auf die Gerade der A 23 geschafft.

Er nahm für einen Moment den Fuß von der Bremse, rollte zentimeterweise vorwärts und rieb sich die Augen. Er war um fünf Uhr aufgestanden, mit dem üblichen Druck auf der Brust, hatte um halb sechs das Gepäck in den alten Passat gewuchtet, sich um zehn vor sechs verschwitzt selbst hineingequält und war mit unscharfer Sicht und Augenringen bis in den Fußraum am Flughafen vorbei in Richtung A 7 aufgebrochen. Von dort hatte ihn der Weg auf die A 23 geführt, auf der er nun schon seit einer Viertelstunde kurz vor Halstenbek-Krupunder stand. Halstenbek-Krupunder!

Sörensen seufzte, sah die Zeit verrinnen, verspürte Hunger, Durst und eine sehr geringe Frustrationstoleranz. Laut Navi waren es noch zwei Stunden bis Katenbüll, es war sechs Uhr fünfzig, das würde eventuell und bei Vermeidung weiterer Kalamitäten gerade so hinhauen – allerdings sollte dann auch langsam mal Bewegung in die Sache kommen.

Kurz bevor sein Unmut autoaggressive Züge annehmen konnte, versuchte er die andere Seite zu betrachten, wie man es ihm geraten hatte. Vielleicht hatte es einen Unfall gegeben, dachte er. Das war bestimmt kein menschliches Versagen hier, sondern ein Unfall. Genau. Ein Unfall. Stand ja niemand freiwillig dumm in der Gegend herum. Schlimm war das. So ein Unfall. Viel schlimmer, als einfach nur sinnlos herumzustehen und sich selbst auf die Nerven zu gehen. Irgendjemandem da vorne ging es jetzt wahrscheinlich richtig schlecht. Vielleicht sogar mit Blut, Schweiß und Tränen und eingedrückter Windschutzscheibe. Da wollte er mal besser nichts gedacht haben. Und übte sich in Gleichmut, während seine Finger sich ins Lenkrad krallten. Es ging aber auch wirklich überhaupt nicht vorwärts, hier mal ein Meter, da mal ein Meter. Da konnte man nicht von Fortschritten reden. Sörensen bemerkte die Parallele zu seinem Leben und hob einen weiteren Keller für seine eh schon im Souterrain befindliche Laune aus.

Er betrachtete sich im Rückspiegel. Traurige, leicht gerötete blaue Augen, denen man die schlechte Zeit ansah, verstrubbelter, dunkelblonder Seitenscheitel, rundliches, jungenhaftes Gesicht, die Rasur vom gestrigen Abend war bestenfalls mittelgut gelungen. Hätte er doch besser mal das Licht angemacht im Bad. Sörensen blickte an sich herunter, wie um sich zu vergewissern, dass da trotzdem noch was zu retten war: Er trug Jeans und ein Sakko, das notdürftig ein altes, schwarzes T-Shirt mit V-Ausschnitt kaschierte, welches er immerhin gebügelt hatte. Der Bauch spannte im Sitzen etwas, dank seiner breiten Schultern wirkte das aber eher männlich als schlaff. Zum Anlehnen, hatte Nele immer gesagt. Dennoch, Sport tat Not. Langfristig gesehen. Er lächelte sich im Rückspiegel an: Wenn er grinste, erkannte er sich wieder. Und fand sich nicht komplett unsympathisch. Ach, Nele. Ach, Lotta.

Er zog ein Foto aus der Innentasche seines Sakkos, das er am letzten Heiligabend gemacht hatte. Nele, Lotta und er, lachend vor dem Weihnachtsbaum. Nele, die ihn mit gespieltem Teufelsblick umarmte, ausgelassen, fröhlich, und zwischen ihnen Lotta, die ihr quietschbuntes und ausgesprochen hässliches Filly-Pferd voller Stolz in die Kamera hielt wie den wertvollsten Schatz der Welt. Ein unschuldiger Moment. Zumindest für ihn. Zwei Tage später, zwischen den Jahren, hatte Nele ihn mit Lotta verlassen. Sie hatte nicht einmal bis Silvester warten können. Alles war zusammengebrochen. Das System Sörensen war implodiert, Familie auf einen Schlag nur noch eine Konstruktion der anderen und er ausgespuckt in eine Welt, die nicht länger die seine war. Hoffentlich ging das bald mal vorwärts hier.

Sein rechter Fuß begann zu schmerzen. Stop and go war nichts mehr für ihn. Seit dem Bänderriss vor zwei Jahren, der seine nie so recht erblühte Fußballkarriere in der dritten Alte-Herren-Mannschaft des SV Barmbek auf abrupte Weise beendet hatte, konnte er mit dem Gaspedal auch nicht mehr besser umgehen als mit dem Ball. Das Band mochte einfach nicht mehr gedehnt werden. Wenn er längere Zeit saß, humpelte er nach dem Aufstehen jeweils ein paar Meter, bis sich der Fuß wieder an die Belastung gewöhnt hatte.

Er steckte das Foto wieder in seine Innentasche, verzog das Gesicht und lenkte die Gedanken von Nele und Lotta zu Buttermann, seinem Nachbarn, der außer mit einem dämlichen Nachnamen mit erstaunlicher Schlichtheit ausgestattet war, besonders wenn es um die komplizierten Dinge des Lebens ging – also um alle. Buttermann war kahl und sehr klein, und das war ein Glück für ihn, denn er bewirtschaftete eine Art Mäuse-Kiosk direkt vor der Tür des Mehrfamilienhauses, in dem sie beide wohnten, eine Schuhschachtel für Raucher und Leser, in die er, und nur er, wie ein anatomisch-architektonisches Wunder exakt hineinpasste.

«Du fährst weg?», hatte Buttermann vor einer Stunde scharfsinnig gefragt, als er, mit den Ellbogen auf die Boulevardzeitungen gestützt, den rackernden Sörensen beim Einladen begutachtet hatte.

«Ich muss», hatte Sörensen geantwortet und geächzt, so ein Gitarrenverstärker hatte nämlich ein ganz schönes Gewicht.

«Und wohin?»

«Nach Katenbüll.»

«Wo?»

«Katenbüll.»

Buttermann hatte sich an der Nase gekratzt. «Wo?»

«In Schleswig-Holstein ist das. Über Husum.»

«Für immer?»

«Ja, das ist für immer da.» Sörensen hatte bemerkt, dass er eventuell keinen Platz mehr für die Gitarre hatte, wenn er den Verstärker einpackte. Das war natürlich ein echtes Problem. Was sollte er mit dem einen ohne das andere?

«Wieso denn Katenbüll?» Buttermann hatte keine Miene verzogen. «Ist nicht Hamburg.»

Buttermann hatte den Kopf geschüttelt und auf die *Hamburger Morgenpost* vor sich gezeigt. «Versteh ich nicht. Es geht doch nichts über Hamburg, mein Freund. HSV, Schanze, St. Pauli. Hier spielt das Leben!»

«Ja, genau. Zu viel Leben spielt das hier.»

Buttermann hatte ihn abschätzend gemustert, so als wollte er mit einem bislang verborgen gehaltenen Röntgenblick Sörensens polizeiliche Fähigkeiten erkunden.

«Brauchen die dich denn da?», hatte er dann gefragt. «In … Katenbüll?»

«Ja, sicher», hatte Sörensen gesagt, auch wenn er wusste, dass das nicht stimmte. Er hatte keinen Zweifel, dass die Entscheidung, sich versetzen zu lassen, notwendig gewesen war. Und im Gegensatz zu ihm würde der Gitarrenverstärker erst mal hierbleiben. Mitsamt der Gitarre. Konnte man ja später immer noch holen. Irgendwann.

Buttermann hatte mit den Knöcheln der rechten Hand auf das Titelblatt der *Bild-Zeitung* geklopft. «Also wenn du mich fragst, Sörensen, ist das natürlich übel mit Katenbüll, hat aber auch sein Gutes. Also für dich jetzt. Dann bist du wenigstens weit genug weg, wenn der Russe kommt.»

Sörensen hatte Putins Kopf unter der Schlagzeile erkennen können. Er war rot-schwarz eingefärbt und sah gefährlich aus.

«Wieso kommt der Russe denn?» Er wollte die Antwort eigentlich gar nicht wissen.

«Ist doch bald wieder», hatte Buttermann gesagt und sich voller Überzeugung in ein Schleudertrauma genickt. «Der hat den nie aufgegeben, den Plan mit der Weltherrschaft. Ich weiß das. Steht ja auch hier.» Buttermann hatte die *Bild* in die Luft gehoben. «Und wenn du dann in Katenbüll bist, bist du fein raus. Da kommt der Russe nämlich nicht hin. Berlin, Hamburg, Frankfurt, und wenn der völlig bescheuert ist, noch Köln und München, aber Katenbüll, was soll der denn in Katenbüll?»

«Ich muss dann mal», hatte Sörensen entschuldigend gemurmelt, den Verstärker wieder hinaufgetragen und im Flur neben die E-Gitarre gestellt. Seine Wohnung sah trostlos aus, so halb leer. Seine neue Bleibe würde ebenfalls trostlos aussehen, so halb voll. Irgendwie auch ein Kreis, der sich schloss. Er hatte die Tür hinter sich zugezogen, den Schlüssel zweimal im Schloss gedreht, war die Treppen hinuntergeeilt und hatte überlegt, ob er Buttermann auf dem Weg zu seinem Wagen einfach ignorieren sollte. Das ging natürlich nicht.

«Ja, dann mal toi, toi, toi und gute Reise», hatte Buttermann gewünscht, sich die mit Sicherheit nicht erste Zigarette des Tages angezündet und Nase und linke Hand hochgezogen zum hochoffiziellen Abschiedsgruß. Damit war die Sache für ihn erledigt gewesen. Sörensen hatte das irgendwie geärgert.

«Du, Buttermann?»

«Ja?»

«Der Russe kommt nicht», hatte er sich nicht verkneifen können zu sagen. Dann war er eingestiegen und davongebraust, erst auf die A 7, dann auf die A 23, und nun stand er hier bei Halstenbek-Krupunder. Halstenbek-Krupunder!

Sörensen schaute erneut auf die Uhr. Es war Punkt sieben. Er reckte den Hals. Bewegte sich da vorne etwas? Ja, tatsächlich, da bewegte sich etwas, und zwar nachhaltig, die Wagen bekamen Schwung, der Stau schien sich aufzulösen. Nach zweihundert Metern sah er hinter einer leichten Kurve die Überreste eines ausgebrannten PKWs am Straßenrand ausglimmen, er bedauerte pflichtgemäß den Fahrer, schalt sich ob seiner unangemessenen Ungeduld und ließ Hamburg mit Tempo hundert endgültig hinter sich. Auf der linken Seite nahm er ein Möbelhaus wahr, an dessen Fassade sie einen gelben Smiley befestigt hatten, der die vorbeifahrenden Autos werbewirksam angrinste. Das war also das Letzte, was er von Hamburg und Umgebung in Erinnerung behalten sollte: eine Grinsebacke, die an einer Glasfassade klebte.

Fünfzehn Kilometer vor Itzehoe tauchten die ersten Windräder auf und erhoben sich aus der flachen Landschaft wie gigantische Roboter, die jederzeit loszumarschieren drohten. Vielleicht im Dienste der Russen. Als Sörensen die Dauerbaustelle bei Itzehoe passierte, die Hohenhörn-Brücke über den Nord-Ostsee-Kanal überquerte und unter sich links wie rechts Containerschiffe ausmachte, die sich durch die nicht allzu breite Wasserstraße schoben, war das für ihn wie eine Trennlinie zwischen altem und neuem Leben, wurde ihm endgültig klar, dass sich seine Lebenswirklichkeit ein weiteres Mal unabdingbar veränderte.

Er ließ das Beifahrerfenster herunter und atmete die bereits spürbare Seeluft ein. Eigentlich ging es ihm gut, dachte er, im Moment ging es ihm wirklich gut, vergleichsweise, in seinem Auto ging es ihm sowieso immer am besten, woran auch immer das liegen mochte. Vielleicht weil es so ein kleines, übersichtliches, geschlossenes System war. Weil die Aufmerksamkeit auf die Straße gerichtet war und nicht auf ihn selbst. Er bemerkte erleichtert, dass der Druck in seiner Brust auszuhalten war, dass seine Beine nicht zitterten.

Er passierte Heide, aus der Autobahn wurde Landstraße, und nach einiger Zeit überquerte er eine weitere Brücke, die Eiderbrücke vor Tönning. Er warf einen angewiderten Blick auf das unpassend in die Landschaft geworfene Multimar Wattforum, dann nahm er Abschied vom Vertrauten. Ab hier kannte er sich nicht mehr aus. Wenn er in den letzten Jahren überhaupt einmal am Meer gewesen war, dann war er bei Tönning links abgebogen in Richtung St. Peter-Ording, zum Weststrand. Das war allerdings ausgesprochen selten vorgekommen, denn in Wirklichkeit machte er sich nichts aus Wasser. Vor allem nicht aus dem Schwimmen darin. Die Fische kommen ja auch nicht einfach so an Land, sagte er sich immer. Die wissen schon, warum. Nur der Mensch muss immer dahin, wo er nichts zu suchen hat.

Sörensen blinzelte. Direkt hinter Tönning stand ein junger Mann an der Landstraße, in der klassischen Ausrüstung eines jungen Mannes an einer Landstraße: Rucksack, zu weiter, wahrscheinlich selbstgenähter Pullover am spindeldürren Körper, Sandalen, zauseliger Vollbart, Schlaghosen, zum Pferdeschwanz zusammengebundene Rastalocken. Er war vielleicht zwanzig Jahre alt, vielleicht älter, so genau konnte man das durch das Gestrüpp um den Mund nicht erkennen. So weit, so gewöhnlich. Was aber wirklich bemerkenswert war, war das Pappschild, das er über seinem Kopf schwenkte. Darauf stand nicht *Husum* oder *Flensburg* oder *Dänemark*, nein, da stand: *Jetzt sei kein Arsch und nimm mich mit.*

Sörensen trat fast automatisch auf die Bremse. Der junge Mann ergriff seinen Rucksack und eilte zum heruntergelassenen Beifahrerfenster.

«Mensch, toll», sagte er mit einer tiefen Stimme, die in krassem Gegensatz zu seinem jugendlichen Aussehen stand.

«Wer will schon ein Arsch sein?» Sörensen öffnete die Tür. «Wo soll's denn hingehen?»

«Erst mal bis Husum», sagte der Tramper und schwang sich in den Passat. Den Rucksack behielt er nach einem kurzen Blick in den Rückraum auf dem Schoß. War ja sowieso nirgends mehr Platz. Sörensen fädelte wieder in den Verkehr ein.

«Ich sag's lieber gleich: Wenn du mich ausrauben willst, ist das keine gute Idee. Ich bin Kriminalhauptkommissar.»

«Gut zu wissen», grinste der junge Mann. «Ich bin Ole.»

«Sörensen», sagte Sörensen und wurde von einem Mercedes überholt, so dicht, dass zwischen die Seitenspiegel kein Blatt Papier mehr gepasst hätte.

Er zog die Luft ein. «Meine Fresse.»

«Gewöhn dich dran», sagte Ole abgeklärt. «Machen die hier alle so.»

Sörensen nickte, wusste aber nicht, ob er das in Ordnung fand, von seinem Mitfahrer einfach so geduzt zu werden. Dann schüttelte er entschieden den Kopf. «Ich hab aber keinen Bock, jetzt die ganze Fahrt über zu quatschen.»

«Kein Problem», sagte Ole freundlich, befreite seine Rastalocken aus dem Pferdeschwanz und schlang die Arme dichter um seinen Rucksack. Danach testeten sie die Stille aus. Sörensen sinnierte sich kreuz und quer durch die Weltgeschichte. Sein heimweherahnender Plan, an jedem Wochenende nach Hamburg zurückzukehren, hatte sich bereits erledigt. Viel zu viel Fahrerei. Bei seinem schwachen Nervenkostüm war das keine Option. Da hieß es an freien Tagen erholen, abschalten, Gesundheit verwalten. Und an unfreien möglichst auch.

Sörensen fiel auf, dass er noch nie in seinem Leben so viele Windräder gesehen hatte, Legionen von Windrädern, sie schienen sich im Sekundentakt zu vermehren. Da konnte doch niemand mehr ernstlich behaupten, dass Nordfriesland flach war.

Als sie etwa fünf Kilometer vor Husum waren, fand er es plötzlich doch etwas seltsam, aus reiner Konsequenz und nur weil er es einmal in den Raum gestellt hatte, dauerhaft den Mund zu halten. Ole hatte sich diesbezüglich äußerst diszipliniert gezeigt, ein wenig mit seinem Smartphone gespielt, ein wenig vor sich hin gesummt, ansonsten stur und rücksichtsvoll aus dem Fenster gestarrt.

«Was willst du denn in Husum?», fragte Sörensen. Ole guckte ihn überrascht an.

«Wer, ich?»

Sörensen drehte sich kurz nach hinten, wie um sich zu vergewissern, dass da sonst niemand war. «Ja, du», sagte er dann und grinste.

«Gar nichts. Ich muss ganz woandershin, aber Husum ist eine gute Zwischenstation. Von da aus geht's immer weiter. Zur Not mit dem Bus.»

«Warum hast du mich denn dann nicht gefragt, wo ich überhaupt hinfahre?»

«Wo fährst du denn hin?»

Sörensen betrachtete die möglichst souveräne Aussprache seiner neuen Heimat als Übung. «Nach Katenbüll.»

«Geil!», freute sich Ole. «Da muss ich auch hin.»

Sörensen zuckte innerlich zusammen. Was für ein Zufall. Hätte er mal lieber nichts gesagt. Dieser Ole wirkte sympathisch, klar, aber er hätte gerne noch ein paar Kilometer für sich gehabt. So rein aus Gründen der Gewöhnung.

«Du musst mich aber nicht bis dahin mitnehmen», sagte Ole. «Das ist völlig okay für mich.»

«Was willst du denn überhaupt in Katenbüll?», fragte Sörensen, als wäre es völlig abwegig, dass da außer ihm noch jemand hinwollte.

«Ich wohne da. Aber am Wochenende bin ich immer in Tönning. Musikmachen bei meinem Freund.»

Sörensen hätte jetzt gerne gefragt, ob «mein Freund» jetzt «ein Freund» oder halt doch «der Freund» war, aber schon der Gedanke kam ihm spießig vor. Stattdessen gab er sich väterlich-moralisch, was auch nicht besser war.

«Und da fährst du immer per Anhalter hin und zurück? Mit diesem Schild?»

Ole nickte. «Funktioniert super. Wollen echt nicht viele ein Arsch sein.»

Sie passierten Husum, die dänische Grenze war nun bald in Spuckweite. Sörensen beugte sich vor, denn er wusste, jetzt musste er gleich irgendwo links abbiegen, Richtung Mildharder Koog. Das Navi hatte er längst ausgemacht, ihm ging das andauernde Gequake auf die Nerven. Ole hob ganz leicht den Zeigefinger. Da war die Ausfahrt. Sörensen ließ das Fenster einen Spalt weit hinunter. Es roch noch stärker nach Nordsee als zuvor, natürlich tat es das, es roch aber auch nach Kälte, Kuhmist und Regen. Kurz hinter Hamburg hatte es für eine halbe Stunde aufgehört, immerhin, nun aber war die Strecke wieder in schweres, tristes Nass gehüllt. Sörensen hatte schlechte Sicht, kniff die Augen zusammen und dachte, wenn es auch von unten feucht wurde, dann war da das Meer. Dann war er zu weit gefahren.

«Kann man in Katenbüll gut wohnen?», fragte er. «Ich tue das nämlich ab jetzt auch.»

«Ach, echt?» Ole betrachtete ihn, als gehöre er zu einer sehr seltenen, aber durchaus besonderen Sorte Mensch. «Na ja, in deinem Alter ist das wahrscheinlich okay. Du darfst halt keine Pläne mehr haben.»

Sörensen wusste nicht, welche dieser gebündelten Frechheiten ihn am meisten empören sollte. Darüber verlor er die Gelegenheit zu einer schlagfertigen Entgegnung. «Wie alt bist du denn?», fragte er stattdessen.

«Einundzwanzig.»

«Und was macht man mit einundzwanzig in Katenbüll?»

«Saufen. Kiffen. Abhängen. Brot backen.»

Sörensen sah kurz zur Seite. «Hey, ich bin Polizist.»

«Das ist doch nur ein Bild.» Ole zuckte mit den Schultern, unbeeindruckt wie das Meer, wenn darin eine Boje trieb. «Also, das mit dem Kiffen. Und das andere. Nur Brot backen stimmt.»

«Brot backen, na klar.»

«Nee, ernsthaft. Es ist sterbenslangweilig in Katenbüll.»

«Gut.»

Sie schwiegen erneut und lauschten dem Prasseln des Regens auf die Windschutzscheibe. Sörensen dachte an sein insgesamt planloses Leben, wie er hineingeraten war in diesen Polizistenjob, wie er eine Beamtenlaufbahn eingeschlagen hatte, um die er sich nie gerissen hatte und die einfach zu ihm gekommen war wie ein entfernter Verwandter, der zufällig gerade in der Stadt war.

«Was sind denn deine Pläne?», fragte er und verdrehte innerlich die Augen. Es war wirklich nicht leicht, die Klappe zu halten.

Ole seufzte. «Weiß nicht. Gitarre studieren. In Arnheim. Oder New York. Oder irgendwo anders, wo nicht hier ist.»

Sörensen dachte an die vielen Musiker, die ihm seit seiner Jugend begegnet waren, und wie wenige es davon geschafft hatten. Inklusive ihm.

«Es spielen so viele Gitarre», sagte er.

«Aber nicht so wie ich.»

«Das sagen doch alle.»

«Ich gehe darin einfach auf.»

Sörensen grunzte. «Das klingt ja schon fast nach Selbstverwirklichung.»

«Wäre doch schön. Ich mein, das ist doch das Ziel im Leben. Oder nicht?»

Sörensen stellte den Scheibenwischer auf die höchste Stufe.

«Nee, ist es nicht», sagte er ein wenig zu schroff. «Vergiss das mit der Selbstverwirklichung.»

«Wie bitte?»

«Vergiss das. Das ist Scheiße. Selbstverwirklichung, alleine dieses Wort! Selbstverwirklichung, das ist was für Leute, die keine Aufgabe haben! Die sich künstlich eine Bedeutung schaffen wollen, wo es nichts zu schaffen gibt! Selbstverwirklichung, das ist doch nur ein anderes Wort für Egotrip. Klingt nur besser. Ist man denn nicht wirklich, wenn man sich nicht selbst verwirklicht? Weißt du, was das ist, Selbstverwirklichung? Unsozial ist das. Weil es den Einzelnen über die Allgemeinheit stellt. So was gibt es auch nur in so einer Überflussgesellschaft wie unserer! Frag mal jemanden, dem es nicht so gutgeht, der kein Geld hat, kein Gesundheitssystem im Rücken, der keine Absicherung hat, ob der Lust hat, sich selbst zu verwirklichen. ‹Nee, ich will was zu essen›, sagt der dann. ‹Und ein Dach über dem Kopf. Und neue Zähne. Das will ich›. Verdammte Scheiße!»

Sörensens Fingerknöchel hoben sich weiß vom Lenkrad ab. Natürlich, und das konnte Ole nicht wissen, hatte sein Ausbruch etwas mit dem Satz zu tun, den Nele ihm an den Kopf geworfen hatte, kurz bevor sie die Wohnungstür hinter sich und Lotta zugezogen hatte. Der Satz lautete: «Es tut mir leid, aber du stehst meiner Selbstverwirklichung im Weg.» Das hatte sie gesagt und ihn so zurückgelassen. Er hatte damals nicht sofort etwas gefühlt, hatte lange Monate gebraucht, um überhaupt etwas fühlen zu können, aber seitdem war der Begriff Selbstverwirklichung in seinem Kopf irgendwie negativ besetzt.

Ole schien etwas sehr Interessantes auf dem Verschluss seines Rucksacks entdeckt zu haben. «Ich weiß gar nicht …», murmelte er eingeschüchtert. «Ich liebe halt einfach Musik.»

«Das ist ja auch in Ordnung», zischte Sörensen. Er bekam einfach keinen Dampf vom Kessel. «Aber red mir bloß nicht von Selbstverwirklichung.»

«Du hast das doch gesagt!», sagte Ole. «Ich war das gar nicht! Du hast damit angefangen!»

«Richtig», gab Sörensen ohne Zögern zu.

«Ich hätte das nie gesagt, das Wort.»

«Nee?»

«Du hast mir das in den Mund gelegt.»

«Ist ja gut.»

«Vielleicht werde ich auch gar nicht Musiker.»

«Aha!»

«Vielleicht werde ich Gemüsebauer. Bio.»

«Sehr gesund», nickte Sörensen. «Gute Idee.»

«Oder Lifecoach.»

«Ach, komm! Was?»

«Lifecoach. Jemand, der den anderen sagt, was sie falsch machen und wie sie es richtig machen können. Jemandem wie dir zum Beispiel.»

Sörensen sah Ole von der Seite an und sah nur Rastalocken und eine spitze Nase. «Eigentlich ist es mir fast egal, was ich mal werde», sagte Ole leise. «Ich will einfach nur weg. Du kannst dir nicht vorstellen, wie froh ich bin, wenn ich mal nicht mehr nach Katenbüll zurückmuss.»

Sörensen dachte an seinen eigenen Weg und die Umwege, die er schon gegangen war, ohne jemals irgendwo richtig anzukommen. «Doch, kann ich», sagte er. «Jeder flieht doch vor irgendwas.»

«Aber niemand, den ich kenne, flieht nach Katenbüll.»

Unendliche Felder erstreckten sich vor ihnen. Unendliche Weiten. Immer, wenn Sörensen dachte, jetzt mussten sie doch mal irgendwo anstoßen, machte die Straße eine erneute Biegung, bevor es wieder elendig lang geradeaus ging. Hier und da stand mal ein Hof an der Seite, ein Bauernladen, ein Windrad in gleichmäßiger Bewegung. Ansonsten Felder, Felder, Felder. Irgendwann, als Sörensen schon dachte, dass das doch schon längst nicht mehr Deutschland oder irgendein anderes europäisches Land sein konnte, zeigte Ole nach vorn. «Wir sind da.»

Tatsächlich. Fast hätte Sörensen das Ortsschild übersehen. Der erste Eindruck seiner neuen Heimat war so kärglich wie die Anfahrt. Wiesenparzellen zu beiden Seiten, einige holsteinische Kühe darauf, ein, zwei Pferde. Bauern- und Wohnhäuser, die meisten typisch im Friesenhausstil, rot geklinkert, geschwungene, weiße Lattenzäune davor, andere eher grau, flach und pragmatisch. Auf der Straße war kein Mensch zu sehen, abgesehen von einer alten, gebückten Frau mit Kopftuch, die einen großen Müllsack am Rande ihres Vorgartens zur Straße zog und sich die Zeit nahm, Sörensen missbilligend in seinem Auto zu fixieren. «Guten Morgen», rief Sörensen und winkte mit der rechten Hand. Die Frau reagierte nicht. Natürlich nicht. Albern, dachte er sogleich, aber das war wahrscheinlich nur der natürliche Instinkt des Neuankömmlings, sich mit der Umgebung gutzustellen.

Ole lachte. «Was war das denn?»

«Übersprungshandlung», brummte Sörensen.

Ole lachte gleich noch einmal. Aber es war ein sympathisches Lachen.

Es wurde städtischer oder zumindest dörflicher. Eine Esso-Tankstelle, die damit warb, dass man bei einer Wachswäsche einen Cappuccino extra bekam («Mach hier bloß nie 'ne Wachswäsche!», beschwor Ole ihn), daneben ein Wellblechcontainer mit der Aufschrift S+M Automobile, allerdings ohne sichtbare Autos. Links ging es jetzt zur Touristeninformation ab, rechts zum Krankenhaus. Einfamilienhäuser säumten die Straße, niedrig gebaut, eng aneinander, windschief, wie sich vor den Böen duckend. Eine Apotheke war das erste Ladengeschäft, das er wahrnahm. Im Fenster standen drei mannsgroße Playmobilfiguren im Arztkittel und mit Mundschutz. Wofür die auch immer Werbung machten, es funktionierte nicht. Jetzt kam nach und nach das Übliche hinzu. Ein Bäcker mit Brezel-Logo, Krummhauer hieß er, daneben ein Metzger ohne Auslage und mit verschmiertem Fenster, dann ein Penny-Supermarkt. Die sind auch überall, dachte Sörensen.

«Kapitalistenschweine», stellte Ole sachlich fest.

Sörensen rümpfte zustimmend die Nase, gleichzeitig versuchte er sich den Standort zu merken. Auf der gegenüberliegenden Seite ein Friseursalon mit einer Gardine von 1972. Wer sich hier die Haare schneiden ließ, ließ sich immer schon hier die Haare schneiden. Daneben der Deichkrug, eine Gaststätte, die so tot und dunkel wirkte, wie Gaststätten um kurz vor neun Uhr morgens von Amts wegen zu wirken hatten. Eine Tafel im Fenster warb um Aufmerksamkeit: *Lecker Frühstück*. Sörensen merkte erneut, dass er Hunger hatte. Und dass er diesen nicht im Deichkrug stillen wollte.

«Wo soll ich dich denn rauslassen?», fragte er. Ole zeigte auf einen Schreibwarenladen an der nächsten Ecke.

Zwei, drei Leute waren auf der Straße unterwegs. Keine Regenschirme, nützte ja nix. Dafür Multifunktionsjacken, Kapuzen und krumme Rücken im Wind. Sörensen fuhr rechts ran. Der Schreibwarenladen lockte mit rotem Schlussverkaufaufkleber im Fenster. Was konnte denn ein Schreibwarenladen für saisonale Artikel loswerden wollen? Egal. Ole packte seinen Rucksack und öffnete die Beifahrertür. «Danke, Sörensen», sagte er im verbindlichen Ton des Profi-Anhalters. «War … nett.»

«Fand ich auch», nickte Sörensen und winkte zum Abschied. Ole warf die Tür zu, und Sörensen legte die letzten Meter zurück. Weit konnte es ja nicht mehr sein. Da, ein Hinweisschild. Zum Rathausmarkt ging es links ab. Dahin musste er, da war sein Ziel. Es war sieben Minuten vor neun.

Als der Passat über das Kopfsteinpflaster ruckelte, spürte Sörensen erstmals an diesem Tag stärkere innere Anspannung, diese wohlbekannte Unruhe, diesen guten Grund, aus dem Auto gar nicht erst auszusteigen. Er merkte, wie die Atmung schwerer wurde, wie er flacher und gleichzeitig hektischer die Luft einzog, der Brustkorb noch enger wurde, wie seine Handflächen wieder zu schwitzen begannen, sein Gehirn in verschiedene Richtungen gleichzeitig zu denken versuchte. Es ist mein Job, sagte er sich, ich kann das. Ich hab das schon so oft gemacht. Reingehen, hallo sagen, hinsetzen, arbeiten.

Der herausragende Backsteinbau im Stil der nordischen Renaissance direkt vor ihm, das musste das Rathaus sein. Und auf der linken Seite des Marktplatzes, deutlich kleiner, aber ebenfalls aus Backstein, mit den beiden Streifenwagen vor der Tür, na ja, das war wohl sein neues berufliches Zuhause. Direkt zwischen dem Chinarestaurant Peking-Ente und dem Dönerladen König Kebap. Sörensen stellte das Auto auf dem Marktplatz ab, der außer einem einsamen Marktwagen mit der Aufschrift *Käse-Käthe kommt* und einem notdürftig mit einem Sonnenschirm überdachten Bratwurststand nichts zu bieten hatte, und zwang sich zum Öffnen der Tür. Wind und Regen gaben ihm eine volle Breitseite. Er fotografierte innerlich die restlichen Geschäfte ab, die sich rund um den Marktplatz gruppierten. Ein Optiker, der mit Messeneuheiten warb, ein Antiquitätenhändler, der antikes und stilvolles Wohnambiente versprach, ein Eiscafé namens Pinocchio, eine weitere Apotheke, eine Sparkasse, eine Hypo-Vereinsbank und ein Versicherungsbüro. Die Touristeninformation war direkt neben dem Rathaus, auf dessen anderer Seite sich das Fleischerfachgeschäft Nehlsen neben der Katenbüller Backstube befand. «Selbstverwirklichung», murmelte Sörensen und vermisste seine Gitarre schon jetzt. Er versuchte die Aufregung zu unterdrücken, rieb sich mit der rechten Hand über die Brust und überquerte mit schweren Beinen den Platz.

Das Radio bleibt an

«Sie sind das, ne?», sagte die junge Frau, die Sörensen mit breitem Grinsen und ausgestreckter Hand entgegenkam.

«Jou», sagte Sörensen und wusste, der nun folgende Händedruck würde feucht werden, was weder am Regen lag noch an seiner neuen Kollegin. Die Polizistin, brünetter Pferdeschwanz, braune Augen, hübsches, aber angenehm unglattes Gesicht, ließ sich nichts anmerken, verzichtete höflich auf das Abwischen am Hosenbein und zeigte stattdessen einladend und nicht ohne Stolz auf den hinter ihr liegenden Bereich.

Die Kriminalpolizeiaußenstelle Katenbüll war der Größe des Städtchens angemessen. Ein Großraumbüro, das eigentlich ein Kleinraumbüro war, mit vier Schreibtischen und einem Tresen für Touristen, Zuhälter, Zeugen oder wer auch immer sich hier so blicken ließ. An den Wänden eine Landkarte, Pinnwände, Fotos. Zwischen den Schreibtischen ein stattlicher Ficus Benjamini, der das Menschliche betonen sollte. Zwei Beamte in Uniform lümmelten am Kaffeeautomaten herum, ein sichtlich kaum der Polizeischule entwachsener schmaler Mann mit bravem hellblondem Seitenscheitel erhob sich von seinem Stuhl und kam Sörensen entgegen. Er hatte ein offenes, freundliches und altersbedingt arg unschuldiges Gesicht. Das wird das Leben schon noch einkerben, dachte Sörensen, fand das eigentlich ganz schön traurig und hatte das Gefühl, sein Körper hing wie ein nasser Sack unter seinem Kopf. Er hätte sich jetzt natürlich vorstellen und ein paar joviale Worte in Richtung seines Teams verlieren müssen, aber er war leider ganz mit seiner Befindlichkeit beschäftigt.

«Ja …», sagte die Polizistin also ratlos und steckte die Hände in die Hosentaschen, nur um sie gleich wieder herauszuziehen.

«So», sagte Sörensen und nickte.

Seine neue Kollegin nahm dies zum Anlass, das Kommando zu übernehmen, zumindest vorübergehend.

«Dann mal herzlich willkommen hier bei uns in Katenbüll», begann sie und blickte ihm direkt in die Augen. «Ich bin KOK Jennifer Holstenbeck. Sie können aber Jenni sagen. Ja, und hier, der schüchterne junge Mann, das ist Malte Schuster. Sozusagen unser Azubi. Kriminalkommissaranwärter, erstes Behördenpraktikum.»

«Moin, moin», sagte Malte Schuster, der Jüngling mit dem Seitenscheitel, und aus seinem Mund klang das so lässig wie ein Marschbefehl.

«Und die beiden Herren dahinten bei der Lebensverlängerungsmaschine sind die Obermeister Dhonau und Faltermeyer, die Kollegen von der Schutzpolizei», fuhr Jennifer Holstenbeck fort. Ganz sensible Ohren konnten da im Ton durchaus einen leicht negativen Einschlag wahrnehmen. Dhonau und Faltermeyer gehörten offensichtlich nicht dazu, sie tippten sich synchron an die Schirmmütze, grinsten, sagten aber nichts. Sörensen wusste, nun war er dran, da gab es kein Entkommen mehr.

Er räusperte sich. «Moin», sagte er dann. Ein guter Einstieg war schließlich wichtig. «Ja, was soll ich sagen … ich bin Sörensen. Ihr könnt mich Sörensen nennen.» Er ließ seinen Blick durch das Büro streifen und blieb an einem Fahndungsplakat hängen. «Schön habt ihr's hier.»

Jennifer Holstenbeck winkte ab. «Ist halt alles ein, zwei Nummern kleiner als in Hamburg. Muss ein ziemlicher Kulturschock für Sie sein.»

Nun winkte Sörensen ab. «Nee, ich wollt das so», sagte er und öffnete den Mund, um eine Erklärung nachzuschieben, entschied sich aber im letzten Moment dagegen. Stattdessen winkte er noch einmal ab. Das war aber auch eine Abwinkerei hier.

«Ach? Echt jetzt? Also der Kappler, Ihr Vorgänger, der, mit dem Sie den Arbeitsplatz getauscht haben, ja, der ist nach Katenbüll strafversetzt worden. Hat er jedenfalls behauptet. Und der Vorgänger vom Kappler auch. Und der … die waren jedenfalls immer alle froh, wenn sie wieder weg waren.»

«Ist doch ganz nett hier.» Sörensen zwang sich zu einem Lächeln. Mein Gott, er war Kriminalhauptkommissar. Ein Kriminalhauptkommissar, der sich aufführte wie ein übernervöser Hospitant. «Was steht denn heute so an?», fragte er, um das Thema zu wechseln.

Malte Schuster bekam Hektik-Flecken im Gesicht. «Ja, ich hab da so 'nen Kuchen gebacken.» Er wurde geradezu eifrig und befreite umständlich ein rundes Etwas auf einem Suppenteller aus seiner Alufolie. «So für'n Einstand. Mach ich ganz gern, manchmal. Ist bio!»

Dhonau und Faltermeyer schauten sich entgeistert an.

Sörensen lächelte. «Schoko?»

«Mousse au chocolat», freute sich Malte Schuster.

«Das ist ja nett», freute sich Sörensen zurück.

Der Praktikant hob den Zeigefinger. «Mit Kirschen!», triumphierte er.

Sörensens Lächeln fiel in sich zusammen.

«Darf ich nicht», sagte er enttäuscht.

«Bleibt mehr für mich», unterbrach Jennifer Holstenbeck resolut und zog den Teller zu sich herüber. Malte Schusters Diensttelefon klingelte. Und so wie er das Telefon betrachtete, kam das nicht allzu häufig vor.

«Polizei Katenbüll, KKA Schuster», hörte Sörensen noch, dann nur noch einen Haufen Achs und Jas und Wos.

Jennifer hob die imaginäre Trennlinie zwischen ihnen auf und dirigierte Sörensen in den Arbeitsbereich. «Das ist alles sehr überschaubar bei uns», sagte sie. «Manchmal passiert auch tagelang gar nichts, außer dass vielleicht mal ein Besoffener in den Graben fällt.»

Sörensen nickte. «Das ist genau der Grund, warum ich hier bin. Also, nicht der Besoffene jetzt.»

«Verstehe. Ja, Ausweis kommt dann bald. Ist noch nicht ganz fertig, hab ich gehört.» Jennifer klopfte auf ein Stück altes, massives Holz vor ihnen. «Das hier wäre dann Ihr Schreibtisch. Der mit dem schönen Kaktus. Muss man gar nicht oft gießen.»

Sörensen blickte sich unbehaglich um. Der Kaktus war stachelig. «Da hab ich ja die Tür im Nacken. Weiß ich nicht, ob ich die Tür im Nacken haben will.»

«Können wir ja umdrehen. Also, den Tisch jetzt», schlug Jennifer vor.

Das war eigentlich eine Diskussion nach Sörensens Geschmack. Wenn er sich nur nicht so schwach in den Kniekehlen gefühlt hätte. «Oder den Tisch stehen lassen und einfach den Stuhl auf die andere Seite», sagte er.

«Das geht natürlich auch», bestätigte Jennifer. «Allerdings haben Sie dann die Kollegen im Nacken, und die gucken Ihnen alle auf den Computerbildschirm.»

«Und wenn wir die Kollegen auch umsetzen? Dann gucken die in Richtung Fenster und ich in Richtung Tür.»

«Und wir dann Rücken an Rücken, oder was? Also ich persönlich möchte auch lieber in Richtung Tür gucken.» Jennifer musste jetzt fast lachen, wusste aber nicht, ob das angebracht war. «Was macht das denn auch für einen Eindruck, wenn alle Polizisten mit dem Rücken zum Eingang sitzen.»

«Alle bis auf mich!»

«Und wenn Sie mal nicht da sind, dann stellen wir die Tische wieder um, oder was?»

«Oder die Stühle!»

«Das meinen Sie jetzt aber nicht ernst, Herr Kriminalhauptkommissar Sörensen, oder?»

«Nee», sagte Sörensen, zwang sich zu einem einnehmenden Grinsen und stellte fest: Er mochte Jennifer Holstenbeck. Da diese zurückgrinste, war er sich einigermaßen sicher, dass dieser Eindruck auf Gegenseitigkeit beruhte. Kein gar so schlechter Anfang. Er hatte schon oft genug spontane Ablehnung erfahren, wenn es ihm so ging, wie es ihm gerade ging. Die Leute spürten, dass irgendetwas nicht stimmte, ohne genau definieren zu können, was es war. Das brachte sie auf Abstand. Erstaunlich jedenfalls immer wieder, wie normal er äußerlich funktionierte, obwohl es in ihm so aussah wie im Maschinenraum eines untergehenden Schiffes.

Malte Schuster legte den Telefonhörer auf und räusperte sich. «Das ja'n Ding», sagte er lautstark. Ein klarer Versuch, Aufmerksamkeit zu erregen.

Sörensen und Jennifer taten ihm den Gefallen. «Was denn?», fragten sie brav und unisono.

Malte stand auf, strich sich über den Scheitel und nahm Haltung an. «Kuchen ist nicht», verkündete er. «Der Hinrichs sitzt tot in seinem Stall.»

*

Die kurze Fahrt im blauen Dienst-BMW verlief mehr oder weniger schweigend. Sie kannten sich noch nicht genug, um unbefangen miteinander umgehen zu können. Malte Schuster hatte Sörensen beim Verlassen des Reviers dienstbeflissen darauf aufmerksam gemacht, dass er seinen Passat nicht auf den Marktplatz stellen durfte – absolutes Halteverbot –, und war seitdem mit Lenken, Kuppeln und der permanenten Neujustierung des Scheibenwischers ausgelastet. Jennifer Holstenbeck hing ihren Gedanken nach, und Sörensen … Sörensen kauerte auf dem Rücksitz und war ganz mit sich selbst und seiner Atmung beschäftigt. Er versuchte, ein kleines, feines *a* einzuatmen, dachte sich also den Vokal, wenn er die Luft durch die Nase zog, spitzte anschließend beim Ausatmen die halb geschlossenen Lippen und bemühte sich, in etwa die doppelte Zeit für das Ausstoßen des verbrauchten Sauerstoffs zu benötigen wie für die Gegenbewegung. Das erweiterte die Lungenkapazität, das linderte die innere Spannung. Zumindest theoretisch.

Am liebsten hätte Sörensen sich losgeschnallt, die Wagentür aufgerissen und wäre während der Fahrt herausgesprungen, auch auf die Gefahr hin, sich die Knochen zu brechen oder sein zuweilen desolates Leben zu beenden. Dagegenwirken, dachte er. Ablenken. Ablenkung war alles. Nicht zu sehr auf sich selbst konzentrieren, nicht zu sehr der Angst nachspüren. Kaum dass sie den Ortskern verlassen hatten, bemerkte er zu seiner Linken einen fensterlosen weißen Klotz in der Größe zweier Fußballfelder, der mitten auf eine Wiese gesetzt worden war. Er wirkte wie ein Fremdkörper in dieser ländlichen Umgebung. Zwei, drei Flugzeuge dürften da wohl hineinpassen, schätzte Sörensen, mindestens. Ein Parkplatz vor der Halle schien Abstellmöglichkeiten für Hunderte von Autos zu bieten, er wirkte gut ausgelastet. Etwa zwei Dutzend Viehtransporter standen in langer Front und hatten ihr Werk entweder bereits getan oder warteten noch auf ihren Einsatz. Ein rundum verglastes Bürogebäude auf der linken Seite bildete einen modernen, aber ebenso pragmatischen Gegenpol. Umgeben war das Gelände von einem hohen Elektrozaun mit Stacheldraht, der nur durch ein Tor zur Straße unterbrochen wurde, das von zwei Pförtnern und einer Schranke gesichert war. Alles in allem sah das ziemlich nach Großindustrie aus. Nach Militär. Nach James-Bond-Bösewicht auf dem Weg zur Weltherrschaft. Auf jeden Fall nicht nach Katenbüll. Sörensen nahm sich vor, seine Kollegen danach zu befragen, später, auf dem Rückweg. Jetzt galt es erst einmal, die Atmung zu kontrollieren und eine Leiche zu besichtigen. Verdammt noch mal, eine Leiche … Am ersten Tag. Nein, nicht am ersten Tag, das wäre ja vielleicht gerade noch zu verkraften gewesen. Aber gleich in den ersten fünf Minuten des ersten Tages? So hatte er sich das nicht vorgestellt mit der Versetzung in die Ruhezone an der Nordsee … Jetzt bloß nicht kollabieren. Durchhalten. Atmen.

Als Malte den Blinker setzte und sie auf Heiner Hinrichs' Hof fuhren, war es noch nicht einmal halb zehn und weit und breit niemand zu sehen. Keine Schaulustigen, keine Nachbarn, keine Angehörigen. Nur ein verdreckter Jeep versperrte die Einfahrt, sodass Malte kaum um ihn herumkam. «Das kann man aber auch anders lösen», murmelte er verärgert und parkte nach einigen Verrenkungen neben dem Pferdestall.

Jennifer öffnete die Beifahrertür. «Ich geh ins Haus», sagte sie, wartete weder auf Bestätigung noch auf Widerrede, zog die Schultern ein und war auch schon verschwunden. Malte zeigte auf den Stall. «Da muss er drin sein. Der Hinrichs.»

«Na, dann mal los.» Sörensen atmete tief durch und schnallte sich ab. Direkt hinter ihnen hielt ein weiterer Polizeiwagen, das Blaulicht effektvoll eingeschaltet. «Mensch, ausmachen», sagte Sörensen. «Da lockst du die Motten ja direkt ins Licht. Wer ist denn das?»

«Dhonau. Oder Faltermeyer. Ich mach schon», sagte Malte Schuster, stellte den Motor ab und sprang aus dem Wagen. Wenige Sekunden später war das Blaulicht erloschen, Dhonau oder Faltermeyer gedemütigt und Malte nass wie ein Fisch in der Dusche.

Sie stiefelten durch den Matsch; Malte mit einer kleinen Tasche, Dhonau oder Faltermeyer mit einer Rolle Absperrband und Sörensen mit dem Blick fürs große Ganze. Ihm fiel auf, wie aufgeräumt es hier aussah. Kein Traktor, kein Anhänger, keine sonstigen landwirtschaftlichen Geräte, keine gestapelten Autoreifen, nicht einmal einen Hundezwinger schien es zu geben. Ein Resthof, dachte Sörensen, hier wird nicht mehr gearbeitet, hier wird nur noch gelebt und gestorben. An einer Linde hing eine angerostete Kinderschaukel, die der Wind träge hin und her bewegte. Das Holz des Pferdestalls ächzte im Protest gegen das anhaltend schlechte Wetter hörbar schon aus größerer Entfernung, der Wind pfiff durch die Boxen und zauberte die wundersamsten Töne herbei. Sörensen schüttelte den Kopf. Die Miniatur einer Geisterstadt.

*

Heiner Hinrichs lehnte an einem Stützbalken, sitzend, die Beine von sich gestreckt, der Kopf aufrecht. Um ihn herum eine unverhältnismäßig große rote Lache. Kaum vorstellbar, dachte Sörensen, dass ein Mensch so viel Blut in sich haben, und kaum vorstellbar, dass sich überhaupt noch etwas davon in Hinrichs' Körper befinden konnte. «Ach du Scheiße», stellte er treffend fest und überwand sich, genauer hinzuschauen. Solch einen Anblick war er ja eigentlich gewohnt, da sollte er auf jeden Fall professionell sein, unbeeindruckt und abgebrüht. War er aber nicht. Weglaufen, weglaufen, weglaufen, schrie es in ihm. Nein, setzte ein anderer Teil seines Gehirns ruhig dagegen. Dableiben. Überwindung durch Konfrontation. Aushalten, bis es besser wird. Das, was ihn beschäftigte, war ja nicht das Blut an sich, sondern die Verantwortung, die auf ihn zukam.

Okay, also, dachte er und stellte sich Hinrichs aufrecht vor. Etwa eins neunzig, bulliger Typ, eine Glatze wie Buttermann, Anzug von der Stange, gelockerte, geschmacklose Krawatte, die glubschigen Augen weit aufgerissen. Sörensen wandte sich irritiert ab. Der Mann sah irgendwie widerlich aus. Schmierig. Er schämte sich fast. Durfte man einen Toten unsympathisch finden? So auf Anhieb? Dhonau oder Faltermeyer sagte kein Wort, sondern rollte bedächtig sein Absperrband aus. Wahrscheinlich hatte er seit seiner Ausbildung auf diese Gelegenheit gewartet. Die Pferde in den Boxen wirkten unbeeindruckt und spähten neugierig über ihre Gitter. Malte hingegen atmete tief durch. «Ich glaub, mir wird schlecht.» Er stellte seine Tasche auf den Boden und hielt sich an dem Stützbalken neben Hinrichs fest. Sörensen berührte kurz tröstend seine Schulter, obwohl er sich dadurch wie sein eigener Großvater vorkam. «Das übt», sagte er. «Also, was sehen Sie, Malte? Ich sag mal Malte.»

«Kann gerade nicht. Sorry. Ich guck später, okay?»

Sörensen seufzte. «Okay.»

Er ging in die Hocke. Die Leiche schien ihn fragend und verwundert anzublicken. Sörensen vermied weiteren Augenkontakt, er hatte ja sowieso keine Antworten. Noch nicht. «Also … drei Einschüsse. Wenn nicht noch einer verborgen ist. Einmal in die Stirn, einmal knapp überm Herzen und … ein Einschuss in den Oberschenkel, soweit ich das erkennen kann.» Sörensen erhob sich. «Ja, ich sag mal so: Selbstmord ist das nicht.»

Malte atmete tief durch. «Hab ich noch nie gesehen, so was. Also, aus der Nähe. In Filmen und so, aber doch nicht aus der Nähe.»

Für einen Moment hätte Stille geherrscht, wenn nicht Dhonau oder Faltermeyer das knisternde Absperrband um ein paar Balken gewickelt hätte. Sörensen blickte Hinrichs noch ein letztes Mal ins Gesicht. «Hat der da was im Mund? Was hat der denn da im Mund?»

«Ich …»

«Jetzt schauen Sie schon hin, Mensch.»

Malte begriff dies als Lektion fürs Leben, als Gelegenheit, seinem direkten Vorgesetzten Mannhaftigkeit zu beweisen, also nickte er schicksalsergeben und kniete sich ganz dicht vor den Toten. Er hätte die Hautporen zählen können, die Unreinheiten, die Mitesser, die Nasenhaare. Ihm fiel auf, dass er einem Menschen noch niemals so nahe gekommen war, ohne ihn anschließend zu küssen. Er fummelte einen Einweghandschuh aus seiner Tasche, stülpte ihn umständlich über und griff Hinrichs in den leicht geöffneten Mund. «Ich komm nicht ran», sagte er gequält.

«Ja, dann machen Sie weiter auf. Er wird schon nicht zubeißen.»

Malte drückte mit Daumen und Zeigefinger die Zahnreihen auseinander und arbeitete sich vor. Da war tatsächlich etwas. Es gab ein leicht quietschendes Geräusch. «Ach, nein, Scheiße, jetzt hab ich's weiter nach hinten geschoben», stöhnte er. Sörensen verdrehte die Augen.

«Soll ich mal?», fragte Dhonau oder Faltermeyer; es war das erste Mal, dass Sörensen seine Stimme hörte. Sie war tief und rau.

Malte schüttelte den Kopf, nahm mit all der Entschlossenheit seiner jungen Jahre die ganze Faust, schob sie in den geöffneten Rachen hinein und öffnete dann scherenartig die Finger. «Ich hab's», zischte er nach einigen Sekunden. «Warten Sie … jetzt.»

Er zog die Faust heraus wie einen Korken aus der Flasche. «Ein Zettel», stellte er fest. «Bisschen durchgeweicht. Ich versuch mal, den …»

«Nee, nicht», sagte Sörensen. «Das ist ein Fall für die Spusi.»

«Die müssen wir erst aus Husum anfordern», entgegnete Malte leicht verärgert. Er hielt den Zettel zwischen Daumen und Zeigefinger wie ein Brennnesselblatt, unschlüssig, was jetzt damit zu tun war.

«Sie haben doch in Ihrer Tasche bestimmt auch so nette Plastiktütchen», sagte Sörensen und begutachtete den Stall aus Hinrichs' Position. «Dahinein.»

Malte nickte, während Dhonau oder Faltermeyer beflissen Maltes Tasche durchsuchte, um überhaupt irgendetwas zu tun; das Absperrband spannte nämlich mittlerweile wie eine Eins. Für wen auch immer, die Neugierigen standen ja nicht gerade Schlange.

«Wer hat die Leiche eigentlich gefunden?», fragte Sörensen.

Malte übergab den Zettel dem Plastik. «Hinrichs' Frau. Hilda heißt die. Die leitet hier den Kirchenchor.»

*

Malte führte Sörensen über die Hintertür direkt in die Küche. Sie fanden Hilda Hinrichs in der Mitte des Raumes auf einem Holzstuhl, wie ausgestellt saß sie da, ein zerknülltes Taschentuch in der Faust. Sie weinte leise, wiegte sich vor und zurück wie ein sich selbst beruhigendes Kleinkind und schien die Polizisten gar nicht zu bemerken. Jennifer Holstenbeck hockte neben ihr und hielt ihre freie Hand. Aus einem Transistorradio dudelte die Schlagerwelle, es klang nach Ireen Sheer oder irgendeinem anderen Grauen der siebziger Jahre. Sörensen hätte nichts zynischer finden können.

Er versuchte, Hilda Hinrichs einzuschätzen. Sie war etwa fünfzig, mit langen, im Ansatz silbergrauen Haaren, einer randlosen Brille und auffälligen Kugelohrringen in so einer komischen Zwischenfarbe, vielleicht Magenta. Ihr Gesicht war gebräunt, aber zerfurcht, vermutlich von zu viel Höhensonne, gewiss vom Nikotin, sicher vom Schmerz. Sie war etwas zu bunt bemalt, um elegant wirken zu können, eine Idee zu übergewichtig. Ihre Haare standen in alle verfügbaren Richtungen vom Kopf ab, waren ungewaschen, ungekämmt. Klar, dachte Sörensen, wer macht sich schon die Haare, wenn der eigene Mann tot im Stall liegt. Er stellte sich Hilda Hinrichs in einer Alltagssituation vor. Da war durchaus ein Anschein von Autorität. Von Strenge. Aber auch von Zerbrechlichkeit. Vielleicht existierte beides nebeneinanderher, vielleicht wechselte sich beides ab. Schwer zu sagen. Sörensen nahm eine Bewegung wahr und sah erst jetzt, dass in der Sitzecke am Fenster noch jemand kauerte. Ein Kind. Ein schmächtiger, dünner Junge von vielleicht zehn Jahren. Er schien mit der Sitzecke verschmolzen und rührte sich nicht.

Sörensen lächelte dem Jungen zu und räusperte sich. «Frau Hinrichs?», fragte er vorsichtig. Jennifer Holstenbeck sah ihn an, während sie immer noch neben der Frau hockte. Nicht zu hart anfassen, las er aus ihren Augen. Hilda Hinrichs antwortete nicht. Sie weinte so hemmungslos, als wäre es ihr egal, was um sie herum geschah, wer außer ihr die Küche besetzte, wer sie ansprach oder auch nicht. Vielleicht war es ja auch so, vielleicht war es im Moment wirklich egal. Sörensen wartete noch ein paar Sekunden und sah sich um. Hochwertig ausgestattet war die Küche, aber ziemlich verwahrlost. Hier war lange nicht mehr richtig geputzt worden; Fettspritzer auf Boden, Wand und Herdplatte, Brotkrümel auf der Anrichte. Drei Aschenbecher auf Küchentisch, Bord und Fensterbank quollen fast über. Wie mochte es wohl im restlichen Haus aussehen?

«Frau Hinrichs?», versuchte es Sörensen ein zweites Mal. «Mein Name ist Sörensen. Kriminalhauptkommissar Sörensen. Ich bin der neue Revierleiter hier … mir tut das alles sehr leid.»

Hilda Hinrichs reagierte immer noch nicht, also wandte sich Sörensen an den Schatten in der Ecke. «Und du bist der Sohn, ja?»

«Ja», antwortete eine schwache Stimme, die noch keine Nähe zum Stimmbruch aufwies.

«Das ist Jan», sagte Jennifer Holstenbeck.

Sörensen versuchte zu lächeln. «Wie alt bist du denn?», fragte er.

«Zwölf», sagte der Junge leise. Sörensen staunte. Jan wirkte ausgesprochen klein für zwölf, fast schon zart. Auf jeden Fall eingeschüchtert und verloren. Wie er so dasaß in seiner Ecke, den Rücken fest an die Lehne gepresst, wäre er sicher noch weiter weggerückt, hätte die Wand ihn nicht aufgehalten. Die Hände hatte er im Schoß gefaltet wie zum Gebet. Man muss ihn vor alldem schützen, dachte Sörensen. Das ging über den Tod seines Vaters hinaus. Hilda Hinrichs hob den Kopf und schien ihn nun erstmals wahrzunehmen. Sörensen durfte die Gelegenheit nicht verpassen.

«Frau Hinrichs … ich muss Sie ein paar Sachen fragen. Meinen Sie, das geht?»

Sie schaute ihn nicht an. «Ich denke schon.»

«Aber nur wenn das wirklich geht, Hilda, ja?» Jennifer Holstenbeck drückte ihre Hand. «Sonst können wir das auch später machen.»

Können wir nicht, dachte Sörensen, aber Hilda machte jeden Einwand überflüssig. «Hab ich ja schon gesagt», fauchte sie. Jennifer ließ abrupt ihre Hand los, stand auf und wandte sich ab. Jan zuckte zusammen, als hätte ihn eine Ohrfeige getroffen.

«Jennifer, gehen Sie doch bitte mit dem Jungen nach nebenan und kümmern Sie sich um ihn, ja?», sagte Sörensen. «Und fordern Sie psychologische Betreuung an.»

«Wo denn?», fragte Jennifer.

«Was weiß ich. In Husum vielleicht? Oder in Flensburg?»

Jennifer straffte sich. «Finde ich heraus. Komm, Jan», sagte sie sanft und hielt dem Jungen die Hand entgegen. Jan schälte sich dankbar aus seiner Ecke und trottete mit gesenktem Kopf hinter ihr her, allerdings ohne die Hand zu ergreifen. Seine Mutter ignorierte ihn.

«Ich brauche keine psychologische Betreuung», murmelte sie nur, kaum dass sich die Küchentür geschlossen hatte.

«Aber Ihr Sohn», entgegnete Sörensen und zog sich einen Holzstuhl heran. Er setzte sich Hilda Hinrichs gegenüber und betrachtete ihr verweintes Gesicht.

Malte Schuster, der bislang aus gutem Grund geschwiegen hatte, hob fast schüchtern den rechten Arm. «Und ich, kann ich auch etwas tun?», fragte er.

Sörensen bedachte ihn mit einem Blick zwischen Ärger und Verzweiflung. «Hinsetzen», sagte er dann bemüht freundlich. «Und zuhören. Meinetwegen mitschreiben.»

Malte setzte sich dezent, aber umso auffälliger auf die Kante der Sitzecke und holte einen Block aus seiner Tasche.

«Können wir das Radio vielleicht ausmachen?», fragte Sörensen.

«Nein», sagte Hilda. «Das Radio bleibt an. Das Radio ist immer an. Und um diese Uhrzeit sowieso. Das Radio muss an sein.»

Sörensen nickte. «Frau Hinrichs», begann er. «Können Sie mir erzählen … wie haben Sie Ihren Mann gefunden?»

Hilda wischte sich die Tränen ab. «Er ist heute Nacht nicht nach Hause gekommen. Also, er kommt oft spät, aber … gar nicht? Ich hab versucht, mir keine Sorgen zu machen. Und dann hab ich heute Morgen die Pferde gehört … so unruhig … da bin ich in den Stall. Das ist eigentlich seine Aufgabe, wissen Sie … ich mag keine Pferde, aber er wollt die ja haben … und da hat er dann gelehnt. Und überall das Blut …»

«Und Sie haben keine Schüsse gehört?»

«Nein.» Hilda schüttelte den Kopf. «Wenn ich schlafe, dann schlafe ich.»

«Sie konnten so tief schlafen, obwohl Sie sich Sorgen gemacht haben?»

«Ja», nickte Hilda. «Ich … ich nehme Seroquel.»

«Das kenne ich. Das ist ein Neuroleptikum. Wirkt gut gegen Schlafstörungen.»

Hilda richtete sich auf. «Aber man kann es nicht einfach so weglassen, nur weil man sich Sorgen macht.»

Sörensen nickte. «Ich muss Sie das jetzt fragen, Frau Hinrichs. Das ist so eine Standardfrage, und ich bin mir sicher, Sie hätten es gleich als Erstes gesagt, wenn Sie es wüssten, aber: Haben Sie eine Ahnung, wer Ihren Mann erschossen haben könnte?»

«Nein.»

«Irgendwelche Feinde?»

«Ich kenne keine.»

Sörensen blickte sich um. Und erneut fiel ihm auf, wie wenig hier zusammenpasste. Geld war offensichtlich vorhanden. Sorgfalt, Lebensfreude oder Lust an der Gestaltung allerdings nicht. «Sagen Sie mal», fragte er, «was war Ihr Mann eigentlich von Beruf? So ein richtiger Bauernhof ist das hier doch nicht, oder?»

Malte Schuster ächzte versehentlich, Hilda Hinrichs erhob sich erstaunlich behände und ging zum Fenster. Sie verschränkte die Arme vor der Brust, beobachtete den Regen und schwieg. Lange und intensiv.

«Frau Hinrichs?»

Sie drehte sich nicht um.

«Wie war Ihr Name noch mal?»

«Sörensen.»

«Es wäre gut, wenn Sie sich mal ein bisschen erkundigen, bevor Sie einen neuen Job antreten, Herr Kriminalhauptkommissar Sörensen.» Sie breitete die Arme aus. «Mein Mann war hier der Erste Bürgermeister.»

*

«Das hätte mir übrigens ja ruhig mal jemand sagen können, Herrgott. Da stehe ich ja selten dämlich da.»

Sörensen saß mit verschränkten Armen auf dem Rücksitz des Dienstwagens und schämte sich immer noch in Grund und Boden. Zwei Stunden waren vergangen. Zwei Stunden, in denen sie vergeblich auf die Spurensicherung gewartet und nach Anwohnern gesucht hatten, die irgendetwas gesehen oder gehört hatten. Auch das hatte wenig Erfolg gebracht. Die nächsten Nachbarn wohnten etwa fünfzig Meter vom Hof entfernt, ein älteres Ehepaar namens Pohl, das wegen des Regens in der Nacht das Schlafzimmerfenster geschlossen gehalten hatte. Außerdem, so Frau Pohl, würde Herr Pohl dermaßen laut schnarchen, dass sie es nur mit Ohropax aushalte und selbst eine Atombombe direkt vor dem Gartentor ihn kaum übertönen könne. Herr Pohl hatte das bestätigt und im Gegenzug behauptet, Frau Pohl schnarche selbst wie ein Nilpferd mit Polypen und es gehe in ihrem Schlafzimmer lauter zu als in einer Großraumdisco nachts um halb zwei.

Fazit: Niemand hatte etwas gehört, gesehen oder geahnt, die Hinrichs seien vorbildliche Nachbarn gewesen, aber bei Interesse könne man gerne Frau Pohls selbstgemachten Pflaumenkompott probieren.

«Tut mir leid», sagte Malte Schuster zerknirscht. «Ich dachte, Sie wüssten das von dem Hinrichs.»

Sörensen schüttelte den Kopf und bemerkte an sich die unangenehme Geruchsmischung aus normalem Schweiß und diesem anderen, dem nervösen. «Nee, woher denn?», fragte er. «Ich dachte ja, ich hätte Zeit, mich in aller Ruhe einzuarbeiten.»

Jennifer Holstenbeck guckte unverhohlen genervt in den Rückspiegel. «Manche lesen so etwas ja auch vorher nach, bevor sie irgendwo neu anfangen», sagte sie. «Welche Partei ist hier an der Macht?»

«Na ja, Macht.»

«Wie viele Einwohner hat Katenbüll?»

«Genug für einen Bratwurststand auf dem Marktplatz.»

«Wovon lebt die Stadt hauptsächlich?»

Aus Sörensens peinlicher Berührtheit wurde Aggression. Zeit für den Gegenangriff. «Wieso denn eigentlich Stadt? Was denn für eine Stadt?», fragte er wenig originell und ließ sich auch nicht davon stören, dass Malte Schuster die Luft durch die Zähne einzog. «Sagen wir doch mal, wie es ist. Ein klitzekleines Dorf ist das. Samt Dorfpolizist, der sich einen Ast darauf freut, dass er endlich mal ein Absperrband befestigen darf, der das wahrscheinlich total toll findet, dass hier endlich mal was los ist!»

«KHK Sörensen …», setzte Jennifer an.

«Was?»

«Der Kollege Dhonau …»

«Haben Sie das schon gesehen?», unterbrach Malte eilig. «Die Fabrik? Den weißen Bau hier zur Rechten?»

Sörensen ging nicht darauf ein. «Der Kollege Dhonau interessiert mich nicht. Sagen Sie mir lieber irgendetwas Konstruktives zu unserem Fall, zum Beispiel, ob dieser Hinrichs Feinde hatte oder uneheliche Kinder oder ob der beliebt war», zischte er.

«Beliebter als Sie im Moment», schimpfte Jennifer zurück. Sie schien sich von ihrem Vorgesetzten, der noch dazu ein Mann war, ums Verrecken nicht einschüchtern lassen zu wollen.

«Das ist eine Fleischfabrik», fuhr Malte mit erhobener Stimme fort. «Eine Fleischfabrik.»

Jennifer versuchte, einen ruhigeren Tonfall anzuschlagen. «Also, ich glaub schon, dass der beliebt war. Bei den meisten. Aber ich hab den nicht gewählt.»

«Gut zu wissen», opponierte Sörensen weiter. «Ich meine, das ist doch wirklich gut zu wissen. Vielleicht haben Sie ja sogar ein Motiv, Frau Holstenbeck.»

Malte gab jetzt alles. «Die hat der Hinrichs hierhergeholt, die Fabrik. Der hat ordentlich was für die Arbeitsplätze getan, das muss man schon sagen. Weiter im Norden entsteht sogar ein neues Wohngebiet, weil die Fabrikarbeiter gar nicht wissen, wo sie sonst leben sollen. Überall flüchten die Leute in die Stadt, und wir bauen ein neues Wohngebiet. Ist doch toll, oder? Ist das nicht toll?»

«Jetzt hört ja wohl alles auf. Sie wissen selbst, dass Sie gerade Quatsch reden, Herr Sörensen», schimpfte Jennifer.

«Und die Jungen hauen nicht mehr so schnell ab.» Malte brüllte fast. «Soll jetzt hier bald sogar einen McDonald's geben! Einen McDonald's!»

«Natürlich rede ich Quatsch.» Sörensen passte sich Maltes Lautstärke an. «Das mache ich meistens, wenn ich wütend bin. Ich weiß das dann auch selbst, aber immer erst am nächsten Tag. In dem Moment, wo ich das sage, kann ich das nicht stoppen, verstehen Sie das?»

«Ich verstehe das», sagte Jennifer Holstenbeck und nahm das gut versteckte Friedensangebot an. Malte hingegen hatte den Schuss noch nicht gehört. «Diese Anlage verschandelt die Landschaft, ist aber eine der modernsten Fleischfabriken Europas. Hat den Bundesehrenpreis bekommen und so weiter.»

«Ja, und der Hinrichs war dann plötzlich liquide genug, sich seinen alten Bauernhof schön auszubauen.» Jennifer schaute auf das Display ihres Handys und steckte es anschließend weg.

«Die haben sogar mehrere Standorte», verkündete Malte und registrierte gar nicht, dass endlich mal jemand auf ihn einging, «und ich hab gelesen, dass die über eine Milliarde Verbraucherverpackungen im Jahr produzieren. Für zig Marken, wo du gar nicht auf die Idee kommen würdest, dass das alles derselbe Verein ist. Muss man sich mal vorstellen!»

«Jetzt komm mal wieder runter, Malte», sagte Jennifer tadelnd. Aus Malte Schuster entwich die Luft.

«Und bei uns ist die Zentrale! In Katenbüll», schloss er fast kleinlaut.

Für einen Moment herrschte Schweigen. Sörensen knibbelte einen Hautfetzen unter der Nase weg. «Ich bin ja Vegetarier», sagte er dann.

Jennifer Holstenbeck gestattete sich ein Grinsen. «Das verraten Sie hier aber besser mal keinem.»

Vater und Sohn

«Es ist ja sowieso alles egal.» Sörensen setzte sich missmutig an seinen Schreibtisch und betrachtete den Kaktus. Er war so abweisend, wie ein Kaktus es nur sein konnte, und passte somit hervorragend zu ihm – der pulvrigen Erde nach zu urteilen war er seit Äonen nicht mehr gegossen worden. Auch das passte zu ihm. Der Bürostuhl war viel zu niedrig, und der Hebel klemmte. «Ich mache jetzt meinen Pflichtanruf in Flensburg, dann rücken die Kollegen von der Mordkommission an, und wir … wir kümmern uns eben um die Dinge, um die wir uns eben so kümmern. Da gibt es bestimmt eine Menge Papierkram. Und Schafe zu retten oder so.»

Malte Schuster machte ein enttäuschtes Gesicht. Jennifer Holstenbeck nickte zwar, sah aber nicht weniger unglücklich aus.

«Ja, oder was?», fragte Sörensen ein wenig zu patzig und suchte nach dem Knopf, um den Computer hochzufahren.

«Na ja», sagte Jennifer. «Sie haben doch Erfahrung mit so was, oder?»

«Womit?»

«Mit Mord.»

«Ja, schon», gestand Sörensen widerwillig ein. «Aber das ist ja nicht der Grund, warum ich hierhergekommen bin. Nee, Quatsch, anders: Das ist genau der Grund, warum ich hergekommen bin! Um eben nicht mehr … na ja, mit so einem Scheiß zu tun zu haben.»

«Aber ein bisschen wirkt das so, ich weiß nicht, ob ich das sagen darf, aber na ja, egal, ein bisschen wirkt das so, als würden Sie als Schlittschuhläufer auf eine Eisfläche kommen und sich dann darüber beschweren, dass es glatt ist», sagte sie und setzte eiligst ein weiteres «Wenn ich das vielleicht sagen darf» hinterher.

«Ich würde so viel lernen», sagte Malte Schuster treuherzig. «Unglaublich viel würde ich da lernen. Immer nur Schafe und Kühe und Parkverbot, das hält doch nicht vor.»

«Ich will keinen Mord aufklären», sagte Sörensen trotzig.

«Aber Sie könnten es», sagte Jennifer. «Bestimmt.»

«Bestimmt hin oder her. Ich will nicht.»

«Und wir zählen gar nicht?», fragte Malte Schuster wie eine Mischung aus Bambi und dem letzten Einhorn. «Wir kommen ja von hier. Wir helfen Ihnen.»

«Sie sind Praktikant, Malte», sagte Sörensen.

«Ja, noch», entgegnete Malte und schien über die Erwähnung dieser schlichten Tatsache erstaunlich verletzt. «Aber wenn man nicht gefördert und gefordert wird, dann bleibt man das ja auch immer. Zumindest innerlich.»

«Sie reden vielleicht ein Zeugs.» Sörensen seufzte. «Kann mir mal … kann mir mal jemand verraten, was daran so toll sein soll, hier, an so einem Mord?» Er zog das O im Mord abfällig in die Länge. «Das ist doch nicht wie im Fernsehen, Spannung und so, der superschlaue Polizist schön auf der sicheren Seite, und nach neunzig Minuten ist alles vorbei und so. Nee, Sie wühlen den ganzen Tag im Dreck. Und wenn Sie nicht im Dreck wühlen, ist das total langweilig, elendslangweilig sogar. Und wenn das nicht langweilig ist, dann kriegen Sie die volle Breitseite des menschlichen Elends ab, hier, Wut, Hass, Trauer, Schmerz. Damit müssen Sie erst mal umgehen. Und überhaupt, alles ist irgendwie traurig. Sie können nicht mehr schlafen, Sie versuchen, in den Kopf eines Menschen zu kriechen, der einen anderen Menschen getötet hat. Sie hinterfragen sich andauernd selbst: Was würde ich in so einem Fall tun, und könnte ich das auch, und verstehe ich das, und am Ende müssen Sie Ihre eigenen Wertvorstellungen dann trotzdem vergessen und einfach nur nach dem Gesetz handeln!»

«Wie jetzt?», fragte Jennifer verwirrt. «Was ist denn daran so schlimm? Ein Mord ist doch wohl zu Recht gegen das Gesetz, oder?»

«Ja, natürlich. Ja, sicher, ist ja Quatsch, natürlich.» Sörensen bemerkte eine innere Verfransung. «Aber was ist denn, wenn der Ermordete vorher Sachen gemacht hat, die eine solche Tat moralisch rechtfertigen?», sagte er trotzig. «Dann müssen Sie den Mörder trotzdem verhaften. Nee, nee, dann doch lieber schön einen Falschparker aufschreiben. Der hat falsch geparkt, hier, da ist ein Schild, klarer Beweis, Knöllchen, keine weiteren Fragen und zack.»

«Aber was ist, wenn der falsch geparkt hat, weil seine Frau schwanger ist und ganz schnell ins Krankenhaus muss?», sagte Jennifer Holstenbeck spitzfindig. «Was, wenn der falsch geparkt hat, weil er ein schlimmes Geschwür am Bein hat und nicht mehr laufen kann und so nah wie möglich an die Apotheke ranmuss? Das ist ja auch alles möglich.»

«Dann zahlt der im Zweifelsfall ungerechte fünfzehn Euro und regt sich zwei Minuten lang auf. Aber der geht nicht ins Gefängnis.»

«Ich verstehe nicht, was Sie da sagen, Herr Kriminalhauptkommissar. Worüber reden wir denn hier? Das klingt ja beinahe so, als würden Sie lieber einen Mörder laufenlassen, weil Sie ansonsten Angst hätten, jemanden zu verhaften, dessen Motiv Sie eventuell nachvollziehen können.»

«So ist das natürlich auch nicht», ruderte Sörensen zurück.

«Ich könnte so viel lernen», sagte Malte.

«Wenn Sie Mord und Totschlag wollen, dann gehen wir zusammen ins Kino. Aber ich rufe jetzt in Flensburg an. Muss ich ja sowieso.»

Sörensen machte eine flüchtige halsabschneidende Geste und beendete diese absurde Diskussion, die er nicht nur selbst ausgelöst, sondern natürlich auch mit Bausch und Bogen verloren hatte. Klar, er hatte ziemlichen Unsinn geredet, zumindest größtenteils. Aber was sollte er machen? Es war einfach unmöglich, schlüssig etwas zu erklären, was er nicht erklären durfte. Als Polizist vor dem neuen Team einzugestehen, dass man Angst hatte, wäre beruflicher Selbstmord. Genauso gut konnte man als Chirurg einen Tremor eingestehen. Das war einfach nicht hilfreich für Autorität und berufliche Weiterentwicklung. Polizisten hatten stark zu sein, unerschrocken und jederzeit Herr der Lage.

Apropos Herr der Lage.

Er suchte ohne die Hilfe der pikierten Kollegen in den Unterlagen nach der Telefonnummer, was eine Zeitlang dauerte, und rief schließlich in Flensburg an. Er bemühte sich um eine gerade Sitzhaltung und vermied jeglichen Blickkontakt zu Jennifer und Malte, die sich nicht einmal die Mühe machten zu vertuschen, dass sie an seinen Lippen hingen. Der leitende Erste Kriminalhauptkommissar in Flensburg hieß Rösler und schien nicht gerade auf Sörensens Anruf gewartet zu haben. Er machte einen gehetzten und unfreundlichen Eindruck.

«Wie war Ihr Name, Herr Kollege?», fragte er.

«Sörensen. KHK Sörensen.»

«Ah, ja, ja, ja, ich erinnere mich. Ich habe davon gelesen. Sie kommen doch aus Hamburg, oder? Haben mit dem Kollegen Kappler getauscht?»

«Korrekt», beschied Sörensen knapp.

«Was haben Sie da vorher noch mal gemacht?»

Sörensen seufzte. Er ahnte Ungemach. «Ich war Mordermittler beim LKA, Abteilung Deliktorientierte Ermittlung.»

«Aha», sagte EKHK Rösler mit leichter Gehässigkeit. «Das ist doch super. Da kriegen Sie das da vor Ort doch erst mal bestimmt auch alleine hin?»

«Wie bitte?»

«Ich sag Ihnen was.» Rösler klang gepresst, so als würde er während eines Marathons auf der Zielgeraden versuchen, konspirativ zu sein. «Wir haben genau eine Mordkommission hier. Für insgesamt 279 000 Einwohner auf etwas über zweitausendeinhundert Quadratkilometern.»

«Aha.»

«Das umfasst den Bereich der Stadt Flensburg, den Kreis Schleswig-Flensburg und …», er hob die Stimme, «… Teile der Autobahn A 7!»

«Aha.»

«Bis zum Rendsburger Kreuz! Wissen Sie, wie viele Morde wir im letzten Jahr aufzuklären hatten?»

«Nein.»

«Zwölf.»

«Zwölf», wiederholte Sörensen.

«Und wissen Sie, wie hoch unsere Erfolgsquote war?»

«Nein?» Sörensen wurde langsam aggressiv.

«Hundert Prozent! Und das soll auch so bleiben. Gerade jetzt haben wir in Glücksburg und Kappeln zwei Fälle zu klären, und das liegt auch nicht auf dem Weg. Insofern wäre das schon von Vorteil, wenn Sie das erst mal selber … können Sie das? Ich meine, schaffen Sie das?»

«Ja, ich schaffe das», zischte Sörensen und dachte das Gegenteil.

«Wunderbar», sagte Rösler. «Viel Glück dann in Katenbüll. Es soll da einen wunderbaren Chinesen geben. Lassen Sie es mich wissen, wenn Sie Fortschritte machen. Alles Gute und einen schönen Tag noch.»

Ein Klacken, dann lauschte Sörensen einer toten Leitung. Langsam, sehr langsam, führte auch er den Hörer zur Gabel. Jennifer Holstenbeck und Malte Schuster sahen plötzlich sehr beschäftigt aus und starrten auf ihre Monitore. Sörensen stand auf und zog sein Hemd glatt.

«Ich habe Hunger», sagte er. «Ich habe heute noch gar nichts gegessen.»

Jennifer lächelte ihn vorsichtig an. «Dann machen Sie doch mal. War ja auch ganz schön viel heute früh.»

Sörensen konnte nicht anders, es war ja auch zu albern, Niederlagen galt es zu akzeptieren wie die Siege, an die er sich dunkel erinnerte und die sicherlich auch irgendwann mal wieder kommen würden. Jedenfalls schaffte er es zurückzulächeln. «Wo ist denn eigentlich der Deichweg?», fragte er. «Ich hab da was angemietet.»

«Am Deich», sagte Malte, ohne aufzugucken. Da er dabei sehr konzentriert wirkte, schien er keinen Scherz machen zu wollen. «Einfach den Schildern folgen. Die letzte Querstraße vorm Koog. Können Sie nicht verfehlen. Ein Restaurant neben dem anderen.»

«Gut», sagte Sörensen. «Ich mach dann mal Mittag.»

Er stand auf, zog sich sein Sakko an und wollte gerade das Revier verlassen, als Jennifer noch einmal den Kopf hob. «Herr Sörensen», sagte sie.

Er drehte sich um. «Ja?»

«So können Sie nicht rausgehen. Warten Sie mal.»

Sie stand auf, ging am Kaffeeautomaten vorbei in ein Nebenzimmer, das Sörensen überhaupt noch nicht wahrgenommen hatte, und kam mit einer dunkelblauen Allwetterjacke zurück.

«Die müsste eigentlich passen», sagte sie. «Wenn es Sie nicht stört …»

«Wieso? Wem gehört die denn?»

«Die hat Ihrem Vorgänger gehört. Der Kappler war so schnell weg, der hat seine ganzen Sachen hiergelassen. Na ja …»

Sie winkte ab. Sörensen zog sein Sakko aus, wollte es Jennifer in die Hand drücken, ließ es dank ihres warnenden Gesichtsausdrucks aber bleiben und hängte es über seinen Bürostuhl. Die Allwetterjacke ließ ihn nach Tourist aussehen und war auch ein wenig zu groß, aber immerhin, sie verbreiterte sein Kreuz aufs angenehmste.

*

Für den Moment hatte es tatsächlich aufgehört zu regnen. Die in verschiedenen Graustufen gestaffelten Wolken zogen drohend, niedrig und in rekordverdächtiger Geschwindigkeit über seinen Kopf hinweg. Der Rathausplatz war immer noch leer bis auf Käse-Käthes Marktwagen, den Bratwurststand und seinen Passat. Es war halb eins. Es kam ihm vor, als wäre er schon ewig hier, dabei waren noch nicht einmal vier Stunden vergangen. Sörensens Blick fiel auf ein DIN-A1-Plakat, das direkt vor dem Revier aufgestellt worden war und das er am Morgen übersehen hatte. *Fetzige Knaller-Fete* stand in bunter Achtziger-Jahre-Scheußlichkeit darauf. Hinter der Schrift ein Regenbogen. Darüber die eingeklinkten Passfotos diverser Hobbymusikanten. Zumindest vermutete Sörensen, dass es Hobbymusikanten waren, denn *DJ Abrissbirne, T. Gila Sunrise, A Horst With No Name & René Mené Muh*, das konnte doch keiner ernst meinen. *Immer samstags im Katenbüller Hof*, las er. Und klein darunter: *Mit Bier & Schnaps & Frickassee.* Frickassee also. DJ Abrissbirne sah mit seinem Schnäuzer und dem länglichen Gesicht verdächtig nach Kollege Dhonau aus. Sörensen seufzte. Er hatte aber auch einen Hunger.

Er überquerte die Straße, nickte dem sich jenseits der Verfallsgrenze befindlichen Bratwurstverkäufer zu und empfing zur Begrüßung einen mürrischen Augenaufschlag der ebenfalls mindestens siebzigjährigen Marktfrau, bei der es sich aller Wahrscheinlichkeit nach um Käse-Käthe handelte. Wahre Freude sah anders aus. Sollte die nicht froh sein, dass überhaupt mal jemand kam?

«Ich nehme so ein Brötchen», sagte er.

«Trocken?»

«Belegt.»

«Da verkaufe ich nur Brötchenhälften», sagte Käse-Käthe und sah ihn fast herausfordernd an. Auf den freien Flächen ihres Wagens waren drei schlecht gezeichnete, lachende Mäuse dabei, Käsekrümel aus einer geplünderten Falle zu verputzen.

«Okay», sagte Sörensen. «Wenn Sie aber *ein* Brötchen aufschneiden und daraus zwei Hälften machen, ist das ja immer noch *ein* Brötchen. Spätestens wenn Sie es dann wieder zusammenklappen.»

Käse-Käthe schüttelte den Kopf. «Ich klapp die Hälften aber nicht zusammen. Das geht auch gar nicht, wegen dem Belag.»

«Hängt davon ab, was drauf ist. Wenn Sie auf der einen Hälfte Schinken haben und auf der anderen Käse, dann geht das schon. Sie haben doch Schinken?»

«Also wollen Sie Schinken und Käse?»

«Nee», sagte Sörensen. «Ich ess kein Fleisch.»

«Was dann? Eiersalat, Salami?»

«Was Gutes für den Magen», sagte Sörensen. «Ich hab's ein bisschen mit dem Magen.»

«Also Gouda», sagte die Frau. «Zwei Brötchenhälften mit Gouda.»

«Weiß ich gar nicht, ob Gouda so gut ist.»

«Ich hätte auch einzelne Salatblätter ohne was. Eisbergsalat.»

«Nee. Das geht nicht.»

«Was?»

«Eisbergsalat. Das geht nicht mit Eisbergsalat.»

«Und wieso nicht?»

«Viel zu hart. Und trocken. Irgendwie sperrig. Man kann doch keine Brötchenhälften mit Eisbergsalat belegen.»

«Ich steh seit vierzig Jahren hier, junger Mann. Wenn ich sage, man kann Brötchenhälften mit Eisbergsalat belegen, dann kann man Brötchen mit Eisbergsalat belegen.»

«Gut, dann aber ohne Butter.»

Käse-Käthe zögerte. «Im Ernst?», fragte sie.

«Sie können ja zwei Hälften mit Salat machen und eine mit Gouda. Wenn ich den Salat vertrage, esse ich vielleicht noch den Gouda. Oder nee, nee, andersherum: Wenn ich erst die Hälfte mit dem Gouda esse und den vertrage, könnte ich auf die beiden Salathälften noch zusätzlich Käse nehmen.»

«Dann können Sie aber auch gleich drei Hälften mit Käse nehmen. Wenn Ihnen nach dem Gouda nämlich schlecht ist, essen Sie die Hälften mit dem Salat eh nicht mehr.»

«Das stimmt.»

«Also drei Brötchenhälften», wiederholte die Frau.

«Eineinhalb Brötchen, genau», sagte Sörensen.

Käse-Käthe blickte ihn an, als führte sie gerade das wunderlichste Kundengespräch ihres sicherlich außerordentlich harten Arbeitslebens. Dann zuckte sie mit den Schultern und machte sich an die Arbeit.

«Neu hier?», fragte sie, während sie das erste Brötchen mit einem großzackigen Messer zerteilte, das auch mal wieder gewaschen werden konnte. «Oder Tourist?»

«Nee, neu», sagte Sörensen. «Scheiße mit dem Wetter, näh?»

«Schlimm», sagte die Marktfrau, die mit einem veritablen Dutt ausgestattet war. «Aber wir haben ja schon ganz anderes überlebt, haben wir. Die große Flut zum Beispiel, das Rockertreffen fünfundachtzig, die Öffnung der Grenze.»

«Wie, die Öffnung?», fragte Sörensen.

«Ja, hier, DDR und so.» Käse-Käthe wedelte mit dem Messer. «Also die Ossis kommen nicht her, aber plötzlich fahren unsere an die Ostsee und machen uns das Geschäft kaputt. Weiß gar nicht, was das soll. Ist doch vorher auch ohne gegangen. Also ohne mit Mauerfall.» Sie blickte nach links und fixierte Sörensens Auto. «Hoffentlich ist der Schiet-Passat da bald weg, sonst ruf ich die Polizei. Hier ist Markt! Absolutes Halteverbot ist hier!»

«Richtig so, mein Schatz», mischte sich der Bratwurstverkäufer mit kehliger Stimme ein. «Da könnt ja jeder kommen.» Auf seinem Grill luden drei verschrumpelte Würste zum Wegschmeißen ein.

Sörensen betrachtete den Marktplatz noch einmal zur Gänze. Außer ein paar zerzausten Tauben, die mit angemessener Aggressivität um einen halben Quadratmeter Fläche stritten, war absoluter Totentanz. «Verstehe ich gar nicht», sagte er. «Ist doch jede Menge Platz.»

Die Verkäuferin schnaubte. «Und wenn das Schule macht? Wir zahlen hier die Gebühren, und alle anderen parken umsonst, oder was? Und vollgestopft ist die Karre. Wie sieht denn das aus?»

Der Wurstverkäufer lachte, was in seinem Fall wie ein ausgedehntes Husten klang. Kehlkopfkrebs, dachte Sörensen. Entweder schon oder bald.

«Jetzt mal Butter bei die Fische: So funktioniert das nicht inner Marktwirtschaft», führte der Mann aus und fuchtelte mit einer baumelnden Wurst in der Zange in der Luft herum. «Wenn hier jeder parken kann, wie er will, ist das Planwirtschaft. Solidargemeinschaft und so'n Schiet. Sieht man ja, wo die Ossis damit hingekommen sind. Und jetzt? Die wohnen in ihren sanierten Altbauten, in ihren *von unserem Geld* sanierten Altbauten, und wir gehen den Bach runter. In Katenbüll ist der Marktplatz ein Marktplatz und kein Parkplatz, und zwar immer, aber vor allem, wenn Markt ist. Sonst hieße das ja auch Parkplatz und nicht Marktplatz. Parkplatz heißt das aber nur, wenn kein Markt ist.»

Das klang logisch, dachte Sörensen, dennoch regte ihn die dahinter verborgene Weltsicht auf. «Was macht das denn?», fragte er.

«Vier fünfzig», antwortete Käse-Käthe und gab ihm mit spitzen Fingern die Pappe mit den Brötchenhälften.

Sörensen zählte das Geld ab. «Gut, dann fahr ich mal den Wagen vom Marktplatz», sagte er. «Das ist nämlich meiner. Und die Polizei brauchen Sie nicht zu rufen. Ich bin nämlich die Polizei.»

Er zeigte hinter sich aufs Revier. Die Frau klappte den Mund auf. Sörensen fingerte in seiner Brieftasche, fand aber auf die Schnelle nur seine Karstadt-Kundenkarte. Er verdeckte mit dem Daumen das Logo und hielt die Karte in die Luft. «So», sagte er. «Jetzt zeigen Sie mir bitte mal Ihre Genehmigung.»

Käse-Käthe zuckte zurück. «Wie, Genehmigung? Ich steh hier seit vierzig Jahren, junger Mann», sagte sie.

«Ohne Genehmigung?», fragte Sörensen. «Das wird teuer.»

«Natürlich habe ich eine Genehmigung. Aber doch nicht dabei.»

«Dann zeigen Sie die bitte mal bis morgen früh um zehn auf dem Revier vor. Ansonsten besucht Sie hier morgen früh das Ordnungsamt.»

«Da kommt dann ja mein Schwager.» Der Dutt geriet in leichte Unordnung.

«Ist doch fein. Der kann Ihnen ja dann beim Suchen helfen, der Schwager», sagte Sörensen.

Der Bratwurstverkäufer wedelte mit seiner Bratwurstzange. «Ich kann aber nix dafür, ne?», rief er. «Keine Sippenhaft, ja? Ich kann jeden Kunden gebrauchen. Vielleicht wollen Sie ja ’ne Wurst? Geht aufs Haus.»

«Haben Sie denn Tofu?», fragte Sörensen.

«Was für’n Ding?»

«Dachte ich mir.»

Sörensen wandte sich ab. Genau in dem Moment, in dem er seinen Passat bestieg, begann es wieder zu regnen. Er fuhr in Richtung Koog und biss dabei in seine erste Brötchenhälfte. Das dadrauf war auf keinen Fall Eisbergsalat, ansonsten aber in Ordnung.

Weit war es nicht, vielleicht ein, zwei Kilometer, in engen Kurven vorbei an Weiden, Kühen, Pferden und Bauernhöfen, auf einer so schmalen Straße, dass man bei dem gelegentlichen Gegenverkehr ins Gras ausweichen musste. Dann sah er, wie der mit etlichen Schafen bestückte Deich sich vor ihm aufbaute. Parallel davor verlief wenig überraschend tatsächlich der Deichweg. Eine Entscheidung war zu fällen: links- oder rechtsherum. Er entschied sich für rechts, bog ab und suchte nach den Hausnummern. Nach der Fünfzehn (Katenbüller Krog) folgte die Siebzehn (Apartments Zur Seemöwe), die Richtung schien also zu stimmen. Hotels, Pensionen, Restaurants lagen dicht beieinander. Die meisten hatten die Jalousien auf Halbmast, wenn nicht ganz heruntergelassen. Die Saison war halt vorbei. Haus Nummer 43 war ziemlich eingeengt, das Grundstück war schmal und befand sich zwischen der Fischerklause und dem Ankergraf. Na, hier würde im Hochsommer ja was los sein, dachte Sörensen, von wegen Ruhe am Koog. Aber wer wusste schon, ob er nächstes Jahr überhaupt noch da war.

Das Häuschen war so klein, dass er fast daran vorbeigefahren wäre. Ein verwilderter Vorgarten verbarg den Eingang; eine Garage mit ehemals weiß gestrichenem und nunmehr abgeblättertem Holztor befand sich direkt neben der Kate, fast größer als das Häuschen selbst. Die Auffahrt war von Unkraut überwuchert. Sörensen fand das großartig. Also, er hätte es großartig gefunden, wenn er denn in der Lage gewesen wäre, überhaupt irgendetwas großartig zu finden. Er übte es, doch so richtig freute ihn leider schon lange nichts mehr. Aber dieses Haus, dieses Haus gefiel ihm. Es entsprach ihm. Und es war eben keine Wohnung – es war ein Haus. Ein richtiges, freistehendes Haus, in dem er alleine wohnen durfte, ohne direkte Nachbarn, ohne Buttermann. Allerdings war ihm auf den ersten Blick auch klar, warum die Miete so niedrig war. Deichweg hin oder her.

Sörensen parkte am Straßenrand, trat das Gartentor mit dem linken Fuß auf und kramte nach dem Schlüssel, den ihm die Besitzer, die irgendwo auf den Kanaren lebten, zugeschickt hatten.

«Ah, der neue Nachbar», sagte eine Stimme von links, hinter dem Zaun, aus einem dichten Gestrüpp heraus. Sörensen sah eine winkende Hand, eine Heckenschere und ein graues, spitzes Haupt, das fast nur aus Ecken und Kanten zu bestehen schien und dadurch äußerst asketisch wirkte. Eine Nickelbrille wurde nach oben geschoben. «Ich bin Horst Düseler», sagte der Mann und raschelte.

Es wäre selbstverständlich unhöflich gewesen, den Gruß nicht zu erwidern. Sörensen ging widerwillig auf den Zaun zu und streckte die Hand aus.

«Sörensen», sagte er. «Freut mich.» Was man halt so sagte. «Sieht ja fast so aus, als hätten Sie auf mich gewartet», fügte er hinzu, um mit einem lockeren Spruch seine nachbarschaftliche Pflegeleichtigkeit anzudeuten. Düselers Humorzentrum aber traf er damit nicht.

«Ich habe hier nur die Hecken gestutzt», sagte er ernst. «Mir gehört der Ankergraf.»

«Herzlichen Glückwunsch. Tolle Lage», sagte Sörensen brav. «Aber bestimmt sehr arbeitsintensiv.»

Düseler nickte. «Vor allem für einen Familienbetrieb», sagte er. «Wir sind von morgens bis abends dran. Sogar jetzt noch, obwohl die Saison vorbei ist. Bengt, komm mal her!», rief er.

Sörensen verdrehte die Augen. Er wollte doch einfach nur in seine Kate. Eine Etage unter Düseler bewegte sich etwas, ein Blondschopf in Jan Hinrichs' Alter schob sich nach vorne. «Das ist mein Sohn

Bengt», sagte Düseler. «Der packt hier mit an. Wann immer keine Schule ist.»

«Ich bin Sörensen», sagte Sörensen in Richtung des Blondschopfs, zu dem bestimmt auch ein Gesicht und ein Körper gehörten. «Kannst ruhig Sörensen zu mir sagen. Also ‹du›, meine ich. Du kannst ‹du› sagen.»

«Ich finde es eigentlich ganz gut, wenn Kinder bestimmte Formalien einhalten», sagte Düseler.

«Natürlich», beeilte sich Sörensen zu sagen. «Natürlich. Respekt und so.»

«Wir wohnen nicht hier», sagte Düseler. «Deswegen haben Sie nach 22 Uhr Ihre Ruhe vor uns.»

«Fein», sagte Sörensen.

«Und wenn das mal etwas lauter wird, sagen Sie Bescheid. Das sind dann die Gäste.»

Jetzt lachte Düseler. Zum gegenseitigen Witzeerzählen würden sie sich in Zukunft sicherlich nicht treffen, so viel stand schon mal fest.

Der Hotelier sah über die Schulter. «Meine Frau ist irgendwo im Haus. Soll ich sie mal holen?»

«Nicht nötig», sagte Sörensen eiligst. «Die macht ja auch ganz bestimmt ganz wichtige … die ist doch beschäftigt. Und ich muss ja auch mal langsam.» Er deutete auf das Auto hinter sich. «Einziehen und so.»

«Ja, sicher, da wollen wir nicht stören», sagte Düseler. «Oder, Bengt?»

Bengt sagte nichts, aber es bewegten sich erneut Zweige. «Na dann, schönen Tag noch. Viel Erfolg!», sagte Sörensen und drehte ab.

«Sind Sie eigentlich auch von der Polizei, wie Ihr Vorgänger?», schickte Düseler ihm hinterher.

Was blieb Sörensen übrig, als stehen zu bleiben. «Ja, warum?»

«Nur so. Kann ja nicht schaden, einen Polizisten in der Nachbarschaft zu haben. Ich hab ja eigentlich Maschinenbau studiert. In Hanau. Ah, das war 'ne andere Zeit. Da hatte das gerade angefangen mit SAP und diesem Zeug. Kennen Sie die Degeba? Die Firma? Da war ich. Hab die Schichtpläne der Kollegen betreut. Dann kam SAP. ‹Qualitätsmanagement›. Ich trau dem ja nicht. Wir kommen hier fast ohne Computer aus. Jedenfalls gab's dann Ärger mit dem Betriebsrat, und ich bin dann da weg und hierhin. Der Ankergraf war ein Schnäppchen damals. Hab's nicht bereut.»

«Ja, das ist schön», sagte Sörensen, zog sein Handy aus der Hosentasche und schüttelte es wie ein Parkinson-Kranker. Die Vibration schien enorm zu sein. «Entschuldigung, da muss ich ran», sagte er.

«Alles klar», sagte Herr Düseler und hob die Heckenschere. «Entschuldigen Sie die Störung. Man sieht sich. Komm, Bengt, steh hier nicht rum.»

Der Busch bewegte sich ein letztes Mal, dann atmete Sörensen tief aus und steckte das Handy zurück in die Tasche. «Alter», murmelte er und wünschte sich schon fast Buttermann zurück. Fast.

Er nahm den Schlüssel, schloss die Haustür auf und stand ohne großes Federlesen direkt im Wohnzimmer. Das Erdgeschoss bestand aus einem einzigen Raum. An der gegenüberliegenden Wand befand sich die offene Küche, von der aus eine Wendeltreppe nach oben führte, wo sich wohl Schlafzimmer und Bad befanden. Sörensen beschloss, das Ganze gemütlich zu finden. Schon aus Prinzip. Und für ihn galt sowieso: je höhlenartiger, desto besser.

Neben Decken und Wänden war auch das meiste Inventar aus Holz, ziemlich angestaubt und ungleichmäßig dunkel- bis mittelbraun. Das wollte auf jeden Fall gestrichen werden. Weiß. Irgendwann. Auch die Küche sah so aus, als wäre sie in den achtziger Jahren nicht mehr ganz neuwertig gekauft worden, aber die Hauptsache war doch, dass der Herd funktionierte. Und der Kühlschrank. Und dass das Wasser floss. Wie gerne hätte er jetzt jemanden angerufen, um seinen Neuanfang zu teilen, aber es fiel ihm niemand ein. Er hatte in den letzten Jahren seine privaten Kontakte vernachlässigt, arg vernachlässigt, war erst mit der Beziehung zu Nele und danach ausschließlich mit der Beziehung zu sich selbst beschäftigt gewesen. Er seufzte. Doch, es fiel ihm jemand ein. Jemand, den er sowieso anrufen musste. Aus ganz und gar nicht privaten Gründen.

Als das Freizeichen ertönte, überlegte er kurz, einfach wieder aufzulegen, doch da war es schon zu spät.

«Welch seltene Stimme an meinem ungewaschenen Ohr», sagte sein Vater zur Begrüßung und versuchte gar nicht erst, beleidigt zu klingen.

«Na?», sagte Sörensen. «Wie geht's?»

«Wer will das wissen?»

«Ich nicht. Aber das fragt man halt so. Außer man ist wie du.»

In diesem Ton unterhielten sie sich meistens. Das war gut, wenn man entspannt war, mit sich und dem Leben im Reinen, wenn man einander zugewandt und vertrauensvoll war – und es war unendlich mühsam, wenn man labil war, haderte, Selbstzweifel hegte und die Welt als solche und sein Elternhaus im Besonderen allzu missraten fand. So wie Sörensen in den letzten zwei bis drei Jahren. Deswegen hatte er den Kontakt zu seinem Vater auf ein Minimum reduziert. Dieser gab ein unangenehmes Geräusch von sich, eventuell ein Schlürfen. Für ihn war der Tag wahrscheinlich gerade erst angebrochen.

«Wie ist es gelaufen?», fragte er.

Sörensen erzählte kurz von seinem Morgen, beginnend mit Buttermann, endend mit der Leiche.

«Du bist noch keine fünf Stunden da und hast schon einen Mord am Hals?», fragte sein Vater. «Ich denk, du willst dich da ausruhen? Drachen steigen lassen am Strand? Wieder zu Kräften kommen?»

«Ich hab mir das auch anders vorgestellt, Papa.»

«Da hättest du ja auch in Hamburg bleiben können.» Vater Sörensen war bisweilen von zweifelhafter Sensibilität. «Wie ist das denn nun mit deiner Krankheit? Kann man das überhaupt so nennen? Das ist doch eher so 'ne Modeerscheinung gerade, das hat doch jeder, der was auf sich hält, oder? So einen Burnout?»

Sörensen bereute den Anruf. Natürlich bereute er ihn. «Das ist kein Burnout, Papa. Das nennt sich Angststörung», sagte er. «Generalisierte Angststörung. Und das kannst du ruhig so nennen. Das ist ein anerkannter Fachbegriff.»

«Wovor hast du denn eigentlich Angst?»

«Das kann man so nicht sagen. Deshalb heißt das ja ‹generalisiert›.»

«Wo kommen wir denn da hin, wenn die Polizei jetzt auch schon Angst hat?»

«Papa!»

«Wir hatten so was früher nicht.»

«Doch, hattet ihr.» Sörensen probierte, ob sich Wasser in dem dafür vorgesehenen Rohr befand. Der erste Schwall war braun, aber dann lief es. «Ihr hattet nur keinen Namen dafür und habt das dann einfach weggesoffen. Und seid dann verbittert und tot und ohne Leber in die Grube gefallen.»

Sörensens Vater lachte herzhaft. «Meine Leber ist jedenfalls noch da. Und du meinst ernsthaft, deine … äh …», er schien auf einen imaginären Zettel zu gucken, «Angststörung geht wieder weg, wenn du da in Holstein den Dorfpolizisten gibst?»

«Irgendwann muss ich ja von den Tabletten mal wieder runter.»

«Solltest du, mein Junge, solltest du.» Jetzt schmatzte es am anderen Ende der Leitung auch noch. «Da kannst du nämlich auch 'nen Leberschaden von kriegen. Wie ist denn dein Haus so?»

«Haus, ach Haus. Haus klingt größer, als es ist. Wenn ich ein Fahrrad hätte und es hier unterstellen wollte, müsste ich auf dem Deich schlafen. Dafür ist es möbliert. Total nett. Wenn man auf Häkeldeckchen, Buddelschiffe und Holzvertäfelungen steht. Und Blick auf den Koog hätte ich auch. Also, wenn der Deich nicht wäre.»

Der alte Sörensen seufzte theatralisch. «Du gibst dir wirklich alle Mühe, dass man als Vater keine Nacht durchschlafen kann. Ich dachte, das geht irgendwann vorbei. Aber du warst ja immer schon ein echtes Sorgenkind.»

«Das kannst du doch überhaupt nicht beurteilen. Du warst ja nie da.»

«Das ist unsachlich.»

«Das ist die Wahrheit.»

Sörensen erinnerte sich an einen gemeinsamen Ausflug in den Hamburger Stadtpark. Ein Ritterturnier. Er war etwa fünf gewesen, sein Vater knapp dreißig, ein aufstrebender Software-Entwickler bei IBM. Und das in Zeiten, als Software-Entwicklung ungefähr so verbreitet war wie Raumfahrttraining. Sörensen fand Ritter damals faszinierend, klar, er war ein Junge. Er liebte ihre Stärke, die schönen Rüstungen, die Schwerter, aber das bezog sich bitte schön auf Plastikfiguren, die machten, was man wollte. Das da aber im Stadtpark, diese brachiale Gewalt mit Vom-Pferd-Fallen und zerberstenden Lanzen, mit Publikumsgejohle und – hoffentlich – gespielten Schmerzensschreien, das war zu viel gewesen für den kleinen Jungen, der schon beim Räuber Hotzenplotz vorspulen musste, wenn der böse Zauberer Zwackelmann auftrat. Also hatte er sich auf den Arm seines Vaters geflüchtet, sich ganz eng mit dem Kopf in der Kuhle am Hals eingekuschelt, und sein Vater hatte es ausgehalten, vielleicht sogar genossen, ganze eineinhalb Stunden lang.

Sörensen erinnerte sich an dieses Turnier nicht aufgrund der Ritter, sondern weil es seine einzige Kindheitserinnerung dieser Art war. Nah am Vater, geschützt auf seinem Arm. Das hätte er natürlich gerne öfter erlebt, so oft, dass er sich nicht an ein bescheuertes Turnier erinnern musste, das hauptsächlich mit Angst verknüpft war. Aber es stimmte halt: Sein Vater war nie da gewesen. Sein Vater hatte Karriere gemacht. Und seine Mutter … na ja. Die war mit dem Leben als solchem überfordert gewesen. Und somit auch mit ihm.

«Falls überhaupt noch jemand in der Leitung ist, würde ich diese Höflichkeiten unter Blutsverwandten gerne abkürzen», unterbrach sein Vater Sörensens Gedankenfluss. «Du hast doch 'nen handfesten Grund für deinen Anruf, oder? Einfach so hast du dich doch noch nie gemeldet.»

Sörensen riss sich zusammen. «Da hast du natürlich recht. Pass mal auf, Papa, da gibt es jetzt so was Neues, Internet heißt das. Das findest du in diesem rechteckigen Kasten, wo du unter deinem Schreibtisch mit den Füßen gegenstößt. Da kannst du dich mal vorklemmen und gucken, was du über einen Heiner Hinrichs aus Katenbüll findest, in irgendwelchen Foren oder so. Ich kenn mich da nicht so aus. Das ist nämlich der Tote. Guck mal, ob der irgendwo irgendwelche Feinde hatte. Und erzähl mir mal was über Katenbüll, was nicht durch die Einwohner gefiltert ist.»

Sein Vater seufzte erneut. «Ich komme mir ausgenutzt vor.»

Sörensen ging nicht darauf ein. «Und grüß Erika von mir. Unbekannterweise. So heißt die doch, oder?», entgegnete er stattdessen.

«Erika ist nicht mehr.»

«Oh? Mein Beileid.»

«Wir haben uns getrennt. Letzten Monat schon.»

Sörensen verdrehte die Augen. «Das tut mir leid», sagte er, dachte aber, dass sein Vater so ziemlich das schlechteste Vorbild für die Gestaltung einer dauerhaften Beziehung war, das ein Sohn sich vorstellen konnte. Wie sollte man da nicht fürs Leben geschädigt sein? Er überlegte, ob er tiefere Betroffenheit simulieren sollte.

«Ich könnte aber Marita von dir grüßen», kam es fröhlich aus der Leitung. «Natürlich ebenfalls unbekannterweise.»

Keine Betroffenheit. «Mach das», sagte Sörensen. «Aber sei mir nicht böse, wenn ich den Namen morgen schon wieder vergessen habe.»

Kopulierende Schweine

Jennifer Holstenbeck hielt sich nicht mit Begrüßungen auf, als Sörensen nach seiner für einen ersten Arbeitstag deutlich zu ausgedehnten Mittagspause wieder das Revier betrat. Es war kurz vor zwei. Außer ihr und ihrem vorwurfsvollen Blick war niemand zu sehen.

«Ich hab mal was überprüft», sagte sie.

«Das ist schön.»

Sörensen ließ sich gespielt erschöpft auf seinen Schreibtischstuhl fallen, streckte die Füße aus und beschloss, den armseligen Kaktus bei nächster Gelegenheit zu entsorgen. «Was denn?»

Jennifer verschränkte die Arme hinter dem Kopf, wodurch sie automatisch ihre Brüste herausstreckte. Sörensen registrierte den angenehmen Umfang. Immerhin, dachte er, Antidepressiva hin oder her, die männlichen Instinkte waren nicht völlig totzukriegen.

«Der letzte Mord in Katenbüll war im Dezember 2002», sagte Jennifer. «Muss man sich mal vorstellen. Da hing der Dorfarzt an Heiligabend aufgeknüpft am großen Weihnachtsbaum auf dem Kirchplatz. Ich erinnere mich noch daran, als wäre es gestern gewesen. Das war natürlich Stadtgespräch damals. Ein echtes Kunstwerk.»

«Wieso?»

«Hängen Sie mal einen ausgewachsenen Mann an einer Tanne auf. Das ist gar nicht so einfach.»

Sörensen nickte anerkennend. «Und?», fragte er. «Hat man den Täter erwischt?»

Jennifer schüttelte den Kopf. «Nix. Kein Motiv. Kein Täter. Kein gar nix. Die Kollegen aus Flensburg haben damals übernommen, hat aber auch nichts genützt.»

Sörensen nickte. «2002 …», sinnierte er. «Echt? Komisch, dass, gerade wenn ich komme …»

Jennifer gab einen Schnalzlaut von sich. «Das mit dem Mord beziehen Sie jetzt aber nicht auf sich, oder?»

«Ist so ’ne Schwäche von mir.»

Jennifer lachte und zeigte auf seinen Computer. «Sagen Sie Bescheid, wenn Sie Hilfe brauchen.»

Sörensen nickte und war froh, ein paar Minuten für sich zu haben. Er horchte in sich hinein. Seine Hülle war ruhig und kontrolliert, aber in ihm vibrierte es schon wieder, fühlte sich zunehmend zittrig an, übernervös. Er verspürte nicht nur den üblichen Druck auf der Brust, den war er ja gewohnt, nein, es schnürte sich richtiggehend zu, so, als würde ein Bleigürtel um seinen Brustkorb festgezurrt. Seine Schultern wurden schwer, die Nackenmuskulatur verspannte sich. Je länger er sich selbst beobachtete, desto mehr musste er gegen den Drang ankämpfen, aufzuspringen und hinauszurennen. Der Bildschirm flimmerte, die Klimaanlage dröhnte unangenehm in seinen Ohren. Er sah aus dem Fenster: Die rotbraunen Blätter der Kastanie hinter dem Haus schienen sich in verschiedene Richtungen zu bewegen; jedes einzelne Blatt forderte seine Aufmerksamkeit. Vereinzelt lösten sich Kastanien, donnerten gegen das Dach, gegen das Fenster, von dort auf den Boden. Er nahm jeden Aufprall so deutlich wahr wie einen Böller an Silvester aus nächster Nähe. Reizüberflutung war das. Warum eigentlich? Warum gerade jetzt? Es war doch gar nichts. Also nichts Besonderes. Er wandte den Blick ab. Irgendwo draußen hupte ein Auto, fluchte ein Mann. Ein Flugzeug flog vorbei. Sörensen saß am Schreibtisch und schwitzte. «Alles in Ordnung?», fragte Jennifer, ohne aufzuschauen.

«Na klar», sagte Sörensen und entfernte per Räuspern einen Frosch aus seinem Hals. «Muss mich nur erst mal akklimatisieren.»

«Logisch.» Jennifer schmiss den Drucker an, stand auf und ging zum Kaffeeautomaten. Sörensen atmete in kurzen Intervallen und mit offenem Mund, als würde ihm jemand die Luftröhre zudrücken. In diesem Moment schoss Malte Schuster durch die Tür und wedelte mit seinem Schreibblock. «Hier, ich weiß was», sagte er stolz.

«Bra… Brav.» Sörensen zwang sich zu einem Lächeln und wischte sich den Schweiß von der Stirn. Ja, tatsächlich, er lächelte. Das äußerlichste Lächeln aller Zeiten war das. Und er hatte es hinbekommen. Irgendwie auch eine Leistung.

«Kaffee?», fragte Jennifer.

Malte schüttelte den Kopf. «Hab gerade mit den Kollegen der Spusi gesprochen. Wusstet ihr, dass da einer arbeitet, der mal für Hannover 96 in der Bundesliga gespielt hat? Ist aber nur zweimal eingewechselt worden, dann hat der im Training einen Mannschaftskameraden so heftig umgenietet, dass er ins Krankenhaus musste. Also, der Mannschaftskamerad jetzt. Da ist der jedenfalls vereinsintern gesperrt worden, also der Kollege, und jetzt ist er bei der Spusi.»

«Malte», mahnte Jennifer milde und brachte den Automaten zum Zischen.

«Nee, den Namen verrat ich nicht», empörte sich der Praktikant.

«Der interessiert uns gar nicht, der Name. Was du rausgefunden hast, wollen wir wissen.»

«Also mich interessiert der», sagte Sörensen, aber Malte ignorierte ihn. Was ja eigentlich eine Frechheit war.

«Der Todeszeitpunkt war zwischen elf Uhr abends und zwei Uhr in der Frühe», sagte er. «Tatwaffe ist eine Pistole», er blätterte in seinem Block, «Kaliber neun Millimeter. Haben die Kollegen aber nicht gefunden, also die Tatwaffe jetzt. Die Kugeln schon, die steckten ja im Körper.»

«Malte», wiederholte Jennifer schon etwas weniger sanft.

«Schon gut, schon gut. Die Kugel im Bein trat von hinten aus etwas größerer Entfernung ein, die Kugeln in Kopf und Brust kamen von vorne.»

Sörensen schaffte es endgültig, sich vollkommen der Sache zu widmen. «Das könnte bedeuten, dass der Hinrichs vielleicht zunächst vor seinem Mörder geflohen ist, daher der Schuss von hinten ins Bein. Er dreht sich um, und zack und zack.»

Jennifer nickte und goss noch etwas Milch auf den Kaffee. «Vielleicht», sagte sie. «Oder der Täter hat sich von hinten an den ahnungslosen Hinrichs rangemacht und ohne Vorwarnung geschossen. Auf jeden Fall war wohl der Schuss ins Bein vor den Schüssen in Brust und Kopf da.» Sie kam zu ihnen zurück und schien selbst zu bemerken, dass sie spekuliert hatte. «Also, denke ich mal», fügte sie hinzu.

«Ergibt ja Sinn», sagte Sörensen.

Malte Schuster nahm eine Nase von Jennifers Kaffee. «Eigentlich hätte ich jetzt doch gerne einen. Mit Zucker.»

«Zucker steht neben dem Automaten. Und wenn du schon mal da bist, kannst du dir auch die Plörre selber holen», entgegnete Jennifer streng.

Malte machte keine Anstalten und hakte den Kaffee ab. «Die Spusi sagt jedenfalls, es sind keine professionellen Hinrichtungsschüsse. Die Projektile in Brust und Kopf sind zwar schnurgerade eingetreten, aber waren nicht so platziert, dass der Tod sofort eingetreten ist.»

«Und was ist mit dem Zettel im Mund?», fragte Sörensen.

Malte blätterte mit spitzen Fingern und in einem Tempo in seinem Block, als würde er ihn liebevoll kraulen. «Ja, das ist interessant», sagte er, als er die passende Stelle in seinen Aufzeichnungen gefunden hatte. «Das ist ein Ausriss aus der Bibel. Ich zitiere: ‹Des Herrn Schwert ist voll Blut und trieft von Fett, vom Blut der Lämmer und

Böcke, vom Nierenfett der Widder. Denn der Herr hält ein Schlachten in Bozra und ein großes Opfer im Lande Edom.›»

«Ich versteh nur Blut», sagte Sörensen.

«Und ich nur Fett», sagte Jennifer.

«Das ist vom Propheten Jesaja», erklärte Malte.

Sörensen hob die linke Augenbraue. «Gegoogelt?»

«Ganz alleine.»

«Respekt», sagte Sörensen. «Fingerabdrücke, sonstige Spuren, irgendwas?»

«Bis jetzt nix. Die Kollegen haben aber auch erst vor eineinhalb Stunden richtig angefangen. Die waren vorher noch woanders.»

«Jetzt sagen Sie nicht, noch ein Mord?» Sörensen spürte, wie sich zwischen den eh schon so angespannten Schulterblättern etwas zusätzlich verkrampfte.

«Nee», antwortete Malte. «Neeee, nicht noch ein Mord. Das wären ja schon zwei. Zwei Morde am Stück hat das hier überhaupt noch nie gegeben. Nee, in Husum hat ein KHK seinen Ausstand gegeben. Frühverrentung. Wegen Stress und so. Da muss man erst mal von wegkommen. Also, von der Feier jetzt. Nicht von dem Stress. Wenn es schon mal was zu feiern gibt. Ich wäre natürlich gar nicht erst hingegangen. Während der Dienstzeit und so. Eigentlich geht das ja gar nicht. Gibt schließlich immer was zu tun.»

Wie aufs Stichwort betrat Kollege Faltermeyer, der eindeutig nicht Dhonau war, das Revier. «Heute ist vielleicht was los», konstatierte er und ließ sich nicht ohne Selbstgefälligkeit auf einen Stuhl fallen. Er war die imaginäre Showtreppe hinuntergestiegen und beanspruchte uneingeschränkte Aufmerksamkeit. Er öffnete seine Uniformjacke und störte sich nicht daran, mitten in ein Dienstgespräch geplatzt zu sein.

«Was ist denn los?», fragte Jennifer widerwillig.

«Erst dieser Mord und dann auch noch ein Falschfahrer, zwei Ordnungswidrigkeiten und eine Familienstreitigkeit im Süderweg», ächzte Faltermeyer. «Ich wäre fast nicht dazwischengekommen. Hat seinen Sohn verprügelt, der Mann. Aber so richtig. Mit Blut und allem.

Jennifer setzte sich erst mal hin. «Wie alt?»

Faltermeyer musste nicht groß überlegen. «Ende fünfzig. So wie ich.»

«Ich meinte den Sohn. Das Opfer.»

Faltermeyer zuckte mit den Schultern. «Ach so. Vielleicht zwanzig. So ein Raster-Mann oder wie das heißt.»

«Na, immerhin kein Kind», atmete Jennifer auf.

Sörensen dachte an seinen Beifahrer von heute Morgen. «Rasta?», fragte er. «Mit so zusammengepappten Haaren?»

«Sag ich doch. Ich find das ja nicht so schön.»

«Wie heißt denn das Opfer?»

«Ole Kellinghusen», sagte Faltermeyer und machte ein kummervolles Gesicht. «Ein echter Problemfall. Also sagt sein Vater. Ich kenn den ja kaum. Ist wohl so ein richtiger Herumtreiber. Ein Tunichtgut, wie wir früher gesagt haben. Kann sich zu nix entscheiden. So von wegen Zukunft und so. Aber deswegen darf der den natürlich noch lange nicht schlagen. Also, nicht mehr. Früher wäre das natürlich ...»

«Sie wirken so, als wären Sie dem schon mal begegnet, Herr Sörensen», unterbrach Jennifer, aber eigentlich nur um Faltermeyer das Wort abzuschneiden.

«Stimmt. Hab ich heute Morgen von Tönning aus mitgenommen. Wird ja nicht noch mehr junge Männer mit Rastalocken in Katenbüll geben, die Ole heißen. Wie ist das denn ausgegangen?»

Sörensen schaute zur Tür, als müsste Oles Vater jeden Moment in Handschellen hereingeführt werden.

Faltermeyer schüttelte den Kopf. «Hab die beiden getrennt. Der junge Mann hat sich daraufhin im Badezimmer eingeschlossen. Wollte aber keine Anzeige erstatten. Obwohl das so laut gescheppert hat, dass die Nachbarn zwei Häuser weiter das gehört haben. Hat auch ein ganz schönes Veilchen. Und ich finde ja, die Nase ist vielleicht gebrochen. Aber wenn der nicht will … machste nix dran.»

Faltermeyer lachte und sammelte damit keine Sympathiepunkte bei Sörensen. «Warum hat der Vater ihn geschlagen?»

«Keine Ahnung», sagte Faltermeyer und schien für einen Moment angestrengt nachzudenken, ob er sich diese Frage nicht schon früher hätte stellen sollen. Aber keine Anzeige war keine Anzeige. Und Streits kamen schließlich in den besten Familien vor. «Der Heinz ist eigentlich ganz friedlich. Also, wenn er nichts getrunken hat. War aber nüchtern wie der Morgen», fügte er hinzu, wie um etwas zu entschuldigen, was nicht zu entschuldigen war.

«Der Heinz also», sagte Sörensen. «Woher kennen Sie denn den Heinz?»

«Schule», murmelte Faltermeyer. «Ist lange her.»

«Verstehe.» Sörensen konnte seinen Unmut jetzt nicht mehr unterdrücken. «Dann fahre ich da wohl selbst noch mal hin. Damit der Heinz mal mit jemandem spricht, mit dem er nicht in der Schule war.»

Er wusste dank Faltermeyers Gesichtsausdruck, dass die Antipathie gegenseitig war. Faltermeyer wuchtete sich aus dem Stuhl, strich seine Jacke glatt, murmelte etwas von Streifefahren und verließ das Revier. Jennifer hob kurz den Daumen, dann trank sie einen Schluck Kaffee.

«Ja», sagte Malte. «Gut. Wo waren wir stehengeblieben?»

«Bei Hinrichs.» Sörensen nickte Malte dankbar zu und bemerkte, dass seine Hände zu Fäusten geballt waren und schmerzten. Er versuchte sie heimlich zu entkrampfen. Das kannte er schon. Mochte der Rest auch noch so ruhig und kontrolliert wirken, in seinen Händen sammelte und entlud sich der gesamte innere Druck. Manchmal bemerkte er selbst erst, dass er gestresst war, wenn ihm plötzlich die Fäuste weh taten. So wie jetzt.

«Jennifer, Sie kennen sich doch hier aus. Wer hat etwas davon, dass der Mann tot ist?»

Jennifer dachte einen Moment nach, entweder weil ihr keine oder zu viele Kandidaten einfielen. «Schwer zu sagen», bemühte sie sich dann. «Ich glaub, so als Bürgermeister hat man automatisch Leichen im Keller.»

«Und wo würden Sie da jetzt anfangen?»

«Wenn nicht bei einem Feind, dann vielleicht bei einem Freund. Sag ich mal. Jens Schäffler fällt mir da ein. Das ist der Geschäftsführer der Fleischeslust-Gruppe. Und so von wegen Widder und Bock und Lämmer auf dem Zettel ...»

Sörensen hatte plötzlich kopulierende Schweine im Kopf. «Die heißt nicht wirklich Fleischeslust, die Firma?», fragte er.

«Und ob», grinste Jennifer.

«Blut und Fett und Fleischeslust.» Sörensen schüttelte den Kopf. «Gut, ich guck mir das mal an. Also, nachdem ich bei diesem Kellinghusen war. Malte, fordern Sie noch ein paar Mann aus Husum an, bitte. Die sollen die Umgebung des Hofes nach der Tatwaffe absuchen. Sie begleiten das. Jennifer, fahren Sie bitte mit und sprechen noch einmal mit Frau Hinrichs. So als Frau.»

«Was soll das denn heißen, so als Frau?» Jennifer Holstenbeck schien irgendeinen antifeministischen Makel zu wittern.

Sörensen seufzte. «Ich will wissen, wie das da in der Familie zugegangen ist. Vielleicht ist die Ihnen gegenüber offener als zu so 'nem fremden Mann aus der Stadt. Und finden Sie heraus, wie bibelfest die ist.»

*

Sörensen wusste selbst nicht genau, was er erwartet hatte, aber ein kiffender Sohn mit Rastalocken, ein prügelnder Vater mit Alkoholproblem, das klang nach Siff, Elend, Verwahrlosung, Übergewicht und intellektueller Unzulänglichkeit, aber nicht nach dem Inbegriff bürgerlicher Spießigkeit, den er im Süderweg 23 vorfand. Er stand am Gartentor und sah keine Spur von Chaos und Anarchie, im Gegenteil: Wie an einem Lineal geschnittene Hecken grenzten das Grundstück im Quadrat ein; offenbar mit der Nagelschere verfeinerte sattgrüne Grashalme salutierten in Reih und Glied vor dem Einfamilienhaus aus Backstein, dazu lungerten allen Ernstes drei Gartenzwerge unter einer noch nicht allzu hoch gewachsenen Birke herum. Einer der feist grinsenden Mützenträger schob eine Schubkarre, ein anderer hielt eine Axt im Anschlag, der dritte stand einfach nur so und ohne weiteren Auftrag dämlich in der Gegend herum. Sörensen betrachtete mit schiefem Kopf eine Deutschlandfahne, die nicht rechtzeitig vor dem großen Regen von ihrem Mast geholt worden war und in schwerer Traurigkeit herunterbaumelte. Vielleicht war die ja noch von der letzten Weltmeisterschaft, dachte Sörensen. Vielleicht auch nicht. Ein goldenes Schild glänzte neben der ebenfalls goldenen Klingel am Zaun: Heinz Kellinghusen, Steuerberater.

Sörensen ließ diese äußerlich gelungene Versuchsanordnung eines musterhaften deutschen Zuhauses noch ein wenig auf sich wirken, dann drückte er auf die Klingel. Eine sanfte klassische Melodie, die Sörensen nicht erkannte, obwohl er sie schon unzählige Male in den verschiedensten Zusammenhängen gehört hatte, erklang durch das geöffnete Kippfenster neben der Haustür. Drei Sekunden vergingen. Mehr nicht.

«Ja?» Eine einigermaßen tiefe, aber wenig kraftvolle Stimme meldete sich aus dem Lautsprecher.

«Kriminalhauptkommissar Sörensen. Herr Kellinghusen?»

Ein Grunzen. «Was denn? Ich hab doch alles schon dem Faltermeyer erzählt.»

«Ich hätte da noch ein paar Fragen.» Sörensen hasste diesen Satz, um den man manchmal aber einfach nicht herumkam. Das Gartentor surrte. Sörensen bemühte sich, auf den sieben Metern bis zum Eingang den Natursteinweg nicht zu verlassen; er befürchtete Konsequenzen, sollte er versehentlich den Rasen berühren. Das war ja eindeutig eine Pflegewiese, keine Liegewiese.

Ein Mann um die sechzig empfing ihn an der Tür. Leicht gebückt stand er da, das Gesicht schwer gerötet, der graue Haarkranz schütter und in Resten schwarz. Das karierte, zerschlissene und zeitlos unmoderne Hemd war gekauft worden, als Alkohol und gutes Essen den Bauch noch nicht nach vorn gedrückt hatten, die O-förmigen Streichholzbeine wurden von einer ausgebeulten und schlackernden Cordhose über die Maßen großzügig bedeckt. In den schmalen, zwischen wuchernden Brauen und wulstigen Tränensäcken tief eingebetteten Augen begegnete Sörensen alles Misstrauen dieser Welt. Sörensen fasste seinen Ersteindruck für sich so zusammen: Der Mann war an und für sich durch.

«Ich kenne Sie nicht», sagte Kellinghusen zur Begrüßung.

«Das verbindet uns.» Sörensen zeigte auf den Flur hinter der Tür. «Darf ich reinkommen?»

«Wüsste nicht, wieso.»

Sörensen nickte und überlegte kurz, ob er seine Karstadt-Kundenkarte vorzeigen sollte.

«Ist Ihr Sohn zu Hause, Herr Kellinghusen?»

Kellinghusen hielt sich am Türrahmen fest. «Ist er nicht. Und fragen Sie mich nicht, wo er sich herumtreibt. Ich weiß es nicht. Ich weiß es nie.»

«Ihre Frau?»

«Weiß es auch nicht.»

«Nein, ich meine, ob sie da ist?»

«Ja. Kocht irgendwas. Oder backt. Was weiß ich.»

Sörensen schnüffelte. «Ich rieche nichts.»

«Vielleicht sitzt sie auch auf dem Klo und heult. Eins davon wird es schon sein.»

Sörensen vergewisserte sich, dass Kellinghusen nicht zu Auflockerungszwecken irgendeinen seltsamen Scherz versucht hatte, aber das verkniffene Gesicht blieb unbewegt. Eine unangenehme Pause entstand, in der Kellinghusen beiläufig, aber in hoher Geschwindigkeit immer wieder den Daumen der rechten Hand gegen den Ringfinger rieb. Sörensen schaute sich den äußerlichen Spannungsabbau ein paar Sekunden an, dann brach er das Schweigen.

«Wollen Sie mir nicht mal erzählen, was überhaupt passiert ist?»

«Warum denn? Ist doch längst geklärt», sagte der Steuerberater und wischte sich die rechte Hand an der Hosennaht ab.

Sörensen lächelte in geübter Professionalität. «Mir zuliebe. Ich bin neu in Katenbüll und mit den örtlichen Riten noch nicht so vertraut.»

«War doch alles halb so schlimm.»

«Kollege Faltermeyer hat was von einer gebrochenen Nase erzählt.»

«Quatsch.» Kellinghusens wegwerfende Geste disqualifizierte Faltermeyer gleich mit. «Der Faltermeyer sollte sich lieber über seine Finanzen Gedanken machen, anstatt falsche medizinische Diagnosen zu stellen.»

Sörensen hob die Augenbrauen. «Der Kollege ist ein Kunde von Ihnen?»

Kellinghusen ließ die Augenbrauen unten, hob dafür die Schultern. «So ziemlich ganz Katenbüll ist bei mir. Einziger Steuerberater im Ort.»

«Das heißt, Sie wissen Bescheid über die finanziellen Verflechtungen hier», sagte Sörensen.

Kellinghusen nickte. Eine weitere Pause entstand, in der er etwas Störendes aus seinem linken Nasenloch entfernte und sich nicht einmal ansatzweise dafür zu genieren schien. Sörensen suchte in sich einen weiterführenden Gedanken, da lenkte ihn ein Poltern ab. Es kam aus dem Haus, auch wenn nicht ganz klar war, von wo genau. Dennoch. Er drängte sich an dem Steuerberater vorbei.

«Das dürfen Sie nicht!», rief Kellinghusen und versuchte Sörensen an der Schulter zu packen.

Sörensen drehte sich abrupt um und hob den Zeigefinger. Kellinghusen ließ los. Er roch nach altem Klavier und Alkohol. «Vorsicht», sagte Sörensen.

Kellinghusen wurde noch kleiner, als er es eh schon war, und trat schuldbewusst zur Seite.

Sörensen durchquerte den so düsteren wie nichtssagenden Flur, in dem nichts weiter auffällig war als ein bunter Schirm in einem braunen Ständer, und öffnete eine Schiebetür, die in die Küche führte.

«Sie haben kein Recht …», sagte der Steuerberater, aber er sagte es ohne Aggression.

«Was hat hier so gepoltert?», fragte Sörensen.

«Ich weiß es nicht.»

«Wo ist Ihre Frau?»

«Ich weiß es nicht.»

«Ist das anstrengend mit Ihnen!»

«Ich weiß.»

Sörensen drängte sich ein weiteres Mal an Kellinghusen vorbei, zurück in den Flur. Er bemerkte erleichtert, dass er sich auf seiner ewigen Achterbahnfahrt im Moment oben befand, dass er sich stark fühlte, dass er weder Nervosität noch Angst verspürte. Er öffnete nacheinander zwei Türen. Die erste führte zum Arbeitszimmer, das so aussah, wie das Arbeitszimmer eines Steuerberaters mit Gartenzwergen gefälligst auszusehen hatte. Akten stapelten sich in Regalen und auf Beistelltischen, an der Wand hing ein schweres Ölgemälde im Goldrahmen, irgendwas mit Meer und Sturm und Brandung, davor stand ein alter Holzschreibtisch mit gusseisernem Aschenbecher, auf dem das Lineal im rechten Winkel zur Computertastatur millimetergenau eingepasst war. Ein klassisches, nikotinverhangenes Arbeitszimmer, wie man es sich im Bonner Kanzleramt der siebziger Jahre vorstellte. Nur ein zerschmetterter Laptop auf einem der Beistelltische trübte den Gesamteindruck.

Die zweite Tür führte ins Wohnzimmer, das ebenfalls den sorgsam gepflegten Geist vergangener Jahrzehnte atmete. Eine schwarze Ledergarnitur, ein weißer Eichenschrank, ein paar Bücher, die bestimmt von Simmel, Konsalik und Kishon waren, ein Röhrenfernseher und eine Glasvitrine, in der Pokale ausgestellt waren. Sah nach Tennis aus.

Sörensen schloss die Tür und nahm die Treppe nach oben, Kellinghusen folgte ihm, schweigend, schwitzend. Die Stufen knarrten, der Filzbelag war abgewetzt, an der Wand hing ein schiefes Foto von Ole, dem Sohn, ohne Rastalocken und mit einem offenen, fröhlichen Kindergesicht. Sörensen hörte ein Husten aus dem Badezimmer. Er machte einen großen Schritt, öffnete die Tür und starrte in ein paar dunkle Augen, die zu einer Frau mittleren Alters gehörten. Die Frau starrte zurück. Sie kniete auf dem Fußboden, hatte einen überdimensionalen gelben Gummihandschuh über der rechten Hand und trug eine geblümte Küchenschürze, die wahrscheinlich zum Familienerbe gehörte. Sie war im Begriff, mit einem ehemals gelben Schwamm eine rote Flüssigkeit wegzuwischen, die sich rund um das Waschbecken ausgebreitet hatte. Ole Kellinghusens Blut. Die Frau stand auf und wischte die gelb-rote Hand an der Schürze ab. Sie war sehr klein, etwas rundlich, nicht unattraktiv, und teilte mit ihrem Mann hauptsächlich das misstrauische Gesicht. Eine Philippinin, dachte Sörensen. Oder Thai. Sagte man da eigentlich Thailänderin? Oder Thaifrau? Und warum kam ihm allein die Fragestellung schon rassistisch vor? Kellinghusen keuchte hinter ihm. Treppensteigen schien nicht zu seinen bevorzugten Tätigkeiten zu gehören. «Das ist Maj», sagte er. «Meine Frau.»

Sörensen nickte. Kellinghusen schob sich an ihm vorbei und schloss die Badezimmertür von außen, so als könnte er das Blut und seine Frau auf diese Weise aus Sörensens Gedächtnis verdrängen. «Sie spricht kein Deutsch», sagte er, als würde das irgendwas erklären.

Sörensen dachte nicht an das Blut, sondern an das, was vermutlich die meisten Menschen in so einem Moment dachten, nämlich dass das keine Liebesheirat gewesen sein dürfte, zumindest nicht von Maj Kellinghusens Seite. Sondern dass Heinz Kellinghusen Maj gekauft hatte, dass Maj aus einem Katalog stammte oder aus einem Urlaub, dass Heinz Kellinghusen ihr ein sicheres Leben in finanzieller Unabhängigkeit versprochen hatte und sie ihm im Gegenzug diese Sicherheit mit Hausarbeit und Sex zurückzahlte und seinen Suff und seine Übergriffe stillschweigend ertrug. Und noch während er dies dachte, schämte sich Sörensen für seine spießigen Stammtischgedanken, nur um sie gleich darauf berechtigt zu finden.

Die nächste Tür gehörte zu Oles Zimmer. Eine bunte Tapete mit Postern von Musikern darauf, es waren ausschließlich Gitarristen, die Sörensen nicht kannte und die, dem Gesichtsausdruck, dem erstaunlich hohen Alter, den Anzügen und der hochgeschnallten Gitarre nach zu urteilen, wohl dem Jazz zuzuordnen waren. Django Reinhardt, okay, immerhin, der Name sagte ihm was. Aber wer waren Joe Pass und Jim Hall? Egal, man konnte nicht alles wissen. Das Zimmer beinhaltete insgesamt wenig Inventar und war ordentlich aufgeräumt. Ein kleiner Gitarrenverstärker und drei Gitarren beherrschten den Raum. Dazu ein Notenständer, ein Keyboard, ein Teeservice auf einem Schemel und eine in die Ecke drapierte Matratze. Ein Buch lag am Kopfende. *L. Ron Hubbard – Selbstanalyse*, las Sörensen. Ach, dachte er, der Scientology-Gründer.

«Sehen Sie, er ist nicht da. Können wir jetzt bitte wieder runtergehen?», fragte Kellinghusen nervös.

«So viel Blut?», fragte Sörensen zurück.

«Ich habe sehr gut getroffen.»

Sörensen stieg die Treppe hinunter. Ihm war nach frischer Luft.

«Warum?», fragte er. Die Haustür war immer noch geöffnet. Sörensen stellte sich in den Rahmen und nahm so viel Sauerstoff auf einmal auf, dass er sich fast verschluckt hätte. «Warum haben Sie das gemacht?»

Kellinghusens Gesichtshaut fand immer neue Rottöne. «Ich habe mich nur gewehrt.»

«Sie haben sich gewehrt.»

«Ich schwör's! War das ganze Wochenende nicht zu Hause, der … der Junge. Okay, er ist erwachsen, aber er benimmt sich nicht so. Und ich kann ja wohl wenigstens erwarten, dass er mir sagt, wo er steckt. Wir sind doch keine von diesen linksalternativen Wohngemeinschaften.»

«Und das hat er nicht getan.»

«Nein. Kommt heute Morgen rein, greift mich gleich an, was für ein beschissener Vater ich schon immer gewesen sei und dass er nur noch wegwolle. Dass er irgendjemanden getroffen habe, der ihn mit dem Auto mitgenommen habe und der gerade nach Katenbüll zöge und dass ihm da wieder klargeworden sei, dass er sich für Katenbüll und sein ganzes Leben schämt und ich an allem schuld sei, weil ich ihm kein gutes Zuhause gegeben habe. Dann hab ich mich gewehrt. Also verbal.»

«Verbal bricht nicht die Nase.»

«Die Nase ist nicht gebrochen. Glaub ich jedenfalls nicht.» Kellinghusen kramte in seinen Hosentaschen. Die Zigarette, die er fand, sah genauso abgebrochen aus wie er selbst. «Ole hat behauptet, ich wäre schuld, dass seine Mutter jetzt in Frankfurt wohnt. Da macht er es sich echt zu leicht», sagte er leise, steckte sich die Zigarette in den Mund, zündete sie jedoch nicht an.

«Ach, Ihre jetzige Frau ist also nicht die Mutter Ihres Sohnes?» Sörensen hatte es sich natürlich schon gedacht.

«Nein.»

«Wann war das denn? Dass Ihre Frau Sie verlassen hat?»

«Wie kommen Sie darauf, dass meine Frau mich verlassen hat?» Kellinghusen klang verletzt. «Es könnte ja auch andersherum sein. Es könnte doch sein, dass ich meine Frau verlassen habe. Wieso muss es denn unbedingt meine Frau gewesen sein, die *mich* verlassen hat? Halten Sie es für so unvorstellbar, dass ich meine Frau verlasse? Warum sollte ich nicht meine Frau verlassen?»

«Also gut, wann haben Sie denn Ihre Frau verlassen?»

Kellinghusen sah plötzlich noch kleiner und grauer aus als zuvor. Er nahm die Zigarette aus dem Mundwinkel und drehte sie zwischen den Fingern.

«Ist schon gut, sie hat mich verlassen», sagte er. «Stimmt schon. Vor fünfzehn Jahren. Muss man sich mal vorstellen. Vor fünfzehn Jahren. Und jetzt kommt der damit.»

Sörensen hatte seine Sympathien im Verlauf des Gespräches eigentlich klar verteilt, doch jetzt bekam sein glücklich und klar strukturiertes Weltbild einen kleinen Riss.

«Was ist dann passiert?», fragte er. «Jetzt lassen Sie sich doch nicht alles so aus der Nase ziehen, Mensch.»

Kellinghusen fixierte einen Punkt hinter dem Gartentor. «Ich hab rotgesehen und eine Flasche nach ihm geworfen. Ich weiß, dass man das nicht macht.»

«Und dann?»

«Hab ich ihn halt getroffen. Mitten im Gesicht. Wollte ich gar nicht. Ein Zufallstreffer. Ich treffe nie irgendwas. Aber ausgerechnet da … Ausgerastet ist er und hat in der Küche den Laptop nach mir geschmissen. Ich hab versucht, ihn da wegzuzerren, aber er war gar nicht mehr zu bändigen. Na ja, gab ein Handgemenge. Und Geschrei. Und dann kam auch schon der Faltermeyer.»

Sörensen fühlte sich plötzlich sehr ermattet, es war Zeit zu verschwinden. «Ich würde gerne die Version Ihres Sohnes dazu hören», sagte er und machte einen Schritt nach draußen.

Kellinghusen schnaufte. «Wenn Sie ihn finden, nur zu. Kann ich jetzt weiterarbeiten?»

Sörensen nickte. Was sagte man in so einem Fall? Entschuldigen Sie die Störung? Schönen Tag noch? Hoffentlich lässt sich der Laptop reparieren?

Er wandte sich um und verließ das Haus. Die Deutschlandfahne sah jetzt irgendwie anders aus, dachte er. Die Gartenzwerge auch. Aber nicht besser. Nur anders. Kellinghusen wollte die Tür schon schließen, leise, ganz leise, da fiel ihm noch etwas ein. «Herr Sörensen?»

«Ja?»

«Falls Sie einen Steuerberater brauchen … ich bin hier.»

Jan

Jan Hinrichs fuhr sein Fahrrad nicht, er riss es geradezu vorwärts. Den Oberkörper weit nach vorne gebeugt, durchgestreckt bis zu dem nach oben gereckten Kinn, bearbeitete er stehend die Pedale, genoss den Widerstand des Windes, den Regen, der seine Haare an den Kopf drückte und der sich trotz der eigentlich wasserfesten Kleidung immer neue Wege und Ritzen suchte, um ihn bis auf die Haut zu durchnässen. Sein Gesicht war verzerrt, der Atem ging stoßweise, er hatte längst keine Kondition mehr, er keuchte, die Oberschenkel schmerzten, sie brannten, aber er wollte diesen Schmerz, er wollte ihn spüren, um überhaupt etwas zu spüren, und er wollte weiterfahren, am liebsten tagelang, bis er jeden einzelnen Knochen spürte und danach überhaupt nichts mehr.

Er hatte zuerst den Deich genommen, einfach so, war oben entlanggerast in dem Wissen, dass dieser Weg spätestens in Husum enden würde, wo doch auch nichts war als schlechtes Wetter. Aber er war weitergefahren, weiter und immer weiter, einfach weil er die Strecke kannte, weil man von Katenbüll aus sowieso nur entweder links vom Deich oder rechts vom Deich wegkonnte und weil er Energie verbrauchen musste, um neue Energie zu erlangen. Für einen Moment hatte er mit dem Gedanken gespielt, den Deich hinab- und geradewegs in den Koog hineinzufahren, so lange, bis der Schlick ihn aufhalten würde, es darauf ankommen zu lassen, ob er untergehen, ob er mitsamt seinem Fahrrad einsacken und für immer verschwinden würde, mit dem Gesicht nach unten im Schlamm. Dann hatte er Angst bekommen, Angst vor der eigenen Hoffnungslosigkeit; er war umgedreht und hatte sich ein neues Ziel gesetzt. Ein Ziel, das machbar war, ein Ziel, das schon einmal ein gutes Ziel gewesen war und das für ihn und so viele andere die einzige Hoffnung bedeutete. Er hatte noch mehr Tempo aufgenommen, bis die Beine alles nur noch von selbst machten und der Kopf sich endlich ausschaltete, den Wahnsinn ausblendete, für einige Sekunden zumindest. Er fuhr an ihrem Hof vorbei, ohne innezuhalten, als wäre das nur irgendein Haus, als hätte all das gar nichts mit ihm zu tun und auch nie etwas zu tun gehabt.

Jan erreichte die Ortsmitte, das sogenannte Zentrum Katenbülls, das auch nichts weiter war als die Vorstufe der Hölle, der er gerade zu entkommen versuchte. Als er die alte Dorfkirche erreichte, schmiss er sein Fahrrad achtlos neben einen der Grabsteine, die schief auf der etwa fünf Meter hohen Warft aus dem Boden ragten. Er rannte den schmalen, gewundenen Pfad hinauf zur Vorderpforte: verschlossen. Er eilte auf der Wiese um die Kirche herum, rutschte aus, fing sich wieder. Vielleicht war der Hintereingang geöffnet, wenigstens der Hintereingang. Pastor Mielke war doch fast immer hier, es gab immer irgendetwas zu tun, hatte er schon so oft behauptet, aber Jan vermutete, dass es eigentlich gar nichts zu tun gab und dass Pastor Mielke sich zu Hause einfach unwohl fühlte, genau wie er.

Jan hatte kein Glück, auch das kleine Holzportal auf der Rückseite der Kirche war verriegelt. Er stützte seine Hände auf die Knie, hatte das Gefühl, sich übergeben zu müssen, dann ging er ein paar Schritte von der Tür weg, schützte seine Augen mit der Hand gegen den Regen und schaute den verwitterten Glockenturm hinauf, der schon über sechshundert Jahre alt war, wie Pastor Mielke ihm immer wieder erzählt hatte. Als ob das einen Unterschied machte, als ob das nicht vollkommen egal war, wie alt dieses schiefe Ding sein mochte. Es waren Steine, nichts als Steine, gefühllose, tote Steine, und der Turm hob sich heute so düster, furchteinflößend und erhaben gegen den grauen Himmel ab wie vor vierhundert oder in zweihundert

Jahren. Natürlich bewegte sich dort oben nichts. Warum auch? Die Glocke kam nur an Sonntagen zum Einsatz. Und an Feiertagen, von denen es viel zu wenige gab. Was sollte Pastor Mielke schon dort oben machen? Bei diesem Wetter? Jan überlegte gerade, ob er sich traute, zum Pfarrhaus hinüberzugehen, da packte ihn jemand von hinten an der Schulter.

«Scheiße, was ist passiert?»

Jan erschrak und drehte sich um. Da stand Pastor Mielke, ganz undienstlich im Trainingsanzug, einen schwarzen Regenschirm über dem Kopf, die Augen zusammengekniffen. «Ich muss Sie sprechen», sagte Jan und kämpfte gegen plötzlichen Tränenfluss an.

«Wieso bist du nicht in der Schule?», knurrte Mielke und schloss die Hintertür auf. Er war noch jung für einen Pastor, vielleicht Ende dreißig, kleingewachsen, aber mit einem ausdrucksstarken, melancholischen Gesicht und einer drahtigen Figur. Die Leute in Katenbüll hörten ihm zu, sie hingen an seinen Lippen. Seit er aus einer für die meisten hier unbekannten Gegend im Osten gekommen war, war die Kirche jeden Sonntag voll. Bei den jüngeren Frauen galt er als gute Partie, vor allem, weil er gut aussah und ledig war, bei den Männern als jemand, der aussprach, wie es zuging in der Welt. Wie es *wirklich* zuging. Einer, der die Wut der Menschen auf das Leben und den ganzen Rest bündelte, der die ungefilterten Wahrheiten in seinen Predigten förmlich ausstieß, mit Selbstüberwindung und Weltekel, der Ungerechtigkeit und soziale Schieflage anprangerte, der den Zorn der Gemeinde für sie alle auslebte und ihr gleichzeitig Kraft gab und Verständnis aufbrachte – und das auch noch in einem christlichen Zusammenhang, mit dem man sowieso ja immer auf der sicheren Seite war. Pastor Mielke war eine lokale Attraktion. Bisweilen kamen sogar Leute aus St. Peter Ording oder Büsum hierher, um Mielkes legendäre Predigten zu erleben.

Der Pastor schüttelte seinen Schirm aus. «Jetzt krieg doch mal die Zähne auseinander», sagte er. «Ich hab nicht den ganzen Tag Zeit.»

Jan wusste nicht, ob er sich setzen durfte. Eine leere Kirche wirkte auf ihn immer wie ein Ort, an dem man störte, an dem man gefälligst keinen Laut von sich zu geben hatte. Obwohl da doch niemand war, den man stören konnte. Oder wie groß war die Wahrscheinlichkeit, dass sich der Allmächtige gerade in dieser Minute in exakt dieser Kirche aufhielt und absolute Ruhe benötigte? Unter null war die. Und dennoch …

Mielke nickte der Bank vor ihm zu. Jan ließ sich nieder, tropfte und hatte Mühe, einen Anfang zu finden. Gerade eben, auf dem Fahrrad, da war es noch so klar gewesen, da hatte er die Worte im Kopf gehabt, ganz strukturiert, so, als würde er in der Schule ein Referat vom Blatt lesen. Sogar so, als hätte ihm jemand vorformuliert, was er zu sagen hätte. Was er sagen musste. Stattdessen fing er einfach an zu weinen und sagte gar nichts.

Mielke seufzte und ließ sich neben Jan nieder. Er legte den Arm um seine Schultern und schien plötzlich ganz viel Zeit zu haben. Er wartete, bis der Junge, dessen Wimmern zwischenzeitlich in unkontrolliertes Schluchzen übergegangen war, wieder zu dem leisen Weinen zurückgekehrt und ansprechbar war.

«Vater oder Mutter?», fragte er dann.

Jan konnte nicht antworten, er kämpfte kurz mit sich, brachte aber nichts heraus. Mielke beschloss, präziser zu werden.

«Dein Alter?»

Jan nickte.

«Was hat der Sack dir wieder angetan?»

Jan schüttelte den Kopf. Mielke tat es ihm gleich.

«Nichts?»

Jan schüttelte erneut den Kopf. «Er ist tot», sagte er endlich.

Mielke stand abrupt auf und ging einmal das Kirchenschiff entlang, von ganz hinten nach ganz vorne, hielt sich kurz am Altar fest, atmete tief durch, dann kam er wieder zurück.

«Wieso?», fragte er.

«Ich kann nicht mehr nach Hause», sagte Jan anstatt einer Antwort. «Ich kann da nicht mehr hin. Er ist tot. Er ist weg.»

«Das tut mir leid», sagte Mielke. «Er war … ich meine, er war kein guter Mensch. Das wissen wir beide. Aber das heißt natürlich nicht …»

«Bitte», sagte Jan und hob den Kopf. «Ich will hierbleiben.»

«Das geht nicht.»

«Das ist doch schon mal gegangen.»

«Da war aber auch nicht dein Vater tot.» Mielke setzte sich wieder neben Jan. «Was glaubst du denn, was hier los ist, wenn du plötzlich auch noch … jetzt, wo dein Vater … wieso ist der eigentlich tot?»

«Mord.» Jan flüsterte fast. «Mord.»

Mielke sog die Luft ein. «Das ist hart», sagte er. «Auch wenn er ein Arsch war.»

Jan sprang auf. «Er ist mein Vater», brüllte er, «kein Arsch! Mein Vater! Und jetzt ist er tot. Und zu Hause ist nur noch meine Mutter. Und die ist …» Er verstummte.

«Setz dich wieder», sagte Mielke. «Und beruhige dich, verdammt noch mal.»

Jan setzte sich, verbarg das Gesicht in den Händen und zitterte.

Mielke rang nach Worten. «Tut mir leid, dass ich das gerade gesagt habe. Ich kann manchmal einfach nicht die Fresse halten. Ich hol dir erst mal ein paar trockene Klamotten und ein Handtuch. Hab keinen Bock, dass du dir jetzt auch noch ’ne Lungenentzündung holst.»

Jan öffnete den Reißverschluss seiner Regenjacke. «Kann ich bleiben?», fragte er. Aber Mielke war schon zur Tür hinaus.

Fleischeslust

«Weiß ich nicht, ob Sie hier reindürfen», sagte der Pförtner, der die dunkelblaue Bomberjacke einer Securityfirma trug. «Haben Sie denn einen Termin?»

Sörensen schüttelte den Kopf. Der Mann wirkte eigentlich gar nicht mal unsympathisch, so auf den ersten Blick, aber jahrzehntelanges Rauchen hatte sein Gesicht zerfurcht und fahl gemacht.

«Ich hab keinen Termin», sagte er. «Und ich brauch auch keinen. Ich bin Hauptkommissar Sörensen, und ich ermittle in einer Mordangelegenheit.»

«Mord», wiederholte der Pförtner und kratzte sich an der Schläfe.

«Ja.»

«Ohne Termin.»

«Ohne Termin», bestätigte Sörensen.

«Marke?»

«Ausweis», sagte Sörensen und zeigte seine Karstadt-Kundenkarte.

«Das ist eine Karstadt-Kundenkarte, die hab ich auch», sagte der Pförtner. «Nützt einem aber bald auch nichts mehr. Machen ja alle dicht.»

«Richtig», sagte Sörensen. «Sehr gut. Ist noch nicht fertig.»

«Wer?»

«Was.»

«Wie, was?»

«Es muss *was* heißen.» Sörensen lächelte aufmunternd. «*Was ist noch nicht fertig?* Der echte Ausweis. Der ist noch nicht fertig. Und weil das schon mal geklappt hat mit der Kundenkarte, da dachte ich, na ja …»

Sörensen hörte sich selbst beim Faseln zu und kam sich plötzlich gar nicht mehr wie ein Polizist vor. Ein Kriminalhauptkommissar ohne Ausweis war einfach kein richtiger Kriminalhauptkommissar. So wenig mit Autorität ausgestattet hatte er sich das letzte Mal bei der Geburt seiner Tochter gefühlt. Der Pförtner, der ein Wachmann war, wirkte nun doch leicht provoziert. Und nicht nur er.

«Was'n los, Kutte?»

Kuttes Kollege, der bislang halb verdeckt im Pförtnerhäuschen auf flackernde Schwarzweißmonitore gestarrt hatte, trat nach draußen und hatte etwas weniger Muskeln, dafür aber sicher zwei Meter Körpergröße und eine identische Bomberjacke vorzuweisen.

«Der hat 'ne Karstadt-Kundenkarte, Schaumi, und der wollte damit den Chef sprechen», sagte Kutte in dem Tonfall eines Mannes, der schon alles erlebt hatte und den nichts mehr erschüttern konnte.

«Ist ja'n Ding. Was sind Sie denn?», fragte Schaumi. «Öko-Spinner? Veganer? Weltverbesserer? Konkurrenz?»

Sörensen schüttelte den Kopf. «Ich bin wirklich von der Polizei. Auch wenn das vielleicht nicht so aussieht. Können Sie ja mal anrufen, da im Revier.»

Schaumi schnaubte, ging zurück in sein Häuschen und griff zum Hörer. Sörensen betrachtete das, was sich hinter der rot-weiß gestreiften Schranke befand und was für ihn wie in weiter Ferne schien. Der Parkplatz war voll besetzt, Wagen reihte sich an Wagen, und dennoch war abgesehen von den beiden Schwarzeneggers hier keine Menschenseele zu sehen. Von Tieren ganz zu schweigen. Die komplette Fabrikanlage wirkte wie ausgestorben. Sörensen wusste, dass das täuschte. Gestorben wurde hinter den fensterlosen Wänden der großen Hallen. Lediglich ein leicht süßlich-stechender Geruch zeugte davon, ein Geruch, der Sörensen den Magen umdrehte und von dem er gar nicht wissen wollte, wie er sich zusammensetzte.

«Ist in Ordnung.» Schaumi kam zurück, brachte sich ein halbes, angeknabbertes Hähnchen mit und sah enttäuscht aus. «Der Typ ist wirklich von der Polizei. Nichts für ungut.»

«Sag ich doch.» Sörensen atmete tief durch. «Ist das von hier?» Er zeigte auf das ehemals halbe Hähnchen, von dem außer dem Gerippe nur noch ein halber Flügel übrig war.

Schaumi sah auf das Fleisch hinunter, als hätte er sich diese Frage noch nie gestellt. «Keine Ahnung», sagte er. «Aus dem Supermarkt.»

«Kann ich denn jetzt durch?»

«Fahren Sie hundert Meter geradeaus», sagte Kutte. «Dann links. Lassen Sie Halle eins rechts liegen und dann direkt auf das große Glashaus zu. Das ist der Bürokomplex. Parken Sie auf B 16 und melden Sie sich unten am Empfang. Man wird Sie weiterleiten.»

Sörensen sparte sich eine Entgegnung, drehte sich um und schwang sich in den Passat. Als sich die Schranke öffnete und er anrollte, kam Kutte noch einmal auf ihn zu. Widerwillig trat Sörensen auf die Bremse und ließ die Scheibe herunter.

«Meister», sagte Kutte.

«Was?»

«Es muss doch *wer* heißen.»

«Was?»

«*Wer* ist noch nicht fertig? *Der* Ausweis. Schönen Tag noch.»

Sörensen trat aufs Gaspedal, ein wenig zu stark, sodass der Motor aufheulte. Dann fuhr er im Schritttempo unter der Schranke durch. Kutte lachte. Schaumi wischte sich die fettigen Hände an einer Serviette ab und warf die Knochenreste seines Hähnchens achtlos in einen Abfalleimer.

*

«Das ist komisch», sagte Sörensen nervös. «Wenn man in so eine Fabrik kommt, dann sollte man doch denken, man müsste da etwas hören. Oder das müsste nach irgendwas riechen. Hier riecht das aber fast nach gar nichts. Nur so ein bisschen. Und man hört auch nichts.»

Sein Gegenüber lächelte. Jens Schäffler war ein wuchtiger Mann um die fünfzig im grauen Anzug, der sein dünnes schwarzes Haar über der hohen Stirn streng zurückgegelt trug, wie man das von Politikern aus den Siebzigern kannte oder aus dem Internationalen Frühschoppen, als an einem Sonntagmorgen im Fernsehen noch geraucht und gesoffen wurde. Überhaupt wirkte Schäffler ein wenig aus der Zeit gefallen. Er hätte auch gut in die Fünfziger gepasst, so als wandelndes Wirtschaftswunder. Oder in die Sechziger, als konservativer Gegenentwurf zur aufkeimenden Hippiewelle. «Das nennt man Hygiene», sagte er und rückte seine schwarz umrandete Brille auf der Nase zurecht. «Und Dämmung. Unsere Hallen sind topmodern. Sie sind also der neue Kommissar hier, ja?»

Sörensen nickte und versuchte, seine verkrampften Fäuste zu öffnen. Tief, tief nach innen atmen, ermahnte er sich. Lief doch alles bestens.

Ganz im Gegensatz zur Pforte war der Empfang im Erdgeschoss freundlich gewesen. Eine junge, blonde Dame im grünen Kostüm hatte ihm ein Wasser angeboten und ihn auf eine makellose Ledergarnitur gebeten, wo er in einer Ausgabe der *Wirtschaftswoche* geblättert und kein Wort verstanden hatte. Fünf Minuten später war er von einer anderen jungen, brünetten Dame im roten Kostüm abgeholt und nach oben geführt worden. Wie die Dame im grünen Kostüm hatte auch die Dame im roten Kostüm ein einbetoniertes Lächeln und makellose Zähne gezeigt, und es war Sörensen nicht gelungen, ihr nicht auf den Hintern zu starren, als er ihr durch einen modernen, aber sterilen Gang gefolgt war, der mit tiefblauem, den

Klang schluckendem Teppich ausgelegt war und an dessen Ende auf der anderen Seite des Gebäudes ein Fahrstuhl in der Breite eines Handballtores auf ihn gewartet hatte.

Alle, ausnahmslos alle Mitarbeiter, denen Sörensen unterwegs begegnet war, hatten ihn angelächelt. Am Anfang hatte er es noch als angenehm empfunden, dann als skurril, schließlich als albern. Unternehmenskultur hin oder her, hatte er gedacht. Gehirnwäsche war das. Karneval im Job. Seht her, wir töten Tiere, aber wir sind mit uns im Reinen. Gute Laune als Prinzip. Polizisten kannten so etwas nicht. Er hatte geseufzt und immerhin in einer hinteren Kammer seines Gehirns registriert, dass einige Angestellte sogar zu ihrem Lächeln zu passen schienen und somit nicht in sein Weltbild. Die vorderen Kammern aber, und das waren die bestimmenden, waren vollauf mit der Wiederkehr der Angst beschäftigt. Sein Brustkorb hatte sich in gewohnter Weise verengt, wodurch eine körperliche Kettenreaktion in Gang gekommen war, an deren Ende die Beine zitterten, Schweißperlen die Stirn verzierten und die Fingerspitzen brannten, als hätte jemand die bloßen Nervenenden berührt. Das lief mittlerweile in rasender Geschwindigkeit ab; ein einzelner Mosaikstein der Angst genügte, und der ganze Körper kippte um wie eine Reihe zu eng gestellter Dominosteine.

Also war Sörensen der Dame im roten Kostüm nicht mehr schwungvoll hinterhergelaufen, sondern hatte sich geschleppt, bis er endlich in Schäfflers Büro stand, das Etappenziel irgendwie erreicht hatte. Und es war ein Etappenziel, denn in solchen Phasen der Angst konnte er nur in kleinsten Schritten denken. Schäffler befand sich auf der einen Seite des Schreibtischs, Sörensen auf der anderen. Das Büro wirkte so unpersönlich wie der Warteraum einer Behörde. Ein Laptop auf einem Schreibtisch aus Glas, ein gläsernes und dadurch fast durchsichtiges Telefon, eine Fensterfront von der Decke bis zum

Boden, zwei weiße Ledersessel vor dem Schreibtisch, ein Bürostuhl dahinter, das war alles. Keine Minibar, kein Minigolf, kein Basketballkorb an der Wand, keine sündhaft teuren Gemälde, nicht eine einzige Akte. Die pure Effizienz, so gemütlich wie die Schaltzentrale eines Atomkraftwerks. Sörensen versuchte sich zu sortieren, obwohl seine Gedanken in Fetzen durch den Kopf irrten. Warum ich, warum jetzt, warum schon wieder, wann hört das endlich auf, wie halte ich das bloß aus, werde ich je wieder ein normales Leben führen? Funktionieren, hielt er sich an. Funktionieren, Sörensen.

«Herr Schäffler, das wird Sie jetzt sicher schockieren», stieß er aus, «aber ich muss Ihnen leider mitteilen, dass Ihr Freund Heiner Hinrichs letzte Nacht verstorben ist.»

Schäffler hob eine Augenbraue. «Was? Aber wie …»

«Unfreiwillig.»

«Was?»

«Äh, Mord. Es war Mord, ja. Entschuldigung, können wir uns vielleicht setzen? Ich bin irgendwie erschöpft.»

Der letzte Satz war ihm einfach so herausgerutscht, das ging Schäffler natürlich überhaupt nichts an, ob er erschöpft war oder beschwingt vom Frühsport kam. Schäffler setzte ein besorgtes Gesicht auf. Oder war das Trauer?

«Ja, natürlich.»

Er zeigte auf den Ledersessel, Sörensen setzte sich.

«Wollen Sie einen Kaffee?»

Sörensen winkte ab. «Nein, nein, danke.» Er versuchte Luft zu holen. «Aber ein Fenster … ein offenes Fenster … ein Fenster auf wäre nett.»

Schäffler erhob sich federnd und öffnete eine der doppelt verglasten Fensterfronten.

«Ich kann das gar nicht glauben. Heiner ist tot?», fragte er, blieb für einen Moment am Fenster stehen, vergrub seine Hände in den Hosentaschen und blickte auf den Parkplatz hinunter. Jetzt sah er aus wie ein Bundeskanzler aus den Neunzigern, der für den Fotografen ein scheinbar nachdenkliches Motiv inszenierte.

Sörensen suchte nach einem Taschentuch, um sich die Stirn abzutupfen, fand aber keins. «Das ist ein Hammer, was?», sagte er wenig empathisch.

Schäffler blieb immer noch dem Parkplatz zugewandt. «Ein Wahnsinn ist das.»

Sörensen suchte in den Routinen seines Berufs. «Ja, und ich dachte, weil ich ja hier neu bin und Sie sein Freund sind, ich frage Sie mal, ob Sie mir einen Tipp geben könnten, wer da als Täter in Frage kommt.»

Schäffler verließ den Platz am Fenster und setzte sich wieder. Er war reichlich blass um die Nase, zog die Augen zusammen und schaukelte mit dem Stuhl hin und her.

«Keine Ahnung», sagte er schließlich. «Ich meine, Mord? Hier bei uns?»

Sörensen winkte ab. «Tja, hätte ich das geahnt, wäre ich gar nicht erst angetreten, das können Sie mir glauben.»

«Da gehört so eine kriminelle Energie dazu, jemanden zu erschießen …»

Sörensen stutzte. «Hab ich gar nicht gesagt.»

«Was?»

«Dass der Hinrichs erschossen wurde. Hab ich gar nicht gesagt.»

Schäffler betrachtete Sörensen, als nähme er ihn zum ersten Mal wirklich wahr. Er setzte sich aufrecht hin und legte die Hände auf den Tisch.

«Ach so. Na ja, das denk ich mir, oder? Denkt man doch gleich, Mord durch Erschießen, wie denn auch sonst?»

«Erstechen, erwürgen, verbrennen, ertränken, vergiften, vor den Zug stoßen, zu Tode erschrecken.» Sörensens Kehle fühlte sich trocken an. «Ich glaub, ich nehm jetzt doch ’nen Kaffee.»

Schäffler nahm den Hörer ab und drückte eine Taste. «Anne, machen Sie uns mal zwei Kaffee?»

Anne schien zu bejahen.

«Mit Milch?», fragte Schäffler.

Sörensen nickte. «Wenn Sie laktosefrei haben.»

«Haben wir laktosefrei?»

Anne schien zu bejahen.

«Also, einen Milchkaffee?», fragte Schäffler. «Laktosefrei?»

«Nein», sagte Sörensen.

«Keinen Milchkaffee.»

«Aber einen Latte macchiato. Einen Latte macchiato würde ich nehmen.»

«Haben wir einen Latte macchiato?», fragte Schäffler.

Anne schien zu bejahen.

«Mit doppeltem Espresso», sagte Sörensen. «Und Zucker. Sehr viel Zucker. Milch ist eigentlich egal. Kann auch mit Laktose.»

«Mit doppelt … genau», sagte Schäffler. «Und ich nehme einfach einen Kaffee. Einen ganz normalen schwarzen Kaffee ohne irgendwas.»

Er legte den Hörer auf die Halterung, und nur das etwas zu feste Klacken verriet, dass Sörensen gerade seine Nerven strapaziert hatte. Schäffler hatte sich gut unter Kontrolle. Was man nicht von jedem in diesem Raum sagen konnte. Sörensen starrte an die Decke, und Schäffler hinter seinen zusammengeschobenen Augenbrauen schien zu überlegen, ob er hier irgendeiner ganz besonders ausgefuchsten Verhörtaktik ausgesetzt oder ob sein Gegenüber schlicht und ergreifend pflegebedürftig war. Aus dem Vorzimmer hörte Sörensen das schlürfende Geräusch eines Kaffeevollautomaten, das ihm viel zu laut vorkam und das ihn nachhaltig irritierte.

«Also?», fragte Sörensen.

«Also was?»

«Fällt Ihnen jemand ein?»

«Na ja», begann Schäffler. «Es waren jetzt nicht alle glücklich, dass wir mit Heiners Unterstützung unsere Fabrik gebaut haben.»

«Wer denn nicht?»

Schäffler beugte sich vor. «Die üblichen Begleiterscheinungen einer Fabrik wie unserer. Öko-Faschisten. Tierschützer. Dabei lässt sich bei uns jeder Bestandteil eines Produktes lückenlos zurückverfolgen. Wir haben ausgesprochen hohe Qualitätsstandards. Die höchsten. Wir engagieren uns bei jeder Menge Institutionen zur Verbesserung der Lebensqualität.»

Sie brauchen bei mir kein Marketing zu machen. Ich rühr Ihren Dreck sowieso nicht an. Das wollte Sörensen sagen.

«So, so.»

Das sagte er.

«Wir haben eine Kita für unsere Angestellten», fuhr Schäffler fort. «Die kommen aus ganz Südschleswig.»

«Das nützt den Tieren ja nichts», rutschte es Sörensen jetzt doch heraus.

«Ach, sind Sie auch einer von denen, ja?»

Schäffler schien das Kaffeeangebot zu bereuen, denn als sich im selben Moment die Tür öffnete und eine Dame im schwarzen Kostüm, die wahrscheinlich Anne war, besagten Latte und eine Tasse Filterkaffee vor ihnen abstellte, bedachte er sie mit einem so verbitterten Blick, als wäre sie die Wurzel allen Übels. Immerhin, Anne wurde so – von Schäffler abgesehen – zur ersten Person seit einer gefühlten halben Stunde, die nicht lächelte, was Sörensen dankbar registrierte. Er schüttete Unmengen von Zucker in sein Glas und rührte um sein Leben, während die Sekretärin entschwand, lautlos wie ein schwarz gekleideter Geist.

«Hat der Hinrichs eigentlich von dem Fabrikbau profitiert?», fragte er, kaum hatte sich die Tür hinter ihr geschlossen. «Finanziell, meine ich?»

Schäffler schnaubte. «Sie meinen, ob ich ihn bestochen habe? Ich bitte Sie. Er hat Arbeitsplätze geschaffen. Infrastruktur. Katenbüll hat zum Beispiel ein richtiges Einkaufszentrum jetzt, amerikanisches Prinzip, alles top. Aber ist ja klar, dass Sie mich das fragen. Fabrikbesitzer, tote Tiere, so einer muss doch Dreck am Stecken haben, oder? Mindestens Bestechung. Wieso nicht auch Mord? Das wäre so schön für Ihre Weltsicht, was? Wer Tiere umbringt, hat es nicht weit bis zum Menschen, was?»

Sörensen brachte jetzt seinerseits ein falsches Lächeln zustande und schlürfte. Der Kaffee war gut. Und lenkte ihn für einen Moment von sich selbst ab. So ein Körper war ja gelegentlich auch leicht zu überlisten. Für kurze Zeit zumindest. Er spürte die Achselnässe und roch seine eigene Nervosität. «Und privat?», fragte er. «Soweit Sie das beurteilen können? War der Hinrichs glücklich?»

*

«Was heißt schon glücklich?» Hilda Hinrichs hatte sich hinter ihren Küchentisch geklemmt, an dieselbe, vom Licht vernachlässigte Stelle, wo am Morgen noch ihr Sohn gesessen hatte, und umklammerte schraubstockartig einen Becher, auf dem *Wenn du Frühstück am Bett möchtest, musst du in der Küche schlafen* aufgedruckt war. «Wer ist denn schon glücklich? Wir hatten eine funktionierende Ehe, wenn du das meinst.»

Jennifer Holstenbeck saß auf der anderen Seite des Tisches, hatte nichts zum Umklammern und fand den Kühlschrank unnatürlich dominant. Was auch an der sekundenlangen Stille gelegen haben konnte, die sich vor Hildas letzter Antwort ins Unangenehmste gedehnt hatte.

«Ich hab ab und zu mal so was gehört», sagte sie.

Hilda pulverisierte ein paar Brotkrümel, die sie auf dem Tisch gefunden hatte, zwischen Daumen und Zeigefinger.

«Was denn?»

«Na ja, andere Frauen und so. Ist natürlich alles nur Gerede.»

Die Witwe des Bürgermeisters trank einen Schluck, vielleicht zur Überbrückung, vielleicht zum Trost, dann forschte sie in Jennifers Gesicht, als wäre dieses ihr vollkommen fremd.

«Jenni, findest du das okay?», fragte sie.

«Ich …»

«Ich habe gerade meinen Mann verloren. Jan hat seinen Vater verloren. Und du kommst hierher und wühlst im Dreck? Freust dich vielleicht sogar, dass endlich mal was los ist, oder?»

«Ich mach nur meinen Job, Hilda.»

«Mit der Begründung sind schon echt üble Sachen passiert.»

«Das ist unfair.» Jennifer rang mit sich. «Was soll ich denn machen? Wir müssen doch gucken, ob wir den finden, der das getan hat.»

Hilda lachte kurz auf. «Ist mir doch scheißegal, wer das getan hat», sagte sie. «Ich trauere, ja? Kennst du das? Hast du schon mal jemanden verloren? Heiner war gestern noch da und liegt jetzt auf irgendeinem Tisch in Husum und wird aufgeschnitten, und du fragst mich, ob der fremdgegangen ist? Hast du denn gar kein Taktgefühl?»

«Offenbar nicht», antwortete Jennifer leise.

Hilda fuhr sich durch das ungewaschene Haar, das dank einer beträchtlichen Menge von übriggebliebenem Haarspray nun wie wild in alle Richtungen abstand. «Ja, er ist fremdgegangen, okay? Mit seiner ‹Bürodame› oder wie er das nennt. Und mit wem auch immer. Und ich wusste das. Und er wusste, dass ich das wusste. Das war kein Problem zwischen uns. Die Versuchung ist vielleicht manchmal zu groß, wenn man Bürgermeister ist und so jemanden … so jemanden wie mich zu Hause hat, die nichts richtig geregelt bekommt. Und das schon seit Jahren nicht.»

«Hilda», versuchte Jennifer zu beruhigen.

«Das wolltest du doch wissen, oder? Willst du meine Krankenakte sehen?» Hilda hob ihre Tasse in die Luft. «Ich hab Depressionen, und ich nehme Tabletten. Weiß doch eh jeder. Aber ich hab das im Griff, okay? Schon wegen Jan.»

Jennifer sah sich in der Küche um, als säße da vielleicht noch jemand bislang Unentdecktes. «Wo ist Jan überhaupt?», fragte sie und fühlte sich schuldig. Die Psychologen aus Husum hatten nicht kommen können, weil sie eine ganze Schulklasse in der Innenstadt betreuen mussten. Ein Lehrer hatte versucht, sich anzuzünden, im Unterricht, vor den Kindern – und war nur aufgrund eines Billigfeuerzeugs aus Taiwan gescheitert. Dennoch war die Aufregung natürlich groß gewesen, und Jan konnte auf niemanden zurückgreifen, den er sowieso nicht gewollt hätte. Also war Jennifer irgendwann mit Sörensen und Malte wieder abgezogen, nicht ohne dem hartnäckig schweigenden Jan zu versichern, dass er sich jederzeit bei ihr melden könne. Was er bis jetzt nicht getan hatte.

«Weiß ich nicht», sagte seine Mutter und trank noch einen Schluck. «Der Junge ist immer unterwegs.»

«Hilda», sagte Jennifer entsetzt. «Du bist die Mutter. Es kann doch nicht wahr sein, dass du deinen Sohn da draußen alleine herumlaufen lässt. An so einem Tag.»

Hilda hob die Schultern. «Was soll ich denn tun? Auf Rollschuhen hinterherfahren? Der kommt schon zurück. Kommt er immer.»

Diese Mischung aus Kälte und Selbstmitleid machte Jennifer Holstenbeck wütend. «Ich bin auch eine Mutter», fauchte sie. «Und wenn meine Tochter ihren Vater verloren hätte, würde ich kilometerweit barfuß über einen zugefrorenen Acker rennen, um sie zu finden und zu beschützen. Und zwar auf Zehenspitzen!»

Hilda lachte erneut kurz und humorfrei auf. «Du bist genau die Richtige, um mir Moralpredigten zu halten. Deine Tochter weiß ja nicht mal, wer ihr Vater ist», sagte sie. «Du weißt es ja selbst nicht.»

Jennifer blieb die Luft weg, dann rettete sie sich in die Rolle, in der sie hergekommen war.

«Hilda, ich frag dich jetzt einmal, okay?», sagte sie mühsam beherrscht. «Einfach weil ich muss. Hast du deinen Mann getötet?»

Hilda machte die ruckartige Kopfbewegung einer zuschnappenden Schlange, spuckte Jennifer mitten ins Gesicht und traf beide Augen, Nase und die linke Wange. Jennifer unterdrückte den Impuls, Hilda einfach auf den Tisch zu drücken, mit dem Kopf nach unten, ihr die Arme auf den Rücken zu drehen, die Handschellen vom Gürtel zu nehmen und sie so zusammenzuzurren, dass sie als Paket aufs Revier geschickt werden konnte.

Stattdessen stand sie auf, holte Küchenpapier und atmete tief durch. «Ich nehme an, das heißt nein?»

*

«Natürlich heißt das nein. Oder kennen Sie irgendjemanden, der in seinem Leben glücklich ist?»

Schäffler lehnte sich zurück, als wäre er tatsächlich an einer Antwort interessiert. Vielleicht war er das ja auch. Sörensen dachte kurz nach und landete bei seinem alten und mittlerweile einzigen Freund Gunnar, der weggeworfene Lampen restaurierte oder aus den schrottigsten Metallteilen neue gestaltete und zusammen mit seltenen Vinylschallplatten in seinem kleinen Souterrainladen auf St. Pauli für teures Geld verkaufte. Gunnar war ein glücklicher Mensch, wegen der Lampen und der Schallplatten, aber vor allem auch weil er sich nach wenigen, dafür unguten Erfahrungen mit dem weiblichen Geschlecht für komplette Asexualität und einen möglichst großen Bauch in Verbindung mit einer Dauerkarte für den HSV entschieden hatte. Lampen, Schallplatten, Fußball. Ihm konnte niemand was.

«Ja, ich kenne jemanden», sagte Sörensen. «Aber das bringt jetzt ja auch nichts. Was ist denn mit Ihnen?»

«Mit mir?»

«Sie zum Beispiel könnten doch glücklich sein. Läuft doch super.»

Schäffler blies einen Stoß Luft aus. «Ja, wenn man so von außen draufguckt», sagte er. «Verheiratet, zwei gesunde Kinder. Guter Verdienst.»

«Klar», sagte Sörensen.

«Klar», sagte Schäffler. «Aber Erfolg schafft Angst vor Misserfolg.»

«Das kenne ich», sagte Sörensen automatisch.

«Sie?»

Sörensen wollte es nicht, aber er war beleidigt. «Was von beidem trauen Sie mir denn nicht zu: Die Angst? Oder den Erfolg?»

«Geht es jetzt um Sie oder um mich?», fragte Schäffler zurück. Dann hielt er einen Moment inne. «Und wieso geht es eigentlich gerade um mich? Ich bin nicht ermordet worden.»

«Ich glaube, für Sie ist es normal, dass es immer um Sie geht.» Sörensen klatschte sich innerlich selbst ab. Schäffler schüttelte den Kopf, schwieg und setzte sich gerade hin.

«Wissen Sie, Herr Sörensen», sagte er dann. «Sie mögen mich nicht, das habe ich begriffen. Und das, obwohl Sie mich erst seit ein paar

Minuten kennen. In Ordnung. Aber Sie bringen da trotzdem etwas durcheinander. Ich leite eine Fleischfabrik, die auch selber schlachtet. Das ist ein uralter Beruf. Ein ehrenvoller Beruf. Einer der ältesten Berufe der Welt. Und Sie haben einen Grundverdacht gegen mich, weil ich diese Firma leite. Sie glauben, dass von einem Menschen wie mir nur Böses kommen kann. Das ist nicht in Ordnung. Und viel zu einfach gedacht. Ein Freund ist tot. Und Sie treten hier auf wie ein hypernervöser Elefant im Porzellanladen.»

Sörensen hätte sich jetzt entschuldigen können. Oder müssen. Aber er konnte nicht.

«Sie wirken nicht wie in Trauer», sagte er trotzig. «Wie eng waren Sie denn befreundet?»

«Der Heiner und ich? Wir kennen uns schon sehr lange. Seit der Schule. Aber wir haben uns nicht jeden Abend im Deichkrug getroffen und das Leben beweint, wenn Sie das meinen. Vielleicht ein-, zweimal im Monat telefoniert. Sind mal essen gegangen. So was halt.»

Sörensen beugte sich vor.

«Eine Sache muss ich Sie noch fragen: War Hinrichs religiös?»

*

«Überhaupt nicht. Wir sind Atheisten. Beide.»

«Ach, Quatsch.» Jennifer Holstenbeck hatte sich mittlerweile komplett von Hildas Spucke befreit, aber sie wusste, dass der Geruch noch lange an ihr haften würde wie eine unsichtbare Markierung.

«Doch.» Hilda fuhr sich mit dem zittrigen Handrücken über die Nase, stand auf und schleppte sich, jeder Schritt eine Qual, wackelig zur Spüle, die überfüllt war mit benutzten Gläsern und Bechern. Sie legte ihren Becher obenauf, überlegte es sich nach einer Sekunde anders und stellte ihn auf den fleckigen Kühlschrank, vermutlich in dem Bewusstsein, ihn später doch noch einmal zu benutzen. Dann blieb sie vor dem geschlossenen Kühlschrank stehen, als hätte jemand das Licht in ihr ausgeknipst.

«Hilda?»

«Ja.»

«Alles in Ordnung?»

«Ja.»

Hilda bewegte sich nicht. Jennifer spielte mit dem Gedanken, einen Arzt zu rufen, dann machte sie erst einmal weiter.

«Leitest du nicht den Kirchenchor?»

Hilda drehte den Kopf, der dadurch wirkte, als wäre er vom Körper losgelöst, in Jennifers Richtung. «Was soll man in Katenbüll denn auch sonst machen? Wenn man was für die Leute tun will?», fragte sie tonlos.

Jennifer nickte. «Ich frag ja auch nur, weil … da hat so ein Bibelspruch in seinem Mund gesteckt. Irgendwas mit einem Schwert und Blut und Fett.»

Hilda setzte sich in Bewegung, sehr vorsichtig, sehr um Kontrolle bemüht, fast wie ein schlechtgeölter Roboter. Sie nahm ein trockenes, von Kaffeeresten geschwärztes Tuch aus der Spüle und wischte gedankenverloren an der Kühlschranktür herum. Das Ergebnis war überschaubar. «Sagt mir nichts», sagte sie. «Wir haben auch nicht mal eine Bibel im Haus. Das sind doch alles Märchen für Leute, die ihren Tod nicht wahrhaben wollen.»

Jennifer musste kurz lachen. «Das hätte ich nicht gedacht», sagte sie. «Also, dass du das denkst.»

«Kannste mal sehen», sagte Hilda und warf das Tuch achtlos zurück zur Spüle, wo es vom Rand rutschte und von ihr unbemerkt zu Boden fiel.

«Sag mal, habt ihr eine Pistole im Haus?», fragte Jennifer.

Hilda schnappte nach Luft – dann schossen ihr die Tränen nur so heraus.

«Oh Gott, Hilda!», rief Jennifer erschrocken und sprang auf.

Hilda wich mit erhobenen Händen vor ihr zurück, als würde auch nur die geringste Berührung Verbrennungen verursachen. «Jenni, ich kenn dich, seit du so klein warst», sagte sie und war kaum noch zu verstehen. «Ich weiß nicht, warum du mir jetzt so weh tust. Du tust ja gerade so, als würdest du mich verdächtigen?»

«Ich mach wirklich nur meinen Job.»

Hilda lachte auf, dann schluchzte sie noch mehr, sie sank auf den Küchenboden, sie bebte, sie vergrub den Kopf zwischen den Knien. «Ich scheiß auf deinen Job!», rief sie. «Verliert man da seine ganze Einfühlung, oder was?»

Jennifer gab sich geschlagen. Hilda hatte ja recht. Sie hatte sie beide mit der Sensibilität einer Amöbe in eine Sackgasse manövriert, hatte Leid verstärkt, wo sie es hätte verkleinern sollen, zur Eskalation beigetragen, anstatt sie zu verhindern. Sie hatte einfach alles falsch gemacht.

«Ich gehe dann mal besser», sagte sie, erschüttert von sich selbst, und versuchte, möglichst aufrecht zur Haustür zu kommen. Hilda weinte, als wäre das ab morgen verboten, erwiderte aber nichts. Sie machte sich nur noch kleiner auf ihrem Küchenboden, völlig haltlos. Jennifer war eigentlich schon durch die Tür, dann konnte sie nicht anders, seufzte, ging noch einmal zurück, griff nach der Küchenrolle und reichte sie Hilda.

«Hier», sagte sie.

Hilda ließ die Welle des Schmerzes abebben, dann richtete sie sich auf und riss nach kurzem Zögern das Krepppapier ab.

«Es tut mir leid», sagte Jennifer. «Wirklich.»

Hilda schnäuzte sich. «Wir haben keine Pistole», sagte sie.

«Das glaube ich dir, Hilda. Das glaube ich dir. Ich muss jetzt gehen. Kommst du klar?»

Hilda stand mühsam auf und zerknüllte das Küchenpapier in ihrer Hand. «Grüß deine Mutter von mir», sagte sie. «Die Probe fällt diesen Mittwoch aus. Ich denke, *sie* wird dafür Verständnis haben.»

Schafscheiße

Al Jarreau sang *Ain't No Sunshine* von Bill Withers, aber die Instrumente wirkten verstimmt. Vielleicht waren das auch gar nicht die Instrumente, dachte Sörensen, vielleicht hatte ja das Masterband geleiert, als die Aufnahme auf Vinyl gepresst worden war. Oder sein Plattenspieler hatte geleiert, als er die Schallplatte auf den Computer überspielt hatte. Oder der Computer hatte geleiert, als er das MP3-File auf seinen iPod übertragen hatte. Konnten Computer leiern? Oder der iPod ... ach, egal. Sörensen drehte den Lautstärkeregler seines Autoradios, an das der iPod angeschlossen war, nach oben und wippte demonstrativ mit dem Oberkörper, als er in seinem Passat das Pförtnerhäuschen passierte. Von Kutte und Schaumi war weit und breit nichts zu sehen. Entweder hatten sie sich unter den Schreibtisch verkrochen und von da aus die Schranke geöffnet, oder das Ding hob und senkte sich automatisch, sobald man das Gelände verließ.

«I know, I know, I know, I know, I know, I know, I know», sang Sörensen, bevor ihm beim achten *I know* die Luft ausging. Die Schranke senkte sich hinter ihm, die Scheibenwischer arbeiteten gegen den Takt der Musik. Sechseinhalb Stunden, dachte Sörensen. Sechseinhalb Stunden Katenbüll – und es hatte nur für einen winzigen Moment aufgehört zu regnen. Nichts konnte trostloser sein als Nordfriesland im Herbst, dachte er. Vielleicht Nordfriesland im Winter. Warum eigentlich stellte man sich seine zukünftige Umgebung immer sonnig vor?

Die Tanknadel stand kurz vor dem letzten Strich. Immerhin, seine Angst war abgeflaut. Es gab auch Tage, an denen der ganze Dreck kam, aber nicht wieder ging – wie ein ungebetener Partygast, der seinen Koffer mitgebracht hatte. Man konnte es nie wissen. Er verließ die Gegenwart, dachte an die Zukunft. Was er eigentlich nicht sollte. Denn auch die machte ihm Angst. Vor allem die. Hätte ihm jemand in die Hand versprochen, dass sich diese absurden Zustände in absehbarer Zeit wieder legen würden, dann hätte er das ausgesessen. Locker. So aber addierte sich zur Angst regelmäßig die Panik dazu; die Panik, nie wieder ein normaler Mensch zu sein, nie wieder ein normales Leben führen zu können. Was immer das auch sein mochte.

Al Jarreau sang jetzt *Lean On Me*. Sörensen seufzte. Wann genau das ganze Elend begonnen hatte, war schwer zu sagen. Die Saat, das wusste er, die Saat war schon in seiner Kindheit gelegt worden. An die er kaum noch eine Erinnerung hatte. Aber das hatte er schon vor seiner Therapie begriffen: Ein Vater, der immer unterwegs, der in jeder Hinsicht unerreichbar gewesen war, und eine Mutter, die sich hinter den Mauern ihres Einfamilienhauses vor der Welt versteckt hatte, das konnte für die Entwicklung des einzigen Kindes nicht förderlich gewesen sein.

Angst war vererbbar. Angst ließ sich anerziehen. Beide Eltern hatten die Menschen gehasst und sich vor dem Leben gefürchtet. Und andersherum. Das, so vermutete Sörensen, war vielleicht sogar ihre große Gemeinsamkeit gewesen, das hatte sie zusammengehalten. Zumindest eine Zeitlang. Bei seinem Vater hatte es Jahrzehnte und die Scheidung gebraucht, bis er sich von sich selbst emanzipiert und eine Art Lebensglück entwickelt hatte. Seine Mutter hingegen war in ihrer Einzimmerwohnung gestorben, viel zu früh, einsam, verbittert und von der Welt entwöhnt. Damals war er Mitte zwanzig gewesen.

Dann, später, war er selbst Vater geworden, mit Anfang vierzig. Vorher hatte er sich zu jung gefühlt für ein Kind, hinterher auch, aber das hatte er ja nicht wissen können, das hatte ihm ja keiner gesagt. Nele war die treibende Kraft gewesen, die mit der tickenden Uhr, die behauptet hatte, das Leben wäre unerfüllt ohne ein gemeinsames Kind. Er hatte es sich schöngeredet, gedacht, auch er wäre nicht vollkommen ohne Nachwuchs, dann aber, als er plötzlich da war, der Nachwuchs, der eine sie war, eine Lotta, hatte er sich ihm unvorbereitet ausgeliefert gefühlt. Hatte Job, Schlaf und Kind nicht mehr unter einen Hut bekommen, seine Beziehung zu Nele dahinschwinden sehen und war sich nicht einen Deut besser vorgekommen als sein eigener Vater. Das hatte seinem Selbstwertgefühl den Rest gegeben.

Lotta hatte geschrien und ihr Recht eingefordert, er schrie auch, allerdings innerlich, und bekam das stete Gefühl, alles falsch zu machen, nicht länger unter Kontrolle. So traten die anderen Schmerzen auf, die körperlichen. Plötzlich jagte eine Infektion die nächste, Angina folgte auf Bronchitis, Kehlkopfentzündung auf Gliederschmerzen. Vegetatives Nervensystem, hieß es, vegetatives Nervensystem. Sein Blut entzündete sich, er schlief nicht mehr oder nur noch sehr kurz, bekam Dauerkopfschmerzen und kämpfte nun an allen Fronten, mit der Umgebung und vor allem mit sich selbst. Autoimmunschwäche, hieß es. Autoaggression. Woher auch immer.

Die Ärzte hatten weder Ideen noch Trost und rieten lapidar zu einer Auszeit. Lotta wollte natürlich nicht, dass er eine Auszeit nahm. Aber vor allem Nele wollte es nicht. Verständlich. Sie hatte plötzlich zwei Kinder, um die sie sich kümmern sollte, das konnte nicht gutgehen. Ihr Respekt vor ihm schwand. Sein Respekt vor sich selbst schwand. Dann begann es in der Brust zu drücken. Die Atmung wurde immer schwerer, er dachte an Asthma, Lungenkrebs, Schlimmeres, falls es das geben konnte, seine Knie zitterten, seine Beine drückten ihn nach unten, der Rücken schmerzte, der Nacken brannte. Er schob es auf die Infektionen, wurde immer erschöpfter, sah sich irgendwann kaum noch in der Lage, aufzustehen, das Bett zu verlassen.

Zu der Zeit sprach Nele das erste Mal von Trennung. Er fand das ungerecht, fühlte sich unverstanden, ungeliebt. Er trug Hunderte von Euro zu Alternativmedizinern, ließ sich auspendeln, mit Globuli füttern, craniosacral massieren und elektromagnetisch aufladen. Für eine halbe Stunde Hoffnung war es gut, dann aber war wieder alles wie vorher, wenn nicht schlimmer, denn von der Hoffnung brach mit jedem gescheiterten Versuch ein weiteres, splittriges Stück ab.

Irgendwann stand er mit Lotta, die gerade erst drei geworden war, mitten auf der Mönckebergstraße in Hamburg und wusste nicht mehr weiter. Alles drehte sich, alles war zu laut, zu bunt, die Geräusche, die Menschen, die Farben, seine Beine versagten ihm endgültig den Dienst, jedes Ziel schien zu weit, jeder weitere Schritt undenkbar. Er überlegte, einen Krankenwagen zu rufen oder einfach zu schreien in der Hoffnung auf Hilfe, aber das, immerhin, das wollte er seiner Tochter nicht antun. Also setzte er sie in den Kinderwagen, hielt sich daran fest und ging, einen Fuß vor den anderen setzend, mit vielen, unendlich gedehnten Pausen in Richtung U-Bahn. Es waren vielleicht gerade einmal hundert Meter, aber es dauerte ein Menschenleben lang.

Irgendwie schaffte er es nach Hause, keuchend, schwitzend, wie nach einer Bergtour, für die er nicht trainiert hatte. Nele sah ihn an, sah sein blasses, fertiges, ausgehöhltes Gesicht und sagte, sie gebe ihm ihr Kind nicht mehr mit. Er nickte, ging ins Bett, das eine Couch war und schon längst nicht mehr im gemeinsamen Schlafzimmer stand, und kam nicht mehr heraus. Tagelang. Monatelang. Fast zwei Jahre lang.

Nele meldete ihn noch mehrmals beim LKA krank, dann kam das letzte Weihnachten, das letzte Silvester, und sie sagte, es wäre zwar kein guter Zeitpunkt, aber sie würde sich von ihm trennen und führe mit Lotta zu ihren Eltern. Er hätte geschockt sein müssen, aber er sagte, das wäre gut, eine gute Idee. Er könne auch nicht mehr. Er wolle auch nicht mehr. Er spürte keine Trauer, keinen Verlust, drehte sich sowieso nur noch um sich selbst, den Schmerz und die Erschöpfung, immer im Kreis, Schmerz und Erschöpfung, Schmerz und Erschöpfung. Er ließ seinen Körper ein weiteres Mal untersuchen, dieses Mal in der neurologischen Abteilung. Sie testeten ihn auf Epstein-Barr, auf Morbus irgendwas, er durchforstete das Internet nach den Begriffen und sah sich erblinden und sterben. Dann hieß es, alles in Ordnung, er habe keinen Morbus, alle Körperfunktionen seien normal. Warum kann ich dann nicht laufen?, fragte er. Warum kann ich keine Treppen steigen? Warum bin ich immer so erschöpft? Warum ist mein Blut entzündet? Keine Ahnung, sagten die Ärzte. Es ist uns ein Rätsel.

Mir nicht, sagte eine Krankenschwester. Sie haben Angst.

Das war das erste Mal, dass ihm jemand half, jemand wirklich half. Die Schwester schickte ihn zu einer Therapeutin. Alles klar, sagte die Therapeutin noch während des Erstgesprächs, Sie haben Angst. Wir müssen etwas tun. Das hört nicht einfach wieder auf. Er wog nur noch vierundfünfzig Kilo. Sie überwies ihn in eine psychosomatische Klinik. Und weil es schnell gehen musste, ohne Wartezeit, über den Umweg Psychiatrie. Erst gegen seinen Willen. Bis er merkte, dass ihm alles egal war und er keinen eigenen Willen mehr besaß. Er traf andere Patienten, die andere Ängste hatten oder die gleichen, die geschlossene Räume nicht verlassen oder betreten konnten, die in Ohnmacht fielen, wenn man sie nur ansah oder nicht essen konnten aus Angst zuzunehmen. Die sich selbst verletzten oder vor innerer Spannung fast zerbarsten.

Wir können Sie nicht heilen, sagten die Therapeuten. Das müssen Sie selber machen. Aber wie denn, fragte er und konnte vor lauter Verzweiflung nicht einmal mehr weinen. Er hatte die Klinik gesund verlassen wollen, irgendwann, egal wann, welchen Sinn sollte das alles denn sonst haben? Sie müssen Ihr Leben ändern, sagten die

Therapeuten und lächelten. Welches Leben, fragte er. Das, welches Sie nun beginnen, sagten sie. Das, welches weder in der Vergangenheit noch in der Zukunft, sondern ausschließlich in der Gegenwart stattfindet. Das, was Sie sich selbst erarbeiten werden. Sie gaben ihm Citalopram, gegen die Angst und für den Neuanfang.

Die ersten zwei Wochen waren ein Albtraum, eine Zuspitzung, dann setzte die Wirkung ein, und er konnte beobachten, wie die Angst sich mit der Zeit veränderte. Wie sie seltener auftrat, dann wieder häufiger, wie sie abklang und wieder zunahm. Wie er lernte, mit ihr zu leben. Wie er trotzdem jedes Mal hoffte, dass es endgültig vorbei wäre mit ihr, wenn sie fort war. Wie er schockiert war, wenn sie wiederkam. Die Erschöpfung ließ nach, der Körper regenerierte sich, Sörensen nahm langsam an Gewicht zu, ob durch das Medikament oder einfach nur durchs Essen: egal. Was war schon Gewicht. Was bedeutete das schon. Er steckte vorsichtig die Nase durch die Tür, kümmerte sich um seinen Job, um seine Versetzung. Um einen Neuanfang. Er war immer noch verletzt. Aber er arbeitete an seiner Narbe, und das machte ihn stolz. Zumindest in den Momenten, in denen es ihm gutging. Und jetzt saß er hier, in Katenbüll, in seinem Auto, und fuhr gegen den Regen und die Ängste an. Ängste, von denen er wusste, dass er sie akzeptieren musste, um sie zu besiegen. Den offenen Kampf, das hatte er gelernt, gewannen immer die anderen.

Die Tankanzeige piepte. Er fuhr auf Reserve. Na super, dachte er, erreichte das Zentrum, gab noch einmal unerlaubt Gas und durchquerte die Tempo-30-Zone mit 55. Kaum hatte er den Marktplatz passiert und die Ausläufer Katenbülls erreicht, bremste er ab. Irgendwo hier auf der rechten Seite war die Tankstelle, die mit dem kostenlosen Cappuccino beim Waschen. Sörensen sah das blaue Schild, befuhr das Gelände und konnte sich kaum entscheiden – alle Zapfsäulen waren frei. Er nahm die Sechs, stieg aus, war in Sekundenschnelle klatschnass und dachte sich, so eine Tankstellenüberdachung war ja auch eine nette Idee, aber bei Wind vollkommen sinnlos. Er fröstelte, tankte für dreißig Euro und betrat das Kassenhäuschen, über dessen Tür nichts von Kasse, dafür was von *Snack & Shop* stand und das sich hier wie überall als überteuerter Supermarkt in der Größe eines Postamts gerierte. Aus den Lautsprechern in der Decke tropfte ein besonders süßlicher Song aus den Achtzigern, *I Like Chopin* von Gazebo. Sörensen wusste nicht, was schlimmer war: dass das hier lief oder dass er das sofort erkannt hatte. Er zückte sein Portemonnaie, zählte im Laufen dreißig Euro ab und schaute nicht auf, bis er vor dem Verkaufstresen stand.

«Ach nee», sagte er dann.

Auf der anderen Seite stand Ole Kellinghusen, im roten Firmenhemd, und schien nicht sonderlich glücklich über seinen einzigen Kunden. Rastalocken und Bart waren unversehrt, aber die geschwollene, dunkelrote Nase gab ihm etwas Verwegenes.

«Sörensen!», sagte er mit seiner tiefen Stimme, mit der er dank nasalen Einschlags jetzt trotzdem fast so klang wie die Biene Willi.

«Ich muss schon sagen …», sagte Sörensen.

«Brauch halt Kohle. Wie jeder.»

«Das meine ich nicht.» Sörensen zeigte auf die Nase. Ole nickte und zuckte gleichzeitig mit den Schultern. Sörensen hatte gar nicht gewusst, dass das ging.

«Willst du ’n Cappuccino?», fragte Ole.

«Nee.» Sörensen winkte ab. «Der soll hier nicht so gut sein.»

Ole grinste. «Möchtest du stattdessen vielleicht ein leckeres Croissant zu deinem Tankeinkauf? Ist vollindustriell letzte Woche Donnerstag gebacken worden. Die Konservierungsstoffe sind lecker.»

«Am Arsch.»

«Korrekt. Dann macht das dreißig.»

Sörensen reichte die Geldscheine über den Tresen. «Ich war bei dir», sagte er. «Eben.»

«Wo, bei mir?»

«Zu Hause. Und dein Vater hat gesagt, er weiß nicht, wo du steckst.»

«Quatsch.»

«Hat er gesagt.»

«Ich arbeite seit fast zwei Jahren hier. Immer montags, mittwochs und freitags. Das weiß der doch.»

Jetzt nickte Sörensen. «Also …»

«Also wollte der nicht, dass du mit mir sprichst.»

Sörensen bekam eine kleine Wut. Immerhin. Meistens beklagte er sich darüber, überhaupt nichts zu fühlen.

«Zeigst du ihn an?», fragte er.

«Meinen Vater? Natürlich nicht. Was für 'ne Frage.»

«Hätte ja sein können. Er hat übrigens behauptet, du hättest einen Laptop nach ihm geworfen.»

«Der Arsch. Genau andersherum war das.»

«Aussage gegen Aussage. Was kosten denn die beiden Schokoriegel da?»

«Sind im Sonderangebot.» Ole machte eine abwertende Geste. «Zwei für eins zwanzig.»

«Oh, gut.»

«Würde ich aber nicht essen.»

«Wieso?»

«Weil die von Ferrero sind. Hier, weiß man doch, Kinderarbeit und so.»

«Kommst du mir jetzt moralisch, oder was? Das ist doch Quatsch. Nutella ist auch von Ferrero», sagte Sörensen, als wäre das ein brauchbares Gegenargument.

«Nutella?» Ole konnte es nicht fassen. «Im Ernst? Du isst Nutella? Bist du fünf?»

«Na, na», sagte Sörensen. «Ich bin Polizist. Vergiss das nicht.»

«Nutella, Sörensen, Nutella besteht nur aus Zucker und Fett. Gesättigte Fettsäuren, Alter, gehärtet. Da kannst du auch 'ne Packung Butter fressen und danach 'ne Tafel Schokolade. Noch ungesünder geht das gar nicht. Überhaupt, wenn du irgendwas mit Gehalt essen willst, dann guck dir mal ganz genau an, was wir alles so verkaufen, und dann besorgst du dir woanders schön das Gegenteil. All der Scheiß hier schadet der Gesundheit. Inklusive dem Motoröl und den bekackten Zeitungen.»

«Sich von seinem eigenen Vater verprügeln zu lassen schadet auch der Gesundheit.» Das war nicht wenig unfair, aber Sörensen hatte bei so viel politisch korrektem Getue Lust auf einen unkorrekten Tiefschlag bekommen. Und tatsächlich: Ole machte dicht. «Ich kann da jetzt nichts zu sagen, hier im Laden.»

Sörensen drehte sich demonstrativ um. «Es ist kein Mensch da, Ole. Nur die schlechte Musik und wir.»

«Es könnte aber jederzeit jemand kommen.»

Sörensen resignierte. Wer nicht wollte, der hatte schon. Und es ging ihn ja auch eigentlich gar nichts an. Wo kein Kläger, da kein Täter. «Ich verstehe das ja, wenn man seinen Alten deckt», sagte er. «Aber der muss das dann auch verdient haben.»

«Kann man sich nun mal nicht aussuchen», sagte Ole ungewohnt leise. «Am Ende will man doch immer nur Anerkennung. Sogar von denen.»

Sörensen dachte an seinen eigenen Vater, nickte, nahm seine Tankquittung und ging nachdenklich zur Tür. «Ach, eins noch», sagte er dann und drehte sich noch einmal um. «Was ist das eigentlich mit dir und Scientology?»

Ole erstarrte. «Du warst in meinem Zimmer.»

«Der einzige Ort in eurem Haus, in dem man es aushält. Da lag so'n Buch von L. Ron Hubbard neben deinem Bett, das war doch der Gründer, oder? Erzählst mir hier was von Ferrero und so und bist Anhänger von so'ner Sekte?»

Ole schüttelte den Kopf. «Man muss kennen, was man ablehnt», sagte er.

«Finde ich nicht», sagte Sörensen. «Ich spritze mir ja auch kein Heroin, um hinterher sagen zu können, dass der Scheiß süchtig macht.»

Er winkte noch einmal, verließ den Verkaufsraum, wurde augenblicklich vom peitschenden, nassen Wind ummantelt und fühlte sich vollkommen unterzuckert. «Kann ja wohl nicht wahr sein», schimpfte er, drehte sich um und trat, entschlossen, sich von nichts und niemandem aufhalten zu lassen, festen Schrittes durch die Automatiktür. Aus Gazebo waren die Scorpions geworden. Auch nicht besser. «Du verkaufst mir jetzt sofort die Schokoriegel», befahl er. «Ist ja albern.»

Ole griff zwei Twix und schob sie wortlos über den Scanner. Als er den Kopf hob, sah Sörensen, dass er weinte. Dünne Rinnsale flossen gleichmäßig auf beiden Seiten über die Wangen.

«Ach, Scheiße», sagte Sörensen.

Ole nickte. «Totale Scheiße», sagte er und überreichte die Riegel. «Nestlé ist übrigens auch nicht besser.»

«Hab ich mir schon gedacht», sagte Sörensen.

«Ernsthaft?»

«Nee.» Sörensen öffnete ein Twix und reichte Ole einen Riegel.

Ole schüttelte den Kopf. «Ich kann doch nicht so einen Kram reden und dann den Scheiß selber fressen.»

«Doch», sagte Sörensen. «Kannst du. Du kannst Ansprüche haben, die allerhöchsten. Und dann scheiterst du schön daran. Immer und immer wieder. Und dann kannst du dir aussuchen, ob du an dir verzweifelst oder ob du begreifst, dass das ganz normal ist. Teil des Lebens, sozusagen. Ist natürlich deine Sache, aber Letzteres ist auf jeden Fall gesünder. Das ist sogar so gesund, dass das den Schaden von so einem Twix wieder ausgleicht.»

«Das bedeutet die Aufgabe aller Ideale.»

«Es ist nun mal so: Wenn du schnallst, dass Scheitern einfach dazugehört, jederzeit, dann lernst du auch, dich selbst zu akzeptieren.»

Ole machte ein ungläubiges Gesicht. «Was redest du denn da, Sörensen? Das passt überhaupt nicht zu dir. Zu dir passen Fußball und Motorsport und Fliegenfischen am Fluss. Das hast du doch irgendwo gelesen.»

«Ich hasse Motorsport», sagte Sörensen und freute sich, dass von seiner Therapie zumindest irgendwas hängengeblieben war. «Ja, stimmt, hab ich gelesen. Eigentlich müsstest du doch so ein Geschwurbel absondern. So als zukünftiger *Lifecoach*, oder?»

«Ich werd Gemüsebauer», sagte Ole. «Gib mal rüber, das Twix.»

«Na siehst du.»

«Aber ich esse das mit großer Verachtung.»

«Hauptsache, es schmeckt.»

«Viel zu süß ist das.»

«Wer nicht das Bittere gekostet hat, der weiß nicht, was Zucker ist.»

«Alter.»

«Is'n Sprichwort. Hab ich auch gelesen.»

Sörensen biss herzhaft in die klebrige Masse und dachte an seine Plomben. «Hau weg, den Scheiß.»

*

Jan schaute auf seine Kinder-Swatch. Pastor Mielke war noch nicht einmal seit fünf Minuten fort, und trotzdem wurde es ihm in der Kirche zu einsam. Ihm war kalt, die klammen Klamotten hingen an ihm wie eine zweite, glitschige Haut, der Wind drückte sich durch die Türritzen in das Kirchenschiff und fegte heulend zwischen den Bankreihen hindurch. Er wollte nicht länger warten, untätig herumsitzen, fühlte einen kaum zu kontrollierenden Bewegungsdrang und sich insgesamt weniger beschützt als hingehalten. Lungenentzündung hin oder her, er stand auf, zog die nasse Jacke wieder an und verließ die Kirche durch den Hinterausgang. Vielleicht war Mielke ja auf dem Rückweg, dann konnte er ihm genauso gut entgegenkommen.

Jan eilte auf den Steinstufen den Hügel hinunter, zwischen den Tannen hindurch, die den Weg flankierten. Als er das auffällig schlicht gehaltene Pfarrhaus am Fuße der Kirche erreichte, stachen zwei erleuchtete Fenster aus dem allgemeinen Graugemisch aus Wolken und Beton heraus. Jan wusste selbst nicht, warum er nicht einfach klingelte, aber er schlich zunächst geduckt um das Haus herum, wie um sicherzugehen, dass ihm von keiner Seite Gefahr drohte. Seine Turnschuhe wurden schlammig, als er in den Beeten einsank, er duckte sich noch weiter, fast bis in den Kriechgang, und drückte sich an Büschen und Hecken vorbei, bis er unter dem erleuchteten Vorderfenster kauerte.

Er hob vorsichtig den Kopf und sah Pastor Mielke, wie er in seiner Küche stand und mit einem uralten Festnetztelefon telefonierte. Jan verstand kein Wort, das Fenster war geschlossen. Aber Mielke sah aufgeregt aus, er fuchtelte mit dem freien Arm, zeigte mehrmals in die Richtung, in der die Kirche stand. Es geht um mich, dachte Jan, er verrät mich, er liefert mich aus.

Jan geriet in Panik, gab seine Deckung preis, sprang auf, rutschte aus, zerdrückte dabei einige Pflanzen, rappelte sich wieder hoch und rannte kopflos über die Garageneinfahrt auf die Straße. Ein BMW konnte gerade noch ausweichen und schlingerte gefährlich nahe am Rand des Grabens entlang. Der Fahrer hupte mehrfach, hielt aber nicht an. Immerhin. Eine alte Frau mit Kopftuch, die einen völlig durchnässten Müllsack hinter sich herzog, blieb auf der anderen Straßenseite stehen und betrachtete Jan mit halboffenem Mund, als wäre er die Verkörperung des Teufels. Jan kannte die Frau, wusste, dass sie in einem Haus am Stadtrand wohnte, von allen die «alte Göntje» genannt wurde und die seltsamsten Wege ging, ohne je ein Wort mit jemandem zu wechseln.

Jan sprintete die paar Meter bis zum Fuße der Kirche, wo er sein Fahrrad ins Gras geschmissen hatte. Er riss es hoch, schwang sich darauf und raste los, so schnell, wie er konnte, irgendwohin, wo nicht hier war. Ich bin so allein, dachte er. So beschissen allein. Er wollte weinen, konnte es aber nicht. Er öffnete den Mund, um die feuchte Luft besser einatmen zu können. Was jetzt, dachte er. So geht das doch nicht. Ich brauche einen Plan. Er machte eine Vollbremsung, riss sein Rad herum wie einen störrischen Gaul und raste zurück. Zurück nach Hause.

*

Sörensen hätte jetzt eigentlich aufs Revier zurückfahren müssen, aber ihm war noch nicht danach. Außerdem war der Tank voll, und er musste sein Twix verdauen. Er fuhr in den Deichweg, schaffte es dabei nicht einmal, einen einzigen Song von Anfang bis Ende zu hören, parkte vor seiner Garage, schlug den Kragen hoch, überquerte die Straße und öffnete ein kleines Holzgatter, hinter dem einige schiefe Steinblöcke als provisorische Treppe den Deich hinaufführten. Die Stufen waren übersät von Schafsköteln, die Sörensen an Schokostreusel auf einem Blechkuchen erinnerten. Bei den ersten Schritten versuchte er noch auszuweichen, dann erkannte er die Sinnlosigkeit und vertraute auf die Festigkeit seines Schuhwerks. Oben angekommen, empfing ihn neben der Weite ein noch stärkerer Wind, der ihn fast hochzuheben drohte. Unter der einzigen Bank weit und breit lagen drei zerknüllte Faxe-Bierdosen. Menschen, dachte er. Menschen.

Sein Blick ging in die Ferne. Vom Meer war nichts zu sehen, dafür bestaunte er die Symmetrie des Koogs. Wie viel Land war da wohl gewonnen worden, wie viele Hektar mochten da vor ihm liegen? Tausend? Zweitausend? Die Parzellen wurden in guten Zeiten vielleicht landwirtschaftlich genutzt, waren im Moment aber auch nicht mehr als sortierter Schlick, trost- und farbloser Schlamm, der alles Lebendige zu verschlucken schien. Sörensen besah sich den Deich genauer. Etwa zwei Dutzend Schafe grasten friedlich um ihn herum, ließen sich von dem frierenden Fremdkörper in ihrer Mitte nicht weiter stören. Auch der Regen schien ihnen gleich, Hauptsache, das Gras war grün und üppig und es war genug davon da. Die haben's gut, dachte Sörensen. Einfach dahin scheißen, wo man isst. Sich um nichts einen Kopf machen. Schaf müsste man sein. Oder auch nicht. Er suchte nach einer positiven Empfindung. Eigentlich war doch alles da, was man brauchte, dachte er. Deich, Schafe, Koog, irgendwo dahinter das Meer. Natur, Ursprünglichkeit. Und dennoch fühlte er sich hier auch nicht besser, nicht weniger eingeengt als in der großen Stadt. Na ja, war vielleicht auch ein bisschen viel verlangt für den ersten Tag. Und in Anbetracht des Wetters. Des Toten. Und der ganzen Tränen. Letztlich war die Einengung ja auch rein innerlich, egal, wo man sich gerade befand.

Sein Handy klingelte. Er las den Namen und rollte mit den Augen.

«Ja?», sagte er und hoffte, sein Telefon würde nicht allzu nass werden.

«Wo bist du denn jetzt?», kam die aufgekratzte Stimme seines Vaters aus der Leitung. «Ich höre fast nur Rauschen.»

«Im Auge des Hurrikans», sagte Sörensen. «Oben am Deich. Zum Nachdenken. Hast du was? Und beeil dich, mir friert sonst die Hand ab.»

Sein Vater räusperte sich. «Natürlich hab ich was. Sonst würde ich ja nicht anrufen.»

«Das stimmt.»

«Also, es ist so.» Vater Sörensen räusperte sich umständlich. «Katenbüll scheint fest in der Hand von dieser Firma Fleischeslust zu sein. Ich war in so einem Naturschützer-Forum, ‹Rettet die Schweinswale› und so weiter. Da werden Hinrichs mafiöse Machenschaften vorgeworfen. Der Geschäftsführer von Fleischeslust, das ist ein gewisser Jens Schäffler …»

«Kenne ich schon», unterbrach Sörensen.

«… das ist ein alter Schulfreund von Hinrichs. Die sind zusammen in Kiel aufs Gymnasium gegangen. Inklusive der heutigen Ehefrauen.»

«Ach?»

«Ja. Und es gibt ein Foto von Hinrichs und Schäffler aus dem Jahr 1992, auf dem noch ein dritter Mann drauf ist. Schäffler hat das vor knapp zwei Jahren erst auf Facebook gepostet. Bildunterschrift: ‹Die drei Musketiere›.»

Sörensen wechselte die Telefonhand. «Weißt du, wer der dritte ist?»

«Frieder Marek heißt der. War bis vor einem Jahr Kurdirektor in Katenbüll, dann hat er plötzlich gekündigt. Oder ist gegangen worden. Lebt aber wohl noch da. Bogenstieg 25.»

Manchmal, das musste Sörensen zugeben, ganz manchmal war sein Vater wirklich zu etwas nutze.

«Danke, Papa», sagte er. «Da hätten die Kollegen hier bestimmt ewig für gebraucht.»

«Ach, das kann ich mir nicht vorstellen.»

«Doch, doch, wirklich.»

«Das hättest sogar du geschafft.»

«Das glaube ich nicht.»

«Nee, ich eigentlich auch nicht.»

«Ja, danke, Papa. Und grüß Madita von mir.»

«Marita.»

Sörensen legte auf und betrachtete die Schafherde, die sich auch durch das Telefongespräch nicht vom Grasen hatte abhalten lassen und geradezu provozierend gleichförmig vor sich hin existierte. So geht das nicht weiter, dachte er, stieß einen Warnschrei aus, streckte die Arme aus und rannte laut schimpfend mitten in die Herde hinein, den Deich hinunter, halb rutschend, halb schlingernd, wie ein menschlicher Pflug mit der Kraft einer Walze. Die Schafe stoben auseinander, sprangen teils sogar in die Höhe, warfen die Hinterhufe in die Luft und blieben erst in einigen Metern Entfernung wieder stehen. Sie betrachteten ihn mit eingebildeter Empörung im unbewegten Gesicht, blökten ihn protestierend nieder, gaben ihm somit die verlangte Aufmerksamkeit, dann aber, als die Gefahr vorüber schien und Sörensen mit den Händen auf den Knien grinsend nach Luft pumpte, gingen wie auf Kommando alle Köpfe wieder nach unten und widmeten sich neuem, frischem, unabgekautem Gras. Schaf müsste man sein, dachte Sörensen. Wirklich wahr.

*

Zehn Meter vor der Hofeinfahrt stieg Jan vom Fahrrad und ließ es in den Graben fallen. Einen Gehweg gab es hier, außerhalb des Ortskerns, nicht, also tastete er sich am Straßenrand entlang, hoffte inständig, dass sich in seinem Elternhaus nichts bewegen, keine Gardine zurückgezogen, kein Fenster ruckartig aufgerissen würde, dass niemand ihn erwartete. Dass alles so wenig lebendig war wie sonst.

Vielleicht irrte er sich ja auch, dachte er. Vielleicht war in seiner Abwesenheit alles ganz anders gekommen. Vielleicht würde ihm gleich sein Vater von den Ställen her entgegeneilen, in seinen gelben Gummistiefeln, den Striegel noch in der Hand, lachend, scherzend, er würde ihm auf die Schulter klopfen, zugeben, dass das alles nur ein Irrtum gewesen sei, ein blödes Missverständnis, dass er gar nicht tot sei, sondern nur verletzt worden wäre, ganz leicht, so leicht sogar, dass er nicht einmal im Krankenhaus hätte bleiben müssen.

Ein 7,5-Tonner kam Jan entgegen, viel zu schnell für diese so kurvenreiche wie schlecht befestigte Straße. Der Fahrer bremste kurz ab, als er den Jungen sah, gab dann aber deutlich zu früh wieder Gas und fuhr mit Schwung durch eine Lache, sodass Jan von oben bis unten vollgespritzt wurde. Die kalte Dusche wischte seine Illusionen weg. Sein Vater war tot. So war das nun mal. Er schüttelte das Nass ab wie einen beschwerenden Umhang, und widmete seine ganze Konzentration der Haustür, von der er nur noch wenige Schritte entfernt war. Er lauschte für einige Sekunden, hörte nichts als den Regen und seine eigene Kleidung, zog seinen Schlüssel aus der Tasche, atmete noch einmal tief durch und öffnete die Tür so leise wie möglich. Sie war nicht abgeschlossen, seine Mutter war also irgendwo im Haus. Sie vergaß zwar so ziemlich alles, inklusive ihn, aber abzuschließen: niemals.

Jan streckte den Kopf hinein und rechnete mit einer Schimpftirade. Aber der Flur war leer. Aus der Küche dröhnte das Schlagerradio, im Wohnzimmer lief der Fernseher. Er schob die Haustür so behutsam zu, dass nur ein minimales Klicken zu hören war, und nahm die Treppe nach oben. Leise, nur leise. Er tropfte, er raschelte; die dritte Stufe musste übersprungen werden, weil sie so laut knarrte, dass selbst Bonnie im Stall das hätte hören können. Im oberen Flur erfasste er Geräusche aus dem Badezimmer. Tatsächlich, unter dem Türspalt war Licht. Seine Mutter föhnte ihre Haare. Wieso föhnt die ihre Haare, dachte Jan. Papa ist tot und die föhnt ihre Haare?

Er zögerte. Sollte er umkehren? Unten im Flur stand das andere der beiden Telefone, direkt zwischen Wohnzimmer und Küche. Aber nun war er schon mal hier oben. Jan schlich am Badezimmer vorbei, hoffte, seine Mutter würde seine Wasserspur nicht bemerken, wenn sie herauskam, und öffnete die Tür zum elterlichen Schlafzimmer. Es war ihm fremd, es war mit Abstand das Zimmer im Haus, das er in seinem Leben am seltensten betreten hatte. Das Bett war ungemacht; es war eiskalt, es roch säuerlich, obwohl das Fenster gekippt war. Er schloss die Tür und eilte, immerfort tropfend, an die Bettseite seines Vaters, denn dort, auf dem braunen Holztischchen, stand das zweite Telefon. Er dachte nach, erinnerte sich, dass in der Nachttischschublade ein altes Telefonbuch lag, und zog es heraus. Er blätterte, er zitterte, es dauerte nicht lange, dann hatte er die Nummer gefunden.

Er hob den Kopf und horchte erneut. Der Föhn war immer noch in Betrieb. Er nahm das Telefon und wählte.

«Kriminalpolizeiaußenstelle Katenbüll, Kriminaloberkommissarin Holstenbeck», meldete sich eine weibliche Stimme.

«Sind Sie das?», fragte Jan fast flüsternd.

«Wer ist denn da?», fragte die Stimme zurück.

«Wir haben uns heute Morgen bei meinen Eltern getroffen, oder? Hier ist Jan. Jan Hinrichs.»

«Jan. Genau, richtig, hier ist Jennifer Holstenbeck. Ist alles in Ordnung? Brauchst du Hilfe? Kann ich was für dich tun?»

«Der Polizist. Der Mann», sagte Jan. «Ist er da?»

«Nein», sagte Jennifer und klang fast ein bisschen beleidigt. «KHK Sörensen ist unterwegs. Ich kann dir aber auch helfen.»

«Können Sie nicht», sagte Jan. «Sie sind von hier. Er nicht. Kann ich ihn irgendwo sprechen?»

Die Leitung rauschte. Dann raschelte Papier. «Ich geb dir seine Nummer.»

*

Sörensen dachte sich, wenn er schon mal hier oben auf dem Deich war, konnte er auch ein wenig spazierengehen. Er ging fünfzig Meter in die eine Richtung, langweilte sich, drehte um, betrachtete sein Haus von oben, fand es mickrig bis kümmerlich und ging fünfzig Meter in die andere Richtung. Das war vielleicht ein Spaziergang. Und auch noch während der Dienstzeit. Er bekam ein schlechtes Gewissen, redete sich das Ganze mit Akklimatisierung, Umgebungsrecherche und Feldstudien schön, überlegte, ob er die Faxe-Dosen, die aus der Nähe betrachtet arg angerostet waren, nicht in den Papierkorb schmeißen sollte, entschied sich aus Faulheit dagegen und ärgerte sich ein weiteres Mal über sich selbst. Dann stiefelte er den Deich wieder herunter, aber nicht auf den dafür vorgesehenen Steinstufen, sondern auf dem Gras zwei Meter daneben, wie um zu testen, ob seine Schuhe ein zweites Mal tauglich für gewisse Abhänge waren.

Etwa in der Mitte rutschte er aus, legte sich unsanft auf den Rücken und glitt wie auf einer Wasserrutsche noch ein paar Meter weiter. Vermutlich stoppten nur die Schafskötel seinen direkten Weg zur Straße. Sörensen fluchte, richtete sich auf, beschloss, die geliehene Allwetterjacke in seinem Haus zu wechseln, bemerkte, dass er das im Revier nicht gut erklären konnte, und wollte einfach nur zurück nach Hamburg. Verdammte Schafe, verdammtes Friesland! Er hob sein Handy auf, das aus der Jackentasche gefallen war, und sah, dass es leuchtete. Er hatte es nach dem Anruf seines Vaters auf stumm gestellt. Aber das hier ließ sich nicht ignorieren. Eine vierstellige Festnetznummer mit Katenbüller Vorwahl.

«Ja?», meldete er sich schlecht gelaunt.

Eine Sekunde passierte nichts. Dann sagte eine leise Stimme: «Herr Sörensen?»

«Bitte lauter», sagte Sörensen und drückte das Handy an sein Ohr. «Wer ist denn da?»

«Hier ist Jan. Jan Hinrichs. Ich hab mir Ihre Telefonnummer von Frau Holstenbeck geben lassen. Ich muss Ihnen was sagen.»

Sörensen konnte immer noch kaum etwas verstehen. «Was denn?», fragte er.

«Wo wohnen Sie?»

Sörensen hasste es, auf eine Frage eine Gegenfrage serviert zu bekommen. Er klopfte sich den Dreck von der Hose ab. «Im Deichweg ... Nummer 43. Komm doch einfach aufs Revier, da können wir ...»

«Nicht auf dem Revier», unterbrach Jan. «Ich bin um Mitternacht bei Ihnen.»

Um Mitternacht gehörst du ins Bett, wollte Sörensen sagen, und wieso überhaupt Mitternacht, das ist doch eine völlig absurde Uhrzeit. Doch Jan hatte schon aufgelegt.

Hausbesuch

«Hätte ich da jetzt der Mutter Bescheid geben müssen?», fragte Sörensen, umklammerte den Becher Tee wie eine Rettungsboje und betrachtete feindselig den Kaktus, der trotzig von seinem Schreibtisch aus zurückstarrte.

«Ja, schon», sagte Jennifer Holstenbeck. «Aber die Mutter ist ja vielleicht auch der Grund, warum der Sie sprechen will.»

Sörensen nickte. Er war ihr dankbar, dass sie weder auf seine verschmierte Hose noch auf die verdreckte Allwetterjacke oder seine insgesamt leicht zerstörte Erscheinung eingegangen war. Malte Schuster hackte immer noch wie ein Wahnsinniger auf seine Computertastatur ein und hatte Sörensens Äußeres wahrscheinlich noch nicht einmal bemerkt. Sörensen mochte Malte.

«Wollen wir nicht alle mal du sagen?», schlug er vor. «Das ist ja furchtbar kompliziert sonst.»

«Gerne», sagte Jennifer sofort.

Malte hielt jetzt tatsächlich inne. «Ich auch?», fragte er.

«Du auch, Malte», sagte Sörensen gönnerhaft.

Jennifer Holstenbeck streckte ihm die Hand entgegen. «Ich bin immer noch Jenni», sagte sie.

«Und ich bin immer noch Sörensen.»

Jennifer und Malte blickten sich an. Sörensen sah ein, dass er das erklären musste.

«Ja, das ist so», begann er. «Meine Eltern waren Hippies, ganz, ganz früher. Dann waren sie Spießer, viel, viel länger. Aber als ich auf die Welt kam, waren sie Hippies. Kurz. Und mein Vorname, na ja, da haben vielleicht Drogen eine Rolle gespielt. Das kann sich jedenfalls kein normaler Mensch … Und dann die Schulzeit … Also, deswegen lasse ich mich von allen Sörensen nennen. Okay?»

Jennifer nickte.

«Ich find den gar nicht so schlimm, den Vornamen», sagte Malte.

«Du heißt ja auch Malte», sagte Sörensen trocken.

Nun nickte auch Malte. «Okay», sagte er. «Wenn ich darf, würde ich wahnsinnig gerne noch mal auf unseren Fall zurückkommen …»

«Du darfst.»

«Also, ich hab da echt drüber nachgedacht. Wisst ihr, was bei der Leiche gefehlt hat? Sein Handy. Bürgermeister ohne Handy, gibt's doch nicht. Hab ich gedacht. Ja, und das gibt's auch nicht. Wir haben das überall gesucht. Ist weg. Weder in der Nähe der Leiche noch im Haus, noch im Büro.»

«Hat der Täter also mitgenommen», sagte Sörensen. «Malte, kümmere dich mal um seine letzten Anrufe. Das lässt sich doch leicht nachverfolgen.»

«Was machen wir eigentlich mit der Presse?», fragte Jennifer.

«Das gibt hier Presse?»

«Und ob das hier Presse gibt», sagte sie. «Der *Holsteinische Bote* ist jetzt vielleicht nicht die *FAZ*, aber der hält die ganzen Ortschaften zusammen. Der Mann, der über Katenbüll schreibt, heißt Rainer Ketelhut. Der wohnt auch hier. Und das Dumme ist, der hatte heute einen Termin mit Hinrichs. Hat natürlich nicht geklappt. Das Büro von Hinrichs ist von uns zu Stillschweigen verpflichtet worden, aber ich hatte den Ketelhut schon zweimal an der Strippe. Ich glaube, da ist bald eine Pressemitteilung fällig. Und dann kommen auch die großen Medien. Ist doch ein gefundenes Fressen, so ein ermordeter Bürgermeister. Selbst wenn er nur aus Katenbüll kommt.»

Sörensen dachte an den bevorstehenden Medienrummel, die damit verbundene Aufregung, Hektik, Hysterie und allgemeine Beschleunigung des Katenbüller Lebens und wusste, dass das für einen Angstpatienten nicht das pure Vergnügen werden würde.

«Können wir das noch einen Tag hinauszögern?», fragte er. «Vielleicht machen wir bis dahin ja schon größere Fortschritte.»

«Wir können es versuchen», sagte Jennifer.

«An mir prallt alles ab», sagte Malte, und Sörensen fand, dass altkluges Verhalten nicht nur bei Sechsjährigen nervte.

«Alles klar», sagte er und stand auf. «Jenni, du hältst hier weiterhin die Stellung, okay? Wer weiß, was hier heute noch so reinmarschiert.»

«Und Sie … du?»

«Ich mache einen Hausbesuch.»

*

Jetzt, so gegen 17 Uhr, wo der Tag so langsam zur Neige ging, stellte Sörensen fest, dass es ihm insgesamt etwas besser ging. Das war überhaupt ein wiederkehrendes Merkmal seiner Krankheit: Morgens war es stets am schlimmsten, allein das Aufstehen eine Qual, eine kaum zu überwindende Hürde, die Stunden danach eine einzige Verlangsamung, ein muskelloser Klimmzug an einer viel zu hohen Stange, jede Bewegung, jeder klare Gedanke eine kaum zu bewältigende Herausforderung. Das Gehirn, wenn auch ziellos, war dreimal so schnell wie der Körper, der nur Schwäche und Selbstaufgabe dagegensetzen konnte.

Gegen Mittag begann sich der Körper zu gewöhnen, es setzte Fatalismus ein, es war halt so, da konnte man nichts machen, da musste man sich mit abfinden, gegen Nachmittag kam er ein wenig auf Touren, wenn er nicht vom Vormittag gar zu erschöpft war, bevor sich spätestens bei einsetzender Dunkelheit die Lage, die innerliche, ein wenig entspannte – vielleicht weil der Tag schon fast geschafft war. Ins Bett ging Sörensen zumeist einigermaßen ruhig, wenn auch viel zu spät, bevor dann der eigentliche Horror einsetzte: die Albträume, die Schlafunterbrechungen, das Hin-und-Her-Werfen, die Abstürze, die sich anfühlten, als würde ihm im Bett liegend der Boden weggezogen, das zwischenzeitliche Aufstehen, das Anstarren des Mondes, das Verzweifeln an der eigenen Lebenslage. Es folgten zwei bis drei Stunden Erschöpfungsschlaf, dann begann der Kreislauf von neuem.

Sörensen klingelte, wartete und trat sich auf dem rostigen Gitter die Füße ab. Frieder Mareks Einfamilienhaus mit dem spitzen Giebeldach wirkte heruntergekommen, der kleine Vorgarten wucherte vor sich hin, das Unkraut bedeckte schon halb den Kiesweg. Unter einem der Fenster moderte eine alte Holzbank vor sich hin. Ein völlig verdreckter Oldtimer stand halb auseinandergenommen und aufgebockt in der Einfahrt vor der geöffneten Garage, in der ein weiterer, unlackierter Oldtimer vor sich hin darbte und nach Farbe schrie. Sörensen gefiel dieser anarchische Kontrast zur gepflegten Monotonie der einladenden Ferienhäuschen drum herum, aber für die Nachbarschaft war Frieder Marek mit Sicherheit ein Ärgernis.

Sörensen klingelte erneut. Die Haustür, auf der in einem verblichenen und halb abgebröckelten Herz der geschwungene Nachname des Besitzers stand, war nur angelehnt. Das musste ja nichts zu bedeuten haben. Vielleicht waren die Leute in so einem Kaff wie Katenbüll generell entspannter als in der Stadt, vielleicht waren sie sich grundsätzlich sicher, dass hier die Welt noch in Ordnung war, keine Gefahr von Einbrechern, Mördern oder den Zeugen Jehovas drohte. Vielleicht war die Tür ja auch *immer* angelehnt, in Ermangelung einer Katzenklappe zum Beispiel. Trotzdem, das war klar, konnte man nicht einfach so in das Haus eindringen, nicht einmal als Polizist. Oder doch?

Sörensen schob die Tür ein wenig auf. «Herr Marek?», rief er. Nichts. Ach, was soll's, dachte er. Er trat ein und drängelte sich an einem Kratzbaum vorbei, der strategisch ungünstig direkt hinter der Haustür aufgestellt war und der Sörensens Katzenklappentheorie überraschend untermauerte. Stauraum schien in Frieder Mareks Haus überhaupt knapp zu sein, denn schon der niedrige Flur war an beiden Seiten mit Bücherregalen zugebaut, die bis unter die Decke reichten und die so vollgestopft waren, dass nicht einmal ein Floh Platz zum Atmen gehabt hätte. Wie ein vergessenes Antiquariat, dachte Sörensen und betrachtete die Rücken der vergilbten, verbogenen und verstaubten Belletristik. Viel phantastische Literatur. Zwerge, Elfen, Drachen, Trolle. Ein Eskapist, der Herr Marek, dachte er. Zumindest früher einmal. Ein Eskapist, der sich von nichts trennen kann.

«Herr Marek?», rief er erneut, dieses Mal etwas lauter. Es roch nach ungewaschener Wäsche, fauligem Fisch. Oder Schlimmerem. Der Boden knarzte, Sörensen stand jetzt vor einer Tür, hinter der er das Wohnzimmer vermutete.

«Ich komme in Ihr Wohnzimmer», rief er und streckte die Hand zur Klinke aus. Er zuckte zurück. Kaltes Metall berührte seine Schläfe. Das dazugehörige Geräusch klang wie das Entsichern einer Pistole. Nein, es *war* das Entsichern einer Pistole.

«Was wollen Sie in meinem Haus?», zischte eine Stimme nah an seinem Ohr, es roch nach Knoblauchsauce und kaltem Dönerfleisch.

«Kriminalhauptkommissar Sörensen. Kein Grund, nervös zu werden.» Das sagte zwar der Richtige, aber in diesem Moment war zu viel Differenzierung nicht hilfreich.

«Ich kenn Sie nicht», sagte die Stimme.

«Ist mein erster Tag hier.»

«Sie haben keine Uniform an.»

«Kommissare tragen keine Uniform. Sie sind Frieder Marek?»

Das kalte Metall an Sörensens Schläfe wackelte ein wenig.

«Ja», sagte Frieder Marek. «Sie haben einen Ausweis?»

«Noch nicht», sagte Sörensen.

«Das ist schlecht.»

«Da sagen Sie was. Haben Sie denn einen Waffenschein?»

«Natürlich.»

«Den würde ich gerne mal sehen.»

«Nicht ohne Ihren Ausweis.»

«Geht fürs Erste auch der Führerschein?»

«Weiß ich noch nicht.»

«Rechte Jackentasche.»

Marek griff mit der freien Hand in Sörensens Jacke und holte die Brieftasche heraus. Dann bemerkte er ein Problem.

«Ach, ein Dilemma. Ich kann schlecht die Pistole an Ihren Kopf halten und gleichzeitig das Teil hier öffnen. Dafür brauche ich beide Hände.»

«Ich kann die Pistole ja so lange für Sie halten.»

«Haha, sehr witzig.»

«Dann machen wir das doch einfach so», sagte Sörensen. «Sie nehmen erst mal das Ding weg, und ich zeige Ihnen den Führerschein freiwillig. Okay?»

Marek ließ die Waffe für einen winzigen Moment sinken, nur um sie sofort wieder hochzunehmen und den Druck auf Sörensens Schläfe sogar noch zu verstärken. Das würde auf jeden Fall einen Bluterguss geben, dachte Sörensen, einen kleinen, kreisrunden Bluterguss.

«Und was ist, wenn ich die Pistole wegnehme und Sie mich umbringen?», sagte Marek. «Oder schlagen? Schließlich sind Sie in mein Haus eingedrungen.»

«Die Tür war offen.»

«Trotzdem. Da nützt mir dann auch der Führerschein nichts.»

«Das stimmt.»

Beide Männer überlegten.

«Wir können uns nicht auf unentschieden einigen», sagte Sörensen schließlich. «Das funktioniert hier nur über Vertrauen. Ich verspreche Ihnen, Sie nicht zu schlagen, umzubringen oder auszurauben, und Sie nehmen im Gegenzug die Waffe weg.»

«Ich glaube, Sie haben recht.»

«Ja.»

«Das funktioniert nur über Vertrauen.»

«Genau.»

«Ich vertraue Ihnen aber nicht.»

«Ach, Herr Marek», seufzte Sörensen. «In der anderen Jackentasche ist mein Handy. Da können Sie mit einer Hand drin herumscrollen und sehen, dass in meinem Adressbuch ganz, ganz viele andere Polizisten und Präsidien stehen, okay? Und die Vorverkaufsstelle vom HSV. Wenn ich ein Killer wäre, hätte ich das doch bestimmt nicht.»

«Das mit dem HSV schon.»

«Aber nicht die Polizeinummern.»

«Ja, das ist wahr.»

«Gut», sagte Sörensen.

«Gut», sagte auch Marek, machte aber keine Anstalten, in Sörensens Tasche zu greifen. Dafür verließ das Metall Sörensens Schläfe, die augenblicklich übel zu pochen begann.

«Ich vertraue Ihnen.»

«Jetzt auf einmal, oder was?»

«Muss ja. Ich hab keine Lust, in Ihrem Handy zu suchen. Ich kenn mich mit so 'ner Technik nicht aus.»

«Meine Fresse», sagte Sörensen erleichtert, zog zur Sicherheit den Führerschein heraus und hielt ihn Marek unter die Nase, der keinen Blick darauf verschwendete. «Jetzt will ich aber mal den Waffenschein sehen.»

«Im Wohnzimmerschrank. Linke Schublade.» Marek legte die Pistole achtlos auf eines der Bücher im Regal. «Ist übrigens nicht geladen. Ich hasse Waffen. Bringen nur Tod und Unglück.»

Er öffnete die Tür, in der eine Glasscheibe klirrte. «Bitte schön.»

Sörensen trat in die gar nicht mal so gute Stube, die wie ein Sammelsurium allerlei überflüssiger Materialien des letzten Jahrhunderts wirkte, und fühlte seine Nase ein weiteres Mal belästigt. Er nahm den fauligen Geruch des Flurs nun als stechend wahr. Katzenpisse. Er rümpfte die Nase.

«Denken Sie sich nichts», sagte Marek. «Das Scheißviech ist nicht mehr zu erziehen. Macht hin, wo es will. Ich rieche das gar nicht mehr.»

Sörensen fand endlich die Zeit, Marek genauer zu betrachten. Er war etwa so groß wie Sörensen, leistete sich einen ungleichmäßig geschnittenen grauweißen Schnurrbart über einer voluminösen Oberlippe, die Haare waren an den Seiten schwarzgrau und buschig und in der Mitte ausgestorben bis auf einen kecken Wirbel oberhalb der Stirn. Er trug zu seinem länglichen Gesicht und dem langen Hals ein kleinkariertes schwarz-gelbes und vor Sörensens Augen flackerndes Jackett über einem ungebügelten hellblauen Button-Down-Hemd aus Jeansstoff. Er sah aus wie ein Mathelehrer, den man nicht zeitgerecht entstaubt hatte.

«Sie wissen, dass ich Sie jetzt eigentlich festnehmen müsste?», sagte Sörensen.

Marek kramte in der linken Schublade eines alten Eichenwohnzimmerschranks.

«Sie sind in mein Haus eingedrungen», sagte Marek. «Ich find den Waffenschein nicht. Was wollen Sie eigentlich hier?»

Sörensen seufzte. «Ihr alter Freund Hinrichs ist tot.»

Marek hielt kurz inne. Dann suchte er seelenruhig weiter. «Da hat der Tag ja doch noch sein Gutes», sagte er.

«Wieso haben Sie eigentlich einen Waffenschein, wenn Sie Waffen hassen?»

«Das Leben ist voller Widersprüche», sagte Marek und zog ungeduldig eine Schachtel mit Dias heraus. Er legte sie auf die Kante der Schrankwand, die Dias verloren die Balance und rutschten während des Fluges aus ihrer Behausung. «Scheiße», sagte Marek, ließ sie aber auf dem durchgetretenen Teppich liegen.

Sörensen fühlte mit einem Mal die ganze Anstrengung dieses Tages. Und natürlich den Schock, mit einer Waffe bedroht worden zu sein. Und eine leichte Unterzuckerung. Und die Angst im Allgemeinen. «Ich hab irgendwie wackelige Knie. Kann ich mich mal hinsetzen?»

«Sicher.» Marek ließ die Schublade Schublade sein und befreite einen Plüschsessel von Bildbänden und Nähzeug. «'nen Schnaps?»

«Nee», sagte Sörensen und ließ sich fallen.

«Aber ich.» Marek ging schwerfällig zu einer Minibar, die an der rechten Seite des Eichenschranks aufgebaut war. Er öffnete eine der zahlreichen Flaschen, verzichtete umstandshalber auf ein Glas und nahm einen großen Schluck. «Wie ist er denn umgekommen?», fragte er.

«Durch Mord. Drei Kugeln.»

Marek pfiff durch die Zähne. Es klang schief. «Das ist heftig», sagte er.

Eine graue Angorakatze kam durch die Wohnzimmertür herein, sah Sörensen auf dem Sessel sitzen, sträubte ihr Fell, wodurch sie wie ein unsympathischer Staubwedel aussah, und trat fauchend den Rückzug an.

«Herr Marek, ich dachte eigentlich, Sie sind befreundet. Die drei Musketiere und so weiter.»

«Mit Hinrichs und Schäffler?» Marek lachte auf. «Nee, das war einmal.»

Er trat die Schublade mit dem Fuß zu und setzte in der gleichen Bewegung erneut die Flasche an. Das sah so dermaßen verbittert aus, dass Sörensen nicht wusste, ob er Mitleid oder Ekel empfinden sollte.

«Was ist denn passiert?», fragte er.

«Abserviert haben die mich. Dabei haben wir uns mal geschworen zusammenzuhalten.» Marek setzte sich auf die Kante des Schranks. «Ich bin mit Hinrichs nach dem Studium hierhergezogen. Von Kiel aus. Wir wollten was verändern. Was aufbauen. Katenbüll für die Touristen interessant machen und so weiter. Schäffler ist damals zunächst nach Hamburg und Geschäftsführer von dieser Firma geworden. Fleischeslust, dass ich nicht lache. Damals war die noch ganz klein, die Lust. Und guck sie dir jetzt an. Hinrichs hat Schäffler das Gelände für seine Fabrik quasi geschenkt, kaum dass er Bürgermeister war. Ein Euro und so. Also konnte Jens richtig investieren. Ich wollte aber nicht, dass das hier immer größer wird. Allein die Umweltbelastung durch die Scheißviecher und deren Abfälle und Reste. Was glauben Sie, was da alles ins Meer fließt?»

«Also gab es Streit.»

«Nicht offen.» Marek stand auf, ging zum Esstisch, der bis zum Rand mit ungeöffneten Briefen, Büchern, Tellern und Krümeln bedeckt war, und setzte sich auf die Fensterseite, wie um größeren Abstand zwischen sich und Sörensen zu schaffen. Sörensen fiel ein höhenverstellbarer Kinderstuhl auf.

«Man hat auf meinem Bürorechner Fotos gefunden», sagte Marek. «So Kinderfotos, wissen Sie? Schweinkram. Ein Kurdirektor und Kinderpornographie. Das geht natürlich nicht. Da musste ich zurücktreten. Dafür haben die Arschlöcher auf eine Anzeige verzichtet.»

«Und Sie selbst haben mit diesen Fotos natürlich nichts zu tun?», fragte Sörensen angewidert.

«Das schwöre ich, so wahr ich hier stehe», sagte Marek und hob kraftlos eine Faust in die Luft. «Scheiße, ich hab selbst Kinder. Da geile ich mich doch nicht an so was auf.»

«Das ist kein Argument, Herr Marek.»

«Ja, ja, das ist ja immer so. Wenn du nur kräftig genug mit Dreck beworfen wirst, bleibt auf jeden Fall was hängen. Meine Frau ist vor genau, warten Sie, acht Monaten und drei Tagen abgehauen. Mit den Kindern natürlich. Hat jeden Kontakt abgebrochen. Nur die Scheißkatze ist noch da. Und die interessiert sich auch nicht für mich.» Er nahm einen weiteren Schluck.

«Und Sie haben natürlich Rachegedanken», sagte Sörensen.

«Ohne Ende. Wundert Sie das?»

Sörensen sah weiße Flecken vor seinen Augen, das Wohnzimmer verflüchtigte sich ins Unscharfe. «Können Sie vielleicht mal ein Fenster aufmachen? Mir ist ein bisschen schlecht.»

Marek betrachtete ihn mitfühlend. «Sehen auch ganz schlecht aus.» Er hielt Sörensen die Flasche hin. «Wirklich keinen Schnaps?»

«Nee, nee, danke. Mann, hier in Katenbüll … da wird ganz schön was genommen. Überall, wo ich hinkomme …»

«Bleiben Sie mal 'n bisschen. Dann wissen Sie, warum.»

Marek stand auf, öffnete hinter sich ein Fenster und führte damit Sörensens Blick zu einem kleinen, verwilderten Garten, in dem eine Schaukel und eine Plastikrutsche aufgebaut waren. An der Scheibe klebte ein fröhlich grinsendes Rentier mit Glocke um den Hals und Weihnachtsmütze auf dem Kopf.

«Wenn ich Sie jetzt frage, ob Sie den Hinrichs umgebracht haben …», begann Sörensen.

«Dann sage ich natürlich nein», beendete Marek den Satz. «Ist doch klar.»

«Ja, ist klar. Und wo waren Sie heute Nacht zwischen drei und sechs Uhr?»

Marek zeigte mit der linken Hand auf den Schnaps in seiner rechten. «Auf dem Boden von so 'ner Flasche.»

*

Jennifer Holstenbeck saß allein im Büro und langweilte sich. Sie drehte einen Kugelschreiber in der Hand, so ein blaues Plastikteil der billigsten Sorte, ein Werbegeschenk der Fischerklause, schraubte ihn auf, betrachtete mäßig interessiert die Feder, die doch irgendwie ein Wunder der Technik war, schraubte ihn wieder zu und malte ein kleines Männchen mit Igel-Haarschnitt, Knollennase und Sprechblase auf ihre Schreibtischunterlage. Für die Sprechblase fiel ihr nichts Sinnvolles oder Lustiges ein. Sie sortierte Post-its nach Farben, hob einmal den Hörer ab in der Hoffnung, dass da vielleicht jemand dran sein könnte, ja, sie goss sogar den Kaktus auf Sörensens Schreibtisch. Und das hatte schon sehr lange niemand mehr getan. Sie fühlte sich wie die Schwester einer Braut, die als Einzige nicht zur Hochzeit eingeladen worden war. Warum noch mal sollte sie hier die Stellung halten? Es rief niemand an. Es kam niemand hereingestürmt. Es war so ereignisarm wie immer. Nur dass es das normalerweise im Einklang mit der Umgebung war und damit völlig in Ordnung. Jetzt aber tanzte draußen, nicht weit entfernt, sogar quasi vor ihrer Tür, der Bär, und sie saß hier mit ihrer Fußkette.

Faltermeyer kam herein. Und das war auch kein Trost. «Ist er weg?», fragte er zur Begrüßung und nahm die Dienstmütze ab.

«Sieht so aus», brummte Jennifer und fand die Post-its plötzlich wieder sehr interessant.

«Gott sei Dank. Kommt nach Katenbüll und macht 'nen Riesenwirbel», sagte Faltermeyer in der Hoffnung auf Zustimmung. Seine Stirn glänzte, die Augen flackerten. Jennifer sagte nichts.

«Ich meine, wenn ich irgendwo neu anfange, dann gucke ich doch erst mal, was ist. Wer das so ist. Wie die Kollegen drauf sind. Oder? Und haue nicht einfach dazwischen. Oder?»

Faltermeyer hatte offensichtlich Redebedarf. Jennifer schaute auf. «Ich finde, der macht das ganz gut», sagte sie.

«Und wie der schwitzt», sagte Faltermeyer. «Kann einem ja nicht mal richtig in die Augen schauen. Der nimmt doch was, oder?»

«Glaube ich nicht.»

«Auf jeden Fall stimmt was nicht mit dem. Ich meine, nur weil ich mit dem Kellinghusen in einer Klasse ...»

Das Telefon klingelte. Jennifer hob so schnell den Hörer ab, dass der Apparat erschrak. «Polizeidienststelle Katenbüll», sagte sie.

Faltermeyer winkte ab, schickte ein gemurmeltes «Ist doch wahr» hinterher und schlich resigniert zum Kaffeeautomaten. Jennifer hielt sich das freie Ohr zu.

«Wissen Sie was, Frau Gerlach?», sagte sie. «Ich komme am besten einmal rüber zu Ihnen. Ist ja nun wirklich nicht weit. Nein, nein, das ist kein Problem. Ich komme wirklich gerne.»

Sie legte auf und schaute auf die Uhr. Es war Viertel nach fünf.

«Hätte ich nicht gedacht», sagte sie.

«Was denn?», fragte Faltermeyer.

«Dass überhaupt noch jemand da ist. Ich dachte, die machen um vier Feierabend.» Sie erhob sich. «Ich geh dann mal ins Rathaus.»

Faltermeyer nickte.

«Und Sie bleiben hier», fuhr Jennifer fort und zog ihre Jacke an.

Faltermeyer protestierte. «Och nee. Warum denn?»

«Muss doch immer einer da sein. Wer weiß, wer oder was hier heute noch so reinmarschiert.»

Das Geräusch des Kaffeeautomaten begleitete Jennifer nach draußen. Sie atmete erleichtert auf und betrachtete den Himmel. Im Moment tröpfelte es nur. Immerhin, das war ein Fortschritt. Es lohnte sich, die positiven Aspekte zu betrachten. Zum Beispiel die Meeresluft. Die Meeresluft kam ihr heute besonders würzig vor. Sie überquerte die Straße, betrachtete sehnsüchtig die dahinziehenden Wolkenformationen und betrat den Marktplatz.

«Sie», rief Käse-Käthe, die gerade ihren Wagen verschloss. «Sie!»

«Jetzt nicht», rief Jennifer zurück, zeigte mit dem Daumen über ihre Schulter und beschleunigte ihre Schritte. «Da ist das Revier.»

«Aber ich hab die Genehmigung», rief die alte Frau, doch Jennifer reagierte nicht. Sie hatte das Rathaus erreicht und betrat es mit dem selbstbewussten Schwung der Eroberin, mindestens aber der Überbringerin wichtiger Nachrichten. Im Erdgeschoss lockte eine Kunstausstellung die nicht vorhandenen Besucher. *Die Malerin. Bedingte Schönheit* hieß sie und zeigte die üblichen Möwen, Wellen und Schiffe. Jennifer stieg die Steinstufen nach oben, bis sie im ersten Stock, in dem nichts mehr an die schmucke Altbaufassade erinnerte und in dem es so karg aussah, wie es in einer Behörde von Amts wegen eben auszusehen hatte, vor dem Zimmer mit der Nummer 101 zum Stehen kam. Sie klopfte und trat sofort ein.

«Guten Abend», sagte sie. «Holstenbeck.»

«Wir haben gerade telefoniert, oder?» Eine kleine, arg zerbrechlich wirkende Person mit Streichholzbeinen und blondierten, in den Spitzen arg strohigen Locken erhob sich hinter ihrem Schreibtisch.

«Ich kenne Sie vom Sehen. Ich bin Silvia Gerlach. Die Sekretärin von Herrn Hinrichs.»

Sie hatte braune Rehaugen und trug zur bunt gemusterten Bluse Röhrenjeans und Turnschuhe. Hier im Rathaus ging man es offensichtlich etwas lockerer an. Wie man auch an ihrem Vorzimmer sehen konnte, das, wenn überhaupt, eher intuitiv geordnet schien. Sie wirkte besorgt. Natürlich wirkte sie das.

«Ich bekomme den ganzen Tag schon Anrufe», sagte sie. «Keiner weiß, wo der Heiner, also, Herr Hinrichs, steckt. Er verpasst einen Termin nach dem anderen. Das Handy ist aus. Zu Hause geht keiner ans Telefon. Ich mache mir ehrlich gesagt langsam Sorgen.»

«Brauchen Sie nicht», rutschte es Jennifer heraus. Sie biss sich auf die Lippen.

«Nein?», sagte Silvia Gerlach erleichtert.

«Nein», sagte Jennifer kleinlaut. «Er ist tot.»

Silvia Gerlach klappten die Beine weg. Sie fiel in ihren Stuhl, der sich – Glück im Unglück – direkt hinter den Kniekehlen befand. Sie rollte einen Meter zurück, bevor die Wand sie aufhielt.

«Scheiße», hauchte sie.

«Ja», sagte Jennifer.

«Aber wie?»

«Mord.»

«Scheiße.»

«Es tut mir leid.» Jennifer Holstenbeck setzte sich auf den Besucherstuhl und bedauerte, dass sie so wenig Erfahrung im Überbringen schlechter Nachrichten hatte.

«Ich brauche diesen Job», sagte Silvia Gerlach und verbarg das Gesicht hinter ihren Händen.

«Kommt ja wieder ein neuer Bürgermeister. Das ist so sicher wie …» Jennifer hielt inne. «Sind Sie denn nicht verbeamtet?»

«Entschuldigung», besann sich die Sekretärin. «Das wirkt jetzt bestimmt herzlos.»

«Nein, nein», sagte Jennifer, dachte aber, dass das mal wirklich so richtig herzlos wirkte. Konnte natürlich auch der Schock sein, da sagten und taten die Leute ja die abenteuerlichsten Dinge. Bauer Harms zum Beispiel. Als sich bei dem einmal aus Versehen eine Kuh stranguliert hatte, hatte der sich vor lauter Schreck von seiner Frau getrennt, die jetzt in Hamburg einen Friseurladen am Jungfernstieg betrieb und in zweiter Ehe in eine Villa in Blankenese eingeheiratet hatte.

«Wer war das denn?» Silvia Gerlach suchte in einer Schublade nach einem Taschentuch.

«Wissen wir noch nicht.»

«Ach, wie blöd.» Die Sekretärin war trotz des offenkundigen Durcheinanders überraschend schnell fündig geworden und schniefte in einer so ohrenbetäubenden Lautstärke, dass Jennifer das nur als verhaltensauffällig bezeichnen konnte. «Hoffentlich kein Serienkiller. Einer, der es auf Rathausangestellte abgesehen hat. Oder dem der Heiner was angetan hat, und jetzt tötet der alle Leute, die mit Heiner gearbeitet haben.»

«Glaube ich nicht», sagte Jennifer und verlor so langsam die Geduld. Frau Gerlach neigte offenbar zu einer gewissen Selbstbezogenheit. «Ich finde Ihre Reaktion ziemlich … seltsam, ehrlich gesagt.»

«Ach, wirklich?», fragte Silvia Gerlach interessiert. «Wie reagiert man denn da richtig?»

«Weiß ich auch nicht. Anders. Kennen Sie Hilda Hinrichs?»

«Seine Frau? Natürlich. Aber nicht persönlich. Nur übers Telefon. Da hab ich immer schon am Ton gemerkt, wenn wieder was nicht in Ordnung war. Wenn wieder Streit in der Luft lag. Sie hat sehr oft hier angerufen.»

Jennifer überlegte, ob sie das jetzt sagen sollte, aber irgendwie war das ja auch ihr Job. «Sie hat erzählt, ihr Mann hätte ihr eine Affäre gestanden. Mit Ihnen. Und bei so einer Affäre ist man sich ja zwangsläufig ziemlich nah … Und da frage ich mich … müssten Sie da nicht ein bisschen betroffener reagieren? Vielleicht erst mal trauern oder so?»

Silvia Gerlach fing hysterisch an zu lachen. Sympathisch war das nicht.

«Scheiße, nein», sagte sie, als sie sich beruhigt hatte. «Das ist völlig unmöglich.»

«Was? Die Affäre? Dass Hinrichs davon erzählt hat? Oder das Trauern?»

«Die Affäre.» Silvia Gerlach zog ihr Handy unter einem Aktenstapel hervor und öffnete den Fotospeicher. «Sehen Sie?», sagte sie und reichte Jennifer das Gerät.

Sie blätterte durch das Album. Sie sah Selfies von Silvia Gerlach mit einer anderen Frau, die so ähnlich aussah wie sie, nur mit kürzeren Haaren. Sie küssten sich spielerisch und machten dabei das Victory-Zeichen in die Kamera. Auf einem weiteren Foto kuschelten sie eng umschlungen, dann gab es noch eines beim Kochen, eines am Meer, eines im Bett. «Oh», sagte Jennifer erschrocken und hielt das Telefon von sich weg.

«Wir sind seit vier Jahren verheiratet.» Silvia Gerlach nahm das Handy wieder an sich. «Ich hatte mit Sicherheit keine Affäre mit Heiner», sagte sie. «Allein die Vorstellung ekelt mich an. Und er hat auch nichts in der Richtung versucht.»

«Warum erzählt er das dann zu Hause?»

«Weiß ich nicht. Vielleicht hat seine Frau ja gelogen?»

«Warum sollte sie?»

«Fragen Sie mich das doch nicht.»

Jennifer betrachtete die Tür zu Hinrichs Büro. «Darf ich mich mal umsehen?»

Silvia Gerlach nickte. Sie stand auf und öffnete die Tür, blieb aber im Türrahmen stehen. Jennifer trat ein und hatte das Gefühl, sie betrete eine Parallelwelt. Hinrichs' Büro war erstaunlich groß, der Boden mit Parkett ausgelegt. Es war trotz der dunklen Holzvertäfelung sehr hell, die Fenster erinnerten an eine Kirche, davor stand ein hochmoderner Schreibtisch aus Stahl mit Glasplatte, nur wenige Meter entfernt ein Konferenztisch aus dem gleichen Material. An den Wänden ließen sich Glaselemente auf einer Schiene hin- und herschieben, auf einer Säule zwischen den Fensterbögen thronte eine stilisierte Seemöwe aus Blattgold.

«Wow», sagte Jennifer beeindruckt.

«Vierzigtausend Euro hat der Umbau gekostet», sagte Silvia Gerlach bitter. «Allein schon die Versetzung der Wand zu meinem Büro. Für Konferenzen, die eh nie stattgefunden haben. Ich habe kaum noch Platz. Sehen Sie ja.»

Jennifer nickte und beschloss, erst einmal nichts anzufassen. «Ist Ihnen an Hinrichs irgendetwas aufgefallen in letzter Zeit?», fragte sie. «War er nervöser als sonst? Fahriger? Hatte er mit irgendjemandem Ärger?»

Die Sekretärin schüttelte den Kopf. «Heiner hatte immer Ärger, war immer nervös und fahrig sowieso. Das war nichts Besonderes.»

«Sie mochten Ihren Chef nicht.»

Silvia Gerlach schwieg zunächst. «Man soll nicht schlecht über die Toten reden», sagte sie dann.

«Sie können ja warten, bis er wiederauferstanden ist.»

«Sie sind zynisch.»

«Stimmt. Passiert mir manchmal.»

Jennifer trat aus Hinrichs' Büro. Die Sekretärin zog die Tür so schnell hinter sich zu, als ließe sich sein Geist dahinter einsperren. «Ich muss das erst einmal verdauen», sagte sie.

«Selbstverständlich. Haben Sie Paketklebeband oder so was?»

«Natürlich.»

Jennifer hakte die Daumen in den Gürtel ihrer Hose. «Ich werde diese Tür jetzt versiegeln. Niemand darf rein oder raus, okay?»

Silva Gerlach stutzte. «Wie jetzt, raus?»

«Sagt man halt so.» Jennifer hielt inne. «Sie haben eben gesagt, dass Hinrichs jemandem was angetan haben könnte. Was haben Sie denn damit gemeint?»

Die Sekretärin ließ sich in ihren Stuhl fallen und suchte in einer weiteren Schublade nach dem Klebeband. «Nichts», sagte sie.

«Ach, kommen Sie …»

Silvia Gerlach setzte sich auf. «Das war einfach nur ein Spruch.» Sie reichte Jennifer das Klebeband. «Und wie ich schon sagte: Ich brauche den Job.»

Fisch ist auch Fleisch

Sörensen hatte Mareks Haus so hektisch verlassen wie ein irrtümlich für tot Erklärter den schon in die Grube gelassenen Sarg. Jetzt saß er in seinem Auto und suchte mit zitternden Fingern in den Seitenfächern nach dem richtigen Soundtrack. *Lesser Oceans* von Fences, ja, das war es. Mal was Neueres. Er legte die CD ein, drehte die Musik auf, forderte die scheppernden Boxen des Passats heraus und gab zu viel Gas, versuchte mit Lautstärke und Geschwindigkeit zu übertönen, was in seinem Kopf schon wieder alles durcheinanderging. Die Fokussierung auf Marek verschwand, er war sich selbst ausgeliefert, auf sich selbst zurückgeworfen, er lenkte sich aus Katenbüll heraus, in Richtung Landstraße, in Richtung Autobahn, in Richtung Hamburg.

Was, wenn das nicht endlich besser wurde, was, wenn das immer, immer, immer wieder dieselben Gedankenkarusselle bedeutete? Dabei war es ihm doch gerade noch gutgegangen, er hatte ein Verhör geführt, war souverän und eloquent gewesen, hatte seine innere Unruhe sogar eingebaut, wie ihm empfohlen worden war, er hatte Spaß gehabt für einen Moment – und jetzt wieder das. Es hörte nicht auf, hörte nicht auf, hörte nicht auf. Nicht lebenstauglich, das war die Diagnose, immer noch nicht lebenstauglich, egal, ob in Katenbüll, Hamburg oder New York, egal, ob mit Tabletten oder ohne, ob therapiert oder nicht. Sörensen hatte Angst vor dem Abend, und er hatte Angst vor der Nacht, natürlich hatte er das, dabei wurde es doch gegen Abend immer besser, eigentlich, in der Regel, nur heute nicht, und was war mit morgen? Er wusste nicht, ob er nach Hamburg durchfahren, ob er je wieder zurückkehren, ob er über Hamburg hinausfahren würde, solange der Tank mitmachte, ob er dann einfach auf irgendeinem Seitenstreifen auf irgendeiner Autobahn ausrollen, die Augen schließen und warten würde, bis es vorbei war. Er wusste überhaupt nichts. Er wollte nur nicht mehr hier sein.

Sein Handy klingelte. Eine unbekannte Nummer. Sörensen schluckte, verriss fast das Steuer, prüfte, ob er überhaupt sprechen konnte, stieß einen kehligen, testenden Laut aus, der an das Krächzen einer Krähe erinnerte. Dann stellte er die Musik aus und drückte auf die Taste.

«Sörensen», meldete er sich. Es klang leicht brüchig.

«Hier ist Jenni», sagte seine Kollegin, die erfreulich fest klang, selbstbewusst, selbstverständlich.

«Ja», sagte Sörensen.

«Bist du im Auto?»

«Ja.»

«Ich hab mich mit Hinrichs' Sekretärin unterhalten. Silvia Gerlach heißt sie. Sie schwört Stein und Bein, keine Affäre mit Hinrichs gehabt zu haben. Ihr Schock über diese Unterstellung war fast noch größer als der über die Todesnachricht … Sörensen?»

«Ja.»

«Geht's dir gut?»

«Ja.»

«Was sagst du dazu?»

Sörensen versuchte, sich zu konzentrieren. «Dass sie vielleicht lügt.»

Jennifer schnaubte in den Hörer. «Na ja, ich weiß nicht. Sie wirkt schon ziemlich glaubhaft.»

Sörensen fuhr rechts ran. So ging das nicht. Er war ein Sicherheitsrisiko. Nicht nur für sich, das sowieso, nein, auch für alle anderen. «Wieso?», fragte er.

«Sie steht auf Frauen. Und ist seit vier Jahren mit einer verheiratet.»

«Aber warum sollte Hilda Hinrichs so etwas einfach in den Raum stellen?» Sörensen stellte den Motor ab, das Handy auf Lautsprecher und hielt sich mit beiden Händen am Lenkrad fest.

«Vielleicht hat sie wirklich geglaubt, dass da was war? Vielleicht hat Heiner es ihr gegenüber behauptet, um von etwas anderem abzulenken?»

Sörensen hörte seinen Magen knurren. «Ehrlich gesagt geht es mir nicht so richtig gut», sagte er.

«Warum?», fragte Jennifer, und Sörensen hätte es ihr wirklich gerne erzählt. Aber es ging nicht.

«Ich hab Hunger», sagte er. «Und dann will ich auch mal nach Hause, ein paar Kartons ausräumen und so. Wo kann man denn was essen ... in Katenbüll? Was Vegetarisches? Möglichst ohne viele Menschen?»

Jennifer überlegte. «Fisch ist auch Fleisch?», fragte sie.

«Fisch ist auch Fleisch.»

«Da fällt mir nicht viel ein. Kennst du den Deichkrug? Wo bist du denn?»

Sörensen startete den Motor. «Ich bin noch unterwegs. Aber», er seufzte, «ich bin in einer Viertelstunde da.»

*

«Und hier sitzen dann abends immer die Eingeborenen und starren trübsinnig in ihr Bier, oder was?» Sörensen setzte sich mit dem Rücken zum Schankraum auf einen Buchenholzstuhl. Es war kurz nach sechs. Im Deichkrug, der so dermaßen nicht am Deich lag, war es in etwa so gemütlich wie im Inneren einer Sardinendose. Und es roch auch so. Sechs dunkelbraune Holztische mit halb heruntergebrannten Kerzen darauf, an der Wand abgewetzte Liegestuhlkissen als Bankauflage, darüber hingen Fotos des örtlichen Fußballvereins und diverse Wimpel, hinter dem Zapfhahn stand ein mürrischer Dicker mit Vollbart und Schürze. Auf den Barhockern saßen drei weißhaarige, verwechselbare Männer im Trainingsanzug, die wahrscheinlich zur Grundausstattung gehörten und die mit ihren Nasen fast in den Bierkrügen hingen. Sie redeten alle drei unabhängig voneinander, dafür lautstark auf den Wirt ein, der den Dauerpegel mit geübter Ignoranz ertrug.

Aus den Boxen dröhnten scheppernd Shantys. Am Tisch gegenüber saß ein mittelaltes Pärchen in identischen Jack-Wolfskin-Jacken, das sich offensichtlich gar nicht mehr so gut leiden mochte und mit unterdrückter Wut die Scholle auf den Tellern leiden ließ. Er spielte beim Essen mit seinem Smartphone, sie suchte die Wand nach interessanten Details ab und warf ihm düstere Blicke zu.

Jennifer räusperte sich und inspizierte die laminierte DIN-A5-Essenskarte in ihrer Hand. «Bietet sich ja an, ne?», sagte sie. «Der Deichkrug ist die einzige Pinte, die nicht am Deich liegt. Und die nicht auf Touristen ausgerichtet ist. Die Einheimischen kommen alle hierhin.»

Sörensen warf einen Blick auf die anwesenden Repräsentanten Katenbülls.

«Oh Gott, wie deprimierend», sagte er.

«Guck, jetzt findest du das doch scheiße hier. Genau wie deine Vorgänger.»

Überwindung durch Konfrontation, dachte Sörensen. Überwindung durch … «Kann ja noch werden», sagte er schwach.

«Was wollt ihr denn? Wisst ihr schon, was ihr wollt?», fragte der Wirt, der sich wie aus dem Nichts vor ihnen aufgebaut hatte und Sörensen neugierig musterte.

«Ich nehm einmal das Labskaus», sagte Jennifer. «Und ein Flens.»

Der Wirt nickte. Sörensen hatte noch überhaupt nicht auf die Karte geschaut. «Habt ihr was Vegetarisches?», fragte er.

«Fisch ist auch Fleisch?», fragte der Wirt.

«Fisch ist auch Fleisch.»

«Bratkartoffeln. Ich kann ein paar Möhren reinschnibbeln.»

Sörensen lächelte. «Toll. Und ein Wasser.»

Als der Wirt abzog, knipste Sörensen sein Lächeln wieder aus. «Bratkartoffeln hätte ich auch überall anders haben können», sagte er.

«Du hast gesagt ‹ohne viele Menschen›», erinnerte ihn Jennifer. «Und hier ist das ohne viele Menschen.»

Sörensen nickte und fürchtete um seine Selbstkontrolle. Eigentlich war es hier zu eng für ihn, und er konnte das betrunkene Gequatsche der Tresenhocker nicht ausblenden. Sie schienen ihm direkt ins Ohr zu brüllen, alle drei, als würden sie auf seinem Schoß sitzen. Es war überhaupt viel zu laut, Shantys waren ja auch nicht gerade kuschelig, dazu kamen die Geräusche aus der Küche und das Gesurre vom Getränkekühlschrank.

Er musste sich auf Jennifer konzentrieren, nur auf Jennifer. Auf nichts sonst. Alles andere ausblenden. Sie hatte die Haare geöffnet, er sah sie zum ersten Mal ohne Pferdeschwanz. Unter normalen Umständen wäre ihm jetzt das Herz aufgegangen, und er hätte mit naturgegebenem männlichem Balzverhalten begonnen, aber er stellte ihre Attraktivität so nebensächlich fest, wie es nur jemand konnte, der sich gerade in einem Schraubstock befand.

«Bist du eigentlich von hier?», fragte er.

«Ich war sogar noch nie richtig weg», sagte Jennifer. «Ist halt so, wenn du mit siebzehn dein Kind kriegst.»

«Was? Du hast ein Kind?»

«Die wird bald achtzehn.»

«Leck mich am Arsch.»

Jennifer lächelte wehmütig. «Das schränkt die Freiheit etwas ein.»

«Meine Tochter wird in einem halben Jahr sechs», sagte Sörensen. Jennifer antwortete nicht, sondern sortierte das Besteck in der Mitte des Tisches. Vielleicht wurde es ihr gerade zu privat.

Sörensen konnte sich sowieso nicht konzentrieren und wechselte das Thema. «Ich verstehe gar nicht», sagte er, «wenn das die einzige Pinte für die Hiergebliebenen ist, warum die's nicht mal 'n bisschen gemütlicher machen. Ich mein, das sieht ja hier aus wie bei mir.»

«Das ist Programm. Damit auch ja kein Touri reinkommt. Die sollen mal schön am Deich bleiben.»

«Ach so.»

«Ja.»

Jennifer hatte fertig sortiert und Sörensen stellte mit Erschrecken fest, dass da jetzt allen Ernstes Freddy Quinn aus den Boxen tropfte. Gegen seine immer stärker werdenden Fluchtreflexe war ein Kaninchen der reinste Aussitzer.

«Sag mal», wechselte er ein weiteres Mal das Thema und rutschte auf seinem Hintern herum, «und der Vater deiner Tochter? Der passt dann schön auf die auf, wenn du im Dienst bist, oder was?»

«Nee.» Jennifers Miene verdüsterte sich. Sie vermied Blickkontakt. Sörensen wartete nur darauf, dass sie ihre offenen Haare als Vorhang vors Gesicht zog. «Ehrlich gesagt weiß ich gar nicht so genau, wer der Vater von Lucy ist.»

«Ach.»

«Da war irgendwie so eine Party damals, die ist so ein bisschen aus dem Ruder gelaufen. Alkohol, Gras und was weiß ich. So'n Teenagerscheiß halt. Und hinterher war ich schwanger, konnte mich an nichts erinnern, und keiner wollt's gewesen sein.»

«Ach du Scheiße.»

«Na, geschockt?»

«Nee», sagte Sörensen pflichtgemäß, dann bemerkte er, dass er log. «Doch, schon», sagte er. «Ein bisschen.»

«Kommt gleich hier vorbei», sagte Jennifer.

«Wer?»

«Lucy. Hat ihren Schlüssel vergessen.»

Der dicke Wirt stellte ein Flens und ein Glas Wasser mit Zitrone auf den Tisch. «Hier, Jenni», sagte er und wandte sich mit spöttischem Gesicht an Sörensen. «Ich hoffe, die Zitrone ist nicht zu heftig.»

«Die nehm ich auf ex», sagte Sörensen.

Der Wirt lachte und klopfte Sörensen so hart auf den Rücken, dass er husten musste. «Na, Jenni, ist das einer? Wird ja mal Zeit, ne?»

Jennifer verdrehte die Augen. «Das ist ein Kollege, Bruno. Nur ein Kollege! Und es wäre echt nett, wenn du mich nicht so bloßstellen würdest.»

«Wollte nur nett sein», sagte Bruno und stupste Sörensen an. «Jenni ist 'ne Gute», führte er aus. «Und bildschön, oder was?»

«Ja, äh, klar», bestätigte Sörensen notgedrungen. Jennifer wollte im Boden versinken.

«Gehen Sie mir bloß ordentlich mit der um», schloss Bruno. «Essen kommt gleich.»

Und weg war er.

«Ich hab immer gedacht, hier oben an der Küste sind die Leute so wortkarg», sagte Sörensen. «Das ist ja wohl ein Klischee. Ein einziges Geschnacke ist das hier alles.»

«Außer wenn es um was geht», sagte Jennifer. «Dann kriegt keiner die Zähne auseinander. Meine Mutter macht das mit dem Aufpassen.»

«Was?»

«Meine Mutter passt auf Lucy auf. Man muss aber gar nicht mehr so groß aufpassen.»

«Wieso?»

«Achtzehn.»

«Ach so. Ja, klar.»

«Und bei dir? Du hast also auch eine Tochter? Ist aber nicht mitgekommen, oder?»

«Nee.» Sörensen bemerkte, wie seine Hände schon wieder zu Fäusten wurden und verkrampften. «Die ist bei ihrer Mutter. Ich hab gerade keinen großen Kontakt mehr. Leider.»

«Willst du denn nicht …?»

«Natürlich will ich», unterbrach Sörensen. «Aber ich darf nicht. Da ist so ein bisschen was schiefgelaufen in den letzten Jahren. Beziehungstechnisch. Auch ein Grund, warum ich hier bin. Hamburg war 'ne Sackgasse.»

«Wirkst auch ein bisschen angeschlagen.»

«Das ist schon ein Fortschritt.»

Jennifer nahm einen Schluck von ihrem Bier. «Ich weiß nur nicht, ob Katenbüll so ein gutes Sanatorium ist.»

Sörensen zwang sich zu einem Lächeln. «Das hängt vom Personal ab», sagte er.

«Tja, ich eigne mich leider nicht zur Krankenschwester», sagte Jennifer beiläufig und tilgte damit Sörensens Lächeln.

«Das Labskaus», sagte Bruno genau im richtigen Moment und stellte einen ovalen Teller auf den Tisch. «Und die Bratkartoffeln. Extragroße Portion für den neuen Kollegen.»

Am Tresen lachte einer der Männer dreckig und verschüttete dabei sein Bier, die Musik machte eine unwillkommene Pause, und Sörensen betrachtete die Bratkartoffeln.

«Die sind ja mit Speck», sagte er.

«Sonst schmecken die doch nicht», sagte Bruno. «Guten Appetit.»

Jennifer versteckte ihr Grinsen hinter der Hand. Sörensen nahm seine Gabel und begann zu stochern.

«Eins hab ich dir noch gar nicht erzählt», sagte Jennifer nach einigen schweigsamen Bissen. «Malte hat herausgefunden, dass Hinrichs letzte Woche mindestens viermal mit Schäffler telefoniert hat. Teils sehr lange, eine Stunde und mehr.»

«Ach was? Echt? Krisensitzung, oder was? Das beweist doch, dass Schäffler gelogen hat. Von wegen kaum Kontakt.»

«Glaubst du, er war's?»

«Ich wünsche mir das fast. Aber nur damit meine Vorurteile bestätigt werden.»

Ein Mädchen kam herein. Ein Mädchen, das eigentlich schon eine Frau war, ein Mädchen, das seiner Mutter zum Verwechseln ähnlich sah, nur dass die Figur etwas schlanker, die Haare etwas glänzender, etwas dunkler waren und die Gesichtszüge etwas weicher. In ihrem Gang lag die behauptete Selbstsicherheit der Jugend.

«Ah, Lucy», sagte Jennifer. «Na, mein Schatz? Setz dich.»

Lucy setzte sich auf die Bank, schien aber nicht lange bleiben zu wollen. Sie wirkte nervös.

«Ich bin Sörensen», sagte Sörensen. «Der neue Kollege deiner Mama.»

«Eher mein Boss», sagte Jennifer.

Lucy simulierte wenig Interesse. «Mama, ich muss mit dir sprechen», sagte sie.

«Wegen des Schlüssels? Den hab ich. Hat Oma mir schon gesagt.»

«Nein, was anderes. Was Wichtiges.»

Sörensen befreite eine Bratkartoffel von Restspeck. «Soll ich gehen?», fragte er.

«Auf keinen Fall», sagte Jennifer streng. «Lucy, hat das nicht Zeit bis später? Oder du sagst es mir einfach jetzt.»

«Nicht vor ihm.»

Jennifers Gesicht verfärbte sich ins Rötliche.

«Du bist so unhöflich», schimpfte sie. «Sei doch mal ein bisschen rücksichtsvoll. Ich hatte einen langen Arbeitstag. Ich esse jetzt zum ersten Mal was Richtiges. Ich sitze hier mit meinem neuen Chef, der sich in Katenbüll noch fremd fühlt, und du kommst rein und denkst, es muss sich alles sofort wieder nur um dich drehen. Das ist so typisch. Alle anderen beiseite, hier kommt Lucy, hurra, sie hat ein Problem. Lösen wir das doch schnell, so wie immer. Nein, mein Schatz, ich esse jetzt erst mein Labskaus, wir können später reden.»

«Na klar, alles wie immer. Ich, ich, ich, ich, ich. Das ist so scheiße», sagte Lucy zwar sachlich, aber in dem Wissen, was sie damit anrichtete. Jennifer schmiss das Besteck auf den Teller, griff ihre Jacke, sprang auf und rannte raus. Vermutlich mit Tränen in den Augen, so genau konnte Sörensen das in der Eile nicht erkennen.

«Äh», sagte er. «Soll ich da jetzt hinterher?»

«Weiß ich doch nicht.»

Lucy setzte sich auf den Platz ihrer Mutter, legte das rechte Bein über das linke, wippte damit, nahm die Gabel und führte ein wenig Labskaus zum Mund. «Wie heißen Sie noch mal?», fragte sie.

«Sörensen.»

«Mögen Sie meine Mutter?»

«Glaube schon. Kenne sie ja erst seit heute.»

«Das reicht», sagte Lucy und nahm einen zweiten Bissen. «Dann sagen Sie ihr doch bitte, dass ich schwanger bin.»

Sie legte das Besteck ordentlich auf den Teller, stand auf und verließ ebenfalls den Deichkrug, nur wesentlich sortierter. Sörensen bewegte sich nicht. Die drei Betrunkenen am Tresen schwiegen, das

Jack-Wolfskin-Paar hinter ihm klapperte mit dem Besteck. Sörensens Bratkartoffeln wurden langsam kalt. Irgendwann schaute er sich nach Bruno um, der hinter seinem Tresen große Augen machte.

«Die Rechnung?», fragte der Wirt.

Sörensen führte die Serviette zum Mund. «Sehr gern.»

*

Sörensen verließ den Deichkrug und schlenderte über die verregnete, menschenleere Straße zum Marktplatz zurück. Über dem Souvenirgeschäft Blaue Möwe mit seinen Porzellan-Enten, Dekostrandkörben und Billigmuscheln in der Auslage leuchtete hinter einem Fenster im ersten Stock ein rotes Licht, und er fragte sich, ob das einfach nur eine fragwürdige geschmackliche Note oder tatsächlich das örtliche Bordell war. Als er gerade in seinen selbstverständlich an gewohnter Stelle abgestellten Passat steigen wollte, nahm er eine Bewegung vorm Revier wahr. Er schlug die Tür seines Wagens wieder zu und schlenderte hinüber. Jennifer saß auf den nassen Stufen, rauchte eine Zigarette und ließ es auf sich regnen. Er setzte sich dazu.

«Du rauchst?», fragte er.

«Nur in Ausnahmesituationen», sagte sie. «Also eigentlich viel zu oft.»

Es war, wenn man das Prasseln des Regens abzog, fast unheimlich ruhig um sie herum. Alle Geschäfte hatten geschlossen und waren dunkel, lediglich in der Tür der Peking-Ente neben ihnen leuchtete ein buntes, geschmackloses LED-Schild, auf dem auch noch aus großer Entfernung das Wort *OPEN* zu lesen war.

«Wir holen uns eine Blasenentzündung», sagte Sörensen.

«Hab dich nicht gezwungen, dich hierhinzusetzen», antwortete Jennifer mürrisch. «Ich bin ja sowieso immer an allem schuld, aber jetzt nicht auch noch an deiner Blasenentzündung.»

Sörensen nickte. «Darf ich was sagen?», fragte er.

«Wenn es sein muss.»

«Warum hast du so … so ein Fass aufgemacht? Sie wollte doch nur mit dir reden.»

«Weil sie immer wegen irgendwas mit mir reden will. Seit sie klein ist, will sie immer wegen irgendwas mit mir reden. Sie lässt mir überhaupt keinen … keinen Platz zum Atmen. Ich dachte, das hört auf, wenn sie älter ist, aber nein, Mama muss immer da sein, egal, was gerade ist, wo sie gerade steckt. Wenn Lucy etwas quersitzen hat, muss ich springen. Wenn Lucy etwas geschafft hat, muss ich jubeln. Ich will das aber nicht mehr. Ich hab auch ein Recht auf ein Leben, verdammt noch mal! Ich hab ein Recht auf Labskaus am Abend!» Sie drückte ihre höchstens zur Hälfte heruntergebrannte Zigarette auf den Stufen aus. «Ich hasse Rauchen», sagte sie.

Sörensen musste lachen. Dann fiel ihm wieder ein, worauf dieses Gespräch hinauslaufen würde. «Du solltest mit ihr reden», sagte er ernst. «Sie hat was wirklich Wichtiges.»

Jennifer stand auf. «Was Gutes oder was Schlechtes?»

«Das, also, das hängt davon ab. Am Anfang wahrscheinlich eher schlecht, am Ende bestimmt gut.»

«Ich versteh kein Wort.»

Sörensen fühlte sich wie ein Stepptänzer auf der Eisbahn. «Also, sie hat in dem Sinne, da hat sie, doch, da hat sie etwas geschafft. Ich glaub aber nicht, dass da jetzt Jubel, äh, also das erwartet sie jetzt, glaube ich, nicht. Ich glaube, es geht da mehr um, na ja, Akzeptanz oder so.»

«Ein bisschen deutlicher?»

«Sie ist schwanger.»

Jennifer setzte sich wieder hin und rutschte einen Moment hin und her, als hätte sie ihren Körper nicht unter Kontrolle. «Sie ist schwanger», wiederholte sie und kämpfte mit den Tränen. «Scheiße, sie ist schwanger. Ich bin fünfunddreißig und bald Oma. Wie asozial ist das denn?»

Sörensen zögerte, dann legte er den Arm um sie. Zumindest kurz und so, dass es nicht als Übergriff zu werten war. «Ich hab nicht den Eindruck, dass du asozial bist», sagte er freundlich. «Sprich mit ihr. Wenn die Leute mehr miteinander reden würden, dann wäre alles einfacher.»

Sie drehte sich weg. «Scheiß Kalenderspruch», sagte sie ruppig, stand auf, ging ein paar Schritte in Richtung Hauptstraße, drehte sich aber noch einmal um. «Findest du den Weg nach Hause?»

«Ist ja nicht so schwer», sagte Sörensen und erhob sich ebenfalls. «Rechts, geradeaus, Kurve, geradeaus, Kurve, geradeaus, andere Kurve, geradeaus, kurz vorm Koog noch mal rechts.»

Sie konnte nicht anders, sie lachte auf. Sörensen freute das.

«Brauchst du Hilfe nachher?», fragte sie.

Sörensen überlegte kurz, wie das denn jetzt gemeint sein konnte, dann fiel ihm seine Verabredung wieder ein. Seine Verabredung mit Jan. «Um einem Zwölfjährigen die Tür aufzumachen?» Er gab sich ritterlich. «Nee. Kümmere du dich mal um deine zukünftige Großfamilie.»

Man sah Jennifer an, dass Sörensen seinen gutherzigen Auftritt am Schluss versaut hatte und sie die Bemerkung mit der Großfamilie nicht witzig fand. Sie schlich davon wie ein nasser, gerupfter Schwan. Sörensen hielt noch ein wenig den Kopf in den Regen. Die Bratkartoffeln waren gar nicht so schlecht gewesen, dachte er. Und das ein oder andere Stückchen Speck, das musste man zugeben, hatte dem Geschmack nicht geschadet.

Flugübungen

Sörensen betrat das Haus eines Fremden, das jetzt seines war. Die Dämmerung hatte eingesetzt, allerdings fast unmerklich, da es auch vorher schon mehr oder weniger dunkel gewesen war. Er suchte neben der Tür nach dem Lichtschalter, tastete, wurde fündig und stellte fest, dass die Deckenlampe lediglich schummriges Licht gestattete und nicht einmal den gesamten Raum ausleuchtete, der nun wirklich nicht groß war. Vielleicht musste sie auch einfach nur abgestaubt werden. Sörensen ging nach hinten, in die offene Küche, und suchte nach einem Lappen. Fand nicht sofort einen, vergaß, wonach er gesucht hatte, und nahm sich ein Glas aus dem Hängeschrank über der Spüle. Er ließ das Leitungswasser eine Minute laufen, der Wasserhahn würgte Luft, es gurgelte, sprotzte, dann traute er sich, sein Glas zu befüllen. Guter Vorsatz für die nächsten Wochen: mehr trinken. Eine der vielen Sachen, die er regelmäßig vergaß.

Sörensen stellte das Glas in die Spüle, klemmte sich die zusammengerollte Gelschaumauflage und das Dinkelkissen unter den Arm und ergriff mit der freien Hand seine Sporttasche, in der die nötigsten Klamotten und der Kulturbeutel untergebracht waren. Er stieg die gewundenen Holzstufen nach oben, die direkt in sein Schlafzimmer führten, das fast nur aus Schrägen bestand. An der einzigen geraden Wand stand ein leidlich geräumiger Kleiderschrank aus Pappe. Daneben führte eine Tür zum Badezimmer. Sein Bett befand sich in der entgegengesetzten Ecke, so dicht über dem grauen Kräuselvelourteppich, dass man auch gleich einfach die Matratze auf einen Lattenrost legen und auf das Gestell hätte verzichten können. Er entrollte die Auflage, legte sie auf die Matratze, strich sie glatt, bezog sie mit einem weißen Frottélaken und drapierte das Dinkelkissen obenauf. Er kramte in seiner Tasche, förderte eine Schlafbrille, Ohropax und eine kleine Meerjungfrau mit wehendem Blondhaar zutage, die er von Lotta geschenkt bekommen hatte. Die Schlafbrille legte er auf das Kopfkissen, das Ohropax darunter, die Meerjungfrau daneben, sodass sie es gemütlich hatte. Wenn das hier jemand sah, dachte Sörensen, war er erpressbar. Aber guter Schlaf war eben harte Arbeit.

Er bezog Decke und Kissen, nahm einen Teebeutel aus einer Tupperdose in seiner Tasche und ging wieder nach unten. Er brauchte für die Prozedur des Teekochens fast zehn Minuten. Teils aus Unwissenheit, wo alles stand, teils aufgrund seiner ausgeprägten Fahrigkeit. Er kochte alleine das Wasser dreimal auf. Dann stellte er fest, dass er keinen Zucker hatte, und ohne Zucker ging das nicht, konnte er den Schlaf- und Nerventee, der Teil seines Abendrituals war, nicht trinken. Er schüttete die Plörre weg, trank einen Schluck des restlichen abgekochten Wassers und stellte den Fernseher an, zappte durch die Kanäle, blieb nirgendwo hängen und schaltete ihn wieder aus.

Er hätte sich ausruhen können, die Zeit für sich nutzen, ein Buch lesen, Möbel verrücken, irgendwas, aber er konnte sich auf nichts konzentrieren. Das Gehirn fasste einen Gedanken, bevor ein neuer Gedanke den alten abschnitt, nur um gleich darauf selbst abgeschnitten zu werden. Er ging auf und ab. Schaute aus dem Fenster, staubte endlich die Wohnzimmerlampe ab. Dem Licht war es egal, es schien dadurch nicht heller. Immerhin, dieser schwere Klotz auf der Brust, der wog weniger als tagsüber. Insofern hatte der Abend sein übliches, wundersames Werk vollbracht. Würde er doch ewig andauern. Wäre er doch nur schon vorbei.

Die Stunden bis Mitternacht schlichen dahin. Sörensen hätte Jennifers Angebot annehmen sollen, er hätte Ablenkung, Gesellschaft gebrauchen können. Er dachte kurz darüber nach, sie anzurufen, dann schüttelte er den Kopf. Was für ein selbstsüchtiger Gedanke. Er lauschte dem Regen, der gegen das Haus drückte und der hier am Koog noch einmal eine ganze andere Wucht besaß. Zweimal fuhr ein Auto vorbei, es klang, als brauste es mitten durch sein Wohnzimmer. Sörensen versuchte es mit Sitzen, dann mit Liegen, aber sein Körper wehrte sich und sprang immer wieder auf.

Um Viertel vor zwölf kratzte es an der Tür. Es klopfte nicht, es klingelte nicht, es kratzte. Sörensen erschrak, brauchte aber keine zwei Sekunden, bis er zur Stelle war. Er wischte sich die Hände an der Hose ab, dann bemühte er sich, die Tür nicht aufzureißen, sondern sie in einer sachlichen, souveränen, fließenden, entspannten Bewegung aufzuziehen, sachte wie ein Zen-Meister. Er gab ja hier schließlich das Tempo vor. Und musste Jan Ruhe bieten, eine Schulter sozusagen. Wie auch immer, am Ende war die Haustür geöffnet, der Regen peitschte ihm entgegen, und es war niemand zu sehen. Zumindest nicht auf Augenhöhe. Ein Winseln lenkte seinen Blick zwei Etagen tiefer. Zwei Hundeaugen blickten ihn an. Zwei dunkle Hundeaugen in einem durchnässten Hundegesicht, das zu einem durchnässten, gar nicht mal so kleinen Hundekörper gehörte.

Sörensen war kein Fachmann, aber das hier sah schon sehr nach einem Mischling aus. Irgendwas zwischen Schäferhund und Golden Retriever. Das Fell war am Körper schwarz, der Kopf hellbraun, die Schnauze fast weiß und eher flach, die Beine in der Farbe des Kopfes, die Pfoten wiederum weiß. Ein schönes Tier. Na ja, so schön ein Tier sein konnte, das mitten im Regen stand und deutlich unterernährt war. «Wer bist du denn?», fragte Sörensen und wusste nicht, was er tun sollte. Der Hund schien genauso irritiert wie er, hatte vielleicht mit dem Vorbesitzer gerechnet. Er schnüffelte an Sörensens Beinen, wich ein paar Schritte zurück, jaulte, tänzelte fast, lief ein ganzes

Stück fort und kam dann in vollem Lauf zurück. «Willst du reinkommen?», fragte Sörensen und machte Platz, damit das Tier hindurchschlüpfen konnte. Er war schon fast so nass wie der Mischling, denn der Regen nutzte auf geradezu spöttische Weise aus, dass seinem Häuschen ein Vordach fehlte. Der Hund trat nicht über die Schwelle.

«Warte», sagte Sörensen, bewegte sich rückwärts, stieg die Treppen hinauf, kramte in seiner Sporttasche und holte eine Packung Zwieback hervor. Er wusste nicht, ob ein Hund so etwas fraß oder mochte, aber so wie dieses Exemplar aussah, sollte es mal nicht so wählerisch sein. Sörensen eilte wieder hinunter und trat noch vor der Tür in eine Lache, er würde wischen müssen, später. Er hielt den Zwieback in der ausgestreckten Hand, doch umsonst: Der Hund war verschwunden. Sörensen schaute sich im Wohnzimmer um, vielleicht hatte das Tier sich unter einem Sessel oder dem Sofa verkrochen, aber nichts.

Er zog Allwetterjacke und Schuhe an, setzte seine Wollmütze auf und ging hinaus. Der Vorgarten war verlassen. Auch auf der Straße war er nicht. Vielleicht ist er den Deich hinaufgelaufen, dachte Sörensen. Er verspürte ein eigentümliches Gefühl der Enttäuschung. Eigentlich, ja, doch, eigentlich war das ja auch irgendwie schade. So ein Hund war schließlich bessere Gesellschaft als … kein Hund. Er würde seine neuen Nachbarn fragen, ob jemand das Tier kannte und zu wem es wohl gehörte. Morgen. Er stiefelte wieder zurück, nicht ohne seine Hosenbeine in einer gutgetarnten Pfütze endgültig zu durchnässen, und schloss die Tür hinter sich. Ein weiteres Auto fuhr vorbei, viel zu schnell und viel zu laut. Hoffentlich passiert dem Hund nichts, dachte Sörensen und legte Mütze und Jacke ab. Wo zum Teufel gab es in diesem Haus einen Putzlappen?

Er hatte gerade mal einen Schuh ausgezogen, da klopfte es. Er seufzte und humpelte die zwei Schritte bis zur Klinke. Dieses Mal war es ihm egal, wie fließend, souverän und elegant das Öffnen der Tür werden würde. Mit nur einem Schuh war da eh nichts zu retten. Er drückte das Kreuz durch und atmete tief ein. Das musste ja nun wohl Jan sein, es sei denn, sein tierischer Besucher hatte es sich anders überlegt und zudem ungeahnte Fähigkeiten. Sörensen öffnete. Niemand. Das gibt es doch nicht, dachte er, versteckte Kamera, oder was? Er stand in seinem einen Schuh da wie der letzte Idiot. «Hallo?», rief er in das milchige Dunkel. Die einzige Straßenlaterne, die seinen Vorgarten zumindest ein wenig beleuchtete, befand sich etwa dreißig Meter entfernt. «Jan? Hör mal, keine Spielchen jetzt, okay?»

Etwas knackte, so als ob jemand seitlich von ihm auf einen Stock, einen sehr großen Stock, getreten war. «Verdammt noch mal», murmelte Sörensen und zog den zweiten Schuh an, um handlungsfähig zu werden. «Ich bin's, Jan. Kannst rauskommen. Brauchst dich nicht zu verstecken», rief er. Nichts geschah. Wenn man von den Bäumen absah, die kräftig hin und her wogten und den vereinsamten Ort zusätzlich zum Regen mit einem unheimlichen Dauerrauschen ausstatteten.

Sörensen betrat ein weiteres Mal den Vorgarten. Er hatte keine Angst, also, keine gewöhnliche Angst, die sich zu der üblichen gesellte, aber die Schnauze voll, das hatte er. Das Geräusch war von rechts gekommen, wo es neben dem Haus nur noch ein bisschen Gestrüpp und einen kleinen Steinweg gab, der am Haus entlang- und nirgendwohin führte. Der Zaun zum Nachbargrundstück war wirklich sehr, sehr nah. Wollte Sörensen seine Fensterrahmen von außen streichen, musste er bei den Düselers schon fast um Erlaubnis fragen, ob er ihr Grundstück dafür nutzen durfte. Sörensen tastete sich ein paar Schritte an der eigenen Hauswand entlang. Sein Wohnzimmerlicht leuchtete nicht nur den Innenraum schlecht aus, hier draußen nützte es fast gar nichts, es war stockfinster. Vielleicht hatte Jan in eines der Fenster gespäht und hockte jetzt verschüchtert irgendwo im Busch. Warum auch immer.

«Jan?», rief er. Keine Reaktion. Er gab es auf und wollte sich umdrehen, aber ein heftiger Schlag auf den Hinterkopf hinderte ihn daran. Der Schlag kam so unvermittelt, so hart, so abrupt, dass Sörensen nicht einmal die Gelegenheit hatte, sich abzufangen. Er fiel mit dem Gesicht auf die Steinplatten. Das hätte sicherlich sehr weh getan, wenn er zum Zeitpunkt des Aufpralls noch bei Bewusstsein gewesen wäre. Wenn.

*

Sörensen war federleicht und dennoch voller Kraft. Er nahm ein unglaubliches Tempo auf, rannte, nein, glitt über die Streben der Bahnschienen, dass seine Beine gar nicht mehr zu erkennen waren vor lauter Wirbeln, er wurde immer schneller, schneller und noch schneller, bis er schließlich die richtige Geschwindigkeit hatte, um abheben zu können. Er breitete die Arme aus, lächelte, legte den Kopf in den Nacken, beugte den Oberkörper nach vorne und ließ los. Zunächst blieb er höchstens zwei Meter über dem Boden, folgte weiter den Schienen, um sicherzugehen, dass er auch wirklich flog, dass er nicht abstürzen würde, und dann, im Wissen um die Stabilität, die Situationskontrolle, stieg er steil nach oben, der Sonne entgegen, ja, es war hell, es war warm, es war windstill.

Sörensen lachte, war gänzlich frei, und da unten, nur wenige hundert Meter entfernt, da war schon Hamburg, da war der Kiosk von Buttermann, dieser lächerliche, kleine Buttermann, der seinen Kopf herausstreckte und Sörensen mit weit aufgerissenem Mund für nicht weniger als ein Weltwunder hielt, und Sörensen winkte und dachte:

Siehst du, Buttermann, ich habe es geschafft, ich bin so viel mehr, als du gedacht hast, ich kann fliegen, es geht mir gut – und übrigens: Der Russe kommt nicht.

Dann stieg er wieder steil nach oben und suchte Nele und Lotta, die er nur wenige Augenblicke später auf einer Vorzeigestraße in Harvestehude sah, ganz allein, Nele so weiblich und ganz gegen ihre Gewohnheiten im roten Kleid unterwegs, sie hatte sich verändert, und Lotta, plötzlich wieder ein Jahr alt, in ihrem Kinderwagen, sie hatte ein weißes Häubchen auf und hob die Hand, sah ihn zuerst, rief «Papa», aber sie rief es mit der Stimme der fünfjährigen Lotta, und Nele folgte ihrem Zeigefinger und sah Sörensen, der etwas konnte, was sonst niemand konnte, der ein verdammter Superheld war oder einfach nur ein ganz besonderer Mensch, den sie verlassen hatte, obwohl sie es hätte besser wissen müssen.

Sörensen ließ sich zu ihr hinabgleiten, landete sanft auf den Füßen, strahlte Lotta an, die ihm die Arme entgegenstreckte, dann merkte er, gerade als er sie ergreifen wollte, wie er immer schwerer wurde, wie Nele ihn hasserfüllt anblickte, ihm mit verzerrter Stimme zuzischte, dass er hier nichts zu suchen hätte, dass Hamburg ihr gehöre, dass Sörensen ein Versager sei, ein miserabler Vater.

Seine Beine fühlten sich nun an wie Blei, er sank auf die Knie, konnte Lotta in ihrem Kinderwagen, der plötzlich viel zu hoch war, nicht mehr erkennen, nur noch die ausgestreckten Fingerspitzen einer Hand, dann gar nichts mehr, sein Körper drückte ihn immer weiter gen Boden, er sah nur noch Neles Schuhe, seit wann trug sie High Heels, dann versank sein Kopf im Matsch, was denn für ein Matsch, hatte nicht gerade noch die Sonne geschienen? Und wieso tat ihm bloß der Schädel so weh, und warum schmeckte es in seinem Mund nach Blut?

«Sörensen?», fragte eine Stimme, die nicht Nele gehörte und auch nicht Lotta, und die er dennoch kannte, aber nicht so besorgt. «Hey, du wachst auf», sagte die Stimme. «Das ist gut, das ist gut.»

Sörensen fühlte sich nun so schwer, dass es undenkbar war, dass er gerade noch auf Schienen dahingeglitten war. Er öffnete die Augen, das rechte war irgendwie verklebt. Er lag offenbar auf dem Boden, auf der Seite, war klatschnass und hatte Kopfschmerzen.

«Nicht bewegen», sagte die Stimme. «Du hast einen draufgekriegt.»

Sörensen sah noch immer nicht besonders deutlich, aber die Stimme konnte er zuordnen. «Jenni?», fragte er. Dann stach es richtiggehend durch den Hinterkopf ins Auge. Er stieß einen Schmerzenslaut aus.

«Ganz ruhig», sagte Jennifer.

«Wo ist der Hund?»

«Welcher Hund? Warte mal. Bleib mal so liegen. Erste Hilfe und so.»

«Ich dachte, du eignest dich nicht zur Krankenschwester?» Sörensen versuchte, sich aufzurichten. Es blieb vorerst bei dem Versuch.

«Witzig», sagte Jennifer und breitete eine Decke über ihm aus, die sie offenbar aus seinem Schlafzimmer geholt hatte. «Krankenwagen ist verständigt. Dauert hier immer ein bisschen.»

Sörensen war in seiner Opferrolle nun voll angekommen. «Kannste wieder abbestellen», sagte er und hustete. «Geht schon.»

Jennifer konnte sich ein Lachen kaum verkneifen. «Ja, ich weiß, Cowboy, ich soll dich hier zurücklassen, du hältst uns nur auf. Komm, brauchst bei mir nicht den Helden zu spielen. Oder ist das jetzt so ein Männlichkeitsding?»

«Nee», sagte Sörensen und richtete sich nun doch ein wenig auf. Sein Kopf wäre gerne liegen geblieben und drückte mit aller Macht dagegen. «Was ist eigentlich passiert?», fragte er.

«Das wollte ich dich gerade fragen», sagte Jennifer. «Ich hab um

Viertel nach zwölf bei dir angerufen – konnte eh nicht schlafen. Wollte wissen, was mit dem Jungen ist. Und als du nicht abgenommen hast, bin ich rausgefahren. Und siehe da: Polizist im Matsch vor der eigenen Haustür.»

«Scheiße», sagte Sörensen und schmeckte tatsächlich Blut in seinem Mund. «Hat an die Tür geklopft. Um Mitternacht. War aber keiner da. Bin dann halb ums Haus herum, und zack. Ende. Mehr weiß ich nicht.»

«Meinst du, das war Jan?»

«Nee.» Sörensen hatte es alleine auf die Knie geschafft. Jennifer zögerte kurz, dann griff sie ihm buchstäblich unter die Arme.

«Der Hieb war sehr heftig», sagte er. «Und Jan ist ziemlich schmächtig. Oh, das reimt sich.»

«Und was sich reimt, ist gut. Komm, wir schleppen dich erst mal rein. Du musst auch aus den Klamotten raus. Und dann rufe ich Malte an.»

*

Kriminalkommissaranwärter Malte Schuster war offiziell schon im Bett gewesen, als Jennifer Holstenbeck angerufen hatte, natürlich war er das, denn es war ja schon spät, und morgen früh war wieder Dienst. Er hatte seiner Stimme einen schläfrigen Klang gegeben und Jennifer damit zu tausend Entschuldigungen genötigt, was ihm nicht wenig gefallen hatte. Genützt aber hatte es ihm letztlich auch nichts. In Katenbüll war man offensichtlich auch zwischen den Diensten immer im Dienst.

Er seufzte, stieg von seinem Mofa und landete direkt in einer Pfütze. Er hatte in der Eile die Autoschlüssel nicht finden können, weder die seines Vaters noch die seiner Mutter, obwohl die doch eigentlich immer im kleinen Kästchen unter dem Flurtelefon lagen.

Jedenfalls hatte er seine Eltern nicht aufwecken wollen und die alte Kiste genommen, die er mit fünfzehn Jahren in äußerst gebrauchtem Zustand zu Weihnachten geschenkt bekommen hatte und die er seitdem höchstens zweimal im Jahr benutzte. Wundersamerweise hatte sich noch Benzin im Tank befunden. Er klemmte sich den Helm unter den Arm, deckte den Sitz mit einer Plane ab und legte die letzten Schritte bis zu Hinrichs' Haustür zu Fuß zurück. Gut, dass ihn niemand gesehen hatte. Aber gehört, wahrscheinlich gehört. Das Mofa knatterte lauter als ein Maschinengewehr.

Der Hof lag komplett im Dunkeln, nur im Haupthaus waren drei Fenster im Erdgeschoss erleuchtet. Der Fluter, der normalerweise den Innenhof beleuchtete, war ausgeschaltet. Vielleicht hatte Malte auch schlicht den Bewegungsmelder nicht ausgelöst. Er klingelte und wartete. Die Sekunden dehnten sich. Malte wollte gerade zum zweiten Mal klingeln, als sich endlich die Tür öffnete. Hilda Hinrichs sah aus wie ein gerupftes Huhn, hatte einen Bademantel über dieselbe Kleidung gezogen, die sie auch am Morgen angehabt hatte, war also noch nicht im Bett gewesen, aber auch alles andere als wach. Sie kniff die Augen zusammen und hielt sich leicht schwankend am Türrahmen fest.

«Wir haben fast ein Uhr, Malte ...», sagte sie nuschelnd.

«Herr Schuster», sagte Malte streng. «Genau. Ich hab auch schon geschlafen. Aber so ist das manchmal. Frau Hinrichs, ist Ihr Sohn Jan zu Hause?»

«Warum willst du das denn wissen?»

«Das ist Sache der Polizei.»

Malte wusste, dass er sich hier ganz schön aufplusterte, aber irgendwo musste der ganze Dampf ja auch mal hin, nachts um kurz vor eins. Richtig großen Eindruck machte er auf Hilda Hinrichs allerdings nicht.

«Das ist Sache der Polizei», äffte sie ihn nach. «Polizei!» Sie schnaubte. «Hier in Katenbüll. Guck dich doch mal an!»

Malte schaute brav an sich hinunter.

«Polizistendarsteller seid ihr», fuhr Hilda Hinrichs fort, jedes Wort wurde begleitet von mehr als einem Spuckefaden. «Statisten. Komparsen.»

Malte fehlte auch dieses Mal die nötige Grundaggressivität, um Hildas Ausbruch etwas Passendes entgegenzusetzen. Im Grunde genommen war das ja Beamtenbeleidigung. Aber egal. Da musste man ja sicherlich auch die Umstände bedenken. Und so weiter.

«Ja, ist ja gut», sagte er also. Deeskalation war schließlich auch eine Strategie. «Ist Jan denn jetzt da oder nicht?»

«Natürlich ist er da. Wo soll er denn sonst sein um diese Zeit?»

Sie trat einen Schritt vor und stand damit im Türrahmen. Malte hatte verstanden. Bis hierhin und nicht weiter, sollte das heißen.

«Wecken Sie ihn bitte, falls er schläft», sagte er.

«Morgen ist Schule.»

«Ich weiß.»

«Reicht das denn nicht morgen?»

«Nein.»

«Ach, Scheiße.» Sie drehte sich um und ging ins Haus. «Sekunde», rief sie über die Schulter zurück. Malte fror, hörte schwerfällige Schritte auf der Treppe. Und dachte, dass in dem Moment, als sein Telefon geklingelt hatte, in dem Moment, als er Jennifers Handynummer angezeigt bekommen hatte, dass er da zumindest kurz gehofft hatte, sie hätte ihn aus einem anderen Grund mitten in der Nacht angerufen. Aus einem Grund, der etwas mit Anlehnungsbedürfnis, sexuellem Notstand und dem dringenden Wunsch, ihn, Malte Schuster, jetzt und in dieser Sekunde unbedingt bei sich haben zu wollen, zu tun gehabt haben mochte. Malte hätte nicht das Mofa genommen, er wäre geflogen. Als sie aber etwas von Sörensen, Blut, Jan und Hilda gesagt hatte, mit dieser dienstlichen, fast harten Jennifer-Stimme, da war es schnell vorbei gewesen mit seinen spätpubertären Jungsträumen. Da war er von einer Sekunde auf die andere wieder ganz Polizist gewesen, konsequent, präzise, furchtlos – und ausgestattet mit der ganzen Kraft seines Mofas. Er seufzte.

Hilda kam zurück. «Das … das verstehe ich nicht», stammelte sie. «Jan ist weg. Was ist denn passiert?»

«Das kann ich Ihnen noch nicht sagen.» Malte straffte sich. «Ich möchte gerne selbst nachsehen.»

«Aber nicht ohne Durchsuchungsbefehl.»

«Durchsuchungsbeschluss heißt das.» Malte hatte immer das Wesentliche im Auge. «Ist ein ganz häufiger Fehler. Sieht und liest man oft.»

Hilda öffnete den Mund und sah ihn mit diesen zusammengekniffenen Augen an, als wäre er unscharf oder nicht ganz da. «Mir doch egal», sagte sie mühsam.

Malte wurde immer klarer, dass sie sich in einem noch schlechteren Zustand befand, als er zunächst angenommen hatte.

«Kommt es öfter vor, dass Jan über Nacht verschwindet?», fragte er.

«Nein!», sagte Hilda entrüstet. «Weiß ich nicht. Was ist mit meinem Sohn? Such ihn!»

«Das werden wir. Und Sie melden sich bitte morgen früh um neun bei uns auf dem Revier. Können Sie sich das merken?»

«Ich bin ja nicht blöd», fauchte sie. Dann fing sie an zu weinen, hörte nach zwei Schluchzern aber sofort wieder damit auf. «Erst mein Mann, dann mein Sohn. Ich dreh noch durch», sagte sie und suchte in ihrem Bademantel nach einem Taschentuch. Da war natürlich keines.

«Beruhigen Sie sich bitte», sagte Malte angewidert und dachte nach. «Gibt es irgendwelche Orte, an denen sich Jan gerne aufhält? Geheimverstecke oder so etwas?»

«Woher soll ich das wissen, wenn die geheim sind?» Hilda tippte sich an die Stirn.

«Was wissen Sie denn überhaupt über Ihren Sohn?», fragte Malte spitz. Sie schwieg. Malte machte einen Schritt zurück und dachte, als guter Polizist durfte er sich eigentlich emotional nicht so involvieren lassen. Über den Dingen stehen, die Oberhand und einen klaren Kopf behalten. Er drehte sich um und betrachtete den Hof. Wenn er noch ein Kind wäre, wo würde er sich hier verstecken?

«Kann ich reinkommen?», fragte er. «Mir ist kalt.»

«Nein», sagte sie. Zwischen den Pferdeställen und einem Holzverschlag stand ein unscheinbarer Holzschuppen mit Flachdach, vielleicht vier mal vier Meter groß. Da vielleicht?

«Was ist mit dem Schuppen da?», fragte er. «Kann ich den mal sehen?»

Hilda sah Malte an, als wäre die Frage völlig absurd. «Da war schon seit Jahren keiner mehr drin», sagte sie. «Und er ist abgeschlossen. Nur mein Mann weiß … wusste, wo der Schlüssel ist. Wenn überhaupt. Keine Ahnung, was da überhaupt drin ist.»

«Gut, Frau Hinrichs. Um neun auf dem Revier, okay? Hoffen wir mal, dass Jan bis dahin wiederaufgetaucht ist.»

«Und wenn nicht?»

«Dann geben Sie eine Vermisstenanzeige auf.»

Hilda Hinrichs nickte, stieß sich vom Türrahmen ab und schloss die Tür. Malte hörte, wie ein Schlüssel zweimal herumgedreht wurde. Er hatte seine Pflicht erfüllt, war dennoch unzufrieden. Das sollte es gewesen sein? Dafür war er mitten in der Nacht aufs Mofa gestiegen und hatte sich vollregnen lassen?

Er ging zu dem kleinen Schuppen hinüber und hörte nebenan die Pferde schnauben. Wer kümmerte sich eigentlich um die, fragte er sich. Auch etwas, das Hilda Hinrichs am nächsten Morgen beantworten musste. Er zückte sein Handy und stellte die Taschenlampenfunktion an. Die beiden Fenster links und rechts der Tür schienen von innen mit schwarzer Folie zugeklebt zu sein. Die Tür selbst war tatsächlich verschlossen. Und zwar mit einem Vorhängeschloss in der Größe eines Reiseweckers. Der Regen schlug hell auf das Blechdach wie ein endloser, zickiger Trommelwirbel.

«Jan?», zischte Malte und kam sich albern vor. Keine Antwort. Natürlich nicht. Von den Pferden abgesehen war es hier so tot wie im Innern einer Konservenbüchse. Malte gab es auf, die Nacht würde nun einmal so enden, so ergebnislos, aber morgen war ein neuer Tag.

Er schritt am Pferdestall vorbei zur Einfahrt. Da ging plötzlich der Fluter an. Er blieb stehen und blickte geblendet direkt in den Scheinwerfer. Ein Pferd wieherte. Malte stand fast am Rande des Hofes und fühlte sich dennoch wie auf dem Präsentierteller. Was, wenn jetzt jemand auf ihn schoss? Er bekam einen Adrenalinschub, rannte zur Hauswand, duckte sich in den Schatten, hätte seine Dienstwaffe gezogen, wenn er denn eine gehabt hätte, und atmete tief durch. Er zählte langsam bis zehn, dann wurde ihm klar, wer den Bewegungsmelder ausgelöst hatte. Er selbst. Und dass niemand sonst auf dem Hof war. Er stand auf und zog seine Jacke glatt. Dieser Abend war an Lächerlichkeit wirklich nicht zu überbieten. *Er* war an Lächerlichkeit nicht zu überbieten. Und dazu brauchte er nicht einmal Bestätigung von außen. Da genügte er sich vollkommen selbst.

*

«Wenn man bedenkt, dass das alles nur ein einziger Tag war, war das ganz schön viel für einen einzigen Tag», murmelte Sörensen in

Jennifers Richtung und bemühte sich, den inneren Vorhang nicht einfach zuzuziehen und die Augen zuzuklappen. Der freundliche Notarzt hatte ihm zur Beruhigung eine Tavor-Tablette gegeben und Sörensen damit eine größere Freude bereitet, als er es auch nur erahnen konnte. Tavor kannte er noch aus der Therapie. Das war zwar ein Teufelszeug, aber, wie das meiste Teufelszeug, äußerst effektiv. Es beseitigte in Minutenschnelle jegliche Form von Angst, entspannte die Muskeln, hüllte den Menschen in einen Kokon aus Wärme und Sicherheit und ließ Sörensen zumindest für diese Nacht sämtliche Schlafsorgen vergessen.

Er würde, Kopfprellung hin oder her, schlafen wie ein Baby. Er würde großartige Träume haben, von Stränden, Sonne, lachenden Menschen, vielleicht sogar von Sex, würde wie in Watte gepackt sein, geborgen in seinem sensationellen, tiefer gelegten Eckbett. Schade, dass das Zeug so schnell süchtig machte, sonst wäre die halbe Welt auf Tavor, dachte er und strich sich über den malträtierten Schädel, der sich auch schon nicht mehr ganz so schlimm anfühlte. Er hatte Glück gehabt. Keine Platzwunde am Hinterkopf, nur eine ordentliche Beule und eine Schürfwunde im Gesicht von dem Aufprall auf den Boden. Na gut, und das ganze Blut im Mund, aber, immerhin, die Zähne hatten gehalten.

Der Arzt hatte eine Gehirnerschütterung vermutet, Sörensen hatte darauf bestanden, dass da nicht viel zu erschüttern war, und sich geweigert, ins Krankenhaus zu fahren. Jennifer hatte mit den Schultern gezuckt, der Notarzt hatte mit den Schultern gezuckt, dann hatten sie alle noch mal mit den Schultern gezuckt, und schließlich war der Notarzt wieder abgezogen, nicht ohne Sörensen zu ermahnen, dass er bei plötzlicher Übelkeit, Erbrechen oder Schwindel aber wirklich in stationäre Behandlung gehörte. Sörensen hatte genau diese Symptome in sich gespürt, das Gegenteil behauptet und war schließlich nur mit T-Shirt, Unterhose und besagter Tavor ins Bett gekrochen. Es war ihm vor Jennifer kurz peinlich gewesen, aber sie hatte behauptet, schon Schlimmeres gesehen zu haben, bei weitem, und damit war der Fall für sie beide erledigt gewesen.

«Ist ja lächerlich, das mit der Meerjungfrau hier», sagte Sörensen und versteckte die kleine Plastikpuppe unter der Bettdecke. «Ist von meiner Tochter.»

«Ist überhaupt nicht lächerlich, Quatsch», sagte Jennifer.

«Doch, schon.»

«Kannste wieder rausholen, das arme Ding. Ich geh jetzt auch mal.» Jennifer stellte ein Glas Wasser neben sein Bett.

«Klar», sagte er und fühlte, wie etwas in seinem Mund anschwoll. Aber das war ihm auch schon egal. Es war ihm plötzlich unangenehm, dass sich alles immer nur um ihn drehte, und er fühlte in sich die Pflicht, auch einmal eine Frage zu stellen. Außerdem wollte er nicht, dass Jennifer ging. «Hast du mit ihr … mit deiner Tochter …?»

Jennifer setzte sich auf den Boden, lehnte sich gegen eine Schräge, zog die Knie an und umschlang sie mit beiden Armen. «Nur kurz», sagte sie. «Lucy wollte nicht reden. Ich hab das alles noch gar nicht ganz begriffen, ehrlich gesagt.»

«Kein Wunder. Wer ist denn der Vater?», fragte Sörensen mühsam.

Jennifer lachte kurz und trocken auf. «Tja, keine Ahnung, aber immerhin scheint sie es zu wissen.»

«Das ist doch gut. Gut ist das doch.» Sörensen hörte sich selbst dabei zu, wie er immer undeutlicher wurde.

Jennifer fand eine Spinnwebe an der Decke offenbar sehr interessant. «Aber sie will es mir nicht verraten. Letztlich macht sie mich für ihre Schwangerschaft verantwortlich, das ist das Beste, weißt du. Ich hab sie falsch erzogen, deshalb ist sie schwanger. Ich hab mit ihr nicht richtig über Verhütung geredet, deshalb ist sie schwanger. Ich war nie für sie da, deshalb ist sie schwanger. Unsere ganze Familie ist ein einziger großer Haufen Kuhmist, deshalb ist sie schwanger. Nur Oma, die ist kein Kuhmist, aber die kann ja leider auch nichts mehr machen, die ist ja schon so alt.

Und hier ist die Pointe: Da unsere Familie nur aus Oma, ihr und mir besteht, muss ja dann wohl ich der große Haufen Kuhmist sein, den sie meint. Krass, oder? Und sie? Lehnt jede Verantwortung einfach ab. Das hat sie immer schon gemacht. Für alles ist Mama verantwortlich, für ihre Schulaufgaben, Krieg, Atomkraft und das Aussterben der Pandabären. Dabei hatte sie doch den Sex und nicht ich, oder? Da kann man doch wissen, was da alles passieren kann, mit fast achtzehn, oder? Obwohl das ja vielleicht auch gar kein Unglück ist, wenn das erst mal da ist. So wie du das gesagt hast, Sörensen. Tut mir leid, dass ich dich jetzt hier so volllabere, du hast ja sicherlich genügend eigene Probleme. Ich hoffe, das ist okay für dich.»

Sörensen antwortete nicht. Er war eingeschlafen.

Zweiter Tag

Eine Leiche zu viel

Der nächste Morgen ließ sich gut an, zumindest beim Öffnen der Augenlider. Sörensen fühlte sich erholt, ausgeschlafen, bereit für sämtliche Herausforderungen, strotzte vor Energie und Kraft. Sprich, er fühlte sich normal. So normal wie vor der schlimmen Zeit, bevor jede Stunde eines Tages erkämpft, ja erklommen werden wollte wie der Nanga Parbat im Winter.

Das Hochgefühl, das sehnlichst erwartete, hielt so lange an, bis er die Bettdecke mit Schwung wegtrat und den Kopf hob. Ein tonnenschweres Gewicht aus Schmerz drückte ihn zurück in das Kissen, sein Schädel schien sich aus kantigen, spitzen Bruchstücken neu zusammenzusetzen; so und nicht anders musste es sich für den Planeten anfühlen, wenn sich die Erdplatten verschoben. Er drehte sich zur Seite, übergab sich gepflegt auf den Fußboden, wälzte sich herum, robbte aus dem Bett, kroch ins Bad, richtete sich gegen alle Widerstände zu seiner vollen Größe auf, vermied den Blick in den Spiegel, wusch sich den Mund aus und suchte in seinem Kulturbeutel nach einer Schmerztablette, einer besonders starken. Da sein Kulturbeutel fast nur aus Tabletten bestand, dauerte die Suche. Er spülte die Pille mit einem Schluck Wasser hinunter und wischte sich mit dem Waschlappen über das Gesicht.

Anschließend beseitigte er das größte Übel im Schlafzimmer. Wahllos griff er ein paar Klamotten aus seiner Tasche, stöhnte laut auf, als er sich einen Kapuzenpullover über den Kopf zog, und hatte das Gefühl, dass seine Wahrnehmung bei jeder Bewegung ein bis zwei Sekunden hinterherhinkte. Er putzte sich vorsichtig die Zähne, betrachtete schließlich doch und nicht wenig erschrocken sein Ebenbild im Spiegel und fühlte sich in seinem schmerzenden Schädel, irgendwo auf einer tieferen Ebene, dennoch wohler als sonst. Wahrscheinlich war das das Tavor, dachte er, natürlich, das Tavor. Es wirkte noch. Er füllte ein Glas mit Wasser und nahm seine Citalopram, so wie jeden Morgen. Das konnte er ja nicht einfach sein lassen, nur weil er gerade mal keine Symptome zeigte.

Er sah sich zweifelnd an, wie einen Fremden, der ihm zufällig ähnlich sah, wie eine ungünstig gealterte Zukunftsversion seiner selbst, dann ging er nach unten und schlüpfte in die Schuhe, ohne sich zu bücken. Er trat aus dem Haus, ließ sich vom unnachgiebigen Regen empfangen, kletterte umständlich in den Passat, überlegte immerhin für eine Sekunde, ob er überhaupt fahrtauglich war, drehte schließlich den Schlüssel im Zündschloss herum und gab Gas. Hier war ja eh niemand, den er gefährden konnte, beschönigte er. Dass das Quatsch war, wusste er selbst, aber Selbstüberlistung gehörte zu seinen ganz großen Stärken.

Hinter der dritten Kurve fiel ihm ein, dass er vergessen hatte, sich nach dem Hund zu erkundigen, und dann wurde ihm auch schon wieder schlecht. Richtig schlecht. Er hielt ruckartig an, das Lösen des Gurtes und Hinausspringen war eins, und übergab sich zum zweiten Mal an diesem Morgen, in den Graben, einer irritierten Kuh hinter dem angrenzenden Zaun direkt vor die Hufe.

«Entschuldigung», sagte er und dachte noch einmal ernsthaft über das Krankenhaus nach. Aber er wusste ja auch gar nicht, wo das sein sollte, und bis er das gefunden hatte und über die Notaufnahme zu irgendeinem behandelnden Arzt vorgedrungen war, war er bestimmt auch schon wieder gesund.

Er stieg zurück ins Auto, trank einen Schluck aus einer alten Cola-Dose, die sich schon seit Ewigkeiten in seinem Halter befand, fand den neuen Geschmack in seinem Gaumen mindestens so furchtbar wie den zu übertünchenden alten und machte das Radio an. «Es ist fünf Minuten nach neun, und die folgende Sendung wird Ihnen präsentiert von Aspirin Complex», sagte eine fröhliche männliche Stimme. Sörensen schaltete das Radio wieder aus. Keinen Stress jetzt. Er fuhr los und sah auf die Uhr, obwohl ihm die Zeit doch gerade erst genannt worden war. Er würde fast pünktlich bei der Arbeit sein. Und das bei der Vorgeschichte. Das sollte ihm erst mal einer nachmachen.

Als er wenige Minuten später auf den Marktplatz fuhr und zum Entsetzen seines Schädels über das Kopfsteinpflaster ratterte, hatte sich im Vergleich zu gestern einiges verändert. Mehrere Ü-Wagen hatten sich direkt vor dem Rathaus aufgebaut, etliche Reporter waren mit PKWs oder Kleinbussen angereist und gerade dabei, sich häuslich einzurichten. Stative wurden ausgepackt, große Metallkoffer durch die Gegend geschleppt. «Das ist ein Marktplatz und kein Parkplatz», murmelte Sörensen. Käse-Käthe hingegen scherte ihr Geschwätz von gestern nicht, sie machte das Geschäft ihres Lebens. Die Leute standen in einer mindestens zehn Meter langen Schlange vor ihrem Bäckerwagen. Von dem alten Mann und seinem Bratwurststand war nichts zu sehen, wahrscheinlich kaufte er gerade eine Wagenladung Würste für die Mittagszeit. Oder Tofu. So Journalisten waren ja auch gerne mal am Puls der Zeit. Sörensen parkte seinen Passat neben einem VW-Bus mit Bremer Kennzeichen und Radio-Bremen-Aufkleber und betrat das Revier.

«Was machst du denn hier?», begrüßte ihn Jennifer Holstenbeck, die ganz schön übermüdet aussah.

«Ich meld mich doch nicht am zweiten Tag krank», brummte Sörensen und erntete dafür einen anerkennenden Blick von Malte Schuster, der hinter seinem Computer ebenfalls so aussah, als hätte er die Nacht durchgemacht.

«Es hat sich herumgesprochen», sagte Malte. «Die Aasgeier sind da. Müssen wir da nachher nicht irgendwas sagen? Eine Pressekonferenz organisieren oder so?»

«Warum sind das denn Aasgeier?», fragte Sörensen. «Das sind Journalisten, sind das. Die machen doch auch nur ihren Job.»

«Sagt man halt so», sagte Malte und gähnte. «Ich wollt halt mal 'ne Front aufmachen. Wir gegen die und so.»

Sörensen überlegte. Malte hatte recht, so eine Front konnte im Moment eigentlich nicht schaden. An und für sich war so eine Front natürlich undifferenzierter Blödsinn, aber immer gut für das Selbstbewusstsein und Gemeinschaftsgefühl. «Wir können die ruhig ein bisschen zappeln lassen», sagte er also. «Setzen wir doch eine Pressekonferenz für zwölf, nein, für ein Uhr an, okay? Drüben im Rathaus. Dann langweilen die sich hier wenigstens noch etwas.»

«Soll ich da jetzt etwa rübergehen und das verkünden?», fragte Malte und sah ausgesprochen unbegeistert aus.

«Mach das mal», sagte Sörensen und setzte sich. Dumme Idee, dachte er, denn irgendwann musste er ja auch wieder aufstehen.

«Du siehst nicht so aus, als wärst du in der Lage, ein Verhör zu führen», sagte Jennifer und legte eine Hand auf seinen Arm. Sörensen betrachtete die Hand, als wäre sie eine besonders interessante Muschel am Strand. Jennifer zog sie wieder zurück.

«Ist die Hinrichs denn schon da?», fragte Sörensen mit der reduzierten Mimik eines ausgestopften Kuckucks und dachte, wenn er gar nichts bewegte, an sich und in sich, dann ging es eigentlich ganz gut.

«Sitzt im Verhörraum.»

«Ich wusste gar nicht, dass wir so etwas haben.»

Jennifer grinste. «Der ist auch sehr klein. Das war mal der Materialraum, aber dein Vorgänger fand, so ein Polizeirevier bräuchte auch einen Verhörraum.»

«Da hat er recht, der Vorgänger.»

«Du bist der Erste, der ihn jetzt benutzt.»

*

Der sogenannte Verhörraum war tatsächlich und mit viel Phantasie im besten Falle eine Verhörkammer, und zwar für Kleinwüchsige, die nicht unter Klaustrophobie litten. Hilda Hinrichs saß am anderen Ende eines weißen Küchentisches an der Wand. Man konnte nur erahnen, welche Mühen es sie gekostet haben musste, an der Wand entlang überhaupt dorthin zu gelangen. Auf dem Tisch stand eine Nachttischlampe von Ikea, die sich im Bedarfsfall auf den zu Befragenden richten ließ, dann gab es noch einen zweiten Stuhl direkt hinter der Tür, die leider auch noch nach innen aufging. Ein schmales, hochgelegenes Fenster spendete ein wenig horizontales Tageslicht, ansonsten war dies der dunkelste Ort, den man sich vorstellen konnte. Aus psychologischer Sicht mochte das hilfreich sein, an und für sich aber war es ziemlich unzumutbar.

«Entschuldigen Sie die Verspätung», sagte Sörensen, «und entschuldigen Sie die Enge.» Er setzte sich und stellte einen mit Tee befüllten Becher vor sich ab, den er im Schrank über der Spüle gefunden hatte und auf dem in großen Buchstaben *Lächle! Du kannst sie nicht alle töten* stand. Selbstverständlich hatte er keinen Unterteller für den Beutel mitgenommen. Hilda Hinrichs betrachtete ihre Daumen auf der Tischkante, die auch mal wieder etwas frischen Nagellack vertragen konnten, und wich seinem Blick aus. Sie hatte sich nicht groß zurechtgemacht, natürlich nicht, ihre Körperhaltung war krumm, sie wirkte gebrochen, mindestens aber von zu wenig Schlaf gebeutelt. Jennifer holte sich von nebenan einen Klappstuhl, öffnete das kleine Fenster und ließ sich dicht neben Sörensen nieder, was dieser nicht unangenehm fand.

«Frau Hinrichs?», fragte Sörensen, weil von ihr so gar nichts kam.

Hilda hob die müden Lider. «Ich habe die ganze Nacht gewartet.» Ihre Stimme war belegt, so als hätte sie sehr viel geweint und kämpfe um Festigkeit. «Aber er ist nicht aufgetaucht.»

«Irgendeine Idee, wo er sein könnte? Freunde? Verwandte?» Sörensen verdrehte innerlich die Augen. Er verspürte schon wieder Brechreiz. Ausgerechnet jetzt.

«Nein.»

«Halten Sie es für möglich, dass Jan Gewalt anwenden würde? Zum Beispiel gegen mich?» Er hielt sich die Hand vor den Mund.

Hilda schüttelte den Kopf. «Niemals. Der? Der ist ein Angsthase. Schüchtern. Was weiß ich. Kam in der Grundschule schon andauernd verprügelt nach Hause. Hat sich nicht ein einziges Mal gewehrt. Heiner hat immer gesagt: Wehr dich doch. Aber der konnte das nicht. Und wieso sollte er überhaupt gegen Sie ...?»

«Jan wollte mir etwas mitteilen. Gestern Nacht. Bei mir zu Hause.»

«Gestern Nacht? Der Junge ist zwölf!»

«Ich weiß.» Sörensen wäre jetzt gerne aufgestanden und herumgewandert. Oder ins Bett gegangen. Beides war unmöglich. «Da gibt es zwei Möglichkeiten, Frau Hinrichs: Entweder er hat mir eins übergezogen, oder er ist nie bei mir angekommen, was ich wahrscheinlicher finde.»

«Wie, übergezogen?»

«Mit einem Knüppel. Oder irgendeinem anderen harten Gegenstand.»

«Ach, deswegen sehen Sie so fertig aus», sagte Hilda mitleidlos und betrachtete ihn wie einen unter den Tisch geklebten Kaugummi.

«Ich passe mich der Umgebung an.»

Sie verschränkte die Arme vor der Brust. «Jan und ein Knüppel.

Der spielt doch noch mit Puppen. Und was könnte er Ihnen denn mitteilen wollen?»

Sörensen beugte sich vor. «Sagen Sie's mir, Frau Hinrichs.»

«Ich habe fürchterliche Kopfschmerzen. Könnte ich ein Aspirin haben?»

«Habe ich alle aufgebraucht.» Hatte er natürlich nicht, aber solch simple Ablenkungsmanöver ließ Sörensen nicht durchgehen.

«Weißt du, das ist so, Hilda», schaltete sich Jennifer ein, «wenn Jan das nicht war, dann stellen sich uns drei, nein, vier Fragen. Erstens: Wer wusste, dass Jan um Mitternacht KHK Sörensen besuchen wollte? Zweitens: Wer hat ihn daran gehindert? Drittens: Wer hat KHK Sörensen niedergeschlagen? Und viertens: Wo ist Jan?»

«Fragst du mich das jetzt alles im Ernst, Jenni? Ich weiß es nicht. Wenn ich das alles wüsste, säßen wir doch gar nicht hier.»

«Es sei denn, Sie selbst haben Ihren Sohn daran gehindert, zu mir zu kommen», sagte Sörensen und nahm einen Schluck Tee. Was er gleich darauf bereute. In seinem Mund brannte es, als hätte er Strohrum in eine offene Wunde gegossen. «Vielleicht wollte er mir etwas mitteilen, was schlecht für Sie gewesen wäre. Vielleicht haben Sie ihn erwischt, als er loswollte. Haben ihn gezwungen, Ihnen sein Ziel zu verraten. Haben ihn eingesperrt, sind selber los, panisch, unüberlegt, unter Medikamenteneinfluss oder was auch immer, und haben mir eins übergezogen. In dem Versuch, mich von weiteren Ermittlungen abzuhalten. Was mal echt bescheuert ist. Als wenn ich nach einem Schlag auf den Hinterkopf aufgeben und abhauen würde. Als wenn mich das davon abhalten könnte, in dem schönen Städtchen Katenbüll, wo es so viele freundliche und herzenswarme Menschen gibt, ein glücklicher und zufriedener Mensch zu werden!»

«Was reden Sie denn da?», fragte Hilda.

«Gibst du eine Vermisstenanzeige auf, Hilda?», schaltete sich Jennifer ein.

Hilda widmete sich wiederum ihren Daumen. «Nein.»

«Warum nicht?»

«Ich vertraue auf Gott, dass er das Richtige tut.»

Jennifer konnte sich ein ironisches Grinsen nicht verkneifen. «Ich denk, du bist Atheistin?»

«Sagt man halt so.»

Sörensen seufzte. «Frau Hinrichs, Sie benehmen sich in jeder Hinsicht seltsam.»

«Sie auch.»

«Ja, aber ich sitze auf der anderen Seite des Tisches. Möchten Sie nun, dass wir Ihren Sohn wiederfinden oder nicht?»

«Finden Sie meinen Sohn.»

«Aber keine Vermisstenanzeige?»

«Nein. Noch nicht.»

«Sag mal, Hilda, wirst du erpresst?», fragte Jennifer.

Hilda zögerte einen Moment. «So ein Quatsch», sagte sie dann.

«Das Dumme ist nämlich, ich glaube dir nicht. Ich glaube, du weißt, wo Jan steckt, und du willst nicht, dass wir ihn finden.»

Die Witwe des Ersten Bürgermeisters hob den Kopf und legte so viel Kälte und Verachtung in ihren Blick, dass Sörensen sie für diese Klarheit fast bewunderte. «Zu viel Glauben, Jenni», sagte sie eisig. «Viel zu viel Glauben. Und kein Wissen weit und breit.»

Sörensen stand auf. Sein Kopf folgte ihm eine Zehntelsekunde später. Immerhin, es glich sich langsam an. «Ich besorge einen Durchsuchungsbeschluss», sagte er. «Wir rücken bei Ihnen an und durchkämmen das gesamte Grundstück.»

Auch Hilda stand nun auf. «Sie werden ihn nicht finden.» Sie bemerkte, dass das missverständlich war und schüttelte die zerzauste

Betonfrisur. «Zumindest nicht bei mir», korrigierte sie sich. «War's das?» Sie setzte ihre Sonnenbrille auf.

«Das war's», sagte Sörensen. «Ach, eins noch.» Er erinnerte sich daran, worum Malte ihn gebeten hatte. «Wer kümmert sich eigentlich gerade um die Pferde?»

Hildas Augen waren durch die dunklen Gläser nicht zu erkennen. Trotzdem wusste Sörensen, dass sie durch ihn hindurchsah. «Was für Pferde?», fragte sie tonlos.

Jennifer gab ein Geräusch von sich, das entfernt an das Pfeifen eines Wasserkessels erinnerte. «Ich ruf dann mal den Tierschutz an», sagte sie, machte sich eine Notiz und schüttelte empört den Kopf. Hilda quetschte sich zwischen Tisch und Wand nach vorn, bis sie direkt vor den beiden Polizisten stand.

«Darf ich?»

Sörensen nickte. Es sah ein bisschen nach Tetris aus, wie sie alle drei versuchten, sich so ineinander zu verschieben, dass sie die Tür öffnen konnten.

«Herr Hauptkommissar?», sagte Hilda Hinrichs zum Abschied. Sie roch nach verdorrtem Flieder und nahm die Brille ab, um ihm noch einmal direkt in die Augen zu sehen.

«Ja?»

«Katenbüll ist nicht Bullerbü. Nehmen Sie sich nicht zu viel vor.»

*

Ole Kellinghusen hatte die Haltestelle an der alten Dorfkirche fast erreicht. Heute war ihm nicht nach Reisen per Anhalter. Aus Katenbüll hinaus war es sowieso immer schwieriger als hinein, und in zehn Minuten würde der Bus kommen, ihn wegbringen von hier, so schnell wie möglich, aber mit Zwischenstopps in jedem verdammten Kaff.

Sein Ziel war Husum. Dort würde er aussteigen, am Hafen herumstreifen, Industrie riechen, Schiffe betrachten, Touristen in Cafés beobachten. Das war genau das, was er brauchte: Platz schaffen im Gehirn, ein paar frische Gedanken zulassen, vielleicht sogar erzwingen, die nichts mit Katenbüll oder seiner fragwürdigen Zukunft zu tun hatten.

Als er sich, triefend wie er war, in der offenen Holzhütte mit dem Ziegeldach unterstellen wollte, saß eine alte Frau mit Kopftuch auf der Bank in der Ecke und schien zu schlafen. Ole kannte die Frau, jeder in Katenbüll kannte sie. Sie war weit über achtzig und lebte irgendwo am Ortseingang in einem Mehrfamilienhaus. Die alte Göntje. Die meiste Zeit über schleppte sie einen blauen Müllsack hinter sich her, den sie mit dem Abfall anderer Leute befüllte. Sie schlurfte den ganzen Tag durch Katenbüll und suchte sich Dinge zum Leben, die andere weggeworfen hatten.

Auch heute hatte sie wieder so einen Müllsack bei sich. Sie hielt ihn mit der linken Hand umklammert, und vorne hatte er ein großes Loch. Vereinzelt war Müll herausgefallen. Drei Illustrierte, eine davon mit Helene Fischer und einem dunkelblonden Fußballer auf der Titelseite, die dank einer schlechten Fotomontage so aussahen, als würden sie sich küssen, zwei leere Bierflaschen, deren Pfand sie vermutlich einlösen wollte, ein Marmeladenglas, aus dem sich noch etwas herauskratzen ließ, sogar ein paar zusammengeknüllte Taschentücher. Ganz schöne Sauerei, dachte Ole und bezweifelte, dass die alte Dame das wegräumen würde, wenn sie wieder aufgewacht war.

Er sah den kleinen Hügel zur Kirche hinauf und ließ sich von dem Anblick des schiefen Kirchturms einfangen. Pastor Mielke … Ole war nicht gläubig, aber er hatte mit dem Gedanken gespielt, dem Pastor alles zu gestehen. Sich dem Urteil Mielkes auszuliefern. Dann hatte er die Idee wieder verworfen. Was sollte das bringen? *Wem* sollte das etwas bringen?

Er überlegte, ob er sich neben die alte Frau setzen sollte. Ihr Kinn ruhte auf der Brust, das Kopftuch war ein wenig verrutscht. Sie trug eine Adidas-Regenjacke, die so gar nicht zu dem grauen Rock und den dunkelbraunen Stützstrümpfen passen wollte und die sie bestimmt ebenfalls irgendwo gefunden oder von der Wäscheleine gezogen hatte. Die beigefarbenen Gesundheitsschuhe waren durchgelaufen, die Nähte spannten, an der Außenseite des linken Schuhs war ein länglicher Riss. Die Frau tat ihm leid. Ole kannte niemanden, der auch nur ein warmes Wort für sie übrig gehabt hätte; sie wurde gemieden, wo sie nur auftauchte. Pastor Mielke kochte ihr hin und wieder eine Suppe. Sie hatte nicht darum gebeten, saß einfach alle paar Tage um 17 Uhr in der Kirche und wartete. Mielke hatte das irgendwann herausgefunden, seitdem schaute er jeden Tag nach ihr, und wenn sie da war, brachte er ihr etwas. Auch sie redeten nicht, sie dankte ihm nicht, und er forderte es nicht ein. Ole wusste das, weil Mielke es Lucy erzählt hatte. Lucy, die sich um alles und jeden Sorgen machte und die Mielke gefragt hatte, ob man der alten Frau nicht irgendwie helfen konnte. Oh Scheiße, Lucy.

Ole stellte sich die Zukunft vor. Sah sich und Lucy als Familie. Verheiratet, mit Haus und Garten, mit Scheißkännchen auf der Scheißterrasse oder, viel realistischer, in einer fensterlosen Kellerwohnung ohne Heizung. Er ohne Ausbildung, Lucy vielleicht sogar ohne Schulabschluss. Je nachdem. Ein Wahnsinn war das. Dann sah er sie als alleinerziehende Mutter, weil sie ihn fortgejagt hatte oder er von selbst im Streit gegangen war, sah sich in irgendeiner Stadt katzbuckeln in dem Versuch, den Unterhalt für das Kind zusammenzukratzen, sah sich als alleinerziehenden Vater, weil sie vor ihm und ihrem Kind geflüchtet war, ihm das Baby vor die Tür gelegt hatte, ohne Angabe einer Adresse.

Wer wusste schon, wie sich alles entwickelte? Seine Zukunft jedenfalls war verbaut. Katenbüll verlassen? Gitarre studieren? Gemüsebauer werden? Jetzt noch? Mit dieser Nachricht? Oder jetzt erst recht? Sie waren ja nicht mal ein richtiges Paar. Verliebt, ja. Ziemlich sogar. Er zumindest. Aber sie war siebzehn und er einundzwanzig. War das nicht sogar verboten, was er gemacht hatte? Was er versehentlich gemacht hatte? Vielleicht kam er ja ins Gefängnis. Und auch wenn sie achtzehn sein würde, wenn ihr Kind auf die Welt kam, und dann keiner mehr etwas sagen konnte – war das nicht alles durch und durch und von Anfang an eine total verkorkste Fehlkonstruktion?

Gestern Abend war sie zu ihm gekommen, aufgelöst, hatte gerade einen Schwangerschaftstest gemacht, begriffen, was die Färbung zu bedeuten hatte, und war ausgeflippt. Hatte ihn geschlagen, geküsst, ihm ihre Liebe versichert, dann behauptet, dass sie ihn hasse, weil er ihr das Leben versaut hätte und weil er geschworen hatte, rechtzeitig aufzuhören, bevor etwas passieren konnte.

Er hatte erst gar nichts gesagt, sich dann kurz sogar gefreut, Idiot, der er war, hatte ein kleines, süßes, unschuldiges Baby vor sich gesehen, das seine Züge trug, dann an seinen Vater gedacht, an sein Leben, seine Zukunft, hatte die bloße Panik bekommen und etwas von Abtreibung geschrien, es sofort wieder zurückgenommen, erschrocken über sich selbst, wo er doch das Leben so schätzte.

Sie hatte geweint, gerufen, sie bekäme das Kind und er würde immer nur so philosophisch tun, einen auf Künstler machen, so als wäre Katenbüll zu klein für ihn, aber eigentlich wäre er auch nur ein Arsch so wie alle anderen hier.

Ole hatte sie beruhigen, in den Arm nehmen wollen, aber sie hatte sich losgerissen und war auf die Straße gerannt. Er hatte nicht gewagt, ihr zu folgen, hatte sich stattdessen hingesetzt, fast eine Stunde lang mit zitternden Fingern versucht, in dem Buch von Hubbard zu lesen, dann war er aufgestanden und durch die Nacht gerannt, in der Hoffnung auf eine Eingebung. Oder Erlösung. Aber da war nur Stille gewesen.

Und heute? In der Frühe war er seiner Stiefmutter begegnet, sein Vater hatte noch geschlafen, natürlich hatte er das, Ole hatte gefrühstückt, ganz normal, sie hatten miteinander geredet, ja, das Wetter wurde nicht besser, ein furchtbarer Frühherbst war das, trostlos, deprimierend, dann hatte er sich verabschiedet, etwas von Terminen gefaselt, und seitdem lief er wieder, lief und lief und lief und wollte jetzt nur noch raus aus Katenbüll, in eine andere Umgebung für einen anderen Gedanken.

Er schaute auf die Uhr. Der Bus musste jede Sekunde einfahren. Ein besonders heftiger Windstoß fegte in das Wartehäuschen, sodass Ole seine Kapuze festhalten musste. Die alte Göntje fiel wie hochgehoben vornüber von ihrem Sitz.

«Hey!», schrie Ole und stürzte zu ihr hinüber. Er umfasste ihre Schultern und richtete sie auf. Versuchte es zumindest. Als er ihren Kopf hob, ihr ins Gesicht sah, erschrak er so sehr, dass er sie wieder losließ. Sie rutschte vom Sitz, ihr Kopf stieß gegen die Kante. Er hatte es vorher nicht sehen können, aber ihre Augen waren geöffnet. Waren die ganze Zeit geöffnet gewesen. Nur dass sie ihn nicht ansah. Oder überhaupt irgendjemanden oder irgendetwas. Sie hielt immer noch den Müllsack umklammert, als wäre er das Einzige, was zählte, der größte Schatz der Welt. Ein Schatz, den sie nie mehr loslassen würde.

*

Sie waren zu dritt gekommen, Sörensen, Jennifer und POM Faltermeyer mit einer großen Rolle Absperrband. Es war genau zehn Uhr. Sörensen kniete sich vor die auf dem Boden liegende Frau, erkannte sie als die wieder, die er bei seiner Ankunft am Tag zuvor noch sinnlos gegrüßt hatte, und betrachtete das faltige, verwitterte Gesicht mit den heruntergezogenen Mundwinkeln, das nun wirklich allen Grund hatte, schlechte Laune auszustrahlen. Er atmete tief durch. Zwei Tage, zwei Tote. Wenn das so weiterging mit ihm und Katenbüll, dann war die Stadt pünktlich zu seinem zehnjährigen Dienstjubiläum ausgestorben. Ole Kellinghusen stand zitternd in der anderen Ecke des Wartehäuschens und wirkte wieder wie der Teenager, der er vor kurzem noch gewesen war. Unsicher, mit viel zu vielen, viel zu langen Gliedmaßen in schlingernder Körperlichkeit, hineingeworfen in eine Welt, von der er genug begriffen hatte, um sie zu fürchten, aber zu wenig, um sie zu verstehen. Jennifer näherte sich ihm behutsam. «Ole?», fragte sie.

Ole nickte. Jennifer lächelte.

«Sie waren doch gestern schon mal Thema bei uns. Nicht dass das noch zur Dauereinrichtung wird …»

Ole war klar, dass sie das zur vorsichtigen Auflockerung gesagt hatte. Wenn du wüsstest, dachte er und versuchte scheu, das Lächeln zu erwidern.

«Ist ein ganz schöner Schock, was?», fragte sie und legte ihm die Hand auf den Arm. «Das erste Mal, dass Sie mit so was konfrontiert werden?»

Ole nickte und war gedanklich längst nicht mehr bei der alten Frau. Das also war Lucys Mutter. Mit dieser Polizistin, die ihn da zu beruhigen versuchte, würde er demnächst verwandt sein. Irgendwie zumindest. Und dann würde sie, zumindest in dem Moment, in dem sie es erfuhr, dieselbe Hand nicht mehr auf seinen Arm legen, sondern ihm eine schallern. Und zwar zu Recht.

«Ich muss Ihnen ein paar Fragen stellen», sagte sie. «Geht das?»

«Ich kann gar nichts groß … ich würde ja. Aber ich weiß nicht.»

«Und in der richtigen Reihenfolge heißt das …?»

«Das heißt, dass ich den Bus nehmen wollte, die Frau saß auf dem Sitz da, der Wind kam, sie fiel runter.» Ole war ja nun wirklich nicht auf den Mund gefallen, aber das alles hier machte ihn dann doch nahezu sprachlos. «Mehr … mehr weiß ich nicht», stammelte er.

«Und dann haben Sie die Polizei gerufen und nicht den Notarzt. Warum?»

«Was soll ich denn mit dem Notarzt? Die Frau ist tot.»

«Und du hast versucht, ihr aufzuhelfen. Und die Blutergüsse am Hals gesehen», sagte Sörensen, der immer noch über die Leiche gebeugt war.

«Ja.»

Sörensen winkte Jennifer zu sich. Faltermeyer hatte mittlerweile den kompletten Tatort mit Absperrband umwickelt und machte erst einmal Pause. Er war in seiner Tätigkeit nicht weniger ambitioniert gewesen als der Kollege Dhonau gestern, es würde für die Polizisten und Ole schwer werden, aus dem Wartehäuschen überhaupt wieder hinauszukommen. Jennifer beugte sich zu Sörensen hinunter. Er zog mit einem Kugelschreiber das Halstuch der Frau nach unten. Um ihren Hals verlief eine durchgehende blaue Linie, fast wie eine Tätowierung oder ein in den Körper eingearbeitetes Halsband. «Erdrosselt», sagte er und ließ das Halstuch los. «Mit einem Draht oder einem dünnen Gürtel.»

«Scheiße», sagte Jennifer.

«Kennst du die?»

Jennifer nickte. «Göntje Fuhl. Die kennt hier jeder. Wie nennt man das, wenn jemand so ein bisschen verrückt ist und trotzdem irgendwie geduldet wird?»

«Schwiegermutter?»

«Sehr flach, Sörensen.»

«Faktotum?»

«Nee. So ähnlich.»

«Unikum?»

«Genau. So ein Unikum war die. Ist den ganzen Tag durch Katenbüll gelaufen und hat Sachen eingesammelt. Kein Wort gesprochen hat die. Ich weiß nur, dass die mal verheiratet war, mit einem Hilfsarbeiter vom Husumer Hafen, und als ihr Mann gestorben ist, ist die seltsam geworden. Hat immer weniger mit den Leuten geredet und irgendwann gar nicht mehr. Ist buchstäblich verstummt. Aber wie ein Phantom überall aufgetaucht. Und immer mit so einem Müllsack. Für die Kinder war die eine Hexe. ‹Wenn du nicht aufpasst, holt dich die alte Göntje.›»

«Huh.»

«Das ist so ein geflügeltes Wort hier. Na ja, aber sie war harmlos.»

«Apropos Müllsack», mischte sich Faltermeyer ein, den Sörensen und Jennifer gerade angenehm vergessen hatten. «Den hat doch jemand aufgeschlitzt.»

«Meinen Sie?», fragte Sörensen und ärgerte sich, dass ausgerechnet Faltermeyer als Erster seine Aufmerksamkeit auf den Müllsack gerichtet hatte.

«Ja klar. Sieht man doch.» Faltermeyer genoss seine fünf Minuten. «Ich sag mal, das war so: Die Göntje hat was in ihrem Müllsack gehabt, was der Täter nicht wollte, was dadrin ist. Da hat der die abgepasst oder verfolgt, und eines kam zum anderen. Gestritten haben die nicht groß, behaupte ich mal, wie auch, wenn die Göntje nichts sagt. Aber gewehrt hat die sich. Kann man ja verstehen. Und da hat der das dann halt auf andere Weise gelöst. Die Göntje erdrosselt, den Sack geöffnet, das, was auch immer dadrin wichtig war, rausgeholt, und nichts wie weg. Aber vorher die Göntje noch schön auf den Sitz da gesetzt. Damit das nicht so schnell auffällt, dass die tot ist.»

Sörensen richtete sich mühsam auf. Sein lädierter Fuß machte schon wieder Probleme. «Stellt sich die Frage, wo sie vorher war.»

«Bei mir.»

Sörensen und Jennifer drehten sich um. Auf der anderen Seite des Absperrbands stand ein kleiner, jugendlich wirkender Mann in Jeans, Rollkragenpullover und schwarzem Jackett, der einen großen schwarzen Schirm über seinen Kopf hielt. Viel schien er allerdings nicht zu nützen, denn das Wasser fiel in großen Tropfen von seinen dunkelblonden Haaren auf die sportlich breiten Schultern.

«Pastor Mielke», sagte Jennifer überrascht.

«Entschuldigung. Ich war neugierig», sagte Mielke. «Der Auflauf hier ist von da oben nicht zu übersehen.» Er zeigte auf die Kirche hinter sich, die in düsterer Gelassenheit über den Dingen thronte und dem ewig währenden Unwetter trotzte.

«Ich bin Hauptkommissar Sörensen», sagte Sörensen und streckte dem Pastor zwischen zwei Absperrbändern die Hand entgegen.

Mielke schlug ein. «Ah, der Nachfolger vom Kappler, ja?»

«Richtig. Sie sagten gerade, die Frau Fuhl war bei Ihnen?»

«Na, nicht direkt bei mir. Bei den Mülltonnen. Hab sie gesehen. Vor einer Stunde vielleicht.»

«Und?»

«Na, nix und. In Ruhe gelassen habe ich sie.»

Sörensen fand, Mielkes Körperhaltung hatte etwas Rebellisches an sich. Er erinnerte eigentlich eher an eine Mischung aus James Dean und Marlon Brando als an einen Geistlichen.

«Das hat die öfter gemacht, ja?», fragte Sörensen.

«Jeden Tag hat die das gemacht», sagte Mielke. «Konnte man fast die Uhr nach stellen. Ist ja auch immer dieselbe Strecke gegangen.»

«Klingt nach einer Art Zwang.»

Mielke nickte. «Vielleicht, ja. Jeder Mensch hat seine Mechanismen. Klammert sich an etwas. Vielleicht brauchte sie diese Struktur in ihrem beschissenen Scheißleben.»

Sörensen hob die Augenbrauen. «Sind Sie sicher, dass Sie hier der Pastor sind?»

«Worauf Sie einen lassen können», sagte Mielke und suchte in seinem Jackett nach einem Taschentuch. Jennifer reichte ihm eines und konnte sich ein Grinsen nicht verkneifen.

«Ist er», bestätigte sie. «Oh ja.»

«Und da hat Frau Fuhl dann also Ihre Mülltonnen durchwühlt, *Pastor* Mielke?» Sörensen betonte das Wort aus Gründen der eigenen Rückversicherung. Katenbüll steckte voller wundersamer Begegnungen.

«Wie gesagt. Manchmal hab ich ihr extra was reingelegt. Gerade erst abgelaufene Lebensmittel und so. Die Leute schmeißen viel zu viel weg. Ich auch.» Mielke schniefte. «Woran ist sie gestorben?»

Faltermeyer trat einen Schritt nach vorn. «Das ist hier 'ne laufende Ermittlung, Herr Pastor», sagte er gewichtig. «Da können wir leider nix zu sagen.»

«Sie waren lange nicht mehr in der Kirche», sagte Mielke, aber er sagte es ohne Vorwurf. Faltermeyer warf es trotzdem aus der Bahn. «Keine Zeit. Ganz wenig Zeit», murmelte er betroffen. «Und meine Frau … na ja, die glaubt nicht so richtig dran, wissen Sie ja.»

«Recht hat sie.» Der Pastor strich sich etwas Wasser von den Schultern. «Besser so und mit 'ner klaren Haltung als dieses Rumgeeiere jeden Sonntag. Was soll ich mit 'ner vollen Kirche, und da wird dann der teure Sauerstoff verbraucht von lauter Spinnern, die nichts mit Gott am Hut haben?»

«Hatte Göntje Fuhl etwas mit Gott am Hut?», fragte Sörensen.

«Keine Ahnung. Jetzt auf jeden Fall», antwortete Mielke. «An einer

Bushaltestelle zu sterben hat ja auch irgendwie was Symbolisches, finden Sie nicht?»

«Sie sind nicht gerade voller Mitgefühl», stellte Sörensen fest.

Mielke sah ihm fest in die Augen. «Ich war voller Mitgefühl, als sie noch gelebt hat, Herr Hauptkommissar … wie war der Name noch mal?»

«Sörensen.»

«Sörensen. Keine Freunde, keine Verwandten, kein Geld, keine Aufgabe, niemanden, der sie gebraucht oder gemocht hätte. War einfach nur da, wie ein dunkler Fleck auf der Haut. Es kann einen wahnsinnig machen, wie ungerecht die Welt manchmal ist, oder? Ein Leben voller Pech und Unglück – und am Ende dann dieser Abgang. An einer Bushaltestelle. In Katenbüll. Das nenn ich Tragik. Da, wo sie jetzt ist, geht es ihr mit Sicherheit besser. Warum sollte ich da also trauern?»

«Weil Sie ein Pastor sind?»

«Sie haben nichts verstanden, Herr Sörensen.»

«Möglich.»

Sörensen hatte das in seiner grundsätzlichen Unentschlossenheit für sich so geregelt: Er glaubte nicht an Gott, hielt sich aber eine Hintertür offen und bezeichnete sich deshalb als agnostisch. Man konnte ja nie wissen, und da war es besser, sich ein wenig abzusichern. Es war allerdings unwahrscheinlich, dass ausgerechnet Pastor Mielke an diesem Zustand etwas zu ändern vermochte.

«Entschuldigung. Kann ich gehen?», fragte Ole aus dem Hintergrund.

«Gleich», sagte Sörensen und überlegte, wie sie alle ohne größere Slapstick-Einlage durch die mehrfach und kreuz und quer um das Wartehäuschen gezogenen Absperrbänder gelangen sollten.

Pastor Mielke wandte sich an Ole, als nähme er ihn jetzt zum ersten Mal wahr. «Hast du die alte Göntje gefunden?», fragte er überrascht.

«Ja», sagte Ole und biss sich auf die Lippen.

«Wenn du Beistand brauchst, kannst du zu mir kommen. Jederzeit. Das weißt du, oder?»

Ole nickte. Sörensen mochte es nicht, wenn jemand auf seiner Party ungefragt den Gastgeber gab. «Oder du kommst erst mal zu mir», sagte er eine Spur zu scharf. «Und verrätst mir mal, wo du hinwolltest, warum du so schnell nacheinander in zwei Gewaltakte verwickelt bist und ob der eine mit dem anderen vielleicht etwas zu tun hat.»

«Was? Nein!», empörte sich Ole und konnte sich bei zuckendem Finger gerade noch zurückhalten, Sörensen den Vogel zu zeigen. Sörensen glaubte natürlich selbst nicht an einen Zusammenhang, fühlte sich aber auf irgendeine abseitige Weise von Pastor Mielkes Lässigkeit herausgefordert und wollte zumindest die Deutungshoheit behalten. Jennifer sah ihn irritiert an.

«Okay», sagte er, «schon gut, schon gut.» Er sah in den strafend schwarzen Himmel und danach zu Ole. «Das war vielleicht ein bisschen drüber», gab er zu. «Nichts für ungut.»

«Läuft», sagte Ole verwundert. Wann entschuldigte sich schon mal die Polizei bei einem? Sörensen warf einen letzten Blick auf die alte Göntje, die schon sehr bald selbst in einen allerdings schwarzen Plastiksack gesteckt werden und deren Verschwinden dem Weltenlauf egal sein würde.

«Wir brauchen die Spurensicherung, einen Transport in die Gerichtsmedizin und die Adresse von Frau Fuhl. POM Faltermeyer?»

Polizeiobermeister Faltermeyer streckte sich in Erwartung einer Belobigung.

«Sie durchsuchen den restlichen Müll hier», sagte Sörensen und zeigte auf den Beutel. Faltermeyer sackte in sich zusammen. «Eine genaue Auflistung dessen, was Sie gefunden haben, bitte», fuhr Sörensen fort und freute sich über Faltermeyers Reaktion. «Und dann rekonstruieren Sie den Weg, den Frau Fuhl heute zurückgelegt hat. Fragen Sie die Anwohner, ob sich wer an sie erinnern kann, und wenn ja, um welche Uhrzeit sie da war. Und dann versuchen Sie, eine Idee zu entwickeln, wer auf ihrem Weg als Täter in Frage kommt.»

Faltermeyer nickte und hob die Hand an die Mütze. Zumindest der letzte Teil seines Auftrags gefiel ihm. Sörensen hob einen Schlüssel in die Höhe. «Der hier war in ihrer Jackentasche. Weiß jemand der Anwesenden zufällig, wo sie gewohnt hat? Also, wo genau?»

Die alte Göntje

Göntje Fuhls Wohnung lag im Souterrain und befand sich tatsächlich dort, wo Sörensen die alte Frau zum ersten und letzten Mal lebendig gesehen hatte: an der Zufahrtsstraße nach Katenbüll. Jennifer und er standen vor der Haustür. Im Sekundentakt fuhren Autos vorbei und machten nicht wenig Lärm, vor allem, wenn sie die schwarze Drecksbrühe aus den Senken auf den Gehweg schleuderten. Die meisten waren zu schnell unterwegs. Hier Blitzer aufstellen, dachte Sörensen, schrieb ein inneres Memo und betrachtete die Klingelschilder. Sechs Parteien, drei der Namen klangen polnisch. Das graue Mehrfamilienhaus war geradezu beleidigend schlicht und stammte in seiner pragmatischen Seelenlosigkeit wahrscheinlich aus den Sechzigern.

«Moment», sagte er und schickte noch schnell eine SMS ab. Dann schloss er auf und betrat mit Jennifer den weiß gefliesten Hausflur. Hinter der Eingangstür aus Glas stand ein mit brauner Brühe befüllter Putzeimer, daneben ein nasser Feudel, vor der linken Wohnung im Erdgeschoss zwei Paar Kinderschuhe und lilafarbene Crocs für Erwachsene. Auf der rechten Seite fiel vor allem die Fußmatte auf, auf der ein Stiefel ein Hakenkreuz zertrat und der Schriftzug *Gegen Nazis* zu lesen war. Hinter der Tür sangen die Ramones passend vom *Blitzkrieg Bop*, allerdings in äußerst moderater Lautstärke. Hier hörte der Punk offenbar auf. Sörensen und Jennifer schritten an den Türen vorbei und nahmen die Stufen nach unten, ihre Schuhe quietschten, ihre Schritte hallten im Treppenhaus wider.

Im Keller befand sich auf der linken Seite die Waschküche, in der gerade eine Maschine den Schleudergang startete, auf der rechten die Tür zu Göntje Fuhls Wohnung. Die Decke war hier deutlich niedriger als oben, vielleicht gerade einmal zwei Meter hoch. Sörensen nahm schon vor der Tür der alten Frau einen strengen Geruch wahr, der nicht aus der Waschküche kam. Schon wieder, dachte er. Katenbüll steckte voller Gerüche. Er drehte den Schlüssel im Schloss herum und gab Jennifer das Zeichen einzutreten. Die Tür schwang einige Zentimeter auf, dann blockierte sie. Die beiden Polizisten sahen sich an. Sörensen lehnte sich mit der rechten Schulter dagegen und ächzte. Es kostete ihn einiges an nicht vorhandener Kraft, sie weit genug zu öffnen, um sich hindurchzwängen zu können. Schließlich schob er sich seitlich hindurch, Jennifer folgte ihm mit kurzen Trippelschritten.

«Um Himmels willen», sagte sie und hielt sich die Nase zu. Sie hatten beide noch nie so ein Chaos gesehen. Das Einzige, was hier nicht mit irgendeinem Gegenstand bedeckt war, waren die Wände. Dort hing außer Spinnweben kein einziges Bild, keine einzige Erinnerung an bessere Tage, dafür war die Tapete an manchen Stellen abgeblättert und gab bröckeligen Putz frei. Die Fußböden in Flur, Wohnraum, Küche und Badezimmer hingegen waren übersät mit Müll. Nur ein schmaler Trampelpfad führte in den Wohnraum, der gleichzeitig als Schlafzimmer diente.

Sörensen schaltete das Licht ein, ignorierte seinen erneut rebellierenden Magen, holte tief Luft und ging voraus. Er rechnete jeden Augenblick mit Ratten oder Schlimmerem. Die Tür zum Wohnraum war angeschimmelt, in dem Zimmer selbst war die Matratze in der Mitte frei, dahinter, daneben und davor aber türmten sich leere Flaschen jeglicher Art: Bier, Wein, Cola, Schnaps, Apfelsaft. Geöffnete Raviolidosen, vergilbte Zeitungen, Blumentöpfe, Sprühflaschen und Pappkartons bildeten eine Patchworkfamilie und teilten sich einen einzigen Quadratmeter. Alles war ineinander verschachtelt, gestapelt; einer eigenen, undurchsichtigen Ordnung folgend, türmte sich der Müll wie eine Schanze die jeweilige Wand hinauf. Auf dem Fernseher standen drei leidlich ausgewaschene Honiggläser, in denen Teelichter für Gemütlichkeit sorgen sollten. Eine verdreckte Kaffeemaschine rostete neben der Matratze vor zwei Tellern, auf denen gebrauchte Kaffeefilter von einem Werbeprospekt und Schallplatten von Peter Alexander zerdrückt wurden. Zwei zusammengeklappte Balkonstühle ohne Auflage, eine Plastikmülltonne, die eigentlich vor das Haus gehörte und überquoll vor fauligen Essensresten, ein Sonnenhut, sogar Kinderspielzeug, und überall dazwischen Papiere, Dokumente, ungeöffnete Briefe, Umschläge, die nicht mal an sie adressiert waren.

Das alles hatte Göntje Fuhl entweder absichtlich so arrangiert, oder es hatte sich mit der Zeit so ergeben – jedenfalls war ihr Zuhause eine einzige, unzugängliche Mülllandschaft, die auf gewisse Art schon fast Kunst war.

«Mir ist so schlecht», jammerte Jennifer.

«Was glaubst du, was da alles unter dem Zeug lebt?», murmelte Sörensen.

«Das ist nicht hilfreich», fauchte sie. «Ich fass hier nichts an!»

«Solltest du auch nicht. Jetzt mal ehrlich, weißt du, was das hier ist?»

«Eine verdammte Messie-Hölle ist das!»

Sörensen trat versehentlich auf einen Adventskranz, dessen Nadeln in alle Himmelsrichtungen davonstoben. «Nee», sagte er. «Konsumkritik. Gelebte Konsumkritik.»

«Du musst nicht ausgerechnet jetzt witzig werden.»

«Ich überspiel nur meinen Ekel.» Sörensen hob die Hände und berührte mit der Schuhspitze einen blühenden Pizzakarton. «Mein Gott, die arme Frau. Die hat die halbe Stadt zusammengetragen. Da muss die Spusi ran. Wer weiß, was wir da alles finden.»

«Ich kann nicht glauben, dass es so etwas in Katenbüll gibt», sagte Jennifer. «Ich meine, in Hamburg, okay. In Berlin. Aber bei uns?»

Sörensen überlegte, ob er die Jalousien an den beiden schmalen Fenstern hochlassen sollte, entschied sich aber dagegen. Bloß kein unnötiges Licht ins Dunkel bringen. «Na ja, also, so was wie Katenbüll gibt es gar nicht», sagte er stattdessen.

«Wie bitte?»

«Na ja, findest du jetzt bestimmt komisch, wenn ich das sage. Aber es gibt das ja gar nicht, das eine Katenbüll. Es gibt unendlich viele Katenbülls, gibt das. Jeder, der hier wohnt, hat sein eigenes Katenbüll, jeder Tourist natürlich auch. Mein Katenbüll zum Beispiel besteht bis jetzt nur aus Regen, Tod und Bratkartoffeln. Für Göntje Fuhl, weiß ich nicht, da wird Katenbüll eine andere Art von Hölle gewesen sein. Für dich ist es Heimat. Ein weitestgehend freundlicher Ort. Sonst wärst du doch längst nicht mehr hier. Kind hin oder her. Hättest du dir untern Arm geklemmt und wärst weggezogen.»

«Na ja», sagte Jennifer. «Das hat nicht immer was mit Heimat zu tun. Manchmal kommt man auch nur einfach nicht weg.»

Sörensen richtete sinnlos einen umgefallenen Kerzenhalter auf und löste damit an der linken Wand einen Müllrutsch aus. «Scheiße», sagte er und hob die Füße aus dem Verpackungsmeer. Er hoffte, es wirkte nicht zu unsympathisch, aber manchmal, er wusste auch nicht, wieso, verspürte er einfach den Drang zu dozieren. Vielleicht ein unbewusster Trick, den ganzen Schmutz nicht zu nah an sich heranzulassen.

«Weißt du, es ist so», sagte er also, wohl wissend, dass Sätze, die mit *Weißt du, es ist so* begannen, keine guten Sätze werden konnten. «Es werden sich alle, die Katenbüll kennen, einig sein, dass da oberhalb der Bushaltestelle eine Kirche steht, dass es ein Rathaus und einen Marktplatz gibt. Klar, das sind ja die … das sind ja die

Schnittmengen. Das sind Fakten. Fakten sind das. Die kann ja keiner leugnen.»

Jennifer blickte ihn missbilligend an. Sörensen hob eine billige Schneekugel hoch, aus der ein Weihnachtsmann mit Knollennase winkte.

«Aber schon wenn es darum geht, ob die Kirche schön ist oder langweilig oder vielleicht sogar eher beklemmend, gibt es unendlich viele Sichtweisen», fuhr er fort. «Und sie sind alle richtig. Denn jeder Kopf ist sein eigenes Universum. Für Menschen, die noch nie in Katenbüll waren und nie etwas darüber gelesen oder gehört haben, existiert das gar nicht. Katenbüll. Völlig unabhängig davon, ob da irgendwo ein paar Steine und Menschen in der Gegend herumstehen oder nicht. Was sich nicht in deinem Gehirn festsetzt, ist nicht da. Zumindest nicht in deiner Welt. Es gibt nichts außerhalb deines eigenen Gehirns. Wir sind alle in sich abgeschlossene Systeme. Verstehst du, was ich meine?»

Jennifer zeigte ihm den Vogel, den Ole vor kurzem noch unterdrückt hatte. «Philosophie-Grundkurs auf der Müllkippe. Super, Sörensen. Ich würd jetzt gerne mal raus hier.»

Sörensen nickte. Das war eine angemessene Reaktion, das musste man zugeben. Auf dem Weg hinaus warf er einen genaueren Blick in das Badezimmer. Die Toilettenschüssel war braun, das Waschbecken auch. In der Dusche standen ein Bügelbrett und zwei mit Konserven bestückte Holzregale. Er kämpfte ein weiteres Mal mit seiner Übelkeit. Sie verließen die Wohnung, zogen die Tür hinter sich zu, stiegen die Treppen wieder hinauf, und Sörensen bemerkte, wie sein vom gestrigen Schlag geschwollenes Gehirn gegen die Schädeldecke stieß.

«Warte mal», sagte er, als sie im Erdgeschoss angelangt waren und klingelte, einem Impuls folgend, bei der Tür mit den Crocs und den

Kinderschuhen. Abgesehen vom Kopfschmerz klebten zwar seine Achseln vor Schweiß, aber er war voller Energie, guter Energie, war ganz bei seinem Beruf, so weit weg von sich selbst, wie es nur irgend möglich war. Das galt es doch auszunutzen.

Und just in dem Moment, als er das dachte, war es auch schon wieder vorbei damit. So war das meistens. In dem Sekundenbruchteil, in dem er bemerkte, dass er angstfrei war, kam die Angst zurück. Die Angst davor, dass alles wieder von vorne losgehen würde. Was es dann augenblicklich tat. Sörensen atmete tief durch und schloss die Augen. Er hätte das Klingeln gerne zurückgenommen. Das Licht hinterließ lange, flackernde, tanzende Schlieren hinter seinen Lidern. Der Flur schien nachzuhallen, obwohl niemand etwas sagte. Sein Gleichgewicht schien gestört. Nach ein paar Sekunden öffnete sich die Tür. Sörensen blinzelte. Er sah eine Frau. Sie war vielleicht Ende dreißig, Anfang vierzig und sah erschöpft aus, mit tiefen Ringen unter den braungrauen Augen. Sie hatte strähnige schwarze Haare, einen formidablen Bauch und sehr dünne Beine in zu engen grauen Leggins. Im Hintergrund spielten zwei oder drei Kinder, so genau war das nicht auszumachen, weil sie durcheinanderschrien. Ob aus Spaß oder im Streit.

«Ja, bitte?», fragte sie misstrauisch.

Sörensen sah auf das Namensschild neben der Klingel.

«Guten Morgen, Frau Szymanek», sagte er und hoffte, er klänge nicht atemlos. «Ich bin Kriminalhauptkommissar Sörensen, das ist meine Kollegin, KOK Holstenbeck.»

Jennifer zeigte sicherheitshalber ihren Dienstausweis vor. Sie hatte ja einen.

«Was ist denn?», fragte Frau Szymanek in hervorragendem Deutsch, sie hatte nur einen ganz leichten Akzent. «Ich habe nichts getan. Mein Mann auch nicht. Alle Papiere sind in Ordnung.»

«Darum geht es gar nicht», sagte Jennifer, hatte aber keine Ahnung, worum es eigentlich ging.

«Sondern?»

«Es geht um Ihre Nachbarin von unten», sagte Sörensen. «Frau Fuhl.»

«O Gott.» Frau Szymanek nickte grimmig. «Das war nur eine Frage der Zeit, bis da die Polizei kommt. Eine furchtbare Frau!»

«Sie ist tot.»

Man sah Frau Szymanek an, dass sie mit sich rang, wie viel echtes Gefühl und wie viel behauptete Trauer sie in ihre Reaktion legen sollte. Sie entschied sich für die Wahrheit, was Sörensen ihr hoch anrechnete.

«Ich kann nicht sagen, dass ich das schlimm finde. Entschuldigung», sagte sie. «Die Kinder hatten Angst vor ihr. Sie war eine böse Frau. Sie hat meinen jüngsten Sohn einmal mit einem Stock geschlagen, als er ihr den Müllbeutel abnehmen wollte. Er hatte es gut gemeint. Jakub hat sehr geweint und sich tagelang geweigert, aus der Wohnung zu gehen.»

«Sie galt eigentlich allgemein als harmlos», sagte Jennifer.

«Nicht in diesem Haus.»

«Hat sie Miete gezahlt?», fragte Sörensen. «Wissen Sie da was?»

«Nein», sagte Frau Szymanek, die keine Anstalten machte, Sörensen und Jennifer hineinzubitten. «Aber wir haben uns das schon oft gefragt, mein Mann und ich, wie die das macht. Wir arbeiten hier alle bei der Firma, denen gehört auch das Haus, und da …»

«Der Firma?», fragte Sörensen.

«Sie meint Fleischeslust», sagte Jennifer. «Das ist für alle einfach nur die Firma.»

«Das Haus hier gehört Jens Schäffler?», fragte Sörensen verblüfft.

«Die ganze Straße gehört ihm», sagte Frau Szymanek. «Na ja, fast.

Wir arbeiten in Wechselschicht. Im Moment ist mein Mann dort. Er schlachtet.»

Sörensen rümpfte die Nase. Leider nicht nur gedanklich.

«Ich weiß, das ist ein Job, den keiner machen will», ereiferte sich Frau Szymanek reflexartig. «Ihr Deutschen seid komisch. Ihr verachtet das Töten von Tieren, fresst aber den ganzen Tag Schnitzel und Wurst. Wie soll das gehen, he? Und dann holt man uns, und dann regt ihr euch auf, dass wir euch die Jobs wegnehmen, die ihr überhaupt nicht machen wollt!»

«Ich rege mich nicht auf», sagte Sörensen. «Stimmt ja alles.»

«Aber noch mal zurück zu Frau Fuhl», versuchte Jennifer das Thema zu wechseln.

Frau Szymanek brauchte eine Sekunde, bis sie sich beruhigt hatte, dann beugte sie sich vor. «Wir haben uns oft gefragt, ob die vielleicht nicht rauszuklagen war da unten. Oder ob die da gewohnt hat, weil die vielleicht mit einem der Chefs verwandt ist oder so. Das ist ja kein sozialer Wohnungsbau hier.»

«Vielleicht hat sie auch einfach immer schon hier gewohnt. Da kann man kaum herausgeklagt werden, selbst wenn der Eigentümer wechselt», sagte Sörensen sachlich und nahm Frau Szymanek, die eigentlich gerade anfangen wollte zu tratschen, den Wind aus den Segeln.

«Kann sein», murmelte sie und lehnte sich mit verschränkten Armen wieder zurück an den Türrahmen. «Sie hat nie mit einem von uns geredet.»

«Fällt Ihnen jemand ein, der Grund hätte, sie zu ermorden?», fragte Sörensen.

Frau Szymanek machte große Augen. «Mord?», fragte sie.

«Wer ist ermordet worden, Mamusia?», fragte ein kleiner blonder Junge von vielleicht vier Jahren, der plötzlich zwischen den Beinen seiner Mutter aufgetaucht war.

«Niemand», sagte Frau Szymanek. «Geh wieder zu den anderen.»

«Aber ich will wissen, wer ermordet worden ist», beharrte der Junge.

«Das geht dich nichts an, Jakub.»

«Was ist überhaupt ermordet?»

Sörensen beschloss, hilfreich zu sein. «Wenn jemand gestorben ist, obwohl er das nicht wollte», sagte er. «Durch die Gewalt eines anderen. Schläge zum Beispiel. Oder Schüsse. Oder mit einem Messer.»

Frau Szymanek betrachtete ihn, als hätte er soeben eine fristlose Räumungsklage übermittelt.

«Kann man denn auch sterben, wenn man das will?» Jakub bewies das unverfälschte Interesse intakter Unschuld.

«Das geht schon, ist aber sehr selten», sagte Sörensen und lächelte den Blondschopf aufmunternd an. «Das nennt man Selbstmord.»

«Ach, dann weiß ich», sagte Jakub und lächelte zurück. «So wie Onkel Michal.»

Jennifer zog die Luft ein und Sörensen am Ärmel, Frau Szymanek schimpfte irgendetwas auf Polnisch und schob ihren wild protestierenden und um sich schlagenden Sohn aus dem Flur zurück in ein anderes Zimmer.

«War das nötig?», zischte Jennifer.

«Was denn? Er hat doch gefragt. Es ist viel schlimmer, Kinderfragen nicht zu beantworten. Da richtet die Phantasie dann sonst was an. So weiß er wenigstens Bescheid.»

«Sagt der Vorzeigepapa Nummer eins.»

«Das ist unfair.»

Frau Szymanek kam wenig überraschend schlecht gelaunt zurück. «Hören Sie, ich weiß nichts über Mord oder Nichtmord», sagte sie. «Frau Fuhl hatte keine Freunde, von denen ich wüsste, aber deswegen begeht noch lange keiner einen Mord.»

«Das stimmt», bestätigte Sörensen. «Sonst wären die meisten Menschen tot.»

*

«Sag mal, Sörensen, was ist denn los mit dir?», fragte Jennifer wütend, als sie vor dem Haus standen. «Gestern warst du noch nicht so unsensibel.»

«Gestern war gestern», sagte er brüsk und trat absichtlich in eine Pfütze. Hatte ja eh keinen Sinn, andauernd auszuweichen. «Du kennst mich erst seit zwei Tagen, da kannst du mich ja wohl kaum beurteilen.»

Jennifer ballte die Fäuste und bearbeitete im Stechschritt den Boden, als wäre der an allem schuld. Sörensen fiel ein, was er Lotta einmal erzählt hatte: Wenn sie nur ganz fest aufstampfte, dann fiele auf der anderen Seite der Erde, in Neuseeland, eine Kaffeetasse vom Tisch. Lotta hatte sehr gelacht, extra fest aufgetreten und das Geräusch herunterfallender Kaffeetassen imitiert.

Jennifer sah nicht so aus, als könnte dieses Bild sie im Moment erheitern. Also schwieg auch Sörensen, nutzte das Schweigen zum Nachdenken und verlor endgültig die Konzentration und jeden Bezug zu ihrem Fall. Er spürte der wohlvertrauten Unruhe nach, beobachtete, wie er immer zittriger wurde, immer depressiver, gleichzeitig aggressiver. Und ihm fiel der Grund dafür ein: Das Tavor hatte seine Wirkung verloren. Endgültig. Und wie das nach einer künstlichen Hochstimmung so war, danach war das Loch, in das man fiel, oftmals umso tiefer. Sörensen hatte schlimme Vorahnungen, fühlte tiefe Verzweiflung, große Angst vor der Zukunft, sah sich kilometerweit entfremdet von der neben ihm laufenden Jennifer, von jedem menschlichen Wesen auf diesem Planeten. So konnte das nicht weitergehen. Immer wieder dieser eine Gedanke: So geht das doch nicht weiter. Nicht weiter. Nicht weiter. Katenbüll war eine Sackgasse. Genau wie Hamburg eine Sackgasse gewesen war. Die ganze Welt war eine Sackgasse. Vielleicht hatte Göntje Fuhl es gar nicht so schlecht getroffen, dachte er. Die hatte es wenigstens hinter sich.

«Ich nehm den Bus», sagte Jennifer, als sie den Dienstwagen erreichten.

Sörensen stand vor dem BMW und zuckte mit den Schultern. Es war ihm egal. «Mir egal», sagte er konsequenterweise, gerade laut genug, dass sie es noch hören konnte, dann atmete er fünfmal das kleine, feine *a* ein, stieg ins Auto, klammerte sich für einige Sekunden an das Lenkrad wie an einen Rettungsring, machte Motor und Scheibenwischer an und suchte in der Jackentasche nach seinem Handy. Zwei neue Nachrichten. Die erste war von Malte Schuster. *Pressekonferenz um ein Uhr im Rathaus. Du musst sprechen. Lieben Gruß, Malte* hatte er geschrieben. Lieben Gruß, dachte Sörensen und öffnete die zweite Nachricht. *Ruf mich zurück. Dein Erzeuger* stand da. Sörensen riss sich zusammen und rief zurück. Es dauerte keine fünf Sekunden, da hatte er ihn am Ohr.

«Na, Junge, was geht?»

«Alte Leute, die Jugendsprache imitieren, gehen jedenfalls gar nicht, Papa», sagte Sörensen und griff sich erschöpft an die Nasenwurzel.

«Dir auch einen schönen Tag», erwiderte Vater Sörensen und lachte. Manchmal war es doch von Vorteil, dass er gegen schlechte Schwingungen so resistent war. «Ich hab deine mehr oder weniger freundliche SMS bekommen. Und mich gleich hinter den Rechner geklemmt.»

«Schön.» Sörensen überlegte, aus umweltfreundlichen Gründen den Motor wieder auszustellen, aber irgendwie hatte er gerade Lust, die Gegend zu verpesten.

Sein Vater räusperte sich enttäuscht, er hatte wohl mehr Enthusiasmus erwartet. «Ich finde, dieses Wunder der Technik ist unglaublich. Ist doch unfassbar, dass sich so ein ganz normaler Mensch wie ich hinsetzen und vom Schreibtisch aus andere Leute ausspionieren kann, ich meine, das ist doch toll, oder? Sag doch mal, oder?»

«Du bist kein ganz normaler Mensch, und du hast das mitentwickelt, ich weiß», sagte Sörensen lahm.

«Das ist nicht der Grund, warum ich das erwähne.»

«Doch. Und weil du gelobt werden willst.»

«Das stimmt.»

«Diese Spioniererei hat aber definitiv seine zwei Seiten. Mindestens.»

«Jetzt komm mir nicht mit der Moralkeule. Du hast mich doch sogar angestiftet.»

Sörensen trat im Leerlauf aufs Gaspedal. «Schon gut. Was hast du?»

«Ich hab mich ein bisschen durch die Gegend gehackt. Hilda Hinrichs hieß früher König. Mädchenname, verstehst du?»

«Ich kann folgen, Papa.»

«Na ja, jedenfalls hat ein Klassenkamerad auf so einem Wir-sind-alle-ehemalige-Schulfreunde-und-halten-Kontakt-obwohl-wir-uns-schon-damals-scheiße-fanden-Portal ein Foto gepostet, auf dem sie mit diesem Jens Schäffler mehr als nur Händchen hält. Ein romantischer Angeber-Urlaub auf Lanzarote.»

«Wann war das? Kann man das erkennen?»

«Man kann. Vor ziemlich genau dreizehn Jahren.»

Sörensen war kein Rechengenie, aber ein Aspekt drängte sich ihm dennoch auf. «Hinrichs' Sohn ist zwölf», stellte er fest.

«Na, das war ja ein Gedränge damals.»

Sörensen dachte nach und schaffte es in diesem Zusammenhang, seine Befindlichkeiten ein ganzes Stück nach hinten zu drängen.

«Sag mal, du als IT-Genie», sagte er, «kommst du in Schäfflers Computer?»

«Mit der IP-Adresse vielleicht. Aber ich muss dann irgendwie durch die Firewall.»

Sörensen grinste, ja, tatsächlich, er grinste, und kehrte endgültig ins Hier und Jetzt zurück. «Warte, vergiss das, ich hab eine andere Idee», sagte er. «Schäfflers Handynummer dürfte nicht schwer zu beschaffen sein, oder?»

«Nein. Das ist einfach.»

«Okay. Hilda Hinrichs' Nummer bekommst du über den Kirchenchor von Katenbüll heraus. Du rufst da an, sagst, du hast den Chor singen gehört, bist neu in der Stadt, willst mitsingen und der Leiterin eine Nachricht schreiben, blablabla.»

«Jetzt soll ich auch noch für dich lügen», sagte sein Vater trocken.

«Das kannst du ja auch mal für mich tun. Geübt hast du schließlich genug.»

«Ich bin ja eigentlich in Rente.»

«Dann hast du wenigstens eine Aufgabe. Kannst du als angeblicher Jens Schäffler Hilda eine SMS schicken? Den Text gebe ich dir.»

«Können könnte ich schon.»

«Na also.»

«Du weißt aber, dass das illegal ist? Und dass ich dich gnadenlos mit reinziehe, wenn ich in den Knast muss?»

Sörensen schlug sich das Handy mehrmals gegen die Bartstoppeln. «Oha, ein Funkloch», sagte er. «Ich melde mich, wenn es losgeht.»

*

Jan Hinrichs schlug die Augen auf und sah trotzdem nichts. Es war stockdunkel. Er lag auf dem Rücken, auf einer Matratze, er langte nach rechts, da war unverputzte Wand. Er setzte sich auf und stieß sich den Kopf. Mit der flachen Hand fühlte er, dass dicht über ihm die Decke war. Entweder er lag so hoch, oder dieser Raum war niedrig, sehr, sehr niedrig. Ja, das war er. Links von sich ertastete er den Boden. Er rutschte von der Matratze und versuchte es noch einmal mit dem Hinsetzen. Jetzt ging es, gerade so. Er schob sich auf dem Hintern einen Meter weiter nach links, schon kam die nächste Wand. Egal, in welche Richtung er sich bewegte, er stieß bald gegen Widerstand. Es war muffig, die Luft war knapp, er hatte das Gefühl, Staubpartikel einzuatmen, und geriet nur deshalb nicht in Panik, weil er für einen Zwölfjährigen schon zu viel erlebt hatte.

«Hallo?», rief er.

Seine Stimme klang so trocken und hohl wie früher, als er sich aus Spaß einen Pappkarton übergestülpt und behauptet hatte, er wäre ein Roboter. Niemand antwortete ihm, kein Geräusch war zu hören außer seinem eigenen Atmen und Scharren. Er hatte keine Ahnung, wo vorne und hinten, wo links und rechts sein mochte. Vor lauter Hin-und-her-Wenden, vor lauter Rotieren um die eigene Achse hatte er gänzlich die Orientierung verloren.

Er stieß mit der Hand gegen einen Teller, der überlaut klirrte. Er griff danach, fühlte etwas Hartes und führte es an die Nase. Brot, dachte er. Brot. Er aß nichts davon, hatte keinen Hunger, dafür jetzt schon Durst. Und zu trinken schien es nichts zu geben. «Hallo?», rief er noch einmal, etwas lauter, aber er wusste, dass das sinnlos war. Wie wahrscheinlich war es wohl, dass jetzt hier irgendwo eine Klappe aufging und ihn ein freundlicher Mensch aus seinem Gefängnis befreite, ihm erklärte, dass alles nur ein dummes Missverständnis war? Oder ein notwendiger, kurzfristiger Schutz gegen was auch immer? Nein, es würde niemand kommen. Außer wenn dieser Niemand es selbst so wollte. Es war ja kein Zufall, dass er hier war. Das hatte schließlich seinen Sinn. Alles hatte irgendeinen Sinn. Vielleicht, genau, vielleicht war er ja tot. Vielleicht war das die Hölle, sah so das Leben nach dem eigentlichen Leben aus. Da würden sich aber einige wundern, später.

Er kroch zu der Matratze zurück, legte sich auf die Seite, zog die Beine an den Körper und versuchte sich zu erinnern. Er war um acht Uhr abends nach Hause gekommen, er hatte einfach nicht gewusst, wo er hinsollte, und war den ganzen Nachmittag mit seinem Fahrrad in der Gegend herumgefahren, hatte sich vor die Häuser und Einfahrten seiner Freunde gestellt, nirgendwo geklingelt, sich schlicht nicht getraut, hatte Kilometer um Kilometer zurückgelegt, im strafenden Regen, den durchweichten Klamotten, bis er nicht mehr gekonnt hatte und in einem Akt der Erschöpfung dahin zurückgefahren war, wo er nie wieder hinwollte.

Seine Mutter hatte nicht einmal geschimpft, ihm nur etwas zu essen hingestellt und auf seine nasse Kleidung gezeigt. Dann hatte sie ihn nach oben geschickt, war ins Wohnzimmer gegangen und hatte den Fernseher eingeschaltet. Jan hatte das nicht verstanden. Sein Vater war tot. Wie konnte sie da fernsehen? Er hatte sich umgezogen und hingelegt. Um halb zwölf war er wieder aufgestanden, leise nach unten geschlichen, der Fernseher hatte durch die Glastür in den Flur geflimmert, seine Mutter hatte telefoniert, mit dieser weinerlichen Stimme, die er nur zu gut kannte. Er war durch die Vordertür hinaus, hatte sich sein Fahrrad geschnappt und war losgefahren, ohne sich umzuschauen.

Hatte ihn jemand verfolgt? Das konnte schon sein. Bei diesem Starkregen waren nur wenige Geräusche zu ihm durchgedrungen. Jedenfalls wurde es ab da komisch, war ihm während der Fahrt schon immer schummriger geworden, hatten seine Beine kaum noch Kraft gehabt, sich dem Wind zu widersetzen. Dennoch hatte er es irgendwie bis zum Deichweg Nummer 43 geschafft, sein Fahrrad mit letzter Kraft an den Zaun gelehnt, dann waren ihm die Beine endgültig weggesackt, er war auf die Knie gesunken und hatte in das Gesicht eines Mischlingshundes geschaut, der ihn treuherzig und mit heraushängender Zunge betrachtet hatte, als wüsste er nicht, ob er ihm irgendwie helfen könne.

Danach erinnerte sich Jan an nichts mehr, nicht mal an Stille oder Leere, nach dem nächsten Blinzeln war er hier aufgewacht, in diesem Loch, das sich anfühlte wie ein übergroßer Sarg und das vielleicht ein Backofen oder eine Kammer oder was auch immer war. Vielleicht war das ja auch der Zustand zwischen Leben und Tod, die Warteposition vor dem Jüngsten Gericht, die Phase, in der sich entschied, ob man in die Hölle kam, von der seine Mutter immer gesprochen hatte, oder in den Himmel, den er nur aus Kinderbüchern und Erzählungen kannte. Jan schloss die Augen. Es machte keinen Unterschied, fühlte sich aber besser an.

Ente und Frühlingsrolle

An den Wänden hingen Bilder vom Meer, die so originell waren wie eine Schneeflocke im Winter. Möwen, Schiffe, Boote, Wellen – Heimatmalerei ohne jeglichen künstlerischen Mehrwert. Helfende Hände hatten provisorisch eine Bühne aufgebaut, bestehend aus zwei nebeneinandergelegten Paletten, die von darauf ausgebreiteten Tagesdecken kaschiert wurden; drei Klappstühle und ein länglicher, schmaler Schreibtisch warteten auf die Hauptpersonen der Veranstaltung. Der linke Stuhl war wohl für ihn reserviert, dachte Sörensen, zumindest hatte irgendeine Praktikantin ein handgefaltetes Pappschild mit der Aufschrift *KHK Sörnssen* davor auf den Tisch gestellt. Das Schild drohte beim nächsten Räusperer umzukippen, genau wie er. Sörensen grinste. Sein Galgenhumor war intakt.

Die Journalisten drängelten sich dicht an dicht, es roch nach Männerschweiß und Frauenparfüm, Fotografen knieten vor der ersten Stuhlreihe, die Fernsehsender hatten ihre Kameras an den Seiten und um die Säulen herum aufgebaut. Sörensen lehnte im Türrahmen hinter all diesen Leuten und las auf den Tischmikrophonen die Logos von RTL, Pro7, Sat1, ZDF, NDR, ARD Brisant, Radio Bremen und TV Holstein. Jemand ganz Schlaues hatte an der Wand hinter den Paletten ein Werbeplakat von Fleischeslust aufgehängt, das unverfälschten Genuss versprach und die Natürlichkeit der Produkte betonte. Sörensen bekam plötzlich einen solchen Lachanfall, dass es ihn schüttelte. Hier war er also mit seiner Angststörung, geflüchtet aus Hamburg, um Menschenkontakt zu vermeiden und möglichst wenig durchleben zu müssen, was seine Angst fütterte – und gleich würde er eine landesweit ausgestrahlte Pressekonferenz geben. Das war so absurd, da blieb ihm nichts als Heiterkeit.

«Sie sind das. Der neue Kriminalhauptkommissar», sagte eine Stimme hinter ihm.

Sörensen drehte sich um und knipste sein Lachen wie auf Knopfdruck aus. «Bin ich», sagte er trocken und blickte einer kurzhaarigen Frau um die fünfzig in die bebrillten Augen, die außer durch sehr viele Zähne im Oberkiefer vor allem durch eine weiße Perlenhalskette herausstach. «Aber woher …?»

«Foto», sagte sie knapp. Es gelang ihr, innerhalb dieser vier Buchstaben herablassend zu klingen. «Ich bin Frauke Dietz. Zweite Bürgermeisterin. Dann können wir ja wohl.»

Sie winkte einem untersetzten Schnurrbartträger mit roter Halbglatze im grünen Baumwollhemd zu, der gestenreich auf zwei Reporter einredete und die Unterbrechung nicht sonderlich zu billigen schien. Er kam zu ihnen herüber, mürrisch, gab Sörensen wortlos die Hand, dann schritten sie alle drei im Gänsemarsch durch die wartenden Journalisten hindurch zum Podium. Für eine Sekunde vermisste Sörensen Auftrittsapplaus, dann setzte er sich hin, wobei er mit dem Knie gegen den Tisch stieß, die Mikrophone zum Wackeln und sein Namensschild zum Sturz brachte. Er legte keinen Wert darauf, es wieder aufzurichten. Das erledigte mit raschem Griff Frauke Dietz neben ihm. Er wollte einfach nur, dass es vorwärts- und vorbeiging.

«Guten Tag, meine Damen und Herren», sagte Frauke Dietz nun mit angemessen ernster Miene. «Mein Name ist Frauke Dietz, ich bin die Zweite stellvertretende Bürgermeisterin Katenbülls und Vorsitzende der örtlichen CDU. Zu meiner Linken darf ich Kay-Uwe Knutzen begrüßen, er ist Fraktionsvorsitzender des Südschleswigschen Wählerverbands SSW. Zu meiner Rechten sitzt Hauptkommissar …», sie schaute auf einen vor ihr liegenden Zettel, und Sörensen sah von der Seite, dass da nichts stand, «… Sörensen. Er ist erst seit gestern in Katenbüll und mit dem Fall betraut. Ja, ich sagte es gerade, wir müssen leider von einem Fall reden. Viele von Ihnen werden es ja vielleicht auch schon wissen: Wir trauern um unseren Ersten Bürgermeister Heiner Hinrichs, der in den vergangenen Jahren so viel Gutes für die Gemeinde geleistet hat, der ein großer Wohltäter, Wirtschaftsexperte und Visionär war. Heiner Hinrichs wurde gestern Morgen auf seinem Hof aufgefunden, ermordet von einem bislang unbekannten Täter.»

Geraune im Publikum. Fotoapparate klickten, Notizen wurden gemacht. Kay-Uwe Knutzen schaute betroffen, Frauke Dietz nahm die Brille ab, ergriffen von den eigenen Worten. «Vielleicht kann uns Hauptkommissar Sörensen etwas über den aktuellen Stand der Ermittlungen sagen», fuhr sie mit pathetisch schwerer Stimme fort und legte kurz, aber für alle sichtbar ihre Hand auf seinen Arm.

Kameras schwenkten zu ihm herum, Köpfe ruckten in seine Richtung. Sörensen verspürte einen Stich ins Herz, gleichzeitig eine ganze Ladung Blut, die wie durch eine überdimensionale Spritze mit aller Kraft von unten in seinen Schädel gedrückt wurde. Absurd war das hier immer noch, aber es war auch eine Notsituation. Die Menschen vor ihm verschwammen zu einer grellbunten Masse mit viel zu großen Augen, Mündern, Ohren, apropos Ohr, sein linkes Ohr machte zu, ein Pfropfen, ein Hörsturz, was auch immer, ein Tinnitus setzte sich über das erwartungsvolle Schweigen der Zuhörer hinweg, sein Hals war trocken, sein Magen rebellierte, außerdem hatte er doch eine Gehirnerschütterung. Warum saß er überhaupt hier? Er hatte hier doch gar nichts zu suchen, er gehörte ins Bett oder auf eine einsame Insel auf einem von der Menschheit unentdeckten Kontinent.

Erste Irritationen vor dem Schreibtisch, warum sagt er nichts, hörte er die Journalisten im Chor denken, worauf wartet er denn, hat er sie nicht verstanden, die Aufforderung der Zweiten stellvertretenden Bürgermeisterin Frauke Dietz von der CDU? Ist er so voller Trauer wegen des Verlustes eines Bürgermeisters, den er doch gar nicht gekannt hat, dass er kein Wort herausbekommt?

Sörensen sah Jennifer Holstenbeck, die mit verschränkten Armen und skeptischem Blick genau in dem Türrahmen lehnte, in dem er eben noch gelehnt hatte, er wurde von allen Seiten angestarrt und starrte zurück, hatte keinen einzigen Gedanken in sich, den er äußern konnte, und das, wo sein Vater ihn im Fernsehen sehen würde, vielleicht sogar Nele oder am Ende sogar Buttermann. Buttermann? Buttermann!

Sörensen riss sich zusammen. In Buttermanns Gegenwart würde er sich keine Blöße geben, das stand fest. Nicht bei Buttermann, dieser engstirnig-reaktionären Karikatur eines Kioskbesitzers. Hatte er eben noch befürchtet, ohne ein einziges Wort das Podium wieder verlassen zu müssen, sah er jetzt statt einer diffusen Menschenmasse nur noch Buttermanns Gesicht vor sich und adressierte seine Worte direkt an ihn.

«Ja, danke, Frau, äh …», auch er machte eine bewusste Pause und hob einen leeren Zettel vor sich in die Höhe, «Dietz. Ich kann Ihnen leider nur das sagen, was alle Polizisten in einem solchen Fall zu sagen pflegen. Es handelt sich um eine laufende Ermittlung, und ich bitte um Verständnis, dass ich aus Gründen des Opferschutzes und um unsere Ermittlungen nicht zu gefährden, nicht mehr ins Detail gehen kann.»

«Wie viele Leute arbeiten denn an dem Fall?», fragte eine dunkelhaarige Frau aus dem Publikum, die sich mit Phrasen offenbar nicht zufriedengeben mochte.

«Alle zur Verfügung stehenden Beamten», sagte Sörensen und dachte, dass das mal wirklich nicht viele waren.

Die dunkelhaarige Frau hatte mit ihrer Wortmeldung die Veranstaltung für alle geöffnet. «Gibt es schon einen Verdächtigen? Einen wirtschaftlichen Hintergrund? Einen sexuellen? Einen politischen?», fragten mehrere Reporter durcheinander, ein allgemeines, aufgeregtes Gesumme hob an.

Sörensen hob beide Hände, um die Meute zu beruhigen. Und, o Wunder, es funktionierte. Nimm dies, Buttermann, dachte er. «Wir werden zu gegebener Zeit mehr bekanntgeben. Ich weiß, dass das unbefriedigend für Sie ist, aber wir stehen noch am Anfang unserer Ermittlungen. Und ich bitte Sie ebenfalls mit aller Dringlichkeit, von eigenen Nachforschungen vor Ort Abstand zu nehmen. Belagern Sie nicht die Angehörigen, halten Sie sich nicht für investigative Journalisten, die den Coup ihres Lebens landen wollen. Wir werden morgen um zwölf Uhr eine weitere Pressekonferenz geben mit den neuesten Erkenntnissen. Bis dahin bitte ich Sie darum, unsere Ermittlungen nicht zu behindern. Katenbüll ist ein kleiner Ort mit wenig Erfahrung in diesen Dingen. Helfen Sie uns, den Schock zu überwinden, indem Sie diskret sind. Vielen Dank.»

Sörensen atmete aus, erhitzt, berauscht, in Fahrt, sich selbst gut findend. Unerwartet gut. Vor allem in Anbetracht der Umstände. Frau Dietz und Herr Knutzen betrachteten ihn von der Seite, und zwar – wenn er sich nicht täuschte – irgendwie bewundernd, zumindest wohlwollend. Frau Dietz öffnete den Mund und wollte wohl ein ihrem Rang angemessenes Geleitwort sprechen, da meldete sich noch einmal die dunkelhaarige Frau. «Herr Kriminalhauptkommissar Sörensen», sagte sie. «Sie sind erst seit gestern im Amt. Waren vorher in Hamburg beim LKA. Richtig?»

«Richtig.»

«Man sagt, Sie wären dort zuletzt krank gewesen. Sehr sogar.»

«Das stimmt, hat aber nichts mit dem …»

«Das war doch für Sie sicherlich nicht vorauszusehen, dass es hier gleich so dramatisch beginnen würde. Warum sind Sie nach Katenbüll gekommen, und fühlen Sie sich der Aufgabe gewachsen?»

Sie sah ihn herausfordernd an, aber Sörensen hatte ja das Glück, gerade in Form zu sein. «Meine persönlichen Belange haben nichts mit dem Fall zu tun, und ich würde in der Beantwortung ihrer vollkommen unpassenden Fragen das Opfer beleidigen und den Fall verharmlosen. Vielen Dank.» Er stand auf. «Das war's.»

Frau Dietz und Herr Knutzen taten es ihm notgedrungen gleich. Kameras wurden abgeschaltet, die Journalisten fingen enttäuscht an, miteinander ins Gespräch zu treten wie Schüler in der großen Pause. Frau Dietz' Bewunderung hatte einen Dämpfer erhalten. «Es steht Ihnen nicht zu, im Alleingang die Pressekonferenz zu beenden», zischte sie ihm mit breitem Grinsen im Gesicht zu. Wie konnte ein Mensch nur so viele Zähne in einem einzigen Oberkiefer ansammeln?

«Oh, ich hoffe, ich habe Ihnen nicht Ihre fünfzehn Minuten Ruhm versaut», sagte Sörensen im Hochgefühl des Sieges. «Das täte mir leid.»

«Wir sprechen uns noch, Herr Kriminalhauptkommissar!»

Frau Dietz verließ das Podium und begab sich pietätvoll lächelnd in den Journalistenpulk, während Herr Knutzen vom Südschleswigschen Wählerverband halb versteckt und verschwörerisch für Sörensen den Daumen hob und ansonsten genauso verloren und aufgabenlos in der Gegend herumstand, wie er vorher gesessen hatte. Sörensen wusste jetzt schon mehr über die Politverflechtungen Katenbülls, als er je hatte wissen wollen. Er nahm sein Handy aus der Tasche, hielt es sich ans Ohr und versuchte, an der Wand entlang unbehelligt nach draußen zu gelangen. Die dunkelhaarige Journalistin, die vielleicht Ende zwanzig war, aus der Nähe betrachtet ziemlich gut aussah und daher wahrscheinlich fürs Privatfernsehen arbeitete, stellte sich ihm in den Weg. «Mit wem muss ich schlafen, um an mehr Informationen zu kommen?», fragte sie, sodass Sörensen fast das Telefon aus der Hand fiel.

«Was? Wie, mit wem?» Keine sehr intelligente und schon gar keine schlagfertige Reaktion, ärgerte er sich.

«Sie telefonieren doch eh nicht.» Sie zeigte mit rot lackiertem Zeigefinger auf Sörensens Handy, als wäre es aus einem YPS-Heft. Er nahm es vom Ohr und steckte es in seine Jackentasche.

«Ich kann Ihnen nicht mehr sagen», beteuerte er und warf einen sehnsüchtigen Blick zum Ausgang. Es tat ihm nicht gut, sich inmitten einer solch dichtgedrängten Menge aufzuhalten.

Sie sah es ihm an und witterte ihre Chance. «Gehen wir raus?», fragte sie.

«*Ich* gehe raus», sagte Sörensen. «Sie können bleiben oder mitkommen oder sich irgendjemanden für die Nacht suchen, das wird nichts ändern.»

Sie lächelte, dann eilte sie voraus wie ein menschliches Schutzschild und drängte alle anderen mit ihrer bloßen Präsenz beiseite. Auf ihren hohen Absätzen war sie fast einen halben Kopf größer als Sörensen. Jennifer stand nicht mehr im Türrahmen, wollte mit dem Elend und damit ihm wohl vorläufig nichts mehr zu tun haben. Draußen angekommen, schnappte Sörensen nach Luft, während die Journalistin sich eine Zigarette ansteckte. «Auch eine?»

Sörensen schüttelte den Kopf.

«Ich bin Lina Baumgarten von Brisant», sagte sie.

«Von wem?»

«Brisant. Hier, das ARD-Nachrichtenmagazin.»

«Nachrichten», sagte Sörensen süffisant und dachte an königliche Hochzeiten, schwangere Elefanten und Babys mit drei Köpfen.

«Ich weiß, ich weiß», sagte sie. «Aber wir recherchieren ordentlich. Haben Sie denn schon recherchiert?»

«Was meinen Sie?»

Sie blies den Rauch aus. «Ich meine, dass es hier ganz schön zugegangen ist in Katenbüll.»

«Das geht es bei einem Mord doch immer.» Eine reine Füllbemerkung seinerseits, was Besseres war ihm spontan einfach nicht eingefallen.

«Was halten Sie von einem Deal?», sagte sie. «Ich verrate Ihnen, was ich weiß, und Sie bevorzugen mich, wenn es etwas Neues gibt.»

«So arbeitet die ARD?», fragte Sörensen zurück.

«So arbeiten alle», sagte sie ungerührt. «Es geht immer nur um Netzwerke. Beziehungen, Seilschaften.»

«Ich soll mich mit Ihnen verbünden? Ich weiß nicht, ob das dann clever von Ihnen war, mich dadrin so persönlich anzugreifen.»

«Ich wollte nur Ihre Aufmerksamkeit.»

«Und wenn ich mich weigere, was machen Sie dann? Verbreiten Sie, dass der leitende Kriminalhauptkommissar Hamburg wegen einer psychischen Erkrankung verlassen musste und hier vollkommen überfordert ist?»

Sie zog scheinbar überrascht die Augenbrauen zusammen «Auf die Idee bin ich noch gar nicht gekommen», sagte sie. «Aber jetzt, wo Sie es sagen …»

«Ich musste Hamburg gar nicht verlassen. Ich wollte es.»

«Sehr interessant», sagte sie, und es war deutlich, dass dieser Aspekt im Zweifelsfall nicht entscheidend für ihre Berichterstattung sein würde. Immer mehr Reporter verließen das Rathaus und sahen neugierig zu ihnen hinüber. Irgendwann folgte auch Herr Knutzen vom SSW, allein, vernachlässigt, er murmelte ein scheues «Tschüs» in seine Richtung, sodass Sörensen wenigstens einmal seine ganz und gar unauffällige Stimme gehört und sofort wieder vergessen hatte.

«Wir sollten die Position wechseln», schlug Lina Baumgarten vor. «Ich hab neben Ihrem Revier einen Chinesen gesehen. Haben Sie Hunger?»

Sörensen nickte. Er hatte tatsächlich Hunger. So großen Hunger, wie ein Polizist mit Gehirnerschütterung ihn nur haben konnte, der am Vortag letztmals etwas gegessen hatte. Sie überquerten den Marktplatz. Das Schild mit der Aufschrift *OPEN* leuchtete auch am Tage in den schillerndsten Farben, ansonsten war es hinter den uneinsehbaren Fensterscheiben der Peking-Ente so zappenduster wie eh und je. Sie kämpften sich durch einen schweren schwarzen Vorhang hinter der Eingangstür, von dem nicht klar war, ob er die Kälte oder die Gäste abhalten sollte. Im Moment waren sie jedenfalls die einzigen. Aus den Boxen tönte Ambient-Musik, hinter dem Tresen stand ein Kellner, der mit seinen aufgestellten gelb gefärbten Haaren ein wenig aussah wie die asiatische Ausgabe von Billy Idol. Inklusive schiefgestellter Schmolllippe. Er verbeugte sich leicht. «Bitte sehr, wo Sie wollen», sagte er, musterte Lina Baumgarten genussvoll und griff nach zwei Speisekarten. Sie setzten sich in eine rot gepolsterte Vierergruppe, die eher nach einem amerikanischen Diner aussah. Überhaupt wirkte es so, als hätte der Betreiber die Einrichtung bei einem Restaurantausstattung-Resteverkauf mit verbundenen Augen im Dunkeln eingekauft. Sörensen hatte keine Lust, in die Karte zu schauen. «Gibt es hier eine Nummer vierundfünfzig?», fragte er.

Der Kellner nickte. «Das wäre dann die Peking-Ente», sagte er.

Sörensen stutzte. «Und die, äh, sechsunddreißig?»

«Auch die Peking-Ente.»

«Nummer drei?»

«Die Peking-Ente.»

«Also ist jede Nummer die Peking-Ente?»

Der Kellner lächelte. «Mittagstisch. Einziges Gericht. Mit Suppe oder Frühlingsrolle.»

«Und vegetarisch?»

«Die Peking-Ente. Ohne die Ente.»

«Dann nehm ich heute mal die Peking-Ente», sagte Sörensen. «Ohne die Ente. Aber mit Frühlingsrolle.»

«Die Frühlingsrolle wäre dann aber mit Hackfleisch», sagte der Kellner.

«Dann die Suppe. Oder ist die mit Huhn?»

«Nein, die ist mit Gemüse.»

«Dann nehme ich einfach einen großen, einen sehr großen Teller von der Suppe und verzichte dankend auf die Peking-Ente mit und ohne Ente.»

Der Kellner verbeugte sich leicht.

«Ich hätte gerne den Mittagstisch. Mit sehr viel Ente und Hackfleisch in der Frühlingsrolle», sagte Lina Baumgarten und lächelte den Chinesen auf eine Weise an, dass Sörensen dachte, dass sie in diesem Moment bereits seinen gesamten Lebenslauf samt Schwachstellen erfasst hatte.

Der Kellner lächelte zurück. «Zu trinken?»

«Wasser», sagte Sörensen.

«Bringen Sie eine Flasche», sagte die Journalistin. «Mit oder ohne?»

«Ohne», sagte Sörensen entschlossen.

«Bringen Sie eine Flasche ohne.»

Der Kellner zog sich zurück, und Sörensen atmete tief durch. «Ich fühle mich nicht wohl, hier mit Ihnen zu essen», sagte er.

«Was glauben Sie, wie unwohl Sie sich erst fühlen, wenn ich die

Rechnung begleiche», antwortete sie und zog einen Labello aus ihrer Handtasche. «Sie haben mir noch nicht gesagt, ob unser Deal gilt?»

«Das hängt davon ab, was Sie mir mitzuteilen haben.»

«So läuft das nicht.»

Der Kellner brachte vier kleine Frühlingsrollen und stellte den Teller in die Mitte. Sörensen schob ihn von sich weg, Lina Baumgarten griff beherzt zu.

«Ich liefere Ihnen ein Motiv, vielleicht sogar ein paar, reicht Ihnen das als Anreiz?», sagte sie mit vollem Mund. «Und ganz nebenbei ruiniere ich nicht Ihre Karriere.»

«Das hab ich ja schon selbst geschafft, dazu brauche ich Sie nicht», sagte er.

Sie lachte. «Sie haben ja Humor. Eben auf der Bühne dachte ich, Sie kippen gleich um.»

«Die Luft war schlecht. Geben Sie mir ein Tatmotiv, und der Deal gilt», sagte Sörensen und ekelte sich vor sich selbst. Aber was hatte er auch erwartet? Das Spiel des Lebens hörte ja nicht auf, nur weil er auf dem Spielbrett das Feld wechselte.

«Die sind gut, die Frühlingsrollen», sagte sie und schleckte sich die Finger ab. «Wenn die Ente auch so gut ist, sollten Sie öfter herkommen.»

«Das Motiv.»

Sie lehnte sich zurück und kostete ihren Vorsprung aus. «Wie hat die Zweite Bürgermeisterin mit dem Pferdegebiss noch mal gesagt? Heiner Hinrichs war ein Wohltäter, ein Visionär und irgendwas Sensationelles mit Wirtschaft? Am Arsch.»

«Wie, am Arsch?»

«Nichts davon war er. Aber am Arsch, das war er. Zumindest fast.»

«Warum?»

«Weil er so viel Dreck am Stecken hatte, dass ein Stecken dafür gar nicht ausreicht. Woher kommt das eigentlich mit dem Stecken und dem Dreck? Und was ist eigentlich ein Stecken?»

Sörensen seufzte. «Ein Stock. Im Moment sagen Sie mit vielen Worten gar nichts, Frau Baumgarten.»

«Lina.»

«Näh.»

Sie grinste und biss herzhaft in eine weitere Frühlingsrolle.

«Geben Sie mir mal ein paar Stichpunkte», forderte Sörensen.

Sie leckte sich die Finger ab. «Korruption. Betrug. Kindesmissbrauch.»

«Kindesmissbrauch?»

«Gilt unser Deal?»

Der Kellner brachte die Flasche Wasser. «Entschuldigung», sagte er und zeigte in den leeren Raum, als hätte der ihn ganz schön auf Trab gehalten. «Fast vergessen.»

«Ist ja noch mal gutgegangen», sagte Sörensen und war nun doch leicht genervt. Der Kellner schenkte zwei Gläser ein, während Lina Baumgarten Sörensen nicht aus dem Klammergriff ihrer graugrünen Augen ließ, dann zog er sich wieder auf auffälligste Weise unauffällig zurück.

Sörensen nahm sein Glas und trank einen Schluck. Es gab keine Reinheit des Handelns, für einen Polizisten ebenso wenig wie für einen Verbrecher oder Journalisten. Er würde also ebenfalls dreckig werden. Wie besagter Stecken, so oder so.

«Unser Deal gilt», sagte er.

Lina Baumgarten streckte ihm strahlend die Hand hin, die er zögernd ergriff. «Bei uns hat sich vor genau einer Woche ein Anrufer gemeldet», begann sie, «männlich, erwachsen, anonym. Er hat gesagt, dass Heiner Hinrichs seinen Sohn sexuell missbraucht haben soll.»

«Was?», presste Sörensen heraus.

«Ekelhaft, nicht wahr?»

«Moment, den Sohn des Anrufers oder Hinrichs' Sohn?»

«Den Sohn des Anrufers. Leider wollte er weder Zeuge sein noch seinen Namen nennen. Ich glaube, Eltern haben meistens Angst davor, ihre Kinder bloßzustellen.»

«Und was haben Sie dann gemacht?»

«Angefangen zu recherchieren. Wussten Sie, dass hier im letzten Jahr der Kurdirektor entlassen wurde, weil angeblich belastendes Bildmaterial auf seinem Computer gefunden wurde?»

«Er ist nicht entlassen worden. Er ist zurückgetreten.»

«Ja, ja.»

«Und woher wissen Sie das mit dem Bildmaterial? Das war ja nun nicht der offizielle Grund für den Rücktritt.»

«Man muss nur die richtigen Gesprächspartner finden. Im Rathaus gibt es einige, die finden, dass sie zu kurz kommen. Na ja, jedenfalls dachte ich, das sieht ja nach einem ganzen Ring aus. Was, wenn der Kurdirektor, wie heißt er noch mal …»

«Marek.»

«… was, wenn der ein Bauernopfer war? Oder ein Mittäter, der dummerweise aufgeflogen ist?»

«Wer sagt Ihnen, dass der Anrufer nicht ganz andere Motive hatte, Heiner Hinrichs zu diskreditieren? So, wie vielleicht auch Frieder Marek diskreditiert worden ist?»

«Niemand. Aber Hinrichs hatte ja auch noch ein paar andere Makel.»

«Zum Beispiel?»

Sie zog ihr Handy aus der Tasche und legte es auf den Tisch. Es fing fast augenblicklich an zu vibrieren, was sie geflissentlich ignorierte.

«Wussten Sie, dass mittlerweile fast die Hälfte aller Bürgermeister oder Oberbürgermeister in Deutschland parteilos sind?»

«Nein.»

«Ist aber so. Hinrichs ist in Katenbüll Oberbürgermeister geworden durch die Unterstützung der CDU und des SSW. Gegen die SPD und die Grünen. Stellt sich die Frage, warum. Ich meine, die werden ja nicht auf ihn gewartet haben.»

«Sie werden es mir sicherlich gleich sagen.»

«Hinrichs hat versprochen, für Wohlstand zu sorgen. Und er hat sein Versprechen gehalten. Er hat die Firma Fleischeslust hierhergeholt, bescheuerter Name übrigens, in der er im Aufsichtsrat saß. Die Firma sorgt also für Arbeitsplätze, spendet reichlich für die Gemeinde, setzt sich für den Erhalt des Koogs ein und so weiter.»

«Klingt doch super.»

«Ist es aber nicht. Nicht nur. Gleichzeitig hat er nämlich alle seine Widersacher aus den Ämtern oder sogar aus der Stadt gedrängt. Nein, nicht einfach nur gedrängt. Vernichtet hat er sie. Sein Gegenkandidat von der SPD musste den Wahlkampf absagen wegen eines Autounfalls, der ihn fast das Leben gekostet hätte. Er wohnt jetzt in Büsum. Umweltverbände und Tierschützer werden seit Jahren drangsaliert. Der Metzger an der Hauptstraße wollte Biofleisch verkaufen von den kleinen Höfen der Umgebung und hat seine Lizenz verloren. Wegen angeblicher Hygienemängel. Katenbüll ist auf fast absurde Weise abhängig von der Fleischeslust. Fast jeder hier arbeitet für die Firma. Und die Methoden dort sind rau. Wer sich beschwert, fliegt. Wer eine Gehaltserhöhung will, fliegt. Wer einen Betriebsrat gründen will, fliegt. Katenbüll ist wie eine moderne Sklavenkolonie.»

«Die Firma hat keinen Betriebsrat?»

Lina Baumgarten lachte. «Natürlich nicht. Was glauben Sie, wie viele Menschen da einen verdeckten Hass haben?»

«Das ist ja eine Goldgrube für Sie», sagte Sörensen.

«Sie sagen es.»

«Aber warum richtet sich der Hass dann gegen den Bürgermeister? Und nicht gegen den Chef der Firma, Jens Schäffler?»

«Der Fisch stinkt vom Kopf, nicht wahr? Jeder hier weiß, dass Jens Schäffler nur eine Marionette war. Ein Strohmann von Hinrichs. Jetzt natürlich nicht mehr. Jetzt hat er wirklich das Sagen.»

Der Kellner brachte die Peking-Ente und einen großen Teller Suppe. Sörensen hatte kein Auge dafür, während Lina Baumgarten mit ihren Erörterungen unglaublich viel Energie verbraucht zu haben schien. Sie rieb sich die Hände und stürzte sich auf das gebratene Tier, als hätte sie seit Tagen nichts gegessen.

«Sie liefern mir da mehr als nur ein Motiv», sagte Sörensen. «Das ist Ihnen bewusst.»

«Das war doch die Vereinbarung. Schön kross», lobte sie die Ente. «Und das ist ja nicht das Einzige. Stellen Sie sich vor, hier wurden regelmäßig Kinder sexuell missbraucht, von Hinrichs und wem auch immer. Was für eine Motivlage ist das denn bitte?»

«Das ist das Grauen.» Sörensen stand auf. «Dann essen Sie mal schön Ihre Ente. Falls Sie noch eine Suppe wollen, mir ist der Appetit vergangen.»

Sie holte einen Stift und einen Zettel aus ihrer Tasche und schrieb eine Telefonnummer darauf. «Jetzt sind Sie dran», sagte sie kühl. «Rufen Sie mich an, wenn Sie etwas haben.»

Sörensen nickte widerwillig und legte zwanzig Euro auf den Tisch. «Damit Sie die Rechnung nicht begleichen müssen », sagte er.

Sie lächelte. «Sie wirken eigentlich ganz gesund», entgegnete sie, dann hatte sie nur noch Augen für die Ente.

*

Als Sörensen das Revier betrat, war von Faltermeyer und Dhonau, den Phantomen in Uniform, nichts zu sehen. Bestimmt hatte Dhonau irgendwo den Verkehr zu regeln, Schafe beim Scheren zu trösten oder einen Deich mit Absperrband zu verschönern. Und Faltermeyer steckte immer noch bis zum Hals in Göntje Fuhls Müll. Malte Schuster hingegen hing mit halb heruntergelassenen Lidern über dem Telefon, und seiner Körperhaltung nach zu urteilen, tat er das schon eine ganze Weile mit unausgeprägter Begeisterung. Sörensen hörte Genuschel wie «Pressekonferenz», «Opferschutz», «ist nicht da» und «kein Kommentar». Jennifer Holstenbeck bearbeitete mit spitzen Fingern die Tastatur ihres Computers und tat so, als hätte sie sein Eintreten nicht bemerkt. Er wartete kurz, bis die Absicht dahinter nicht mehr zu leugnen war, dann nahm er seinen Stuhl und setzte sich direkt vor ihren Schreibtisch. Sie schaute nicht einmal auf.

«Sollte man für eine Ehekrise nicht erst einmal verheiratet gewesen sein?», fragte er.

«Du riechst nach Ente», sagte sie und drückte die Entertaste.

«Und ich beginne gerade, deine Tochter zu verstehen», sagte er und biss sich auf die Unterlippe. Direkt deeskalierend im Sinne des Lehrbuchs der Verhinderung unnötiger Konflikte war das nicht, aber Jennifer ließ sich sowieso nicht locken, sie blieb stoisch im Modus der Verachtung durch angewandte Ignoranz.

«Ja, wirklich schlimm», sagte Malte ins Telefon und gähnte.

Sörensen hatte keine Zeit für so etwas. «Ich habe zwei Fragen», sagte er, erhob sich und baute sich vor Jennifer auf. «Erstens: Was weißt du über Kindesmissbrauch? Und zweitens: Warum ist mein Vorgänger, der Kappler … warum ist der wirklich gegangen?»

Jetzt sah sie ihn an, natürlich tat sie das. «Wie, Kindesmissbrauch?»

«Es gibt einen anonymen Anrufer, der den Hinrichs des Kindesmissbrauchs bezichtigt hat.»

«Davon weiß ich nichts», sagte Jennifer.

«Und in all den Jahren ist hier nie ein Vater oder eine Mutter aufgetaucht und hat etwas in dieser Richtung gesagt oder Anzeige erstattet?»

«Nein.»

«Keine Hinweise? Indizien? Das ist ein völlig neues Thema für dich?»

«Ja, verdammt noch mal!», brauste sie auf. «Ich weiß nichts von Kindesmissbrauch. Sonst hätte ich doch wohl was unternommen. Was heißt denn überhaupt Kindesmissbrauch? Sexuell, oder was?»

«Ist anzunehmen.»

«Seit du da bist, ist Katenbüll ein einziger Moloch», sagte sie bitter.

Sörensens erster Impuls war Zorn, aber er konnte den Ausbruch seines inneren Vulkans gerade noch verhindern. «Das hat wohl kaum etwas mit mir zu tun», sagte er also schlicht. Er verstand ja, dass sich jemand selbst belog, das kannte er nur zu gut. «Komm, Jenni, warum ist der Kappler wirklich gegangen? Weshalb wollte der hier wieder weg? Hat der vielleicht Druck bekommen oder so?»

«Was denn für einen Druck?»

«Wollen wir es ihm nicht erzählen?», mischte sich Malte zwischen zwei Telefonaten ein.

Jennifer setzte auf totale Mimikblockade. «Nein», sagte sie. «Das ist die Sache vom Kappler und hat hier nichts zu suchen. Ich hasse Klatsch.»

Malte nahm schleunigst den Hörer wieder ans Ohr, obwohl da überhaupt niemand dran war. Sörensen schüttelte den Kopf. «Es geht doch nicht um Klatsch», sagte er. «Es geht darum, wer hier wie mit wem verstrickt ist. Und ich würde echt gerne glauben, dass ihr beide die Schweiz Katenbülls seid.»

«Also, ich bin die totale Schweiz», sagte Malte und sah Jennifer herausfordernd an. «Ich mein, ich hab hier nichts zu sagen, aber...»

«Richtig, Malte», fauchte Jennifer. «Du hast hier nichts zu sagen, und ich glaube, es ist Zeit, dass du daran auch mal erinnert wirst. Für jemanden, der hier nichts zu sagen hat, machst du nämlich ganz schön oft die Klappe auf. Und dieses ewige Ich-bin-ja-so-fleißig-Getue geht mir auch auf den Sack. Du bist Praktikant und solltest Kaffee kochen und bescheiden sein und den Erwachsenen bei der Arbeit zugucken! Ist das klar?»

«Das hat aber jetzt nichts mit dem Kappler zu tun», sagte Sörensen und wunderte sich zumindest minimal. Er war es gewohnt, dass sich jede Firma, jede Behörde, jede Abteilung, auch die nach außen hin noch so strahlendste, im Laufe der Zeit als das entpuppte, was sie war, nämlich als eine willkürliche Zusammenfindung missgünstiger Zufallsbekanntschaften, die sich bei allem gruppendynamischen Getue nicht einmal die Schweißflecken unter den Achseln gönnten – aber so schnell?

«Gar nichts hat das mit dem Kappler zu tun», murmelte Malte, zog die Schultern ein und konnte nicht verbergen, dass er tief getroffen war.

Jetzt stand auch Jennifer auf, was Sörensen als Gelegenheit empfand, sich wieder hinzusetzen. «Also schön», sagte sie. «Der Kappler hat sich bei etwas erwischen lassen, was er nicht hätte tun sollen als verheirateter Mann, klar?»

«Nein.»

«Mann! Der Kappler fand das scheiße hier, war einsam, ist mit jemandem ins Bett gestiegen, und dieser Jemand hat es der falschen Person weitererzählt. Auf jeden Fall hat die Information die Runde gemacht, und der Kappler musste ganz schnell zurück nach Hamburg, um seine Ehe zu retten. Deshalb konntest du mit ihm die Stelle tauschen.»

«Wer war denn dieser Jemand? Also der mit dem Bett?», fragte Sörensen. Jennifer und Malte schwiegen. Sörensen ging ein Licht auf.

«Etwa du, Malte?», sagte er.

Malte sprang hoch und schmiss fast seinen Stuhl dabei um. «Was? Ich?», rief er. «Nein!»

«Ich war das», sagte Jennifer. «Das war ein Fehler. Er war einsam, ich war einsam, Überstunden, Dunkelheit, du weißt schon. So hat sich das halt ergeben.» Sie hielt inne. «Der hat übrigens in deinem Haus gewohnt. Lustig, was?»

Sörensen traute seinen Ohren nicht. «Du hattest Sex in meinem Haus?»

Jennifer schloss die Augen. «Ein Scheiß. Ich würde nie wieder etwas mit einem Kollegen anfangen.»

Sörensen nickte. «Liebe im Job geht gar nicht», sagte er.

«Genau», sagte sie.

«Das endet immer im Stress», sagte er.

«Zwangsläufig», sagte sie.

«Und dann sieht man sich ja auch noch jeden Tag.»

«Genau.»

«Na ja», warf Malte ein.

«Und wem hast du das dann erzählt?», fragte Sörensen.

Jennifer presste die Lippen zusammen. «Meiner Mutter. Und die hat es dann im Kirchenchor herumerzählt. Natürlich ganz im Vertrauen. Da hätte sie sich auch gleich mit einem Megaphon auf den Marktplatz stellen können.»

«Und wer hat es Kapplers Frau dann gesteckt?»

Jennifer schnaubte. «Keine Ahnung. Anonymer Anruf. Weibliche Stimme, alt. Da kommt der ganze Chor in Frage.»

«Inklusive Hilda Hinrichs.»

«Ja. Aber warum sollte sie so etwas tun?»

Kriminalkommissaranwärter Malte Schuster vergaß erneut, dass er nichts zu sagen hatte, und schnippte mit dem Finger. «Vielleicht hat sie die Gelegenheit genutzt, um den Kappler loszuwerden. Ihn fertigzumachen. Vielleicht war der aus Hinrichs' Sicht oder aus der Sicht seiner Frau der falsche Mann für Katenbüll. Vielleicht hatten die Angst, dass er etwas herausfindet. Zum Beispiel über Kindesmisshandlung.»

«Das muss ich genauer wissen. Habt ihr seine Telefonnummer?»

Jennifer druckste herum und setzte sich wieder auf ihren Stuhl. «Du hältst mich jetzt bestimmt für eine Schlampe», sagte sie ungewohnt kleinlaut.

«Tue ich nicht», sagte Sörensen und verstand diese persönliche Anmerkung als Friedensangebot. Er lächelte ihr aufmunternd zu. Sie erwiderte das Lächeln nicht, ihr steinernes Gesicht weichte aber ein wenig auf. Immerhin.

«Ich übrigens auch nicht», stellte Malte mit erhobenem Zeigefinger dezidiert fest und griff nach einem Notizzettel. «Und jetzt schreib ich die Nummer auf, um mal einen Punkt zu machen», sagte er und machte mal einen Punkt.

*

Ole Kellinghusen hatte in Anbetracht des nicht geringen Schrecks darauf verzichtet, nach Husum zu fahren. Er war nach Hause zurückgegangen, langsam, wie in Trance, hatte niemandem Hallo gesagt, sich im Badezimmer die Rastalocken abgetrocknet und saß nun bei sich im Zimmer im Schneidersitz auf dem Boden. Er spielte auf der

Halbakustischen, erst Stücke von Paco di Lucía, dann immer wildere, immer freiere, immer absurdere Skalen in immer abenteuerlicheren Tempi. Einfach weil er es konnte. Na ja, er hatte was geraucht, was nicht frei im Handel erhältlich war, auch nicht ab sechzehn oder achtzehn Jahren. Sein Fenster stand offen, es hatte aufgehört zu regnen. Da schien tatsächlich die Sonne herein, schüchtern, blass, als wollte sie ihn ganz vorsichtig mit einem Hauch von Wärme versorgen. Er bemerkte es nicht. Er drehte an einem Regler seines Verstärkers, zerrte damit die Gitarre an und verlor sich endgültig in seinem Spiel. Zumindest so lange, bis die Tür aufging.

«Ich habe geklopft», sagte sein Vater, im Türrahmen stehend. «Du hast nicht reagiert.»

Ole hielt den Gitarrenkorpus wie einen Schutzschild vor sich. «Was willst du?»

«Es riecht so. Hast du gekifft?»

«Hast du getrunken?»

Heinz Kellinghusen schob die Tür mit dem Fuß hinter sich zu. Das war neu. Normalerweise betrat er Oles Zimmer nicht – und falls doch mal aus Versehen, dann blieb die Tür stets offen, um den Fluchtweg nicht zu versperren.

«Ich möchte mich entschuldigen», sagte er.

«Du?» Ole legte die Gitarre neben sich auf den Boden. «Wofür?»

«Für unseren Streit. Und dass ich dich verletzt habe. Das war nicht in Ordnung.»

Ole überlegte, ob das Gras zu stark gewesen sein könnte. Buchstaben in dieser Reihenfolge? Aus dem Mund seines Vaters?

«Aha», sagte er. «Okay.»

«Darf ich mich hinsetzen?»

«Okay.»

Ole machte halbherzig eine einladende Geste, blieb aber misstrauisch. Hier stimmte etwas nicht. Hier stimmte etwas ganz und gar nicht. Das war kein natürlicher Handlungsablauf. Sein Vater brauchte eine halbe Ewigkeit, bis er sich in gebührendem Sicherheitsabstand auf dem Boden niedergelassen hatte. Er ächzte dabei so, dass Ole Angst hatte, Knochen brechen oder Sehnen reißen zu hören.

«So», sagte sein Vater schließlich und sah zum Fenster. Die Sonne schien an ihm vorbei. «Ich möchte mit dir reden.»

«Aha.»

«Ja.» Er holte tief Luft. «Also, es ist so … ich überlege, aus Katenbüll wegzugehen.»

«Ach?»

«Ja. Also, sehr, sehr bald wegzugehen.»

«Wieso?», fragte Ole. «Was ist passiert?»

«Ach, passiert. Was heißt passiert? Was soll schon passiert sein? Ich glaube nur einfach, es ist Zeit für eine Veränderung.»

«Aha.»

«Ja.»

«Das ist doch Quatsch, Papa. Wo willst du denn hin?»

«Auf die Seychellen.»

«Was?»

«Ja, La Digue. Eine Insel. Das ist sehr schön da. Weißt du noch, da waren wir mal, als du fünf warst.»

«Nein, weiß ich nicht. Da war ich fünf. Haben die denn da überhaupt genug Alkohol für dich?»

Heinz Kellinghusen rutschte auf seinem Hosenboden herum. «Also, ja genau, die stellen einem da sogar die Häuser … auf den Seychellen. Und den Strom. Da ist fast noch so eine Art Planwirtschaft, muss man sich mal vorstellen, obwohl die da wählen dürfen, und ich dachte … na ja, ich habe schon von Leuten gehört, die sind dahin, also, ausgestiegen und vermieten Fahrräder an die Touristen … und wenn die genug davon vermietet haben am Tag, machen die einfach den Laden zu … ja, die müssen nur alle drei Monate einmal kurz über die Landesgrenze wegen der Aufenthaltsgenehmigung, und ich …»

«Aussteigen? Du? Mit Maj?»

«Ohne Maj», flüsterte Heinz Kellinghusen. «Aber sag ihr nichts davon.» Er richtete sich etwas auf. «Weißt du, du verlässt ja sowieso bald das Haus, dachte ich, und da, na ja, warum nicht mal was wagen?»

«Papa, ich verstehe überhaupt nichts», sagte Ole und hätte jetzt gerne einen weniger vernebelten Schädel. «Das Einzige, was du in den letzten zwanzig Jahren gewagt hast, ist, einen Gartenzwerg im Vorgarten auszutauschen. Du und aussteigen, das ist ja so … das ist ja so wie ich und … Das geht überhaupt nicht zusammen. Was … Wann denn?»

«Morgen.»

Ole lachte auf. «Im Ernst?»

Heinz Kellinghusen nickte. «Kommst du damit klar?»

«Ich … ich weiß nicht», sagte Ole. «Das ist ganz schön … ja, klar. Klar komme ich klar. Klar!»

«Das Haus hier behalte ich noch. Ich werde es irgendwann von da drüben aus verkaufen, denke ich. Aber du kannst in Ruhe gucken, wo du hinwillst. Und Maj auch.»

«Das klingt ja schon irgendwie nach Flucht», sagte Ole. «Das klingt total nach Flucht!»

Heinz Kellinghusen drehte sich auf die Knie, um sich besser aufrichten zu können. «Quatsch, Flucht. Red keinen Scheiß.»

Das war der andere Ton, der ruppige. Der, den Ole besser kannte. Sein anerzogener Widerwillen wurde aktiviert. «Wo du gerade so schön fragst, wie es mir geht», sagte er nicht weniger patzig. «Ich hab auch ein paar Neuigkeiten. Die alte Göntje Fuhl ist tot. Ermordet. Und ich hab sie gefunden.»

Sein Vater erstarrte. «Du hast sie gefunden? Wo?»

«An der Bushaltestelle gegenüber der Kirche.»

«Wann?»

«Heute Morgen.»

Heinz Kellinghusen stand jetzt so aufrecht, wie er es mit seinem krummen Rücken eben vermochte. Und doch sah er noch eingefallener und verwitterter aus als sonst.

«Du hast sie gefunden», wiederholte er.

«Sag ich doch. Hab ich jetzt was geraucht oder du?»

Heinz Kellinghusen antwortete nicht und wandte seinem Sohn den Rücken zu. Er schlich hinaus wie der gebrochene Mann, der er war.

«Verpass den Abflug nicht», rief Ole ihm hinterher. «Die warten nicht auf dich. Niemand wartet auf dich!» Er griff nach seiner Gitarre, spielte die ersten Akkorde von R. E. M.s *Find The River.* «Übrigens herzlichen Glückwunsch, du wirst Opa», murmelte er leise, dann gab er sich wieder der Musik und seinem breiten Schädel hin. Immerhin: Wenn sein Vater nicht mehr da war, würde das Leben besser werden. Nicht unbedingt leichter, aber besser. Bestimmt.

Der Kappler und der Hamkens

Sörensen hatte die Sonne bemerkt, kaum hatte sie ihre gelben Fühler nach ihm ausgestreckt. Er blieb auf dem Marktplatz stehen, reckte den Kopf und dachte, dass Katenbüll doch jetzt eigentlich anders aussehen müsste, heller, einladender, mehr nach Urlaub, Eiscreme und Liebe am Strand. Aber nichts da. Die gleiche graue Ödnis wie zuvor, so heimelig wie ein Schaufenster in der Hamburger Fußgängerzone. «Eine Scheiße ist das», schimpfte auch die alte Käse-Käthe, die sich von der unvermutet aufgerissenen Wolkenlücke offenbar in ihrer Tristesse gestört fühlte und trotzig die Markise an ihrem Wagen herunterließ. Sörensen winkte ihr zu, aber nicht aus Freundlichkeit, sondern um sie damit zu ärgern. Sie winkte nicht zurück. Der Bratwurstverkäufer nebenan drehte mit gesenktem Kopf eine Wurst um, die sich nicht dagegen wehren konnte.

Sörensen stieg in den Passat, startete den Motor mit extraviel Gas und resümierte die Ermittlungsergebnisse. Kein Tatwaffenfund bei Hinrichs oder in der Umgebung, keine Spur von seinem Handy, keine Fingerabdrücke, die nicht in den Stall gehörten. Keine Spur von Jan. Nichts Neues auch von Göntje Fuhl, keine Hinweise auf einen Zusammenhang, keine verwertbaren Spuren. Aber vielleicht war es dafür auch noch etwas zu früh, die Pathologen in Husum hatten die alte Frau sicherlich noch gar nicht obduziert. Dennoch ein klares Null zu Sieben. Wenn er seinen ausgeglichenen Allgemeinzustand einrechnete, konnte er sich vielleicht auf ein Eins zu Acht einigen. Also ein Ehrentreffer, immerhin. Direkte Verbesserung sah anders aus, aber es war trotz Gehirnerschütterung nicht schlimmer geworden, und er hatte über die Hälfte des Tages ja auch schon geschafft.

Er fuhr nach Hause, in das Haus, das vorher dem Kappler gehört hatte und dass sich so wenig nach Zuhause anfühlte, zumal nach dem gestrigen Angriff auf ihn. Der Kappler, dachte er. Ob er wohl für die anderen «der Sörensen» war? Oder wurde?

Der Kappler. Fast eine mysteriöse Gestalt war das. Eine mysteriöse Gestalt, die über Katenbüll schwebte, als wäre sie nie ganz verschwunden.

Als Sörensen um kurz vor vier im Deichweg ankam und den Wagen in der Einfahrt abstellte, saß der Hund vor seiner Tür. Sörensen bemerkte, dass er sich freute. Dass er sich zum ersten Mal in Katenbüll über irgendetwas freute. Er näherte sich vorsichtig, wie immer humpelnd nach ein paar Minuten des Sitzens, und ging in die Knie. «Hey», sagte er. «Da bist du ja wieder.» Der Hund stellte sich hin, streckte sich und wedelte mit dem Schwanz. Bei Tageslicht sah er noch hübscher aus, aber auch kurioser. Die Einzelteile ergaben ein funktionierendes Ganzes, obwohl sie falsch zusammengesetzt waren. «Magst du heute reinkommen?», fragte Sörensen. Der Hund sah immer noch unterernährt aus, natürlich sah er das, und Sörensen beschloss, es wiederum mit Zwieback zu probieren. Er hatte ja auch nichts anderes im Haus. Er schloss die Tür auf und ging vor, dieses Mal kam der Mischling bereitwillig hinterher. Er sprang ganz selbstverständlich auf einen Sessel, als würde er ihn kennen, und legte den Kopf auf die Kante. Sörensen öffnete eine Schranktür in seiner Küchenzeile und zog die Packung mit dem Zwieback heraus. Er riss sie auf, griff hinein und legte eine Handvoll davon auf einen Teller, den er vor dem Sessel abstellte. Der Hund hob den Kopf, machte aber keine Anstalten.

«Na los», sagte Sörensen.

Der Hund bewegte sich nicht.

«Lecker», sagte Sörensen und zeigte auf den Zwieback.

Dem Hund schien es egal.

«Fass!»

Nichts.

«Friss!»

Konnten Hunde mit den Schultern zucken?

«Los jetzt!»

Der Hund gab einen Laut von sich, der ein bisschen nach Verzweiflung klang. Sörensen seufzte.

«Und ab», sagte er dann.

Der Hund sprang vom Sessel und stürzte sich auf den Zwieback, dass es nur so krachte. Sörensen lächelte, ging zur Spüle, befüllte einen Suppenteller mit Wasser und stellte ihn samt der restlichen Zwiebackpackung neben das Tier, das nicht gewillt schien, auch nur einen einzigen Krümel verkommen zu lassen.

Apropos Hunger, dachte Sörensen. Er hatte immer noch nichts eingekauft. War also nichts mit Ausruhen und verspäteter Mittagspause. Er dachte an das zu führende Telefonat, zog sein Handy aus der Tasche und trat vor die Tür. Der Hund machte zu viel Krach zum Telefonieren, außerdem galt es, die Sonne auszunutzen, wenn sie schon mal da war. Vitamin D und so. Er betrachtete den in Teilen tiefblauen Himmel. Das Vergnügen würde nur kurz sein. Hinter dem Deich näherten sich in rasender Geschwindigkeit unnachgiebig die nächsten dunklen Wolkenfelder, drohend, mächtig, wie eine schwarz angestrichene Wand. Das Imperium schlägt zurück, dachte Sörensen und wählte die Nummer, die Malte ihm aufgeschrieben hatte.

«Kappler», sagte eine männliche Stimme, die tief und voluminös war, die nach breiten Schultern klang, nach Autorität und Stammeshäuptling. Und die Sörensen zu seinem großen Ärger schon bei der bloßen Namensnennung einschüchterte. Wie lächerlich war das denn, dachte er, schließlich waren sie gleichgestellt, der Kappler und er. Na ja, die Macht der Stimme. Die Macht der Phantasie.

«KHK Sörensen, Herr Kollege», sagte er so fest und tief, wie es ihm möglich war. «Passt es gerade?»

«Aber ja, hervorragend. Ich stecke bis zum Hals in Wäsche. Was kann ich für Sie tun?»

Sörensen suchte nach einem guten Anfang, nach einleitenden, verbindlichen Worten, um sein telefonisches Gegenüber erst einmal ins Boot zu holen. Und entschloss sich dann gegen den Seeweg, sondern für den kürzesten Weg über die Autobahn unter Ausschluss etwaiger Umgehungsstraßen.

«Sie waren bis vor kurzem Revierleiter in Katenbüll, richtig?»

«Richtig», sagte Kappler. Und so, wie er es sagte, hätte er lieber noch ein wenig über Socken und Slips geplaudert.

«Ich bin Ihr Nachfolger, wir haben die Plätze getauscht, wissen Sie?»

«Ah ja, ja.»

Sörensen lachte so vertraulich wie künstlich auf, um das Eis zu brechen. «Gerade mal den zweiten Tag bin ich hier und, na ja, ich wohne sogar in Ihrem Haus.»

«Ich hab die Spülmaschine nicht kaputt gemacht, die war schon kaputt», sagte Kappler. «Ich glaube, das ist auch viel mehr ein Problem mit der Wasserleitung.»

«Darum geht es nicht», sagte Sörensen und hörte, wie der Hund im Wohnzimmer die Zwiebackverpackung aufriss. «Mir sind da ein paar Dinge aufgefallen, über die, na ja, über die ich gerne kurz mit Ihnen sprechen würde. Sozusagen als nachträgliche Dienstübergabe. Haben wir ja gar nicht gehabt, so eine Dienstübergabe.»

Kappler brauchte eine Sekunde. Vielleicht füllte er Vollwaschmittel in die dafür vorgesehene Öffnung. Vielleicht tat er auch einfach gar nichts.

«Ehrlich gesagt habe ich mir schon gedacht, dass Sie anrufen», sagte er dann.

«Ach ja?»

«Ich hab das in den Nachrichten gehört vom Hinrichs. Und dann einen Teil der Pressekonferenz gesehen. Haben Sie gut gemacht.»

«Danke.» Sörensen wusste, dass Kappler log. Aber das sprach in diesem Fall eindeutig für ihn.

«Und ich hab auch gesehen, dass Frauke Dietz ihre Griffel auf Ihren Arm gelegt hat», fuhr Kappler fort. «Lassen Sie sich nicht von der vereinnahmen.»

«Keine Sorge», sagte Sörensen. «Zusammen in Urlaub fahren wir nicht.»

«Gut so. Es könnte nämlich sein, dass Sie sonst nicht mehr zurückkehren.»

«Das hätte natürlich auch Vorteile.»

«Ich sehe, wir verstehen uns. Man sollte wirklich keine Wolle bei 40 Grad waschen, oder? Ich hab das nicht so oft gemacht, aber das sieht nicht gut aus. Das sieht gar nicht gut aus.»

Sörensen beschleunigte, er musste jetzt dahin, wo es weh tat. «Herr Kollege, verzeihen Sie mir die direkte Art, aber ich weiß von Ihrer Beziehung zur Kollegin Holstenbeck. Ich werte das nicht, ich kann das sogar nachvollziehen, darum geht das auch gar nicht. Es geht darum, ob Sie jemals die Vermutung hatten, dass Sie absichtlich aus Katenbüll, na ja, vertrieben worden sind?»

Kappler schwieg. Im Hintergrund begann eine Waschmaschine, die vorausgegangene Scharte in aller Demut auszuwetzen.

«Wissen Sie, eine Intrige vielleicht», sagte Sörensen.

«Jenni kann nichts dafür», sagte Kappler.

«Das hab ich auch nicht gemeint. Aber irgendjemand muss das ja gewesen sein, der Ihre Frau verständigt hat. Irgendjemand, der Ihnen schaden wollte. Irgendjemand, der vielleicht aus dem Kirchenchor kam und der mit Bürgermeister Hinrichs zu tun hatte.»

«Wieso aus dem Kirchenchor? Wieso Hinrichs?»

«Aus Gründen. Ich frage mich jedenfalls, ob Sie irgendetwas gegen Hinrichs … na ja, ob Sie da was in der Hand hatten? Oder dabei waren, was vorzubereiten?»

Kappler wog seine nächsten Worte sorgfältig ab. «Es gibt ein paar sichere Wege, sich in Katenbüll unbeliebt zu machen», sagte er. «Der erfolgversprechendste ist, sich mit den Chefs da anzulegen, die herrschenden Verhältnisse in Frage zu stellen, wie man so schön sagt.»

«Haben Sie das gemacht?»

«Ich musste. Ich war noch nicht mal ganz eingezogen, da ist ein Mitarbeiter der Firma zu mir gekommen.»

«Fleischeslust?»

«Exakt. Ist das übrigens ein Scheißname oder ist das ein Scheißname?»

«Das ist ein Scheißname.»

«Exakt. Ein leitender Angestellter war das. Name ist egal. Er hat gesagt, er würde nur mit mir reden, mit niemandem sonst. Ich habe ihn gefragt, was los sei, und er sagte, er wäre gezwungen worden, eine Falschaussage zu unterschreiben.»

«Ach?»

Der Hund kam jetzt aus dem Haus, mit der leeren Zwiebackpackung zwischen den Zähnen. Er schüttelte den Pappkarton noch einmal kräftig, dann legte er ihn Sörensen vor die Füße und marschierte in Siegerpose ins Haus zurück.

«Der Mitarbeiter hätte ein Gespräch mit seinem Chef gehabt, Jens Schäffler», fuhr Kappler fort. «Dieses Gespräch, in dem ihm eine Gehaltserhöhung plus Beförderung in Aussicht gestellt worden sei, hätte aber zu einem anderen Zeitpunkt stattgefunden als auf dem anschließenden Protokoll vermerkt.»

«Ach?»

«Genau: Ach. Jedenfalls, der Mitarbeiter hätte nachgefragt, warum das so sei und ob man das ändern könne. Schäffler hätte behauptet, das sei natürlich ein Fehler, aber für seinen Mitarbeiter sei das ja schließlich egal.»

«War es offenbar nicht.»

«Nein. Er hatte das Gefühl, seinem Chef ein Alibi zu liefern für was auch immer. Schäffler sei sehr ruppig geworden, unverhältnismäßig ruppig. Plötzlich wäre es nicht mehr um Beförderung gegangen, sondern um Entlassung, der Mitarbeiter wurde laut Aussage bedroht, bis hin zur Zerstörung seiner Existenz. Ich habe ihn gefragt, ob er Schäffler anzeigen wolle.»

«Wollte er nicht.»

«Wollte er nicht. Er hat sich geweigert. Aus Angst. Ich musste ihm versprechen, Schäffler nicht mit seinen Aussagen zu konfrontieren und seinen Namen aus allem herauszuhalten.»

«Warum war der dann überhaupt bei Ihnen?»

«Um mich hintenrum auf Schäffler anzusetzen.»

«Und dann?»

«Habe ich mich erkundigt, was an dem Datum auf dem Protokoll in Katenbüll passiert ist. Das war ja noch knapp vor meiner Zeit.»

«Und?», fragte Sörensen. Der Hund kam erneut aus dem Haus, satt, zufrieden, und legte sich zu seinen Füßen in die Sonne.

«Nicht viel. Wie immer. Aber eins dann eben doch. Ein Junge, zehn Jahre alt. Ist gegen siebzehn Uhr als vermisst gemeldet worden. War von der Schule nicht nach Hause gekommen. Dhonau, die Pfeife, hat die Anzeige entgegengenommen. Die Kollegen haben natürlich gesucht. Nichts. Keine Spuren, keine Zeugen, keiner hatte irgendetwas gesehen. Gegen zwanzig Uhr haben die Eltern angerufen und die Vermisstenanzeige zurückgenommen. Ich bin hin, wollte mit ihnen sprechen, aber sie haben nichts rausgelassen, zumindest nicht mir gegenüber. Der Junge hätte sich verlaufen und wäre wiederaufgetaucht. Kann ja auch alles sein.»

«Verlaufen? Auf dem Schulweg? In Katenbüll?»

«Ich sag ja nur, es kann sein. Wenn er seine Brille nicht aufhatte. Oder sein Smartphone ihn abgelenkt hat. Oder eine Sonnenfinsternis bei gleichzeitigem Stromausfall das Wasser über den Deich gejagt hat. Was weiß ich schon. Aber mein Besuch bei seinen Eltern hat Wellen geschlagen.»

«Inwiefern?»

«Ich musste bei Bürgermeister Hinrichs antreten. Er hat mich über die Stadt aufgeklärt. Wie ich mich zu verhalten hätte. Wie wichtig die Firma für Katenbüll ist. Dass es keinen Sinn macht, im Dreck zu wühlen. Dass es in Katenbüll keinen Dreck gibt außer den auf den Landstraßen und ich froh sein soll, hier zu sein.»

«Und dann haben Sie angefangen, im nicht vorhandenen Dreck zu wühlen.»

«Ja, sicher. Ich habe niemandem davon erzählt, nicht einmal Jennifer. Das war mal 'ne mühsame Angelegenheit, sag ich Ihnen. Niemand wollte mit mir sprechen. Speziell über Schäffler und Hinrichs nicht. Eine einzige Mauer des Schweigens. Wussten Sie, dass die schon zusammen studiert haben?»

«Ja.»

«Das Einzige, was ich immer und immer wieder erzählt bekommen habe, ist, dass Hinrichs und Schäffler große Wohltäter sind, die die ganze Stadt im Alleingang aufgebaut haben und für ihre Leute sorgen.»

«Geben Sie mir den Namen der Familie, die ihren Sohn als vermisst gemeldet hat?»

«Hamkens heißen die. Wohnen an der Hauptstraße. Der Mann leitet die Stadtbücherei, die Frau vermietet Apartments an Touristen.»

«Sie arbeiten also nicht für die Firma.»

«Nicht direkt, nein. Aber sie profitieren natürlich von ihr, wie alle.»

Der Hund gähnte herzhaft. Sörensen mochte ihn.

«Eine Frage noch, Herr Kollege», sagte Sörensen. «Hier ist jetzt schon zum zweiten Mal ein Hund aufgetaucht. Kennen Sie den?»

Kappler lachte. «Oh ja, das ist Cord.»

«Cord? Wie die Hose?»

«Cord wie die Hose. Der gehört dem Bauern Pooch, gar nicht weit entfernt. Einfach rechts aus der Ausfahrt, die Straße weiter runter, dann gleich der erste Bauernhof auf der rechten Seite. Der stand bei mir auch dauernd auf der Matte.»

«Er sieht nach wenig Futter aus.»

«Ich glaube auch nicht, dass sich Pooch sonderlich um ihn kümmert. Ich hab ihm ab und zu mal ein paar Kartoffeln gegeben, die mochte er. Warum auch immer.» Kappler lachte erneut. Aber es klang nicht fröhlich. «Ich muss mich jetzt wieder um die Wäsche kümmern, Hausarbeit ist wahnsinnig anstrengend. Vor allem, wenn man Single ist. Passen Sie auf sich auf, Kollege Sörensen. Und jetzt mal ganz im Ernst: Wenn Sie 'nen ruhigen Posten suchen, weg von der Hektik der Großstadt, schauen Sie sich schon mal woanders um.»

Sörensen verabschiedete sich, den gutgemeinten Rat ernsthaft in Erwägung ziehend. Das vermeintliche Mysterium Kappler legte er zu den Akten. Der war auch einfach nur ein Mensch. Ein ganz normaler Mensch mit einer tiefen Stimme, großen Problemen und einem krassen, gesunden Missverhältnis zu Katenbüll. Grundsätzlich also äußerst sympathisch. Sörensen holte seine Jacke, stellte fest, dass Cord einen wunderbar geputzten Fußboden hinterlassen hatte, und schloss die Tür hinter sich ab. Zweimal.

«Na, mein Junge?»

Cord wedelte mit dem Schwanz.

«Ab nach Hause», sagte Sörensen und ging zum Auto. Cord lief brav neben ihm her. Sörensen stieg ein und schlug die Fahrertür hinter sich zu. Cord war außer Sichtweite. Sörensen startete den Motor und traute sich nicht zurückzusetzen, aus Angst, das Tier zu überfahren. Wo war er bloß? In den Spiegeln war er jedenfalls nicht zu sehen. Etwa unter dem Auto? Er kurbelte das Fenster herunter und reckte den Hals. Der Hund saß direkt neben der Fahrertür und winselte leise. Sörensen seufzte, stieg aus und gab ihm ein Zeichen einzusteigen. Cord reagierte nicht. Jetzt geht das wieder los, dachte Sörensen.

«Hopp!», sagte er. Cord sprang über den Fahrersitz nach hinten und legte sich auf die Rückbank. Sörensen seufzte. Sein Tag war noch nicht zu Ende. Noch lange nicht.

*

Cord wurde unruhiger, je näher sie dem Hof kamen. Er wusste natürlich, wo es hinging. Es waren ja nur ein paar hundert Meter, aber es war weit genug, dass Sörensen sich fragte, ob eigentlich auch Hunde unter einer Angststörung leiden konnten. Als er neben der Einfahrt am Straßenrand parkte und ausstieg, legte sich Cord hinter dem Fahrersitz in den Fußraum und tat so, als wäre er nicht da. Sörensen wollte ihn zunächst zum Aussteigen zwingen, dann fand er, dass das eigentlich nicht seine Aufgabe war und dass so ein Hund ja auch Gründe haben mochte, die es erst einmal zu akzeptieren galt.

Die Poochs lebten auf den ersten Blick nicht schlecht, auf großem Grundstück mit anschließendem, parallel zum Deich verlaufendem Land, auf den zweiten schienen die finanziellen Mittel allerdings doch eher knapp zu sein. Das Bauernhaus bestand zu großen Teilen aus einem borstig-grauen Reetdach, die Fenster waren schmal und das

Weiß abgeblättert, die roten Backsteinmauern wurden nach unten hin immer gelblicher und grauer, bis sie in einem rund um das Haus gezogenen schmalen Kiesbett mündeten. Die Scheune war direkt ans Haupthaus gebaut, über dem breiten weiß-grün gestrichenen Tor klebte eine Plastikmöwe an der Wand unter dem beginnenden Reetdach. Die Haustür sah aus wie das Scheunentor, nur in klein, schmal und mit Rundbogen. Der Türgriff war angerostet. Auf der Wiese am Straßenrand, auf der Sörensen geparkt hatte, lagen drei große Steine dicht nebeneinander. Eventuell war das Kunst. Vielleicht sollte das aber auch einfach nur Fremde vom Parken abhalten.

Sörensen kletterte als letzte Hürde über einen kniehohen Holzzaun und klingelte an der Vordertür, es war ein Glockengeläut wie in den Alpen. Nach wenigen Sekunden schon öffnete eine vollschlanke Frau, es musste die Bäuerin sein, die im Rahmen ihres Umfelds durchaus schlüssig aussah. Kräuselige rote Pudelfrisur, ein rotwangiges, ansonsten bleiches Mondgesicht mit randloser Brille über dem ausgeprägten Dreifachkinn, rote Bluse, darüber ein blauweißer Kittel mit Ankermuster. Sörensen stellte das nur fest, er bewertete es nicht. Hier auf dem Land geht es eben um andere Dinge, um wichtigere Dinge, dachte er. Generell hatte sich seine Haltung zu so äußerlichen Dingen schleichend, aber grundlegend verändert, seit er diese bescheuerte Erkrankung hatte. Was hatte man davon, wenn man aussah wie George Clooney, aber keine drei Schritte geradeaus gehen konnte, ohne Panikattacken zu bekommen?

«Kriminalhauptkommissar Sörensen», stellte er sich vor. «Ich habe Ihren Hund im Auto.»

«Die dumme Sau», sagte die Frau und wischte sich die Hände am Kittel ab. «Wo hat der sich wieder rumgetrieben?»

«Wieso dumme Sau? Ist doch nicht schlimm», beschwichtigte Sörensen. «Bei mir war der. Ich wohn hier die Straße runter.»

«Das ist der bekloppteste Hofhund, den wir jemals hatten. Ich hoffe, der hat Sie nicht belästigt!»

«Nein, nein, ich hab ja gerade gesagt …»

«Wo isser denn?» Die dicke Frau, die wohl Frau Pooch war, trat einen Schritt aus der Tür heraus, die Hände in den Hüften, und inspizierte mit Feldherrnblick die Gegend.

«Noch bei mir im Auto», sagte Sörensen. «Wollte nicht raus.»

«Die Sau», wiederholte die Bäuerin. «Cord!», brüllte sie dann.

«Ich glaub nicht, dass der die Tür aufkriegt», sagte Sörensen und ging stirnrunzelnd zu seinem Wagen. Als er hinten aufmachte, lag Cord mit gekreuzten Pfoten über den Augen immer noch eingequetscht im Fußraum. «Ja, ich weiß nicht», sagte Sörensen ratlos und drehte sich zu Frau Pooch um.

«Cord!», brüllte die erneut. Der Kopf war noch röter geworden. Cord richtete sich mit der Agilität eines hundertjährigen Rollstuhlfahrers auf und glitt mit eingekniffenem Schwanz aus dem Auto. «Aber ganz schnell», rief Frau Pooch und zeigte mit ausgestrecktem Arm auf die Haustür. Cord schlich an ihr vorbei ins Innere.

«Danke fürs Bringen», sagte sie zu Sörensen. «Wenn Sie mal ein paar Eier brauchen oder so was, melden Sie sich ruhig.»

Dann watschelte auch sie zurück ins Haus und knallte die Tür hinter sich zu. Sörensen stand da wie jemand, dem man die Braut entrissen hatte. Er hörte die Bäuerin undefiniert schimpfen, dann brüllen, Cord hörte er jaulen und war schon auf dem Sprung, noch einmal zu klingeln, das Tier da rauszuholen, mindestens aber den Tierschutzverein zu alarmieren. Er wartete noch einen Moment, lauschte, bis die Szenerie sich beruhigte, und tat nichts von alldem. Stattdessen stieg er in den Passat und fuhr zurück in Richtung Stadt, mit schlechtem Gewissen, aber voller guter Begründungen, warum es ihm nicht zugestanden hatte einzugreifen.

Am Penny-Markt, dessen Lage er sich bei seiner Ankunft erfreulich gut eingeprägt hatte, parkte er und befreite einen Einkaufswagen aus seinem angeketteten Elend. Sein Telefon klingelte. *Revier* stand da. Sörensen schob in den Markt hinein, der beruhigenderweise genauso aussah wie alle anderen Penny-Märkte dieser Welt und fragte sich, wie schlimm es um seine Entwurzelung wohl stehen mochte, wenn er einen Discounter, den er noch nie zuvor betreten hatte, als etwas Vertrautes wahrnahm, etwas Städtisches, etwas, woran er andocken konnte. Er nahm den Anruf entgegen.

«Faltermeyer hier», meldete sich eine eifrige Stimme in dem Versuch zu gefallen. «Ich bin durch den Müll durch.»

«Gut», sagte Sörensen, fand die Gemüsetheke ordnungsgemäß direkt hinter dem Eingang vor und nahm sich einen Broccoli, den er in seinem Kühlschrank sowieso verderben lassen würde.

«Ich habe nicht nur den Müll sortiert», sagte Faltermeyer, «nicht nur den Weg der alten Göntje rekonstruiert, sondern auch noch nachvollziehen können, welchen Müll sie aus welcher Mülltonne gezogen hat.»

«Wow», sagte Sörensen und war ehrlich beeindruckt. H-Milch, Eier, Brot, Zucker und Mehl wanderten in seinen Einkaufswagen. «Wie haben Sie das denn gemacht?»

«Ganz einfach: Überall zwischen ihrer Wohnung und der Kirche geklingelt und den Leuten den Müll unter die Nase gehalten.»

«Und wenn mal jemand nicht zu Hause war?» Toastbrot, Schokolade, Kartoffelchips, Cola.

«Dann habe ich bei den Nachbarn geklingelt. Die wussten meistens auch Bescheid.»

«Klar», sagte Sörensen und dachte, dass das so ziemlich alles über die Verhältnisse in einer Kleinstadt aussagte. «Ganz schöner Aufwand, super, Kollege Faltermeyer.»

Faltermeyer wuchs am Telefon um die Größe eines prallgefüllten 120-Liter-Beutels. «Danke, Herr Kriminalhauptkommissar», sagte er.

Shampoo, Zahncreme, Waschmittel, Antiaging-Creme. Klopapier.

«Hat das Ganze denn auch etwas gebracht?»

Faltermeyers Beutel entwich die Luft. «Nein, leider nicht. Niemand besonders verdächtig, kein Müllfund auffällig. Der Täter hat also wahrscheinlich gefunden, was er gesucht hat.»

Apfelmus, Tiefkühlpizza, Tofu-Burger. Hatte er überhaupt ein Gefrierfach?

«Ganz kurz noch mal», sagte Sörensen. «Das ist doch die Hauptstraße, die Sie abgelaufen sind, oder?»

«Ja», sagte Faltermeyer.

«Haben Sie auch bei einer Familie namens Hamkens geklingelt?»

«Hab ich», sagte Faltermeyer wie aus der Pistole geschossen. «Klar, der Knut. Toller Kerl.»

Sörensen blieb vor dem Hundefutter stehen. «Und wie war der so drauf, der tolle Knut?»

Faltermeyer bemerkte, dass er sich auf Glatteis begab. Zum zweiten Mal am zweiten Tag. «Nicht da», sagte er vorsichtig. «Nur seine Frau. Wir kennen uns ja auch kaum. Also, der Knut und ich. Seine Frau kenne ich natürlich noch weniger, das wär ja ansonsten auch … Spielen ab und zu zusammen Skat. Also, der Knut jetzt. Und ich.»

«Der ist ein Skatkumpel von Ihnen?» Sörensen packte drei Dosen Hundefutter ein. Einfach mal so. Man konnte ja nie wissen.

«Ach, was heißt Kumpel?», fragte Faltermeyer zurück. «Wir sitzen ja nicht mal nebeneinander. Höchstens gegenüber. Mit dem Tisch dazwischen. Ziemlich weit weg eigentlich. Weiß ich nicht, ob man da Kumpel sagen kann. Nee, Quatsch, Kumpel.»

«Wo finde ich den denn gerade, den weit entfernten Nicht-Kumpel?»

Faltermeyer seufzte. «In der Bücherei», sagte er. «Die ist auf dem Marktplatz rechts der Wache. Kann man schnell mal übersehen, da ist auch meistens nichts los, in Katenbüll wird wohl nicht so viel gelesen.»

«Kein Grund, sich zu ärgern, POM Faltermeyer», sagte Sörensen und legte noch zwei Dosen nach. «Ich will Ihre Arbeit nicht kontrollieren. Ich hab nur einen neuen Hinweis, der hängt mit Hamkens zusammen.»

«Dann ist ja gut», sagte Faltermeyer erleichtert. «Ich hab auch wirklich getan, was ich konnte.»

«Dann schreiben Sie doch mal Ihren Bericht und machen dann Feierabend», sagte Sörensen, bevor das hier noch zu vertraulich wurde und Faltermeyer ihn zum Skat dazubat. Er legte auf und reihte sich an der Kasse in die Schlange ein. Ganz vorne standen die beiden Pförtner der Firma Fleischeslust und stellten zusätzlich zu zwei Flaschen Schnaps überflüssigerweise den kompletten Kasten Bier auf das Laufband. Der eine stieß den anderen an und zeigte auf Sörensen. Beide nickten ihm zu, im Großen und Ganzen neutral, mit einer Spur Abfälligkeit. Wie hießen sie noch mal, überlegte Sörensen. Schaumi und Kutte, richtig. Was für alberne Namen.

*

«Leiter der Stadtbücherei» klang besser, als es das im Endeffekt war. Genauso gut könnte man einen Wagenschieber als Movement Manager bezeichnen, dachte Sörensen. Viel zu leiten gab es da nämlich nicht. Die Bücherei bestand nur aus einem einzigen Raum mit gräulichen Wänden, niedriger Decke, etwa einem Dutzend dreistöckiger, durchgebogener Blechregale und einer kleinen Theke direkt neben dem Eingang. Ein dekorativ davor aufgestellter Kasten mit der leicht übertriebenen Aufschrift «Neue Medien» bot ein paar nicht mehr ganz so neue DVDs und Musik-CDs feil. Die vorderste war

– Sörensen schaute zweimal hin – *Captain Cook und seine singenden Saxophone*, daneben stand die zweite von Jan Delay, irgendeine Best-of der Amigos und die selbstkopierte Demo einer Partyband aus Husum, die ihre CDs zur kostenlosen Mitnahme ausgelegt hatte. Sörensen hoffte, diese Auslage war nicht so sinnbildlich für Katenbüll, wie er befürchtete. Bis auf eine dezente Klimatisierung war es still im Raum, sodass er zunächst sogar dachte, er wäre gänzlich allein. Erst als er sich umdrehte und schon wieder gehen wollte, rollte der hinter einem Röhrenmonitor aus den frühen Neunzigern versteckte Bibliothekar mit seinem wild gemusterten Pullover aus den Achtzigern und der eher aus Versehen wieder modisch gewordenen Hornbrille aus den Siebzigern seinen Bürostuhl in Sörensens Sichtfeld. Das musste Knut Hamkens sein. Er zwinkerte wie ein Maulwurf im Gegenlicht, legte die aktuelle *Bild*-Zeitung beiseite und schien sich über das neue Gesicht aufrichtig zu freuen.

«Ein neues Gesicht! Wie schön!», sagte er folgerichtig und griff zu einem Karteikasten, um aus Sörensen eine Nummer zu machen.

«Sind Sie Herr Hamkens?», fragte Sörensen.

Hamkens klappte den Kasten wieder zu. «Warum?», fragte er, jetzt schon deutlich unfreundlicher mit Tendenz ins Misstrauische. Es kam wohl nicht allzu oft vor, dass da jemand ankam und einen einfach so sprechen wollte. Noch dazu ein Fremder, der nicht von hier war. Sörensen stellte sich vor, Hamkens verschränkte die Arme vor der Brust und lehnte sich in seinem Stuhl ganz weit nach hinten, dass es nur so knarzte. Sörensen kannte diese Reaktion. Sie war die Regel. Spätestens bei Nennung seines Dienstgrades verschlossen sich Münder, Ohren und Herzen, obwohl er doch grundsätzlich niemandem etwas wollte. Hamkens' Ablehnung lag derartig frei, dass Sörensen das eher einer sozialen Ungeschicklichkeit zuordnete als angewandter Bösartigkeit.

«Herr Hamkens, ich will gar nicht zu viel von Ihrer kostbaren Zeit stehlen. Ich sehe, Sie haben zu tun», schwindelte Sörensen. «Erinnern Sie sich an den Tag, als Ihr Sohn sich angeblich auf dem Nachhauseweg verlaufen hat und Sie die Kollegen gerufen haben?»

«Natürlich», sagte Knut Hamkens. «Was heißt hier angeblich? Falscher Alarm war das.»

«Wieso?»

«Müssen wir da wirklich noch einmal durch? Da war doch gar nix.»

«Ich will aber wissen, was da nicht war.»

«Sönke hat sich auf dem Nachhauseweg von der Schule verlaufen und kam deswegen zu spät. Wir haben uns Sorgen gemacht und die Polizei gerufen. Dann war er wieder da. Das ist alles.»

«Wie lange?»

«Wie lange was?»

«Wie lange hat Sönke für den Nachhauseweg gebraucht?»

«Weiß ich nicht mehr.»

«Das glaube ich Ihnen nicht. Man ruft doch nicht die Polizei, wenn einer mal 'ne halbe Stunde zu spät kommt. Sie hatten Angst um Ihren Sohn. Da guckt man doch dauernd auf die Uhr.»

«Was weiß ich. Zwei Stunden vielleicht. Drei. Kinder träumen halt manchmal ein bisschen.»

«Drei Stunden lang?»

«Hängt von den Träumen ab, oder? Oder?» Hamkens kicherte künstlich. «Hören Sie, ich weiß es nicht. Vielleicht hat er auch mit ein paar Kumpels Mist gebaut oder Fußball gespielt. Sie wissen ja, wie Kinder so sind. In dem Alter.»

«Wie alt ist er eigentlich genau, der Sönke?»

«Elf.»

«Ich möchte gerne mit ihm sprechen.»

«Das ist nicht nötig. Das geht nicht.»

«Warum nicht?»

«Er ist ein Kind. Lassen Sie ihn in Ruhe.»

Sörensen zeigte auf die aufgeschlagene *Bild-Zeitung*. «Weiß ich nicht», sagte er, «die da, die arbeiten mit Angst. Das ist deren Methode, deren größtes Pfund. Die schüren die richtig, die Angst. Die wollen, dass die Leute Angst haben. Angst vor Krieg, Angst, dass andere ihr Geld wollen, Angst vor dem sozialen Absturz. Wenn du die Angst der Menschen beherrschst, beherrschst du die Menschen, heißt das doch, deswegen lesen immer noch so viele Leute den Scheiß. Also, unter anderem jedenfalls. Und wissen Sie was, Herr Hamkens: Ich glaube, dass Sie auch Angst haben.»

Hamkens betrachtete die Zeitung, als sähe er sie zum ersten Mal, dann faltete er sie zusammen, zerknüllte sie und warf sie treffsicher in den Papierkorb unter seinem Tisch.

«So ein Quatsch», sagte er, «die haben einen super Sportteil.»

Er tastete kurz ins Leere und nahm einen Radiergummi in die Hand, den er zwischen Daumen und Zeigefinger hin und her bewegte.

«Herr Hamkens, wenn alle immer nur Angst haben, gewinnen die, die die Angst schüren», sagte Sörensen und dachte, dass es ein besonders schlechter Witz der Evolution war, dass man das auch selbst sein konnte. Sozusagen Täter und Opfer in einem.

Hamkens sah auf. «Ich kann Ihnen gar nichts sagen, was Ihnen weiterhilft. Leider nicht.»

«Mal sehen.» Sörensen setzte sich mit dem Hintern auf die Thekenkante, rutschte aber ab und stand schnell wieder. «Was wissen Sie denn zum Beispiel über das Thema Kindesmissbrauch?»

Der Bibliothekar verlor die Fassung. «In Katenbüll?»

«Ja, sicher.»

«Nichts! Herrgott, nichts! Kindesmissbrauch, mein Gott, was ist denn das hier? Was wollen Sie denn von mir? Kindesmissbrauch? Glaub ich nicht. Weiß ich nicht!»

«Ich will und ich werde mit Ihrem Sohn sprechen, wenn Sie mir nicht weiterhelfen!» Sörensen begann sich aufzuregen. «Ich verstehe das gar nicht», sagte er. «Wieso helfen Sie mir nicht? Da müssten Sie doch spätestens jetzt aber mal so was von mitteilsam werden, müssten Sie da. Ich bin von der Polizei, ich komm hier an und erzähle Ihnen was von Ihrem Sohn und stelle das Wort Missbrauch in den Raum, und Sie machen einen auf Verweigerung? Da sollten aber mal alle Lampen angehen bei Ihnen, sogar die in Ihrem Arsch. Es sei denn, die sind vielleicht schon an, ganz lange schon, das ist vielleicht gar keine Überraschung für Sie, was ich hier sage, vielleicht haben Sie das ja sogar schon selber gedacht oder gewusst oder was? Sie werden mir jetzt …»

Sörensen hielt inne. Hinter einem der Regale kam eine Frau hervor, eine ältere Dame mit schwarz gefärbten Haaren, weißer Brille, blauer Regenjacke und schwarzen Stiefeln mit hohen Absätzen. Sie pfefferte den neuen Murakami, den sie gerade hatte ausleihen wollen, demonstrativ vor den Bibliothekar auf die Theke wie eine Anklage.

«Du solltest dich so was von schämen, Hamkens», sagte sie mit strenger Verachtung, dann schob sie den Roman mit spitzen Fingern zu ihm hinüber wie eine Kündigung und verließ die Bücherei unter rhythmischem Geklacker ihrer Absätze. Sörensen hatte keine Ahnung, wer das war, aber an Hamkens' erschüttertem Gesichtsausdruck erkannte er, dass sie ihm gerade einen großen Gefallen getan hatte.

Hamkens griff nach dem Buch. «Die hatte ich ganz vergessen», murmelte er, «das war die Frau Cornelius, die macht hier in Immobilien. Ist eine Geschäftspartnerin meiner Frau.» Er stand auf, kam hinter seinem Tresen hervor und stellte das Buch wie in Trance zurück in das Regal, aus dem Frau Cornelius es entnommen hatte. Als er zurückkam, ähnelte er einem Gespenst mit Schwindsucht.

«Komisch, oder?», sagte Sörensen.

«Was?»

«Na, dass die Frau Cornelius nicht mich beschimpft hat, sondern Sie.»

Hamkens antwortete nicht sofort und drehte jetzt einen Kugelschreiber in seiner Hand. «Ich weiß nicht», sagte er schließlich. «Wenn ich jetzt plötzlich … wie stehe ich denn dann da? Was wird denn dann aus uns? Ich meine, da hängt so viel dran …»

«Besser jetzt als nie», sagte Sörensen. «Ich hab in meinem Leben schon so viel Mist gebaut, da stelle ich mich bestimmt nicht als moralische Keule hin. Hauptsache, Sie packen jetzt mal schön den Koffer aus.»

Hamkens erhob sich erneut, drehte sich von Sörensen weg und stellte sich ans Fenster, um Distanz zu schaffen. Die tiefstehende Wolkenwand hatte Katenbüll erreicht. Es fing wieder an zu regnen. Die Tropfen wogen schwer und klopften polyrhythmisch an die Scheibe, wie durch ein wildgewordenes Metronom angeleitet. Sörensen merkte, wie sein rechtes Bein einschlief. Er versuchte es vorsichtig zu bewegen, ohne Hamkens zu irritieren.

«Sönke saß plötzlich vor unserer Haustür», begann der Bibliothekar. Er sprach so leise, dass seine Stimme sich gegen das Getrommel am Fenster kaum durchsetzte und Sörensen sich vorbeugen musste. «Völlig verwirrt. Wir haben natürlich gedacht, Drogen oder so … erster Alkoholrausch, was weiß ich. Wir haben ihn reingeholt und erst mal aufs Sofa gelegt. Meine Frau war ganz hysterisch. Wenn das eigene Kind … weiß nicht, ob Sie das verstehen. Aber da müssen wohl alle Eltern durch. Wir wollten natürlich den Notarzt rufen, aber da war dieser Umschlag …»

«Was für ein Umschlag?»

«Den hatte er in seiner Jackentasche.» Hamkens seufzte. «Da drin waren tausend Euro. Und ein Zettel.» Er stieß Luft aus. «Ich weiß noch genau, was da draufstand. ‹Es geht mir gut. Ich wache gleich wieder auf. Keine Polizei. Kein Krankenwagen. Denkt an Frieder Marek und nehmt das Geld.› Mit dem Computer geschrieben.»

«Was war denn mit Frieder Marek?», fragte Sörensen harmlos.

«Der war hier mal Kurdirektor. Bis sie ihn rausgeschmissen haben. Der sitzt jetzt allein in seinem Haus und säuft sich tot.»

«Haben Sie diesen Zettel noch?»

«Nein.»

«Wirklich nicht?»

«Nein. Und das Geld auch nicht. Ich wollte das nicht mal spenden. Ich wollte es wegschmeißen.»

«Tausend Euro?»

«Ja. Aber … ich hab es nicht gemacht.»

«Sie haben das Geld behalten.»

Hamkens biss sich auf die Unterlippe. «Wir haben nicht viel. Sturmschaden am Dach und die Spülmaschine war kaputt. Die Elektronik. Wissen Sie, was so ein Steuerungsteil kostet … da können Sie sich eigentlich gleich eine neue Maschine kaufen, aber die passt dann vielleicht nicht in die Küchenzeile und, na ja.»

«Und Sie haben Ihren Sohn nicht einmal zu einem Arzt gebracht?»

Hamkens senkte den Kopf. «Wir haben ihn selbst untersucht», sagte er leise. «Da war nichts. Zumindest nichts … was man hätte sehen können. Höchstens ein paar …»

«Was?»

«Er hatte ein paar blaue Flecken. Am Rücken und am Hals.»

«Am Hals?»

«Hab ich doch gesagt.»

«Herr Hamkens …»

«Ja, ich weiß», fauchte Hamkens, und Sörensen wusste, dass er jetzt aufpassen musste, wenn er Hamkens' Auskunftsfreude nicht gefährden wollte. «Ich weiß, wie das aussieht. Ich bin auch nicht stolz drauf, okay?»

«Was hat Sönke denn gesagt, als er wieder klar im Kopf war?»

«Dass er nach der Schule noch mit Jan unterwegs war … und dass er sich von da an an nix mehr erinnern konnte.»

«Jan Hinrichs?»

«Ja.»

«Ich verstehe immer noch nichts», sagte Sörensen. «Was ist denn … ich meine, wenn Ihr Sohn sexuell missbraucht worden ist … Also, Sie finden Geld und einen Zettel, und Ihr Sohn ist bewusstlos. Und Sie machen einfach gar nichts?»

Hamkens zögerte mit seiner Antwort. «Das ist nicht so einfach.»

«Was glauben Sie denn, wofür Sie das Geld bekommen haben?»

«Das ist nicht so einfach», wiederholte Hamkens. «Einfach was zu machen. Ins Blaue hinein. Das ist ja auch schlimm für ihn. Da muss der dann tausend Fragen beantworten, und alle reden drüber. Und da kommen dann Sachen raus, von denen Sönke selber gar nichts mehr weiß. Will man das wirklich? Weiß ich nicht, ob man das will.»

«Ja», sagte Sörensen entschlossen. «Das will man.»

«Das finde ich nicht so … so einfach. Finde ich wirklich nicht. Da hängt doch so viel dran. Und Sie haben gesagt, Sie werden nicht moralisch.»

«Das stimmt.» Sörensen dachte nach. «Ihre Angst muss sehr groß sein, Herr Hamkens. Und ich frage mich, vor wem Sie die haben.»

«Das kann ich Ihnen nicht sagen.»

«Weil Sie nicht wollen oder weil Sie nicht können?»

«Ich kann nicht. Denn ich weiß es nicht. Natürlich haben wir auch …

also meine Frau und ich … irgendeine Idee … aber ich bin Angestellter der Stadt, und ich muss das bleiben. Wir zahlen das Haus ab. Wir können hier nicht weg.»

Sörensen betrachtete Hamkens mit einer Mischung aus Wut und Mitleid. Der Mensch sperrte sich einfach zu gerne in Gefängnisse. In innere und äußere.

«Was ist mit Göntje Fuhl?», fragte er.

Hamkens' Kopf ruckte herum mit einem Gesichtsausdruck, als wäre der Zusammenhang völlig abwegig. Was er ja vielleicht auch war. «Die alte Göntje? Was soll denn mit der sein?»

«Sie ist tot. Ist heute ganz in der Nähe Ihres Hauses an der Bushaltestelle gefunden worden.»

«Herrje. Na ja, war ja auch schon alt, oder?»

«Hätte aber noch älter werden können.»

«Mord?»

«Ja.»

Sörensen beobachtete Hamkens ganz genau. Entweder er war ein guter Schauspieler, oder sein Gehirn hatte wirklich Schwierigkeiten mit Einordnung und Wucht der Neuigkeiten.

«Wieso?», fragte er. «Warum erzählen Sie mir das? Was hat das mit Sönke zu tun?»

«Ich dachte, da könnten *Sie* mir vielleicht helfen. Ihr Sohn wird entführt. Für einen Nachmittag. Sie bekommen Geld dafür. Eintausend Euro!» Hamkens wollte protestieren, aber Sörensen schnitt ihm mit einer Geste das Wort ab. «Göntje Fuhl wird ermordet, kurz nachdem sie unter anderem in der Hauptstraße an Ihrem Müll war. Und dann ist auch noch Jan Hinrichs verschwunden. Der Junge, mit dem Ihr Sohn zusammen war, bevor er verschwunden ist. Der Sohn des Mannes, der gestern früh tot bei seinen Pferden gefunden wurde. Bisschen viel auf einmal, oder?»

Hamkens wurde kreidebleich, die Schultern hingen, er schwitzte. «Jan ist verschwunden?», krächzte er. «So wie Sönke damals?»

«Schlimmer. Er ist seit gestern Abend weg. Sie müssen zugeben, dass es schwer ist, bei all dem Scheiß nicht an einen Zusammenhang zu glauben. Und Sie, Herr Hamkens, sitzen in der Mitte von den ganzen Fäden.»

Hamkens fuhr sich durchs Haar, rieb sich die Augen, betastete seine Nasenwurzel, trat von einem Bein aufs andere.

«Ich weiß nicht, wie ich Ihnen helfen soll», flüsterte er. «Ich bereue es so, dieses Geld angenommen zu haben. Aber wem hätte ich es denn geben sollen?»

«Der Polizei», sagte Sörensen kühl. «Zusammen mit der ganzen Geschichte. Erzählen Sie mir von dem Verdacht, den Sie und Ihre Frau haben.»

Hamkens brauchte sehr lange für eine Antwort. Er verließ den Fensterplatz, setzte sich wieder, zog wie in Zeitlupe die *Bild* aus dem Müll und strich sie glatt. Dann schüttelte er stumm den Kopf.

«Also gut», sagte Sörensen. «Dann quäle ich Sie nicht weiter. Zumindest im Moment nicht. Aber vielleicht können Sie mir ja noch eine letzte Frage beantworten: Dass Bürgermeister Hinrichs tot ist, macht Sie jetzt nicht so richtig traurig, oder?»

Hamkens sah Sörensen an, seine Augen wirkten glasig, fiebrig, er schien am Ende seiner Kräfte.

«Nein», sagte er leise. «Wirklich nicht.»

Das Schweigen der Anderen

Sörensen verließ die Bibliothek, zog den Reißverschluss seiner Jacke hoch bis unters Kinn, stellte sich exakt in der Mitte des Marktplatzes in den Regen und breitete die Arme aus. Käse-Käthe und ihre männliche Bratwurst hatten längst abgebaut und den Heimweg angetreten. In wenigen Stunden würde es dämmern. Der Tag schlich sich aus, und Sörensens innere Unruhe hatte sich zurückgemeldet. Obwohl das doch in der Regel andersherum war. In der Regel war es doch morgens am schlimmsten und abends am besten auszuhalten. Vielleicht war es in den letzten beiden Tagen anders gewesen, weil Sörensen nicht loslassen durfte. Weil das Ziel, der leidlich überstandene Tag, nicht erreicht war. Weil es völlig unklar war, wann dieses Ziel erreicht sein würde.

Körperliche Selbstanalyse: Leichter Schüttelfrost, natürlich psychosomatisch, kribbelnde Fingerkuppen, die erschwerte Atmung eines Asthmatikers. Er geriet nicht in Panik, stellte es eher gewohnheitsmäßig fest. Wie oft hatte er seine Lunge untersuchen lassen, seine Bronchien. Er war völlig gesund. Bis auf die Tatsache, dass er nur schwer Luft bekam. Immerhin, dachte er, solange er einen Gesprächspartner hatte, ging es. Dann konnte er sich auf sein Pendant konzentrieren und vergaß sich für einen Moment. Na ja, meistens. Er dachte an das missglückte Treffen mit Schäffler.

Aus der Peking-Ente kam ein Pärchen, das unzufrieden aussah. Er zeigte dem Restaurant hinter sich den Mittelfinger, während die Frau mit größerer Wut das Entfalten eines störrischen Schirms forcierte. Vielleicht hätten sie gerne vegetarisch gegessen, vielleicht hatte sich Billy Idol ungebührlich benommen. Sörensen stellte eine Assoziationskette her. Die Peking-Ente. Lina Baumgarten. Abmachung. Sörensen ging zum Rathaus hinüber, schützte sich unter dem Bogen des Eingangs vor dem Regen und tippte ihre Nummer.

«Herr Kriminalhauptkommissar», meldete sie sich in spielerisch-süffisantem Ton.

«Frau Boulevardjournalistin», sagte Sörensen im gleichen Stil. «Ich hab vielleicht was für Sie.»

«Ich bin gespannt. Ich hoffe, es stört Sie nicht, dass ich schon wieder esse.»

«Nur zu. Jens Schäffler hat sich firmenintern ein Alibi verschafft für den Nachmittag des 18. März. An diesem Tag ist offenbar ein Junge sexuell missbraucht worden. Dafür gibt es keinen direkten Beweis, aber das ist eine Vermutung, die auch die Eltern teilen.»

«Nicht schlecht.»

«Nicht wahr?» Sörensen hatte eine Idee. Druck konnte von mehreren Seiten aufgebaut werden.

«Frau Baumgarten …»

«Lina.»

«Sie sind doch so eine Nervensäge, Frau Baumgarten.» Sörensen wechselte die Telefonhand. «Können Sie Schäffler mal so richtig auf die Eier gehen? Mit seinen Geschäftspraktiken, seinem Verdrängungswettbewerb und dem Gerücht, er hätte sich ein Alibi verschafft? Ihm auf die Pelle rücken?»

«Mit Vergnügen. Und jetzt entschuldigen Sie mich, mein Fisch wird kalt.»

Sie legte auf, und Sörensen schlenderte zurück in die Mitte des Marktplatzes, stellte sich erneut aus, dieses Mal sogar noch bewusster als zuvor. Normalerweise würde er am Rand bleiben, unbedingt sogar, sein Weg verlief immer am Rand entlang, aber jetzt und heute ausnahmsweise einmal nicht. Er stellte sich wie ein Sänger auf die

Bühne, breitete erneut die Arme aus und wollte sich den Regen zunutze machen, sich reinwaschen von den Morden, den Gerüchten und Verdachtsfällen, der Bäuerin Pooch, Lina Baumgarten und diesem ganzen beschissenen Tag.

«Du hältst mich bestimmt trotzdem für eine Schlampe», sagte eine weibliche Stimme hinter ihm, die Sörensen trotz allem gerne hörte.

Er drehte sich um und wischte sich über das nasse Gesicht. Da stand Jennifer Holstenbeck, mit Schirm, Kapuze und der freien Hand in der Hosentasche. «Ich hab dich vom Fenster aus gesehen», sagte sie.

«Ganz ehrlich», sagte er. «Ich glaube, du bist der einzige normale Mensch hier. Inklusive mir.»

Jennifer lachte. «Das war das schönste Kompliment, das ich jemals gehört habe.»

«Da bist du aber nicht verwöhnt.»

«Nein.»

«Ein Jammer ist das. Und völlig unverständlich.»

Jennifer grinste ihn an. «Normalerweise würde ich mich jetzt bei dir unterhaken, natürlich nur von Kollege zu Kollege und nur wegen des Regens und des einen Schirms.»

«Wie jetzt, normalerweise?»

«Der Malte klebt mit der Nase am Fenster.»

«Dann erst recht.» Sörensen bot ihr seinen Arm an, sie lachte, nahm das Angebot an, behielt aber die Hoheit über den Schirm. Sie marschierten langsam zurück in Richtung Revier, wo Malte eindeutig am Fenster klebte. Als er sah, dass sie auf ihn zuliefen, verschwand sein Schatten.

Jennifer lachte. «Das sollte ich nicht», sagte sie. «Lachen. Jan ist noch immer verschwunden, und wir haben zwei Tote.»

«Es bringt ja nichts, das Elend der Welt die ganze Zeit mit sich herumzuschleppen», sagte er, der das Elend der Welt die ganze Zeit mit sich herumschleppte.

«Was machst du eigentlich hier?», fragte sie.

«Ich versuch mich, na ja, ich versuch mich zu sortieren. Ich hab so viel neuen Kram im Kopf, dass ich gar nicht weiß, wohin damit.»

Er erzählte ihr von Kappler, von Hamkens und von Schäfflers falschem Alibi. Seinen Pakt mit Lina Baumgarten ließ er weg. Die ganze Lina-Baumgarten-Geschichte ließ er weg.

«Ich kann das immer noch nicht glauben», sagte sie. «Sexueller Missbrauch? Von Hinrichs? Von Schäffler? Was?»

«Ich glaub, ich will noch mal mit Frieder Marek sprechen», sagte Sörensen. «Ist ja noch kein Feierabend. Und Feierabend ist ja sowieso ein dehnbarer Begriff. Macht ja auch keinen guten Eindruck, an seinem zweiten Tag schon überpünktlich den Stift fallenzulassen.»

«Du passt nicht gut auf dich auf, Sörensen», stellte Jennifer fest. «Wenn ich das sagen darf, obwohl wir uns gar nicht kennen und du mein Vorgesetzter bist. Wann hast du das letzte Mal was Richtiges gegessen?»

«Na ja …»

«Komm doch nachher wenigstens zum Abendessen zu uns.»

«Ich weiß nicht. Ist denn bei euch nicht gerade Katastrophenalarm?»

Jennifer lächelte. «Nee. Wir haben geredet. Das sollte man viel öfter mal machen. Hast du Hunger? Du hast doch Hunger!»

«Aber keine Bratkartoffeln.»

«Ich wollte dir eigentlich was Richtiges kochen. So mit Tofu und so.»

«Du hast Tofu?»

«Extra aus'm Biomarkt in Husum.»

«Für mich?»

«Jetzt bild dir mal nix ein. Lucy isst auch kein Fleisch.»

«Dann ist ja gut.»

«Aber gibt nur Tofu. Nicht dass du denkst, ne?»

«Ich denk gar nichts. Ich mag Tofu.»

«Das ist schön. Ist ganz lecker. Tofu mit Bratkartoffeln.»

«Ach nö», sagte Sörensen. Sie hatten im Schneckentempo das Revier erreicht und erklommen die drei Stufen. «Kommt der Malte denn auch?»

«Ich bin doch nicht die Wohlfahrt. Und der Malte isst kein Tofu.»

«Weißt du doch gar nicht.»

«Der Malte isst Fleisch.»

«Jeden Tag, echt?»

«Was so'n junger Kerl ist.»

«Aber Tofu ist ja nicht gleich Tofu. Der würd das bestimmt gar nicht merken, wenn du das nur gut genug würzt. Du würzt das doch gut, oder?»

«Ich lad den jetzt aber nicht ein.»

«Ich mein ja auch nur.»

Sie redeten und redeten, um das eine nicht aussprechen zu müssen: dass sie sich für den Anfang und nach Abzug aller Unwägbarkeiten ziemlich gut leiden konnten.

*

Frieder Marek saß auf der kleinen Bank vor seinem Haus und scherte sich einen feuchten Kehricht um das Wetter. Er hatte eine knielange neongelbe Badehose an, die seine blassen und an einigen Stellen wundgekratzten Schienbeine betonte. Er war barfuß, sein T-Shirt war ziemlich verdreckt und er wärmte sich, so wie er da leicht seitlich hing, schon eine ganze Weile von innen.

«Aha, der Herr Polizist», sagte er mit schwerer Zunge und schwenkte eine halbleere Schnapsflasche zur Begrüßung.

«Sie sitzen im Regen, Herr Marek», sagte Sörensen.

«Ach was.»

«Ist Ihnen das denn egal? Ich meine, dass Sie hier jeder so sieht?» Sörensen überlegte, eine Decke aus dem Haus zu holen.

«Ist mir scheißegal», sagte Frieder Marek. «Die können ruhig alle sehen, was die aus mir gemacht haben.» Er nahm einen Schluck. «Was kann ich denn jetzt noch für Sie tun, Herr …?»

«Sörensen.»

«Jawohl. So was von Sörensen.»

Sörensen gab Marek ein Zeichen, ein Stück zu rutschen, dann wischte er mit dem Ärmel oberflächlich über die Bank und setzte sich neben ihn. Und da saßen sie dann. Die Regenrinne über ihnen war undicht, sodass es zusätzlich auf sie hinuntertropfte. Sörensens Hintern wurde nass.

«Ist doch eigentlich ganz schön, so ein wilder Vorgarten», sagte er schließlich.

«Das einzig Wahre ist das», bestätigte Marek und zeigte auf einen wuchernden Rhododendronbusch. «Hat was, oder?»

Sörensen nickte.

«Aber nur auf den ersten Blick», sagte Marek. «Ist nämlich todkrank, das Scheißteil. Ist sowieso 'n schwieriger Kandidat. Bei zu wenig Licht blüht er nicht, bei zu viel Sonne trocknet er aus. Will immer im Halbschatten sein, immer nur im Halbschatten. Im Halbschatten, verstehen Sie, Sörensen? Halbschatten ist gut für ihn. Ich hab hier keinen Halbschatten. Wo soll ich denn hier Halbschatten hernehmen? Ich sitz jeden Tag auf dieser Scheißbank und guck dem

Rhodo… Rhododendron beim Sterben zu. Mal sehen, wer von uns beiden zuerst ans Ziel kommt. Vielleicht keiner. Vielleicht bricht vorher auch einfach die Bank zusammen.» Er lachte und führte ein weiteres Mal die Flasche zum Mund.

«Herr Marek», sagte Sörensen, «als man damals diese Kinderfotos auf Ihrem Rechner gefunden hat … wer war das eigentlich? Wer hat die gefunden?»

«Der Hinrichs selbst.»

«Und was hat der an Ihrem Rechner gemacht?»

«Oha», rief Marek viel zu laut. «Das ist die große Frage, nicht wahr?» Er erhob sich und wackelte wie ein hüftsteifer Tanzbär in leerer Manege einmal im Kreis herum. «Das hab ich mich natürlich auch gefragt», sagte er, ließ die Flasche sinken und streckte den Zeigefinger in Sörensens Richtung. «Ich nehme an, die Fotos raufgeladen», sagte er. «Um, ta-da», er wartete einen imaginären Tusch ab, «um sie dann zu entdecken.»

Sörensen seufzte. Es tat ihm weh, Marek so zu sehen. Es tat ihm weh, weil sich so viele Menschen an ihrer persönlichen Klippe entlanghangelten – und Marek kurz davor war, in die Tiefe zu stürzen. «Was genau war auf den Fotos?», fragte er. «Oder besser: wer genau?»

Marek ließ sich wieder auf die Bank fallen, streckte die Beine von sich und schwieg. «Selbstmitleid ist was Ekliges», sagte er dann. «Und doch bin ich voll damit. Wissen Sie was, Herr Sörensen? Ich glaube, in diesen Flaschen verkaufen die heimlich, so ganz, ganz heimlich, hundertprozentiges Selbstmitleid. Das ist kein Alkohol, das ist Selbstmitleid. Und deshalb saufe ich das Zeug. Die machen einen abhängig davon. Oh ja, Selbstmitleid macht süchtig. Es schmeckt scheiße, und man wacht in seiner eigenen Kotze auf. Aber ich kann nicht damit aufhören. Ich werde erst dann damit aufhören, wenn das Selbstmitleid alle ist.» Er lachte bitter. «Aber die Schweine stellen immer wieder neues her.»

«Herr Marek», sagte Sörensen. «Wer war auf den Fotos?»

Marek kratzte sich am Schienbein. «Ich hab's ja nie zu sehen gekriegt. Aber Hinrichs hat das unter anderem seiner Sekretärin gezeigt, der Gerlach. Kennen Sie? Die Lesbe? Und die hat gemeint, das wären Jungs aus der Gegend gewesen. Zumindest hat sie wohl ein, zwei erkannt. Das hat sie noch gesagt, bevor sie mich angespuckt hat.»

«Und was haben die Kinder auf den Bildern gemacht?»

«Was weiß ich. Sich geräkelt. Auf irgendeiner Matratze. Nackt. Mit sich gespielt. So was halt. Widerliches Zeug. Aber das glauben Sie mir ja sowieso nicht, wenn ich das sage.»

«Doch», sagte Sörensen. «Ich glaub Ihnen das. Keine sonstigen sexuellen Handlungen? Mit Erwachsenen zum Beispiel?»

«Weiß ich nicht genau.» Marek sah Sörensen aus zusammengekniffenen, trüben Augen an, wie um sich zu vergewissern, dass Sörensen gerade tatsächlich gesagt hatte, er würde ihm glauben. «Hinrichs hat es jedenfalls allen seinen Mitarbeitern gezeigt, um Zeugen zu haben. Allen, verstehen Sie? Dann hat er mich zu sich bestellt und plattgemacht. Ebenfalls vor allen. Mit Anzeige gedroht hat er und gesagt, er verzichtet nur darauf, wenn ich abhaue und nie wieder zurückkomme. Und das hab ich dann gemacht. Ich hab nie wieder einen Fuß ins Rathaus gesetzt.»

«Die Frage ist doch: Wie ist der Hinrichs an diese Fotos gekommen? Wenn er es denn war, der die Bilder hochgeladen hat.»

Marek schwieg erneut, stellte die Flasche auf den Boden und stützte die Ellbogen auf den Knien ab. Nach einer halben Ewigkeit richtete er sich auf. «Hab ich mir noch nie gestellt, die Frage», sagte er leise, nahm die Flasche und trank.

«Wirklich?», fragte Sörensen verblüfft.

«Ich schwör's.»

«Wenn die Kinder hier aus der Gegend sind auf den Bildern, dann müssen die doch auch hier in der Gegend gemacht worden sein, oder? Verstehen Sie, was ich damit sagen will, Herr Marek? Verstehen Sie mich?»

Marek wurde jetzt noch fahriger. Sein linker Arm zitterte, zuckte zur Lehne, er hielt sich kurz daran fest, man sah ihm an, dass das Gehirn tat, was es noch konnte, um Sörensens Aussage zu etwas Sinnvollem zu verarbeiten. «Ja», sagte er schließlich. «Wahrscheinlich.»

«Wissen Sie, ich find das komisch», sagte Sörensen. «Haben Sie denn nie den Drang verspürt, der Sache auf den Grund zu gehen? Die Kinder auf den Fotos zu finden? Zu besuchen? Zu beschützen, vor wem auch immer? Ich mein, Sie haben doch selbst Kinder.»

«Nein», antwortete Marek kleinlaut. «War wohl total mit mir beschäftigt.»

Sörensen stand auf. «Muss wohl», sagte er kühl. «Können Sie ja mal drüber nachdenken, wenn Sie wieder können. Wenn Ihnen noch irgendwas einfällt, melden Sie sich bei mir.»

Marek stierte auf den Boden und sagte nichts. Im Gegensatz zu Sörensen.

«Ach, eine Frage noch, Herr Marek. Kennen Sie Göntje Fuhl?»

«Klar, die alte Göntje», murmelte Marek und ließ etwas Spucke aus seinem Mund gleiten. «Ist 'ne arme Sau.»

«War. Sie ist tot.»

«Mein Beileid.»

«Und Sie haben nichts mit ihrem Ableben zu tun?»

«Wer, was, ich? Wieso sollte ich?»

«Wo waren Sie eigentlich gestern Abend um Mitternacht?»

«Wo soll ich schon gewesen sein?»

«Auf dem Boden von so'ner Flasche?»

«So sieht's aus.»

*

«Sieht ja doch ein bisschen melancholisch aus. Ein bisschen melancholisch sieht er aus!»

«Mama!»

Jennifer Holstenbeck schloss die Augen in gespielter Verzweiflung. Ihre Mutter wollte Sörensens Hand gar nicht wieder loslassen. «Wirklich nett, Sie kennenzulernen», sagte sie. «Ich hab schon viel von Ihnen gehört!»

«Na ja, was man so nach zwei Tagen …», sagte Sörensen, aber Jennifers Mutter, eine große, kraftvolle Frau mit grauem Pferdeschwanz, winkte ab.

«Ich weiß genug über Sie», unterbrach sie ihn. «Jenni redet ja von nix anderem mehr. Sörensen hier, Sörensen da.»

«Mama, das ist peinlich», sagte Jennifer und zog ihn in den Flur. «Jetzt komm doch erst mal rein, Sörensen, du bist ja klatschnass. Du tropfst noch die ganze Straße voll.»

«Gern», sagte Sörensen und fühlte sich plötzlich wieder wie damals, als er mit sechzehn überraschend nach dem Sportunterricht von Tina Roth mit nach Hause genommen worden war, dem heißesten Feger der Schule. Der Tag war nicht sonderlich glücklich verlaufen, und Sörensen wehrte sich gegen die Versuchung, dies auch noch Jahrzehnte später als böses Omen zu betrachten.

«Ich bin die Henriette», strahlte Jennifers Mutter, nahm seine Wangen in beide Hände und schüttelte Sörensen durch, als wäre er auf diese Weise zu trocknen. In ihrem wallenden Gewand sah sie so aus, als trüge sie darunter ein aufgebautes Zelt spazieren.

«Mama, jetzt lass doch mal los, das ist mein Chef», sagte Jennifer entsetzt.

«Aber das macht doch nichts», sagte Henriette gut gelaunt. «Er wirkt so nett. Wirkt er nicht nett? Bisschen viel auf den Rippen hat er. Aber was so ein echter Mann ist …»

«Jetzt hör doch mal auf, Mama.»

«Wieso denn? Ist doch ein gutaussehender Kerl? Sieht halt nur ein wenig …»

«Melancholisch aus, ich weiß», lächelte Sörensen. «Ja, mein Name ist Sörensen. Freut mich auch, Frau … Henriette.»

Sörensen hatte sich nach dem Besuch bei Marek während der gesamten Autofahrt gefragt, ob er das überhaupt konnte, dieses Abendessen bei Holstenbecks, ob er nicht lieber nach Hause fahren und privatisieren sollte, seine Schlafrituale pflegen, das bis zum Bersten gefüllte innere Fass vor der Gefahr des erneuten Überlaufens schützen. Dann hatte er an seine Therapeutin in Hamburg gedacht, die ihm geraten hatte, die Grenzen auszuloten, sich durch das Überwinden derselben Bestätigung zu holen, Selbstbewusstsein, Selbstverständlichkeit.

Also hatte er seine Atmung überprüft, die Enge in seiner Brust für kalkulierbar befunden und war bis zu Jennifers Haus durchgefahren, das sich in der Koogstraße befand, einer kleinen Seitenstraße zwischen Innenstadt und, na ja, dem Koog. Keine fünf Minuten von seiner Kate entfernt. Auch das Haus der Holstenbecks war aus roten Ziegeln gebaut, einstöckig, mit einem spitz zulaufenden Dach, insgesamt mochten es vielleicht achtzig Quadratmeter sein. Nicht viel für drei Frauen verschiedenen Alters, hatte Sörensen gedacht und das sofort als degenerierten europäischen Wohlstandsgedanken gegeißelt. Er hatte geklingelt, mit den gleichen feuchten Handflächen wie bei seiner Ankunft im Revier gestern, dann hatte sie die Tür aufgerissen, Jennifers Mutter, die ihrer Tochter wie aus dem Gesicht geschnitten war und eine Energie für zwölf Sörensens versprühte.

«So, jetzt aber erst mal hinein in die gute Stube», sagte sie, riss ihm geradezu die nasse Jacke vom Leib und schob ihn in ein kombiniertes Wohn-Esszimmer mit niedriger Decke und weißen Stützbalken. Sörensen lauschte den knarrenden Dielen unter seinen Füßen und mochte das Geräusch. Ein gusseiserner dänischer Ofen strahlte Gemütlichkeit aus, Jennifer rieb sich die Hände an der Hose ab und zeigte auf den für vier Personen gedeckten Tisch. Sie sah gut aus mit ihrem geflochtenen Zopf und der blauen Jersey-Tunika. «Setz dich, wohin du willst», sagte sie.

«Habt ihr denn keine festen Plätze?», fragte er zurück.

«Die festen Plätze ergeben sich nach den Wünschen der Gäste», sagte Henriette resolut und entschwand in die Küche, aus der ein gutgewürztes Irgendwas seinen einladenden Duft verströmte. Sörensens Magen krümmte sich in freudiger Erwartung. «Wo sitzt denn du normalerweise?», fragte er.

«Hier», sagte sie und zog einen Stuhl heraus. «Da kannst du aber auch sitzen, wenn du willst.»

«Aber da bringe ich ja alles durcheinander. Warum setzt du mich nicht einfach auf den noch freien Stuhl? Welcher ist das denn?»

«Der da am Ofen. Dann sitzt du aber neben meiner Mutter und ich nur schräg gegenüber.»

«Und wenn ich diesen Platz da nehme? Dann sitze ich neben dir, oder?

«Wenn sich meine Mutter da dann nicht einfach hinsetzt.»

«Was ist denn mit deiner Tochter? Für die ist das doch auch doof. Ich meine, ich will der ja nichts wegnehmen, nicht dass die eifersüchtig ...»

«Setz dich einfach irgendwohin, Sörensen», sagte Jennifer. «Willst du was trinken? Wein, Bier?»

«Nee, ich hab genug Alkohol gesehen für heute», sagte er und erzählte ihr von Frieder Marek.

«Tragisch», sagte Jennifer. «Ich nehm ein Bier. Und du?»

«Ich auch.»

Sörensen setzte sich an den freien Platz vor dem Ofen und strich das Tischdeckchen glatt. Die haben tatsächlich noch Tischdeckchen, um die ausgefranste Decke von 1964 darunter nicht zu beschädigen, stellte er fest. Herrlich. Jennifer kam mit zwei Flaschen Bier aus der Küche.

«Ich geh nach dem Essen noch mal ins Revier», sagte sie. «Ich kann eh nicht schlafen, solange wir Jan nicht gefunden haben.»

«Ganz mein Gedanke», sagte Sörensen, obwohl das nun wirklich nicht sein Gedanke gewesen war. «Sag mal, du kennst doch Silvia Gerlach, oder? Die Sekretärin?»

«Auch erst seit kurzem», antwortete Jennifer und verzog das Gesicht.

«Marek hat gesagt, die hat ein paar der Jungs auf den Schweinkramfotos erkannt. Die seien hier aus der Gegend. Lass uns die nachher mal aufstöbern. Vielleicht hilft uns das auch wegen Jan weiter.»

«Gute Idee», sagte Jennifer. «Ich mag das Wort übrigens nicht.»

«Welches?»

«Schweinkram. Das klingt so verharmlosend.»

«Redet ihr schon wieder über die Arbeit?», sagte Henriette und fegte mit frischem Maiglöckchenduft hinter den Ohren und einem großen Tablett auf den Händen zurück ins Esszimmer. «Man muss auch mal loslassen können.»

Sie zeigte auf den vor Sörensen stehenden Teller. «Hier spielt die Musik.»

Sörensen grinste und beschloss, Henriettes Rat zu folgen und ein wenig loszulassen. Zumindest für den Moment und so gut das ging. Das Leben klebte schließlich wie Pattex an ihm.

«Wo ist denn deine Tochter?», fragte Henriette vorwurfsvoll und warf einen Blick zur Decke, was die Idee nahelegte, dass sich Lucy im ersten Stock befand.

«Lucy», rief Jennifer. «Essen!»

Henriette setzte sich, breitete eine Serviette auf ihrem Schoß aus, goss sich ein Glas Wein ein und trug den anderen schweigend auf, auch der abwesenden Lucy. Sörensen bemerkte, dass sie es bei Lucy mit ein wenig mehr Nachdruck tat. Vielleicht war sie eine heikle Esserin. Vielleicht war auch doch noch nicht alles so geklärt, wie Jennifer behauptet hatte. Eine alte Standuhr ächzte sich durch die Sekunden. Da es vorher so lebhaft zugegangen war, wog die Stille doppelt schwer.

«Ja … was haben wir denn da eigentlich?», fragte Sörensen schließlich. Er hielt es nicht mehr aus.

«Tofu-Nuggets», sagte Jennifer. «Mit Reis und Möhrengemüse. Die Panade ist aus Cornflakes.»

«Ist ja ein Ding», staunte Sörensen, bevor sich das Schweigen wieder über den Tisch senkte wie ein Kerzenlöscher über eine kleine Flamme. Die drei saßen vor ihren dampfenden Tellern und warteten. Keine Schritte auf der Treppe im Flur, kein Rumoren, kein Türengeklapper.

«Ja …», sagte Sörensen. «Zu heiß soll man ja auch gar nicht essen.»

«Lucy!», brüllte Henriette so abrupt und autoritär, dass Sörensen zusammenzuckte. Es dauerte keine fünf Sekunden, da schlurfte Lucy ins Zimmer, nahm ein Paar Kopfhörer von den Ohren und setzte sich auf ihren Platz. Das Kratzen des Stuhls klang unangenehm in Sörensens Ohren.

«Tofu, Tofu, Tofu», sagte sie und nahm ihre Gabel in die Hand.

«Lucy, wir haben einen Gast», sagte ihre Großmutter mit einer gewissen Schärfe.

«Hab ich gesehen», sagte Lucy und winkte Sörensen schlaff zu. «Hi.»

«Moin», sagte Sörensen.

«Haben wir kein Wasser?», fragte sie und schob ihr Glas von sich weg.

«Geh in die Küche und hol es dir», sagte Jennifer. «Wie alt bist du? Vier?»

«Ich darf mich nicht so viel bewegen.» Lucy schaute ihre Mutter herausfordernd an. «Ich bin ja schließlich schwanger.»

«Na schön, dann hätten wir das ja auch geklärt», sagte Henriette. «Unser Gast weiß jetzt also, dass wir ein minderjähriges, schwangeres Kind im Haus haben. Noch jemand Reis?»

«Ich wusste das sowieso schon», sagte Sörensen und tupfte sich den Mund mit seiner Serviette ab. «Ausgezeichnet, die Tofu-Nuggets.»

«Danke», sagte Jennifer.

«Er hat es Mama erzählt», sagte Lucy und stocherte in ihrem Reis herum.

Henriette machte große Augen. Sörensen sah sie an. «Äh, nein. Nein, nein, nein. Ich bin nicht der Vater. Keine Sorge. Ich bin ja auch erst seit gestern hier», beeilte er sich zu sagen.

«Er war halt gerade da und Mama hat mir wie üblich nicht zugehört», sagte Lucy ungerührt.

«Wo war er da?», fragte Henriette.

«Im Deichkrug», sagte Sörensen.

«Du hast das einfach irgendjemandem im Deichkrug erzählt?», fragte Henriette erschüttert.

«Er war mit mir da, Mama», sagte Jennifer. «Ist doch wieder mal schön bei uns. Warum nicht einfach alles noch einmal breittreten? Mein Chef kommt zum Essen, und wir zeigen ihm gleich mal, was für eine Vorzeigefamilie wir sind. Ich dachte, wir hätten das besprochen …»

«Na ja, besprochen hin oder her, wenn es hart auf hart kommt …», sagte Henriette.

«Wir haben das besprochen, Mama. Einmal ein Abendessen ohne Stress und Vorwürfe! Mit einem Gast! Oder, Lucy? Haben wir das besprochen?»

«Ja, Mama.»

«Und du fängst auch schon wieder an. Ich weiß jetzt langsam, dass du mich blöd findest.»

«Ich find dich nicht blöd», sagte Lucy tonlos und stopfte sich ein ganzes Nugget auf einmal in den Mund.

«Vielleicht könnte ich mich mal nützlich machen und etwas Wasser aus der Küche holen?», schlug Sörensen vor.

«Unter der Spüle», sagten Lucy und Jennifer gleichzeitig. Jennifer funkelte ihre Tochter an.

Sörensen stand auf, ging in die Küche und ließ die Tür hinter sich zufallen. Er stützte sich mit beiden Händen an der Spüle ab, beobachtete den tropfenden Wasserhahn, atmete tief aus und hob den Kopf. Über ihm, auf dem Küchenschrank, klebte ein Foto, eine Erinnerung an bessere Zeiten. Jennifer, die kaum anders aussah als jetzt, nur dass die Haare blond gefärbt waren, mit ihrer Tochter Lucy, die vielleicht acht war, auf geradezu schmerzhafte Weise unschuldig aussah und die ihre Mutter stürmisch umarmte und auf die Stirn küsste, während Jennifer so schallend lachte, wie eine Mutter nur lachen konnte, die gerade einen besonderen Glücksmoment erlebte. Sörensen seufzte und öffnete den Schrank unter der Spüle. Er löste eine Flasche Sprudel aus der Plastikverpackung eines Sechserpacks und ging zurück zum Esstisch. Zu seiner großen Verblüffung blickte er in ausnahmslos fröhliche Gesichter.

«Und da sag ich zur Tante Melanie, sag ich ‹wenn du noch einmal den Gynäkologenwitz vor all den Leuten machst, dann fliegst du raus›», erzählte Henriette gerade, während Jennifer und Lucy sich vor Vergnügen auf die Schenkel schlugen.

«Was denn für einen Gynäkologenwitz?», fragte Sörensen und stellte die Flasche vor Lucy ab. Lucy lachte schallend.

«Nein, der wird jetzt nicht erzählt», rief Jennifer und hielt sich scheinbar pikiert die Augen zu. «Bitte, nein!»

«Oma erzählt», rief Lucy und öffnete den Sprudel mit einer Hand. «Oma, bitte.»

«Also gut, also gut», sagte Henriette und bat mit erhobenen Händen um Ruhe. «Aber das ist nur für Sie, Herr Kriminalhauptkommissar, danach will ich das hier nie wieder hören. Ist ja furchtbar!»

«Komm, du findest den doch auch lustig», sagte Lucy und stopfte sich lustvoll Möhrengemüse in den Mund.

«Also», begann Henriette. «Woran erkennt man einen kurzsichtigen Gynäkologen?»

Es klingelte an der Tür. Henriette verstummte.

«Erwarten wir noch jemanden?», fragte Jennifer. Alle schüttelten den Kopf, sogar Sörensen.

«Vielleicht hast du aus Versehen ja doch den Malte eingeladen?», vermutete er.

Jennifer tippte sich an die Stirn. «Nee, ich lad doch nicht aus Versehen den Malte ein!»

Sie ging zur Tür, während Sörensen sein Besteck beiseitelegte und hoffte, dass es das noch nicht gewesen war mit dem Abendessen. Er hatte aber auch einen Hunger. Henriette lächelte ihn an, Lucy scharrte mit den Füßen. War sie etwa nervös?

Als Jennifer zurückkam, sah sie nicht sonderlich glücklich aus.

«Guck mal, wen wir hier haben», sagte sie und hielt die Wohnzimmertür für den Neuankömmling auf. «Den jungen Mann von der Bushaltestelle.»

Ole Kellinghusen schlich mit gesenktem Kopf herein, das schlechte Gewissen kilometerweit vor sich hertragend.

«Scheiße», sagte Lucy und bekam rote Flecken im Gesicht.

«Ich hatte gehofft, *du* machst auf», raunte Ole ihr zu.

«Ich bin Henriette Holstenbeck.» Henriette stand auf, gab sich weltläufig und schien entschlossen, heute Abend jedermann im Sinne des Weltfriedens aufs herzlichste zu begrüßen. «Sie haben aber schöne Dreadlocks, junger Mann», sagte sie. «Ich wollte immer schon mal fragen, ob sich da nichts einnistet.»

«Da nistet sich nichts ein», murmelte Ole, dann sah er Sörensen am Tisch sitzen. «Ach du Scheiße», murmelte er. «Ich störe wohl ... Ich wollte eigentlich mit Lucy sprechen. Nur kurz.»

«Wieso kennen Sie meine Tochter?», fragte Jennifer irritiert. «Das ist nämlich der junge Mann, der heute Morgen die alte Göntje an der Bushaltestelle gefunden hat», erklärte sie ihrer Mutter.

«Na, irgendeiner musste das ja tun», sagte Henriette ungerührt und schwenkte eine der Schüsseln vor sich. «Was ist denn mit Ihrer Nase passiert?»

Ole griff sich an den immer noch geschwollenen Zinken. «Unfall zu Hause», sagte er.

Henriette schien diese Erklärung zu genügen. «Lust auf Tofu-Nuggets, junger Mann? Das sind aber auch tolle Dreadlocks. Herrgott, wir waren ja auch mal Hippies.»

«Mama», sagte Jennifer.

«Nein, danke, sehr nett», sagte Ole und ging zwei Schritte zurück. «Ich denke, ich komme einfach ein anderes Mal wieder, ja?»

Lucy war in eine Art Schockstarre verfallen und stierte mit schreckgeweiteten Augen auf ihren Teller, auf dem totes Tofu bewegungslos verharrte. Der Polizist in Sörensen erkannte einen offensichtlichen Zusammenhang. Die Polizistin in Jennifer auch.

«Sie bleiben hier. Setzen Sie sich», sagte sie streng und schob einen Sessel an den Tisch. Ole setzte sich gehorsam hin. Dadurch, dass der Sessel dem Boden etwas näher war als die Stühle, blickte Ole zu den vieren auf wie zu einem Tribunal, dessen Vorsitzende die stehende Jennifer war. Er tat Sörensen leid. «Denkst du daran, dass wir noch arbeiten müssen?», sagte er zu Jennifer und warf einen sehnsüchtigen Blick zu den Nuggets.

«Ich denke daran», sagte sie scharf. «Aber erst zu Ihnen.» Ole sackte gefühlt noch eine Etage tiefer. «Warum sind Sie hier, und woher kennen Sie meine Tochter?»

«Mama, bitte», sagte Lucy und hob endlich den Kopf. «Was soll das denn? Du weißt doch längst, dass er das ist.»

«Wer?!»

«Na, er. Irgendwer muss es ja gewesen sein. Und er war das.»

Jennifer gab sich wirklich Mühe, aber sie bekam das mit der Empörung nicht so recht hin. «Na ja», sagte sie. «Also.»

Viel war das nicht.

«Wie alt sind Sie?», fragte sie dann.

«Einundzwanzig», sagte Ole.

«Meine Tochter ist siebzehn!»

«Sieht aber älter aus», sagte Henriette, klatschte in die Hände, nahm einen Löffel und rührte im Reis. «So, komm, Schwamm drüber. Alles Weitere später, wenn wir uns wieder beruhigt haben. Es ist noch Tofu da.»

Sörensen dachte, er müsste Henriette unbedingt einmal seinem Vater vorstellen, da könnten sich die beiden den ganzen Tag lachend in den Armen liegen und sich gegenseitig bestätigen, wie schön und einfach das Leben doch war. Es war eben alles eine Frage der Perspektive.

«Wisst ihr was, wir müssen noch arbeiten», sagte Jennifer, die offenbar einem spontanen Fluchtreflex nachzugeben gedachte. «Kommst du bitte, Sörensen? Jetzt?»

«Natürlich», sagte er seufzend und legte die Serviette beiseite. Sein Magen spielte *We'll Meet Again* von Johnny Cash.

«Kein Problem», sagte Henriette. «Das kriegen wir schon weggeputzt hier, das ganze Zeug, oder, junger Mann? Wie heißen Sie überhaupt?»

«Ole.»

«Na, denn mal willkommen bei den Holstenbecks, Ole. Hauen Sie rein», sagte Henriette, woraufhin Lucy aufsprang, ihre Großmutter in den Arm nahm und Jennifer Sörensen fast vom Sitz riss. «Komm! Bitte! Jetzt!», wiederholte sie zischend.

«Eine Sache noch.» Sörensen stand auf und betrachtete den angehenden Gemüsebauer genauer. «Sag mal, Ole …»

Ole hatte die Gabel schon in der Hand. «Ja?»

«Kannst du mir vielleicht mal sagen, warum du überhaupt hier bist? Ich weiß, Lucy und Vaterschaft und tralala. Aber ich find das ja schon so'n bisschen komisch, dass du überall auftauchst, wo was los ist. Ich mein, du hast doch bestimmt nicht mit so 'nem Empfangskomitee gerechnet, oder was? Du wolltest doch was ganz Bestimmtes.»

Ole reagierte wie in Zeitlupe. «Ja, das ist richtig», sagte er schließlich mit dem Temperament eines toten Regenwurms und legte die Gabel wieder neben den Teller.

«Geht mich das was an?», fragte Sörensen.

«Ja, schon», sagte Ole gedehnt. «Vielleicht. Irgendwie.»

«Na, dann?»

Ole sah Lucy an. «Ich wollte Lucy eigentlich was erzählen, also, nämlich dass, na ja, dass mein Vater … also, dass das Haus vielleicht frei wird und wir da zusammen das Baby …»

«Ich verstehe kein Wort», sagte Sörensen.

«Wie, gemeinsam das Baby?», sagte Jennifer.

Ole riss sich zusammen. «Mein Vater will abhauen», sagte er. «Morgen schon. Auf die Seychellen.»

*

Sörensen und Jennifer zogen hastig ihre Jacken von der Garderobe und bemühten sich, in angemessener dienstlicher Eile das Haus zu verlassen, Sörensen unter etlichen Umarmungen Henriettes, die es nicht versäumte, ihre Tochter darauf hinzuweisen, dass Sörensen eine ganz ordentliche Partie abgab, wenn man von den melancholischen Augen absah. Als sie endlich draußen standen und der zur Abwechslung humorlos in Schnüren auf den Asphalt klatschende Regen sie willkommen hieß, hatte Sörensen das Gefühl, untrainiert einen Marathonlauf absolviert zu haben.

«Sag nichts», sagte Jennifer.

«Okay.» Sörensen hielt die Nase in den Regen. Die Nase freute sich.

«Ich bin völlig fertig.»

«Ich auch», sagte Sörensen. «Hilft aber alles nichts. Du zu Silvia Gerlach und ich zu Heinz Kellinghusen?»

«Vielleicht mal tauschen?», schlug Jennifer vor.

«Wieso, die kennt dich, und der kennt mich.»

«Ja, eben, mal 'ne andere Perspektive einnehmen.»

«Weiß ich nicht, ob ich um die Uhrzeit noch 'ne andere Perspektive einnehmen will.»

«Du bist der Boss.» Jennifer gab sich scheinbar geschlagen und ging breitbeinig wie ein Cowboy zu ihrem Wagen. «Aber ich würde echt gerne mal zu dem Kellinghusen. Aus Gründen», sagte sie dann, lächelte vorsichtig und wischte sich eine Strähne aus der nassen Stirn.

«Ach so.» Sörensen seufzte. «Nur wenn du den Malte mitnimmst», sagte er.

«Ich nehm doch nicht den Malte mit.»

«Oder Faltermeyer. Oder Dhonau.»

«Komm, der Abend war schon schlimm genug.»

«Dann Malte.» Auch Sörensen verließ nun das schützende Vordach des Hauses und verzog das Gesicht. «Ich glaub zwar nicht, dass Oles Vater gefährlich ist, aber wenn der echt auf der Flucht ist, ist das nicht gut, da alleine aufzutauchen. Das ist sogar gegen alle Regeln der Kunst.»

Sie nickte. Das konnte man nicht leugnen. «Und wenn wir das zusammen machen?», schlug sie vor. «Erst zur Gerlach, dann zum Kellinghusen?»

«Das wird aber ein langer Abend», sagte Sörensen und spürte schon wieder Druck auf der Brust.

Sie sah auf die Uhr. «Komm, es ist doch noch nicht einmal halb acht.»

Sörensen lächelte jetzt auch, seinen Körper ignorierend. «Ich fühl mich wie Mitternacht», sagte er und sah das nächste Dilemma auf sich zukommen, über das sich stundenlang diskutieren ließ. «Mit deinem Wagen oder mit meinem?»

«Fahr du», sagte sie und warf die Tür ihres Wagens wieder zu. «Ich hab schon ein Bier getrunken.»

«Ich bin ja nicht dazu gekommen», brummte er. Sie stiegen in den Passat, Sörensen machte das Radio an. Paul McCartney und die Wings sangen vom *Mull Of Kintyre*. Ein Spitzen-Song, bis der Scheißdudelsack einsetzte.

«Ach, übrigens, Sörensen», sagte sie und schnallte sich an. «An der feuchten Nase.»

«Wie bitte?»

«Daran erkennt man einen kurzsichtigen Gynäkologen. An der feuchten Nase.»

«Alter Schwede, ist das schlecht», sagte Sörensen und gab Gas, dass es nur so spritzte. «Wissen wir eigentlich, wo die Gerlach wohnt?»

«Ich frag Malte», sagte Jennifer, zog ihr Handy aus der triefenden Jackentasche und rief im Revier an. Sie hoffte, dass Malte wie vereinbart die Stellung hielt. Vielleicht befand er sich aber auch längst auf Jobsuche, irgendwo im Süden, wo nicht hier war. Sörensen steuerte den Passat ganz automatisch in Richtung Hinrichs' Hof. Auch wenn das nicht ihr Ziel sein mochte, Stillstand war Rückschritt, und um sich einfach nur wartend an den Rand zu stellen, fehlte ihm die innere Ruhe. Außerdem hatte er einen Verdacht. Und schon aus hundert Meter Entfernung sah er, dass der Verdacht gerechtfertigt war. Die Reportermeute von heute Mittag war, einem Wanderzirkus gleich, weitergezogen und hatte sich rings um das Anwesen des ehemaligen Bürgermeisters eingenistet wie Parasiten an einem besonders fruchtbaren Wirt.

«Ich hab die Adresse. War gar nicht so einfach durchzukommen. Malte sagt, das Telefon steht immer noch nicht still», sagte Jennifer, dann nahm auch sie die vielen Lichter wahr, die Wohnwagen, Trailer, Zelte, die auf dem Acker gegenüber aufgeschlagen worden waren, achtlos im Graben geparkte Sprinter, PKWs und Motorräder. Drei Reporter sprachen aufgereiht im Abstand von etwa fünf Metern mit aufgespannten Schirmen in ihre Kameras, Hinrichs' hell erleuchtetes Haus gab die stimmungsvoll-gruselige Kulisse. Ein Belagerungszustand war das, eine Parade des schlechten Geschmacks.

«Das ist doch mal ein guter Grund, nicht berühmt zu werden», murmelte Sörensen. «Das ist ja hier wie bei Elvis oder so.»

Sicherlich lungerten auch Reporter zwischen Dhonaus Absperrbändern im Pferdestall herum und reimten sich die wildesten Geschichten zusammen. Sörensen fragte sich, ob Lina Baumgarten in irgendeinem dieser Wagen oder Zelte hockte.

«Was für eine Scheiße», sagte Jennifer.

«Weißt du, wie diese Typen das selber nennen? Witwenschütteln. Ohne Witz», sagte Sörensen und fuhr im Schritttempo vorbei.

«Können wir da was machen?»

«Lächerlich können wir uns machen», sagte er. «Was glaubst du, was hier erst los ist, wenn herauskommt, dass Jan verschwunden ist?»

«Spätestens morgen muss das aber raus», sagte sie. «Da brauchen wir dann doch die Hilfe der Öffentlichkeit, oder was meinst du?»

Sörensen nickte widerwillig. «Das wird dann richtig eklig», sagte er. «Egal. Wo müssen wir lang?»

«Umdrehen müssen wir», sagte sie. «Und noch mal an dem ganzen Scheiß vorbei.»

Köpfe auf Tischen

«Ich hab ja eigentlich Feierabend», sagte Silvia Gerlach genervt durch den Türspalt. «Der Tag war die Hölle.»

«Für Heiner Hinrichs und Göntje Fuhl auch», sagte Jennifer. «Dürfen wir reinkommen?»

«Eigentlich nicht. Und wer ist Göntje Fuhl?», fragte Silvia Gerlach.

«Ich dachte, die kennt hier jeder», sagte Sörensen und drängelte sich an Jennifer vorbei. «Ich bin Kriminalhauptkommissar Sörensen», stellte er sich vor.

«Ich weiß», sagte die Sekretärin. «Ich hab Ihre Pressekonferenz gesehen. Denkwürdig war die ja nun nicht.»

«Wir brauchen Ihre Hilfe, Frau Gerlach», sagte Jennifer. «Dringend.»

Silvia Gerlach gab die Tür frei und ging voraus. Sie hatte noch ihre Büroklamotten an, allerdings trug sie anstelle der Turnschuhe erdbeerfarbene Hauspatschen mit aufgenähten grünen Blättern. Außer ihr schien niemand zu Hause zu sein, es war kein Laut zu vernehmen, wenn man von dem hektischen Ticken einer hypertonischen Uhr im Flur absah. Silvia Gerlach war gar nicht mal so einfach zu finden gewesen. Ihr Eigenheim stand mitten im Niemandsland in Richtung Husum und war so winzig, als hätte man in Katenbüll noch Steine übrig gehabt und sie einfach irgendwo aufeinandergestapelt in der Pampa fallen gelassen. Sie hatten fast zwanzig Minuten hierher gebraucht und waren zweimal daran vorbeigefahren.

«Ist Ihre Frau nicht da?», fragte Sörensen.

«Hanna ist bei ihrer Mutter in Leipzig», sagte Silvia Gerlach und führte die beiden in ein vielleicht zwölf Quadratmeter großes Wohnzimmer, das karg und wenig zusammenhängend eingerichtet war. Hier wohnten Leute, die wenig Zeit zum Wohnen hatten. «Gucken Sie sich hier bloß nicht so um. Wollen Sie ein Wasser?», fragte sie. «Irgendwas?»

«Nein, danke», sagte Sörensen. «Ist vielleicht auch besser, wenn wir stehen bleiben. Der Regen, das macht Ihnen ja sonst alles …»

«Was ist denn so wichtig?» Höflichkeit verfehlte bei Silvia Gerlach offensichtlich ihre Wirkung.

«Frau Gerlach, wir haben drei Probleme», sagte Jennifer. «Ihr Chef ist tot, das wissen Sie. Außerdem haben wir eine weitere Leiche, von der wir noch nicht wissen, wie die im Zusammenhang mit alldem steht.»

«Göntje … Fuhl», sagte Silvia Gerlach.

«Richtig. Und dann ist Hinrichs' Sohn verschwunden. Jan. Spurlos. Letzte Nacht.»

Silvia Gerlach setzte sich auf die Kante eines Stoffsofas, auf dem ein weißer Überwurf Katzenhaare sammelte. Die zu den Haaren gehörige schwarze Katze, die eben noch entspannt geruht hatte, sprang herunter und trat mit erhobenem Schwanz an den beiden Polizisten vorbei den Rückzug an.

«Jan ist weg?», fragte die Sekretärin. «Wie jetzt?»

In ihrem Gesicht passierte so viel, dass Sörensen sofort wusste, sie setzte ihre eigenen Puzzleteile zusammen und kam zu keinem guten Ergebnis.

«Ich habe mit Frieder Marek gesprochen», sagte er. «Er hat mir gesagt, Sie hätten damals ein paar der Kinder auf den Fotos erkannt, wegen denen er gefeuert worden ist.»

Sie faltete die Hände. «Kann sein», flüsterte sie.

«Und?», fragte er.

«Und was?»

«Was haben Sie unternommen?»

Silvia Gerlach zuckte. Die Fassade brach auf. Eine einzelne Träne lief ihr die Wange hinunter. «Nichts», sagte sie.

«Aber warum?», fragte Sörensen. «Wie geht das?»

«Ich habe es natürlich überlegt. Aber ich … ich mochte Marek. Eigentlich. Ich wollte nicht, dass er …»

«Sie haben einen Menschen geschützt, den Sie für pädophil gehalten haben?», fragte Jennifer entsetzt.

«Nein. Ja … Ich konnte das bis zuletzt einfach nicht … ich meine, ich hab das nicht glauben können.» Silvia Gerlachs Tränen steigerten sich in einen langen, ruhigen Fluss. «Kann ich eigentlich immer noch nicht. Frieder Marek war so ein netter Mensch … und er hatte eine so tolle Familie. Meine Frau und ich haben immer gesagt, wenn wir mal ein Kind adoptieren, dann wollen wir so eine Familie sein wie die Mareks. Die waren so glücklich, so liebevoll. Und dann … wie geht so etwas zusammen? Ich hab gedacht, der ist schon gestraft genug.»

«Und die Kinder?», fragte Jennifer.

Sörensen machte eine unterbrechende Geste mit der Hand. «Ihnen ist nie die Idee gekommen, dass Marek reingelegt worden sein könnte?», fragte er.

«Doch. Ich meine, was macht der Hinrichs da an Mareks Computer? Ich habe ihn gefragt, aber er hat gesagt, er hätte schon länger so einen Verdacht gehabt. Marek hätte den Bildschirm immer ausgemacht, wenn er das Büro betreten hätte. Da wäre er halt neugierig geworden.»

«Und das haben Sie geglaubt?»

«Warum denn nicht?»

«Und was ist … was ist mit den Kindern?», fragte Jennifer noch einmal. Für eine Polizistin war sie gerade zu emotional, dachte Sörensen. Viel zu emotional. Er wollte ihr schon unauffällig ein erneutes Zeichen geben, dann kehrte er vor seiner eigenen Tür und nahm den Gedanken zurück.

«Was ist mit denen?», fuhr Jennifer wütend fort. «Ich meine, scheiß drauf, wer an den Bildern schuld ist, was ist mit den Kindern? Wer schützt die?»

Silvia Gerlach schwieg.

«Wie viele Kinder haben Sie erkannt?», fragte Sörensen.

«Drei», sagte die Sekretärin kleinlaut. «Einen nur vom Sehen in der Stadt, der ist nie wiederaufgetaucht. Dann den Sohn vom Besitzer der Eisdiele am Marktplatz. Ich bin da mal hin, da saß der so gut gelaunt und hat ganz normal irgendwas gespielt. Auf einem iPad. Und der Vater war total im Stress, und da hab ich mich nicht getraut ...»

«Sie haben sich nicht getraut», echote Sörensen. «Und es dann wahrscheinlich vergessen, was? Was ist mit Nummer drei?»

«Da hab ich mit dem Vater gesprochen. Wirklich! Der hat eines der kleinen Hotels am Deich, den Ankergraf. Düseler heißt der.»

«Düseler? Ach was.»

«Ja, kennen Sie den?»

«Kann sein. Weiter.»

«Er hat mir gesagt, ich solle mich da raushalten, er wisse schon Bescheid und würde sich um alles Weitere kümmern. Aber passiert ist dann nichts. Glaube ich.»

«Also alles schön im Sande verlaufen», sagte Sörensen und war jetzt endgültig selbst nicht mehr in der Lage, seine Verbitterung zurückzuhalten. «Mann, haben die ein Pech, die Kinder, was?»

Silvia Gerlach hob den Kopf. «Wenn Sie mich brauchen, werde ich aussagen», sagte sie. «Wenn es noch nicht zu spät ist.»

Jennifer zog Sörensen am Ärmel. «Wir müssen los», sagte sie kühl.

«Danke für Ihre Mithilfe, Frau Gerlach. Und einen schönen Feierabend.»

*

Die Dunkelheit warf nun endgültig ihren dreckigen Mantel über die Landschaft, Sörensen konnte keine zehn Meter weit sehen. Er steuerte den Passat, der auch schon geruhsamere Tage erlebt hatte, in Richtung Süderweg. «Ich kenn den», sagte er. «Ist mein direkter Nachbar. Steckt gerne mit der Heckenschere im Busch und erzählt viel, wenn der Tag lang ist. Von seinem Sohn hab ich nur die Haare gesehen. Ich glaube, Bengt heißt der.»

«Glaubst du, dieser Düseler hat herausgefunden, dass Hinrichs hinter all dem steckt und sich an ihm gerächt?», fragte Jennifer.

Sörensen schüttelte den Kopf. «Weiß ich nicht. So richtig gewalttätig wirkte der jetzt eher nicht. Heckenschere hin oder her. Eher ein bisschen versponnen. Weltfremd. Und hätte er sich dann nicht erst mal an Marek rächen müssen? Unabhängig davon, ob der das nun war mit den Fotos oder nicht?» Er schaltete in den fünften Gang. «Andererseits …»

«Was?»

«Sagen wir mal so: Falls dieser Düseler das war mit dem Hinrichs, dann hatte der das auch nicht weit, um mir eins überzuziehen und Jan zu entführen, wenn der schon bei mir im Vorgarten stand.»

«Aber warum?»

«Frag mich doch nicht. Ich hab 'ne Gehirnerschütterung.»

«Ja, dann müssen wir da wohl mal hin», sagte Jennifer. Der Tag drohte kein Ende zu nehmen. Sörensen griff zum Telefon. Höchste Zeit, seinen Ärger an jemandem auszulassen, wofür war man schließlich Chef. «Ich seh das überhaupt nicht ein, dass wir hier die Einzigen sind, die arbeiten», sagte er. «Ich ruf jetzt Dhonau und

Faltermeyer an. Die sollen mal die Straße vor Hinrichs' Haus freimachen.»

«Mach die ruhig richtig wütend», sagte Jennifer und schaute aus dem Fenster. «Dann treten die nach unten weiter.» Zu sehen gab es nichts. Es war wie in einem Tunnel. Einem Tunnel, in den es hineinregnete.

*

Heinz Kellinghusen öffnete nicht sofort. Aber als er es endlich tat, wirkte er nicht sonderlich überrascht. «Ich hab Sie schon durch den Vorhang gesehen», sagte er mit müder, irgendwie sediert wirkender Stimme. Er trug dieselbe Kleidung wie am Vortag. Zu dem Sörensen mittlerweile vertrauten Geruchsgemisch aus Tabak und Alkohol bahnte sich noch eine weitere, sehr spezielle Komponente den Weg nach draußen, eine, die Sörensen nicht einordnen konnte, die aber unangenehm süßlich in die Nase stach. Verbranntes Plastik?

«Herr Kellinghusen», sagte er. «Wir haben gehört, dass Sie eine Reise planen?»

«Ah ja?»

«Eine sehr, sehr spontane Reise.»

«Ach so.»

«Das fanden wir dann doch ein bisschen komisch.»

«Ach so?» Kellinghusen dachte nach. Es schien anzustrengen. «Das hätte ich nicht von Ole gedacht», murmelte er dann und stützte sich am Türrahmen ab. «Dass der das petzt.»

«Petzt? Ich weiß nicht, ob man da jetzt petzen … ich meine, petzen? Wir sind doch hier nicht in der Schule», sagte Sörensen, während Jennifer den Steuerberater mit offenem Mund anstierte, so als würde ihr gerade bewusst, dass sie mit diesem menschlichen Fragezeichen demnächst eine Art Verwandtschaftsverhältnis eingehen würde.

«Trotzdem. Ich hätt das nicht von dem gedacht.» Kellinghusen schüttelte wie in Zeitlupe den schweren, verwunderten Kopf.

«Wenn Sie das tröstet, Herr Kellinghusen, Ihr Sohn konnte gar nicht so richtig was dafür.» Sörensen versuchte zu erhaschen, was sich hinter Kellinghusen abspielen mochte. Es war niemand zu sehen. «Er ist uns direkt in die Arme gelaufen. Irgendwie zumindest. Aber jetzt mal ... was treibt Sie denn von hier fort?»

«Nicht so laut», zischte Kellinghusen und warf einen bangen Blick über seine Schulter. «Meine Frau spricht zwar immer noch nicht richtig Deutsch, aber manchmal glaube ich, sie tut nur so und versteht doch jedes Wort.»

So viele Buchstaben nacheinander aus Kellinghusens Mund empfand Sörensen als willkommenen Fortschritt ihrer bislang mühsamen Konversation.

«Also?», fragte er.

«Ich brauche einfach eine Veränderung. Ich halte das hier nicht mehr aus. Ist doch nicht so schwierig. Kennen Sie doch, oder? Kennt doch jeder.»

«Vielleicht», sagte Sörensen und dachte, dass er das zwar kannte, aber dass er sich bei all dem Geschiebe in seinem Kopf niemals so hängenlassen würde wie Kellinghusen. Der Steuerberater, das merkte man, versuchte nur noch, mit halber Kraft seine verwertbaren Reste zu retten. Der eigentliche Kellinghusen, der sicherlich auch einmal positive Absichten gehabt hatte, der eine Familie gegründet, ein Haus gebaut oder gekauft hatte, der Ideale besessen hatte wie so ziemlich jeder in einem bestimmten Alter, der war schon lange fort. Vielleicht verreist. Vielleicht verschüttet. Wahrscheinlich unwiderruflich verschieden.

Sörensen wusste, dass er Kellinghusen deshalb als so unangenehm empfand, weil dieser eine Entwicklung vollzogen hatte, von der er sich selbst manchmal nicht weit entfernt wähnte. Aber, und das war der Unterschied bis hierhin, Sörensen hatte sich gewehrt. Er würde sich immer wehren. Immer schön die Nase oben behalten, dachte er. Und wenn der Rest des Körpers nach unten wegsackte, die Nase gehörte nach oben.

«Aber so hopplahopp abhauen?», fragte er. «Simsalabim, und weg ist er? Und nicht mal der eigenen Frau Bescheid sagen? Die wird das vielleicht auch gar nicht so gut finden, ich meine, ich weiß es nicht, aber wäre ja möglich, oder? Wissen Sie, das ist doch komisch: Sie sind der Steuerberater von Hinrichs und Schäffler …»

«Wieso von Schäffler? Was hat denn jetzt Jens Schäffler …»

«Stimmt doch, oder?»

«Ja, schon. Aber auch von vielen anderen.»

«Meinetwegen. Jedenfalls ist Heiner Hinrichs im Gegensatz zu vielen anderen tot, und jetzt, wo da so ein bisschen was an Dreck aufgewirbelt wird, planen Sie den Abflug? Also jetzt mal ehrlich, Herr Kellinghusen, wie soll das denn aussehen für uns?»

«Nicht gut», sagte Kellinghusen leise.

«Nee, gar nicht gut. Das rechtfertigt sogar eine Festnahme. Wegen Flucht- und Verdunkelungsgefahr», sagte Sörensen, während Jennifer immer noch kein Wort herausbekam. «Sie haben fünf Minuten, um Ihren Kram zu holen. Und wenn Sie schon dabei sind, bringen Sie doch bitte gleich Ihre Akten zu den Herren Hinrichs und Schäffler mit.»

«Das geht nicht», murmelte Oles Vater.

«Wieso?»

«Die hab ich nicht mehr.»

«Wie bitte?»

«Die sind, äh, weg.»

«Wie, weg?»

«Die sind … im Kamin. Verbrannt sind die. Ja.»

«Wie bitte, was?», stöhnte Sörensen. «Los, zeigen. Ich will das sehen.»

Sie gingen hinein, der Gestank wurde schlimmer, je näher sie dem Wohnzimmer kamen. Sörensen wusste jetzt natürlich, was da so roch. Kellinghusen schlich voraus, ohne die Füße zu heben, so als liefe er auf unsichtbaren Schienen. Vielleicht hatte er einmal einen Schlaganfall gehabt und sich davon nicht wieder ganz erholt, dachte Sörensen. Das wäre eine freundliche Erklärung. Kellinghusens Frau Maj sah fern und rauchte dabei, sie hob nicht einmal den Kopf, als die beiden Männer und Jennifer eintraten. Auf dem Tisch standen zwei leere Flaschen Bier, eine Schnapsflasche und eine Pulle Billigsekt. Ein paar Salzstangen in einem blinden Wasserglas sollten Gemütlichkeit vortäuschen, wo doch einfach nur gesoffen wurde.

Sörensen stellte sich in den schwarzen Rauch vor dem Kamin, dessen Abzug verbesserungswürdig war, und sah die Reste der Akten ausbrennen, ohne dass da noch etwas zu machen gewesen wäre. Kellinghusen hatte sich nicht einmal die Mühe gemacht, die Papiere aus den Ordnern herauszunehmen, sondern den ganzen Kram einfach komplett mit Klammern, Schutzfolien und Stickern in die Flammen geschmissen. Ob das nun wirklich Schäfflers und Hinrichs' Akten waren oder ob Kellinghusen versuchte, sie hereinzulegen, würde natürlich noch zu klären sein. Jedenfalls waren sie zu spät gekommen. Sie hätten es andersherum machen sollen, schalt sich Sörensen, hätten erst zu Kellinghusen, dann zur Gerlach fahren sollen. Na ja, hätte, hätte … er sollte sich nicht über Dinge aufregen, die er nicht oder nicht mehr beeinflussen konnte, hatte seine Therapeutin gesagt. Immer schön in der Gegenwart leben. Nicht in der Zukunft, nicht in der Vergangenheit. Das Leben fand nicht im Konjunktiv statt.

Sörensen schmiss gedanklich drei Euro ins Phrasenschwein und schob Kellinghusen aus der Tür; seine Frau Maj sah immer noch nicht vom Fernseher auf. Sie tat einfach so, als wären sie alle gar nicht da. Oder als wäre sie nicht da. Verstörend war das. Vielleicht lag es an dem überragend spannenden Spielfilm. Kellinghusen verabschiedete sich nicht von ihr, sie sich nicht von ihm. Zwei Fremde im selben Haus, von nun an endgültig auf verschiedenen Gleisen unterwegs. Kellinghusen schlüpfte in eine farblose Allwetterjacke und ein paar gelbe Regenstiefel, dann empfing die Polizisten ein weiteres Mal der Regen. Am Passat aktivierte Sörensen hinten die Kindersicherung, drückte Kellinghusen hinein und öffnete fast beiläufig, aber fürsorglich auch für Jennifer die Beifahrertür. Sie sah verbittert aus, abwesend, wie jemand, der urplötzlich gezwungen worden war, die buckelige Verwandtschaft als Spiegel des eigenen Daseins zu betrachten.

Der Passat röhrte. Es konnte sein, dass er es nicht mehr allzu lange machte. Alle drei sagten kein Wort, bis sie vor dem Revier angekommen waren. Kellinghusen war im Rückspiegel kaum zu erkennen, er hing tief im Sitz, ab und zu reflektierte seine Iris ein Licht, einmal pfiff er sogar eine kleine volkstümliche Melodie vor sich hin wie ein hoffnungsvoller Anwärter auf den Titel Psychopath des Monats.

Sörensen ignorierte den vibrierenden Balken auf seiner Brust, parkte auf dem Marktplatz und stieg aus. Er brauchte Luft. Er nahm die Hände in die Hüften, streckte sich durch, zog so viel Sauerstoff ein, wie er konnte. Jennifer machte keine Anstalten, ebenfalls auszusteigen. Sie brauchte keine Luft, sie brauchte wohl etwas anderes. Sie zog eine Schachtel Zigaretten hervor.

«Komm», sagte Sörensen und beugte sich vor. «Wir müssen ihn verhören. Jetzt.»

«Was ist mit dem Ankergraf?», sagte sie und räusperte sich. «Ich kann das machen. Ist vielleicht besser, wenn ich das mache. Und du machst das Verhör.»

Er nickte. Er verstand. «Ich schick dir Malte raus.»

Sie zögerte, packte die Zigaretten wieder weg, betrachtete ihre Fingernägel und schwieg.

*

Als Sörensen hinter Kellinghusen hereinkam und den Boden volltropfte, lag Maltes Kopf auf der Tischplatte. Er hatte die Augen geschlossen, die Schuhe ausgezogen, die Beine von sich gestreckt; der Mund war weit geöffnet, die rechte Hand lag pflichtbewusst auf dem Diensttelefon, die linke baumelte an der Seite herunter. Sörensen hätte jetzt vielleicht empört sein, autoritäre Strenge walten lassen müssen, stattdessen hatte er gerade seine uneingeschränkte Sympathie für Malte entdeckt.

Er drückte den fast körperlosen Kellinghusen auf einen Stuhl, zog sein Handy aus der Tasche und wählte die Nummer des Reviers. Als das Telefon neben Malte klingelte, zuckte dieser nur ganz kurz zusammen, ließ den Kopf einfach liegen, nahm den Hörer ans Ohr und meldete sich mit hellwacher Stimme. «Polizei Katenbüll, KKA Schuster, guten Abend.»

Ein guter Schauspieler, der Malte, dachte Sörensen. «Es ist 21 Uhr, hier ist dein Chef», sagte er.

Malte bemerkte, dass er da irgendetwas doppelt hörte und dass die Stimme in der Leitung leicht verzögert wirkte.

«Ja?», fragte er vorsichtig.

«Ich bin da», sagte Sörensen.

Malte richtete sich abrupt auf und versuchte Ordnung in sich und den Tisch zu bringen, alles in einer Bewegung. Dabei fiel das Telefon zu Boden, das Kabel riss den halben Ablagestapel mit.

«Ich hab nicht geschlafen», sagte er. «Auch wenn das jetzt vielleicht ein bisschen so aussah.»

«Ist okay», lächelte Sörensen. «Ich hab hier ein Verhör zu führen. Und Jenni braucht dich. Sie wartet draußen.»

Malte hob das Telefon wieder auf, schob den Inhalt des Ablagestapels mit dem Fuß näher zum Tisch und schlüpfte in seine Schuhe. Er hatte rote Flecken im Gesicht.

«Traust du dir zu, einen Passat zu fahren?», fragte Sörensen.

Malte nickte.

«Dann nehmt meinen Wagen. Und ja, er steht wieder auf dem Marktplatz. Ach so, und stell bitte nicht das Telefon nach hinten um.»

*

Der Verhörraum war nicht größer geworden seit dem letzten Mal. In der Nacht wirkte er noch beklemmender, was Sörensen in diesem Falle auszunutzen bereit war. Er dirigierte Kellinghusen auf die andere Seite, winkte ihn auf den Stuhl, auf dem zuletzt Hilda Hinrichs gesessen hatte, schaltete die Ikea-Nachttischlampe ein und richtete sie auf Kellinghusens nikotingraues Gesicht. Das fand er zwar selbst albern, aber mein Gott … Er schaltete die Deckenbeleuchtung aus und setzte sich auf die andere Seite des Tisches, direkt vor die Tür. Für Kellinghusen dürfte er als Schatten kaum noch zu erkennen sein. Da er keine Ahnung hatte, wo sich in diesem Revier ein Diktiergerät befinden mochte, legte er sein Smartphone in die Mitte des Tisches und betätigte die Aufnahmefunktion.

«Ich muss Sie auf Ihre Rechte aufmerksam machen», begann er. «Sie haben das Recht, die Aussage zu verweigern, Sie haben das Recht auf einen Anwalt …»

«Ich weiß, ich weiß», sagte Kellinghusen und bewegte nichts außer seinen Lippen.

«Kein Anwalt?», fragte Sörensen.

«Mal sehen.»

«Fürs Protokoll», sagte Sörensen. «Der Beschuldigte verzichtet auf einen Anwalt.»

«Beschuldigte? Wieso denn Beschuldigte? Was heißt denn hier Beschuldigte?»

«Stellen Sie sich bitte vor», sagte Sörensen.

«Heinz Georg Kellinghusen.»

«Geboren am?»

«14. 2. 1953.»

«Beruf?»

«Inhaber einer Steuerfachkanzlei.»

«Herr Kellinghusen, Sie sind in den letzten beiden Tagen mehrfach auffällig geworden.»

«Ach ja?»

«Sie hatten einen körperlichen Konflikt mit Ihrem Sohn. So heftig, dass die Polizei kommen musste.»

«Das war doch nur der Faltermeyer.»

«Der ist auch bei der Polizei.»

«Richtig.»

«Heute sind Bürgermeister Hinrichs tot und die alte Göntje.»

«Aber damit habe ich doch nichts zu tun.»

«Nein?»

«Nimmt das Gerät da das jetzt auf?», fragte Kellinghusen.

«Ja.»

«Ich kenne keine alte Göntje.»

«Das ist wirklich die unbekannteste Stadtbekannte aller Zeiten.»

«Ich kenne die nicht. Und wieso ist die tot?»

«Wissen Sie das nicht?»

«Woher soll ich das denn wissen?»

Sörensen seufzte. Kellinghusen versprach eine überraschend harte Nuss zu werden.

«Verraten Sie mir, warum Sie den Flug auf die Seychellen gebucht haben? Und erzählen Sie mir jetzt bitte nichts von Urlaub.»

Kellinghusen sortierte sich einen Moment. «Das hat überhaupt nichts mit den Morden zu tun.»

«Das haben Sie jetzt gesagt.»

«Was?»

«Dass beide ermordet worden sind. Ich habe nicht gesagt, dass die alte Göntje ermordet worden ist.»

Kellinghusen schnaubte. «Wenn die einfach so im Schlaf gestorben wäre, hätten Sie das doch gar nicht erwähnt, oder? Stirbt doch dauernd jemand im Schlaf. Wenn da gleich die Polizei bei einem klingeln würde ...»

«Das stimmt. Also, weiter.»

Der Steuerberater hielt sich mit der linken Hand an der Tischkante fest. «Ich habe einen Freund», sagte er. «Detlev. Aus Bremen. Der war Lehrer, fünfunddreißig Jahre lang. Drei Kinder von zwei Frauen, kleines Haus, nicht abbezahlt, dazu die Alimente. Dann hat der sich trotzdem mal 'nen Urlaub gegönnt. So einen richtigen. Auf den Seychellen. La Digue heißt die Insel. Er ist nie wieder zurückgekommen. Hat da eine Frau kennengelernt, aus Tansania. Jetzt wohnt der in so einer Wellblechhütte, für die der keine Miete zahlen muss. Liegt den halben Tag in der Hängematte und trinkt Bier. Manchmal geht er schwimmen. Er vermietet Fahrräder an die Touristen. Wenn er zehn am Tag verliehen hat, macht er die Bude zu.» Kellinghusen bekam einen noch glasigeren Blick. «Der hat das geschafft, der Detlev», sagte er. «Maximale Sonne bei minimaler Verantwortung. Ich will das auch. Ich komme hier einfach nicht mehr klar. Meine Ehe ... ich weiß nicht. Mein Sohn ist erwachsen und macht sowieso, was er will.

Detlev hat mir eine Mail geschrieben, dass die Hütte neben ihm frei geworden wäre und ob ich nicht … Da hat es eben klick gemacht.»

«Wann kam diese Mail?»

«Vor drei Tagen. Können Sie nachschauen, kann ich Ihnen zeigen.»

«Das heißt, das Angebot kam, bevor Hinrichs gestorben ist?»

«Ja, sag ich doch. Das hat überhaupt nichts damit zu tun.»

«Warum haben Sie dann die Akten vernichtet? Die Akten von Heiner Hinrichs und Jens Schäffler?»

Kellinghusen fuhr sich übers Gesicht. «Das ist blöd, wenn ich jetzt lüge, oder?»

«Das ist immer blöd», bestätigte Sörensen und deutete auf sein Handy. «Aber jetzt besonders. Warum haben Sie die Akten vernichtet?»

«Weil … ich manchmal vielleicht ein paar Tricks angewendet habe, um Steuern zu sparen. Für die.»

«Kann Ihnen doch egal sein, wenn das rauskommt. Sie sind doch weg.»

«Ist mir aber nicht egal.»

«Und Sie haben nur bei Hinrichs und Schäffler diese Tricks angewendet?»

«Ja. Ja, sicher.»

«Das werden wir natürlich überprüfen.»

«Bitte sehr.»

«Ich bin gleich wieder da», sagte er und stand auf.

Sörensens Kehle fühlte sich trocken an. Außerdem war es gut, Kellinghusen ein wenig zappeln zu lassen.

«Was? Wollen Sie das etwa jetzt überprüfen? Jetzt sofort?», fragte Kellinghusen entgeistert.

«Nee, ich hab Durst.»

«Was ist denn mit einem Anwalt? Vielleicht ist das doch besser … brauche ich einen?», rief Kellinghusen.

Aber Sörensen war schon durch die Tür.

*

«Ich hab nur mal ganz kurz den Kopf ausgeruht. Wirklich», sagte Malte und gab extraviel Gas, um seine ungebrochene Dynamik zu unterstreichen. Der Passat spritzte fleißig Wasser zu allen Seiten.

«Ist mir egal, Malte», sagte Jennifer und las eine Nachricht auf ihrem Smartphone.

«Ich meine, ich schlafe doch nicht im Dienst. Das wäre ja auch gar nicht gegangen, das Telefon hat ja andauernd geklingelt.»

«Ist mir echt egal, Malte.»

«Schlafen kann ich ja auch noch, wenn ich tot bin.»

«Ich kann dir gar nicht sagen, wie egal mir das ist, Malte.»

Sie bogen auf den Deichweg ein. «Ist das nicht komisch, dass der Sörensen direkt daneben wohnt?», fragte Malte. «Zufälle gibt's.»

Jennifer erinnerte sich an den gestrigen Abend, an einen Schlag auf den Hinterkopf, einen Polizisten im Matsch und einen angeblichen Hund vor der Haustür. «Bin gespannt, ob das wirklich alles so ein Zufall ist», sagte sie.

«Der macht das ganz gut, oder?»

«Wer?»

«Der neue Chef. Der Sörensen.»

«Ja. Na klar.»

«Der macht das ganz anders als der Kappler.»

«Jeder Mensch macht alles anders.»

«Klar, ich mein, der Kappler war auch gut. Das wollte ich jetzt natürlich nicht gesagt haben. Dass der Kappler nicht gut war. Der Kappler war auch toll. Großartig war der.»

«Malte, mach jetzt mal für fünf Minuten die Schotten dicht, okay?»

«Okay.»

Sie hielten vor Sörensens Gartenzaun und stiegen aus. Jennifer bemerkte den Regen gar nicht mehr, wahrscheinlich verwandelte sie sich langsam in einen Fisch.

«Aber irgendwas ist auch komisch», sagte Malte vorsichtig.

«Womit?»

«Ja, hier, mit dem Sörensen», sagte Malte. «Ob der Tabletten nimmt oder so? Oder trinkt? Oder meinst du, der ist nur so ein bisschen nervös?»

«Der trinkt nicht.»

«Nee. Wollte ich ja auch gar nicht …»

«Sind die fünf Minuten eigentlich schon rum?»

Aus dem Augenwinkel nahm Jennifer eine Bewegung vor Sörensens Haustür wahr. Da saß ein Hund. «Ja, komm mal her», rief sie. Der Hund stand auf, wedelte mit dem Schwanz und lief auf sie zu.

«Na so was», sagte Malte. «Was ist das denn für ein Tier?»

«Von dem hat Sörensen doch erzählt.»

«Mir nicht.»

Der Hund schnupperte an Jennifer und Malte, stellte fest, dass keiner von beiden Sörensen war und marschierte desinteressiert wieder zurück zur Haustür, wo er sich leidlich vor dem Regen geschützt auf der Fußmatte niederließ.

«Der wartet ja richtig auf den», staunte Malte.

«Ich glaub, den Sörensen freut das», stellte Jennifer fest.

«Wieso?»

«Ist doch schön, wenn irgendwo einer auf einen wartet.»

Sie liefen an der Straße entlang, die wie immer und speziell um diese Uhrzeit wenig bis gar nicht befahren war. Die ein oder andere

Straßenlaterne mehr hätte der Sicht dennoch nicht geschadet. Aber sie hatten es ja nicht weit. Das kleine, kurparkähnliche Grundstück des Ankergrafs schloss tatsächlich unmittelbar an Sörensens an; dichte Büsche umschlossen es, kniehohe Laternen im Abstand von vier bis fünf Metern beleuchteten eine kurze Kiesauffahrt. Das Hotel war einstöckig und ein Neubau, der sich alle Mühe gab, unauffällig und friesisch traditionell in die Umgebung eingebettet zu wirken. Besonderen Charme verströmte das Anwesen nicht, dafür wirkte es zu glatt, zu sehr am Reißbrett entworfen. Roter Stein, weiße Fensterrahmen, spitzes Giebeldach. Eine mit Efeu bewachsene Fassade, ein paar umgedrehte, an die Vorderwand gelehnte Strandkörbe. Links ein Schild im Fenster, das freie Zimmer avisierte, rechts ein klappernder Fensterladen, den der Wind aus seiner Verankerung gelöst hatte. Die Zimmer oben waren allesamt dunkel, nur der Eingangsbereich war erleuchtet. Sie stiegen vier Stufen hinauf, die Eingangstür war offen, direkt dahinter befand sich eine schmale Rezeption, die fast ausschließlich aus Prospekten, Karten und Nippes in Möwenform bestand, aber nicht besetzt war. Malte hob ein Glöckchen vom Tresen auf.

«Ich klingle mal», sagte Malte und klingelte mal. Das Glöckchen war winzig und klang wie ein Knabenchorsänger im Stimmbruch.

«Hmm …», sagte er und sah Jennifer ratlos an.

«Lass uns mal warten», sagte sie und nahm einen Prospekt in die Hand, der Katenbüll aufs wärmste bewarb. Auf den Fotos schien die Sonne. Natürlich tat sie das. War wahrscheinlich mit Photoshop nachbearbeitet worden. Jennifer betrachtete das Schlüsselboard hinter dem Tresen. Sechzehn Zimmer, sechzehn Schlüssel samt klobigem Schiffsanhänger. Entweder der Ankergraf hatte zurzeit keine Gäste, oder sie waren alle unterwegs und hatten die Schlüssel hiergelassen. Eher unwahrscheinlich.

Malte klingelte noch einmal. «Das Ding hört man nur, wenn man direkt danebensteht», murrte er. «Bringt doch nichts.»

«Herr Düseler?», rief Jennifer. «Irgendwer?»

Keine Antwort. Nur der Regen hallte metallisch von den Fenstern wider und gab den Takt vor. Jennifer nahm sich eine Visitenkarte vom Tresen und rief die darauf angegebene Nummer an. Es klingelte gedämpft, aber nicht hinter dem Tresen, sondern in einem kleinen Raum, der von der Rezeption abging. Es klingelte fünfmal, es klingelte sechsmal, niemand nahm den Hörer ab.

Malte glaubte aus Richtung des Telefons ein konstantes tropfendes Geräusch zu hören, so als wäre ein Wasserhahn nicht richtig zugedreht worden. Mit dem Regen hatte das jedenfalls nichts zu tun. Aber ein Wasserhahn? In einem Büroraum? Er reckte den Kopf und konnte durch die offene Tür einen Fuß erkennen, der leicht abgeknickt neben einem Schreibtischstuhl stand. Einen Fuß in einem Herrenschuh, so einem schwarzen, halbeleganten Gesundheitsschuh für Leute, die sich den ganzen Tag auf den nicht mehr ganz gesunden Beinen befanden und ihren Füßen daher etwas Gutes tun wollten. Vielleicht war Herr Düseler oder wer immer auch gerade Dienst hatte, am Schreibtisch eingeschlafen. Sollte ja vorkommen. Und die hatten ja auch echt lange Schichten, die Leute im Hotelgewerbe. Als nach dem zehnten Klingeln der Anrufbeantworter übernahm, drückte Malte kurz entschlossen die niedrige Schwingtür neben dem Tresen auf, ging nach hinten und betrat das Büro.

«Scheiße», sagte er. «Komm mal.»

Jennifer steckte ihr Handy weg und folgte dem Praktikanten. Sie sah schon an seiner Körperhaltung, dass hier etwas ganz und gar nicht stimmte. Tatsächlich, da saß ein Mann am Schreibtisch. Mit dem Kopf auf der Tischplatte. Aber er schlief nicht. Er hatte die Augen geöffnet. Aus einem Loch in seinem teilweise aufgesprengten

Kopf sickerte Blut und tropfte auf den Fußboden, in eine sich stetig ausdehnende schwarzrote Lache. Auch der Schreibtisch mitsamt Anrufbeantworter war von Blut überdeckt. Ein Wunder, dass das Gerät noch funktionierte.

«Also … ich glaube, wir haben den Düseler gefunden», sagte Jennifer.

*

«Ich hatte aber auch einen Durst», sagte Sörensen, als er den ehemaligen Material- und jetzigen Verhörraum wieder betrat, die Tür hinter sich schloss und sich auf seinen Stuhl setzte. Kellinghusen behielt die eigenen Fingerspitzen im Blick.

«Kriege ich denn nichts?», fragte er.

«Aber natürlich. Das wäre ja sonst Folter oder so was. Warum haben Sie denn eben nichts gesagt, da hätten Sie doch was sagen können, da müssen Sie nur was sagen. Natürlich kriegen Sie was. Bei der nächsten Unterbrechung.»

«Wieso nächste Unterbrechung? Ich würde eigentlich ganz gerne nach Hause.»

Sörensen seufzte. Er wusste nicht genau, was Kellinghusen außer Alkohol heute Abend zu sich genommen hatte, aber seinem Realitätsempfinden hatte es definitiv geschadet.

«Das würden wir alle gern, Herr Kellinghusen», sagte er. «Ich mach dann mal 'n bisschen Tempo, ja? Ich sag Ihnen, wie ich das sehe. Hinrichs und Schäffler haben krumme Geschäfte gemacht. Ganz schlimme krumme Geschäfte. Die beiden waren die Könige, und Sie waren der Finanzminister. Sie haben dafür gesorgt, dass alle immer wohlhabender wurden, ohne dass irgendjemand auf die Idee kommen konnte, es ginge dabei nicht mit rechten Dingen zu. Sie waren die Abteilung Geldwäsche.»

«So ein Quatsch.»

«Dann ist Hinrichs plötzlich tot. Sie haben sowieso schon die ganze Zeit ein schlechtes Gewissen und geraten in Panik. Da scheint sich jemand rächen zu wollen. Wer sagt Ihnen, dass Sie nicht als Nächster dran sind?»

«Rache? Wieso Rache? Wofür denn Rache?»

Sörensen beugte sich vor.

«Wie wäre es mit Kindesmissbrauch?»

Kellinghusen reagierte nicht empört, nicht entsetzt, nicht aggressiv, und das obwohl der Vorwurf nun wirklich ungeheuerlich war. Er schwieg einfach. Schaute indigniert. Ratlos. Dann schien er zu bemerken, dass das keinen guten Eindruck machte. «So etwas gibt es hier nicht», sagte er leise.

«So etwas gibt es leider überall. Damit kann man ja auch richtig viel Kohle machen, wenn man es geschickt anstellt. Und dafür sind Sie ja da. Der Mann, der die finanziellen Geheimnisse halb Katenbülls kennt.»

«Nee. Nee, ich weiß nichts von so was.» Kellinghusen hob kaum die Stimme, er wirkte wie eine automatisierte Ausgabe seines eigenen Stellvertreters.

«Wir werden sehen. Ich hab zwar draußen eben meinen Durst gelöscht, man soll ja nicht lügen, aber vor allem hab ich meine Kollegen in Husum angerufen und zu Ihnen nach Hause geschickt. Die haben sich vielleicht gefreut, die Kollegen. Um die Uhrzeit. Jedenfalls glaube ich nicht, dass Sie schon alle Beweise vernichten konnten. Mit etwas Glück finden wir doch noch was.»

Kellinghusen hob den Kopf und blinzelte ins Licht. «Was ist mit meiner Frau?»

«Was ist denn mit der?»

Kellinghusen betrachtete wieder die Tischplatte vor sich. «Nichts.»

«Herr Kellinghusen, Göntje Fuhl …»

«Kenne ich immer noch nicht.»

«Ich glaube, dass Göntje Fuhl Sie erpresst hat. Sie, Schäffler oder Hinrichs. Oder alle drei zusammen. Haben Sie sie deshalb getötet?»

Kellinghusens Mimik blieb unbewegt wie nach einer Botox-Sonderbehandlung. «Ich habe niemanden getötet. Ich weiß überhaupt nicht, wie das geht. Jemanden töten.»

«Göntje Fuhl hatte Material über Sie. Das wissen wir bereits», log Sörensen. Zeit, die Sportart zu wechseln. Oder zumindest die Regeln.

Kellinghusen zog die Mundwinkel nach oben, es sah aus wie das Lächeln eines besonders humorlosen Karpfens. «Kann nicht sein», sagte er.

«Warum nicht?»

«Sie kann nichts über mich haben, weil wir uns gar nicht kennen.»

«Die alte Göntje kannte euch alle. Was glauben Sie, was der Abfall über einen Menschen erzählt.»

«Über mich hat sie nichts.»

«Da weiß ich was anderes.»

«Sie bluffen», sagte Kellinghusen ohne Vorwurf. «Und das nicht mal gut.»

«Warum wollten Sie auf die Seychellen fliehen?»

«Das habe ich doch schon gesagt. Außerdem: Flucht. Wieso Flucht? Keine Flucht.»

«Herr Kellinghusen, Ihnen ist schon klar, dass Sie morgen nicht auf die Seychellen fliegen werden? Wenn überhaupt jemals?»

Sörensen traf bei Kellinghusen zum ersten Mal einen Punkt. Der Steuerberater sah nun wirklich erschüttert aus. «Aber morgen geht mein Flug», sagte er langsam. «Das Ticket verfällt doch sonst. Wissen Sie, wie teuer das ist? Wer bezahlt mir das denn?»

Sörensen seufzte. «In welchem Verhältnis standen Sie zu Heiner Hinrichs?»

«In gar keinem. Er war halt mein Mandant.»

«Und Schäffler?»

Kellinghusen schien das erste Mal zu überlegen.

«Na ja …», sagte er gedehnt.

«Na ja, was?»

«Kommt ja sowieso raus.» Er zuckte mit den Schultern. «Jens ist der Taufpate meines Sohnes.»

«Sieh mal einer an.»

«Daraus können Sie aber nichts ableiten, außer dass er der Taufpate meines Sohnes ist.»

«Was ich woraus ableiten kann, müssen Sie schon mir überlassen, Herr Kellinghusen», sagte Sörensen kühl.

«Ja, klar, mach ich ja, klar», sagte Kellinghusen und bekam einen roten Kopf. Er hatte sich so lange unter Kontrolle gehalten, dass er nun regelrecht explodierte. «Aber jetzt machen Sie doch deswegen nicht so ein Fass auf!», rief er. «Hier in Katenbüll gibt das ganz viele von solchen … Beziehungen, wie denn auch sonst? Das verläuft sich hier halt nicht. Jens Schäffler ist der Taufpate von Ole, Ole ist befreundet mit Lasse Peters, weswegen er bei dessen Vater in der Tankstelle arbeitet. Rolf Peters, der Vater von Lasse, ist der Bruder von Frauke Dietz, der Zweiten Bürgermeisterin, die ist verheiratet mit Harald Dietz, dem fast alle Geschäfte rund um den Marktplatz gehören und der zusammen mit Heiner Hinrichs im Aufsichtsrat von Fleischeslust sitzt. So, und wenn jetzt Rolf Peters für seine Tankstelle weniger Pacht bezahlt, damit sich das überhaupt lohnt, dann ist das doch völlig normal, oder?»

Sörensen lehnte sich in seinem Stuhl zurück. «Weiß ich nicht, ob das völlig normal ist.»

«Wenn Ihr Freund oder Verwandter zu Ihnen kommt und sagt: ‹Entweder ich zahl weniger Pacht oder ich muss den Laden zumachen›, dann zahlt der weniger Pacht. So funktioniert das halt. Geht ja auch um Arbeitsplätze und so.»

«Und Sie? Was machen Sie dann?»

«Ich tue das, was ich kann, damit es allen gutgeht. Aber immer legal!»

«Und deswegen verbrennen Sie ganz legal Ihre Akten?»

Kellinghusen ballte die Fäuste. «Was ist denn nun mit meinem Anwalt?», fragte er und ließ die Luft aus seinem Körper. Sörensen verabscheute ihn.

«Können Sie natürlich anrufen», sagte er und schob widerwillig das Telefon zu ihm hinüber, als sein eigenes anfing zu klingeln. «Moment», sagte er, sah Jennifers Nummer und ging ran. «Was?», sagte er dann. «Hör auf … Wirklich? … Ja, klar … Nee, den bringe ich mal schön mit.»

Er legte auf. «Der Anwalt muss warten», sagte Sörensen. «Wir machen einen Ausflug.»

*

Kellinghusen saß auf dem Rücksitz des Dienst-BMWs, äußerlich entspannt bis unterspannt wie immer. Er ließ sich erneut tief in den Sitz sinken, machte die Beine breit und sah insgesamt aus wie ein Sitzsack, in den mehr Styroporkügelchen gehörten. Sörensen hatte ihm Handschellen angelegt, aus Abschreckungsgründen und weil er ein klein wenig Sorge hatte, was der unbeobachtete Kellinghusen dahinten ansonsten mit sich anstellen mochte. Wahrscheinlich nichts, aber man konnte ja nie wissen.

«Horst Düseler», sagte er und machte den Nebelscheinwerfer an. Die Sicht war gewohnt schlecht, die Scheibenwischer arbeiteten auf höchster Stufe und quietschten dabei im Sekundentakt. Die Dinger mussten mal erneuert werden.

«Was ist mit dem?», fragte Kellinghusen und hustete. Nikotinmangel, dachte Sörensen. Gut so.

«Das werden Sie gleich sehen. Auch einer Ihrer Kunden?»

«Ja», sagte Kellinghusen. «Sag ich doch, fast jeder, der hier ein Gewerbe hat, ist bei mir. Fahren wir zu seinem Hotel?»

«Ja», sagte Sörensen. «Ist der auch irgendwie verwandt mit dem Cousin der Schwägerin von dem Bruder des Oberbürgermeisters?»

«Nee, der ist zugezogen», sagte Kellinghusen. «Kommt von irgendwo bei Frankfurt. Aber seine Frau, die ist aus Katenbüll. Macht viel Kirchenarbeit. Organisiert den Wohltätigkeitsbasar und so. Einmal im Monat ist das.»

«Wer hier nicht alles für die Kirche arbeitet.» Sörensen schaute in den Rückspiegel. Kellinghusen zuckte mit den Schultern. «Katenbüll ist ein kleiner Ort, christlich tief verwurzelt. Mach was mit Kirche, dann kennst du hier Kreti und Pleti. So einfach ist das. Sollten Sie auch mal probieren. Wenn Sie länger bleiben.»

«Glauben Sie an Gott?», fragte Sörensen.

Kellinghusen brauchte eine Sekunde. «Was hat das mit den Toten zu tun?»

«Ich dachte, Gott hat ganz viel damit zu tun.»

«Nein», sagte Kellinghusen. «Ich glaube nicht an Gott. Ich glaube daran, dass der Mensch nur ein Unfall ist und sich langfristig selbst abschafft und dass er das weiß. Und um das auszuhalten, hat er einen Gott erfunden, der für die Hoffnung da ist. Denn wenn es keine Hoffnung gibt, sind alle Menschen wie ich.»

«Wie sind Sie denn?»

«Am Arsch.»

«Da sprechen Sie aber nur für sich selbst», sagte Sörensen fest und bog in den Deichweg ein. Vor seinem Zaun stand der Passat. Er befuhr die Auffahrt des benachbarten Hotels, stellte sich quer vor den Eingang, stieg aus und öffnete Kellinghusen die Tür.

«Na los», sagte er. «Showtime.»

«Kann ich vielleicht kurz eine rauchen?», fragte Kellinghusen.

«Nein.»

Sörensen führte die gekrümmte Gestalt die Stufen hoch. Jennifer und Malte erwarteten ihn bereits an der Rezeption.

«Oh», sagte sie und zeigte auf Kellinghusen.

«Tja», sagte Sörensen. Als Erklärung musste das reichen.

«Na denn.» Jennifer vergrub die Hände in den Taschen, während Malte blass und verschüchtert auf einem Stuhl neben dem Tresen saß.

«Wo ist er denn?», fragte Sörensen. Malte zeigte auf den kleinen Büroraum hinter dem Empfang. «Ich geh da aber nicht noch mal rein», sagte er.

«Musst du auch nicht.» Sörensen zog Kellinghusen am Ärmel. «Aber Sie», sagte er und trat mit dem Steuerberater, dem langsam etwas dämmerte, durch die Schwingtür.

«Muss ich wirklich?», fragte Kellinghusen. «Ich meine, das geht mich doch gar nichts an. Das ist doch Polizeiarbeit, oder? Polizeiarbeit ist das!»

Sörensen zog die Luft ein und betrat das Büro. Da saß er. Da saß sein einst so mitteilsamer Nachbar auf dem Schreibtischstuhl, der Kopf lag wie schlafend auf der Tischplatte, und um ihn herum sah es so aus, als hätte jemand mit der Faust in einen bis zum Rand mit roter Farbe gefüllten Eimer gehauen.

«O mein Gott», sagte Kellinghusen, dann sackten ihm die Beine weg. Er ging zu Boden, winkelte die Knie an und begann zu wimmern. Jennifer kam herein. «Soll ich ihm aufhelfen?», fragte sie. «Ich helf ihm auf.»

Sie packte Kellinghusen gegen seinen Willen unter den Armen, zog ihn hoch und hievte ihn auf einen Stuhl unter dem Fenster. Oles Vater weinte nur noch stärker und drohte gleich wieder herunterzurutschen.

«Was denn jetzt?», fragte Sörensen mitleidslos. «Haben Sie etwa Angst? Warum denn? Haben Sie doch nix mit zu tun! Da bringt jemand Katenbülls feine Gesellschaft um, oder? Vielleicht gibt das da ja sogar so eine Art Liste? Aber das kann Ihnen ja egal sein, da stehen Sie ja nicht drauf, warum sollten Sie da draufstehen? Ist doch gar nicht Ihr Problem. Sie sind ja schon halb auf den Seychellen!»

Kellinghusen zitterte. «Sie müssen mich beschützen», flehte er. «Sie müssen mir helfen.»

«Erst mal helfen Sie mir, Herr Kellinghusen.»

«Ich weiß doch gar nichts. Es gibt da ein Konto. Da haben dauernd Leute drauf eingezahlt. Irgendwelche Leute, aus allen möglichen Städten und Ländern. Kleine Beträge. Hier mal zwei Euro, da mal zehn. Aber summiert hat sich das.»

«Wem gehört das Konto?»

«Mir», sagte Kellinghusen kleinlaut. «Ich hab das im Ausland angelegt. Aber ich weiß nicht, warum da immer Geld draufkommt. Ich weiß auch nicht, wofür.»

«Aber Sie können sich das doch denken.»

«Weiß ich nicht. Vielleicht, ja.»

«Da haben Leute für was gezahlt.»

«Ja, kann sein. Weiß ich nicht. Will ich nicht wissen.»

Kellinghusen bekam die Augen nicht von Düselers Leiche. Genau das hatte Sörensen bezweckt. «Wer hat was von dem Geld bekommen?», fragte er.

Kellinghusen biss sich auf die Lippen.

«Düseler?», half Sörensen.

Kellinghusen nickte.

«Hinrichs?»

Kellinghusen nickte.

«Schäffler?»

Kellinghusen versteifte sich. «Mehr kann ich nicht sagen. Wirklich nicht», beteuerte er.

Sörensen ballte die Fäuste, öffnete sie wieder, schloss sie erneut. «Wir behalten Sie über Nacht in Sicherheitsverwahrung, Herr Kellinghusen. Und ich will die Kontodaten. Jennifer, rufst du die Kollegen aus Husum? Die sollen die Leiche abtransportieren und in die Pathologie bringen. Und rausfinden, ob dieselbe Waffe benutzt wurde.» Er strich sich mit der flachen Hand über die Stirn. «Und dann müssen wir alle mal ins Bett. Hilft ja nix.»

«Du kannst schon gehen», sagte sie. «Ich bin noch hellwach.»

«Nee, ich geh doch jetzt nicht alleine ins Bett. Ich meine …»

«Komm, du hast 'ne Gehirnerschütterung und alles.»

«Und wie war das mit dem Kapitän und dem sinkenden Schiff und so?»

«Das Schiff sinkt nicht. Malte und ich bringen Kellinghusen nach Husum, dann sage ich der Frau von dem Düseler Bescheid, und dann machen wir auch Schicht. Und morgen geht das weiter. Gönn dir mal 'ne Pause.»

«Sie tun ja so, als ginge das hier um Brötchenbacken, verdammt noch mal. Das geht doch hier nicht um Brötchenbacken!», mischte sich Kellinghusen ein.

«Das sagen ausgerechnet Sie», stellte Sörensen fest. «Wir reden die ganze Zeit über Kindesmisshandlung und so Zeugs, und jetzt, wo das um Ihr eigenes bescheuertes Leben geht, machen Sie plötzlich einen auf sensibel. Herr Kellinghusen, von Ihnen gibt das morgen die Aussage Ihres Lebens zum Frühstück, sonst wird das hier ganz bitter für Sie.»

Sörensen verließ das Büro und legte dem immer noch traurig auf dem Stuhl vor der Rezeption sitzenden Malte die Hand auf die Schulter. «Tut mir leid», sagte er.

«Kannst du ja nix für», sagte Malte und lächelte verklemmt. «Muss ich mich wohl dran gewöhnen, oder?»

«Nee», sagte Sörensen und drückte Malte den Autoschlüssel in die Hand. «Ich hoffe nicht. Gute Nacht.»

«Wie, gute Nacht?», sagte Malte, aber Sörensen antwortete nicht mehr. Er lief die beleuchtete Auffahrt entlang, hörte den Kies knirschen, wusste, dass hier bald endgültig alle Lichter ausgehen würden, und spazierte an der dunklen Straße entlang zu seiner Kate. Cord erhob sich von der Fußmatte, streckte sich und kam Sörensen schwanzwedelnd entgegen. Sörensen wunderte sich nicht einmal, er hatte fest damit gerechnet.

«Na, mein Junge?», sagte er, streichelte dem nassen Hund über den Rücken und schloss die Tür auf.

Er holte ein Handtuch aus dem Bad, rubbelte den Mischling ab, gab ihm zu fressen und bereitete nicht ohne schlechtes Gewissen den Kollegen gegenüber sein Abendritual vor: Schlaf- und Nerventee für den Magen, eine in der glücklicherweise vorhandenen Mikrowelle zu erhitzende Fangopackung für die Füße, das Nackenstützkissen gegen die Verspannungen, dazu Schlafbrille und Ohrenstöpsel.

Er war erschöpft und gleichzeitig aufgekratzt, atmete unruhig, zog in Betracht, eine Schlaftablette zu nehmen, spürte den gewohnten Druck auf der Brust, aber, und das war das Gute, er hatte auch das Gefühl, heute eine ganze Menge geschafft zu haben, mehr als gewöhnlich zumindest. Er hatte funktioniert. Durchgängig. Mehr konnte man nicht erwarten. Und weil stets das Positive zu betrachten war, nahm er das als Zeichen; als Zeichen, dass es aufwärtsging, dass er wieder in der Lage war, mehr zu leisten, mehr zu gestalten, vielleicht sogar ein wenig mehr zu leben. Er trank seinen Tee, nahm eine Tablette gegen die Kopfschmerzen, putzte sich die Zähne und überlegte, was mit Cord zu tun war, der selig ausgestreckt vor dem Wohnzimmertisch lag. «Und jetzt?», fragte er den Hund. Cord hob den Kopf und schnupperte an Sörensens Handrücken. Dann wischte er mit der Zunge drüber und legte sich wieder hin. Sörensen stand auf, nahm ein paar Wolldecken, die er in einem Wandschrank entdeckt hatte, und baute dem Hund daraus ein Lager direkt neben der Haustür. Cord verstand, legte sich darauf, schleckte Sörensen noch einmal über die Hand und rollte sich ein. «Gute Nacht», sagte Sörensen, verzichtete auf die Schlaftablette und ging nach oben.

*

Jan Hinrichs hatte jegliches Zeitgefühl verloren. Waren Stunden vergangen? Tage? Jahre? Er kauerte in seinem Gefängnis, hatte die blutigen Fingernägel in den Steinboden gekrallt, versuchte weiterhin, sich mit der Dunkelheit anzufreunden und spürte jeden einzelnen Knochen im Leib. Es gab kein Gefühl, das er in den letzten Stunden nicht durchlebt hätte, zumindest keins von den negativen. Schock, Wut, Angst, Panik, Trauer. Zwischendurch ein kurzer Moment der Euphorie, als er realisierte, dass er noch lebte, dann die Frage, wie lange dieser Zustand wohl andauern würde und, viel dringender, wo er bloß hinpinkeln sollte.

Von allem anderen ganz zu schweigen. Die Suche nach einem Ausweg, die Sinnfrage. Warum bloß war er hier? Wer hatte ihn hier hineingesteckt? Und wo war *hier*? Klar, da fiel ihm einiges zu ein, aber egal, in welche Richtung auch immer er das zu Ende dachte, es ging nicht gut für ihn aus. Aber hatte er das nicht sogar verdient?

Richtete sich eine Bestrafung nicht letztlich sowieso immer gegen den Richtigen? Er dachte an seine Mutter, seinen Vater, an Pastor Mielke. Er dachte an die Berge, an Schlittenfahren im Schnee, vorletzten Winter war das gewesen, an das Glücksgefühl, als er sich endlich getraut hatte, an das Kratzen der Kufen, an den Wind in seinen Haaren. Er dachte daran, wie er sich in die Kurven gelegt und seine Mutter ihm hinterhergerufen hatte, er solle bremsen, er würde sich noch den Hals brechen, und dass er da gejuchzt hatte, gejubelt, Freiheit empfunden und Schwerelosigkeit, und wie er jetzt hier hockte und den Gedanken nicht loswurde, es wäre vielleicht doch besser gewesen, er hätte sich damals den Hals gebrochen, statt einfach nur im Tal anzukommen, sanft ausgleitend, vom Schlitten zu springen und ihn gleich wieder hinaufzuziehen, um das Glücksgefühl noch einmal zu erleben, noch mal, noch mal und noch mal.

Er würde so gerne noch ein einziges Mal Schlitten fahren. Stattdessen war sein linker Fuß eingeschlafen, er schüttelte ihn aus, seine Ellbogen waren wund vom Aufstützen. Er konnte ja nicht die ganze Zeit liegen. Sein Mund war trocken. Er hatte in einer Ecke einen Becher gefunden, doch er wollte nicht daraus trinken. Wer wusste schon, ob das wirklich Wasser war? Außerdem musste er sowieso schon pinkeln, hielt seit Stunden alles zurück, irgendwann würde er in die Hose machen, und je mehr er daran dachte, umso schneller würde es gehen. Er ekelte sich. Er hatte seit Ewigkeiten nichts mehr von außen, von der Welt hinter der Klappe gehört, keine Schritte, kein gedämpftes Zuschlagen von Türen, kein Gemurmel. Vielleicht war er allein. Endgültig allein. Jan begann zu singen. Ein Lied, das sein Vater immer gerne gehört hatte. Die Band war schon alt, sehr, sehr alt, ging aber immer noch auf Tournee, wenn er das richtig verstanden hatte. Der Sänger sah aus wie ein ausgewrungener Lederlappen. «Pleased to meet you», sang Jan. «Hope you guess my name.»

Dritter Tag

Bengt

Um zwei Uhr wachte Sörensen zum ersten Mal auf. Er war erst vor einer Stunde in einen unruhigen Schlaf gefallen, mühsam, nach langem Anlauf, hatte schon im Dämmern seine üblichen Absturzträume gehabt, das Gefühl verspürt, dass der Boden sich unter dem Bett bewegte, drehte, Schwindel in ihm auslöste. Ihm fehlte buchstäblich die Erdung, er schwebte losgelöst und überreizt zwischen Decke und Dielen, hielt sich an der Bettkante fest, wälzte sich hin und her in der Hoffnung, eine Position zu finden, in der er einfach nur liegen konnte wie ein ganz normaler Mensch in einer ganz normalen Nacht.

Er erinnerte sich an einen Traum, der ihn in der Kürze seines Schlafs gequält hatte, an einen Mann, der er wohl selbst gewesen war, an einen erwachsenen Mann, der auf dem Rücken gelegen und den das linke Bein geschmerzt hatte, genauer gesagt, der linke Oberschenkel, der sich hin und her gewälzt hatte in dem Versuch, seinen Schmerz und letztlich sich selbst loszuwerden, der dabei nicht einmal aus der Rückenlage herausgefunden hatte, der immerzu das Bein festhielt, das sich plötzlich öffnende Bein, aus dem an den Rändern eines klaffenden Spaltes grüne Flüssigkeit ausgetreten war und kein Blut; der die ätzende, brennende, den Boden versengende Säure aus gleichzeitiger Nähe und größtmöglicher Entfernung betrachtet hatte wie ein Gefesselter, zur Untätigkeit Verdammter den eigenen Körper, der hilflos mit ansehen musste, wie aus dem Loch im Oberschenkel ein Ast herausgewachsen war. Der Ast verzweigte sich tentakelartig, drohte die Grenzen des sich immer weiter ausdehnenden Lochs in seinem Oberschenkel zu sprengen, tat ihm so sehr weh, dass Sörensen in seinem Traum zu kollabieren drohte, während er versuchte, den Ast, aus dem in Windeseile ein knorriger Baum geworden war, herauszureißen aus seinem fast schon eingeebneten Oberschenkel.

Dann war Sörensen aufgewacht, das Herz hatte ihm bis zum Hals geschlagen, der Kopf hatte gedröhnt, das Gedankenkarussell war in Fahrt gekommen, als hätte jemand in einem Sportwagen in der Fußgängerzone in den fünften Gang geschaltet. Der Körper war todmüde, der Geist wie aufgeputscht, nicht in der Lage, die vielen Gedankensplitter in eine geordnete Reihenfolge zu bringen. Nichts passte zusammen, Körper und Seele hatten sich voneinander entkoppelt.

Der am wenigsten hilfreiche Gedanke war der des Schlafenmüssens, des Sich-erholen-Müssens. Natürlich funktionierte das nicht, konnte das nicht funktionieren. Wie hieß es doch immer? Wenn man einschlafen wollte, sollte man es gar nicht erst probieren. Also setzte Sörensen sich auf, spürte schweißgebadet den Nachwirkungen der letzten Stunde nach, stand auf, trat an das schräge Dachfenster und versuchte, im Nachthimmel ein paar Sterne zu erspähen. Aber da waren keine.

Er ging die ersten drei Treppenstufen hinab, blieb stehen und wartete, bis Cord neben der Tür den Kopf hob. Der Anblick des Hundes beruhigte ihn. Zumindest ein wenig. Er nahm die restlichen Stufen, ging auf Zehenspitzen zu ihm, langsam, behutsam, um die Friedlichkeit des Augenblicks nicht zu zerstören, streichelte ihn, schob ihn schließlich vorsichtig von seinem Lager und klemmte sich die Decken unter den Arm. «Na komm», sagte er mit belegter Stimme und stieg zurück in sein Schlafzimmer. Es war anstrengend, fühlte sich an wie eine Bergbesteigung ohne Seil und Sicherung, die Muskeln im Oberschenkel brannten wie in seinem Traum, grotesk war das. Das vegetative Nervensystem, dachte er, das beschissene vegetative Nervensystem.

Er richtete das Lager neben seinem Bett, sodass er den Hund von seinem Kopfkissen aus im Blick haben würde. Cord legte sich brav in den noch warmen Deckenberg und den Kopf auf die Pfoten. Sörensen kroch ins Bett, winkelte unter der Decke die Beine an und konzentrierte sich auf den Hund, der sich gar nichts bei irgendetwas dachte, daher unbedingt zu beneiden war und schon wenige Sekunden später selig schlief. Ein Knochen stach aus seinem Rücken hervor. Sah nach einem schlecht verheilten Rippenbruch aus, wie nach einem unbehandelten, brutalen Tritt.

Sörensen nahm sich vor, später mit dem Bauern Pooch oder seiner Frau zu sprechen und zu einer Lösung zu kommen. Wie auch immer die aussehen mochte. Er schloss die Augen, lauschte in sich hinein, fand den blitzartig einsetzenden Schwindel akzeptabel und tröstete sich damit, dass er ja auch das alles schon kannte, natürlich, und dass auch das schon deutlich schlimmer gewesen war in der Hochphase seiner Angst und dass die Verbesserungen eben in kleinen Schritten vor sich gingen und nicht in den großen, die er sich so sehr wünschte. Er spielte mit dem Gedanken, doch noch die Schlaftablette zu nehmen, dann fand er, dass der Chemiecocktail in seinem Blut schon groß genug war – und schlief ein. Einfach so, aus purer Erschöpfung.

Um drei Uhr klingelte sein Handy. Sörensen saß schon mit dem ersten Ton aufrecht im Bett. «Ja?», fragte er, nur kurz desorientiert.

«Hier ist Jenni», sagte Kriminaloberkommissarin Holstenbeck. «Tut mir leid, Sörensen. Ausschlafen ist nicht. Wir haben Bengt Düseler gefunden. Den Sohn.»

In Sörensen schnürte sich alles zusammen. «Was heißt gefunden?», fragte er. «Tot?»

«Nee», sagte Jennifer. «Entschuldigung. Aufgegabelt haben wir den. Der sitzt mitten auf einem Feld und sagt kein Wort. Will auch nicht aufstehen. Ich glaub, der hat das gesehen.»

«Was gesehen? Was mit seinem Vater passiert ist?»

«Ja.»

«Ich komme.»

Sörensen legte auf, erhob sich mit der Dynamik einer hundertjährigen Riesenschildkröte und zog sich schwerfällig die alten Klamotten wieder an, die er glücklicherweise auf den Stuhl neben dem Bett gelegt hatte. Cord stellte keine Fragen und sah ihm mit heraushängender Zunge zu.

«Keine Sorge», sagte Sörensen. «Ist nicht wegen dir.»

Oh Gott, dachte er. Jetzt fange ich schon an, mit dem Hund zu reden wie diese ganzen Verrückten. Sörensen betrachtete sich im Spiegel, war wirklich froh, die Schlaftablette nicht genommen zu haben, warf sich am Waschbecken eine Ladung Wasser ins Gesicht und stieg in seine knallgelben Gummistiefel, die er vorausschauend aus Hamburg mitgebracht hatte. Feld und Katenbüll, das klang nach Matsch, Sumpf und kalten Füßen. «Na komm», sagte er ein weiteres Mal und schloss die Haustür auf. Cord zog den Schwanz ein. «Geht nicht nach Hause», sagte er. «Musst keine Angst haben.»

Sörensen schüttelte erneut den Kopf über sich und sein Gerede und stiefelte hinaus in die Nacht. Es regnete nicht. Aber windig war es. Sein Telefon klingelte erneut.

«Ja, Jenni?», fragte er kurzatmig, während er für Cord die hintere Wagentür öffnete.

«Tut mir leid, dass ich noch mal anrufe», sagte sie.

«Noch was Schlimmes?»

«Nee. Aber, na ja.» Sie räusperte sich. «Du hast gar nicht gefragt, wo das ist.»

*

Bengt saß am Rande eines abgeernteten Rapsfeldes auf der zerfurchten, aufgewühlten Erde, im Schneidersitz, eine Decke über den Schultern, eine Plastikplane unter sich. Jennifer war halb über ihn gebeugt und redete auf ihn ein, während Malte am Straßenrand stand und Sörensen mit übertriebenen Gesten heranwinkte wie ein Flutlotse im Nebel.

«Das ist 'ne Nacht, ne?», sagte er ein wenig zu altklug, nachdem Sörensen ausgestiegen war. Cord hatte sich wieder hinterm Vordersitz versteckt und musste daher nicht weiter erklärt werden. Sörensen bejahte freundlich. Maßregelungen erst wieder bei Helligkeit und nach Überwinden der allgemeinen Müdigkeit.

«Wie habt ihr den denn gefunden?», fragte er.

Malte machte eine wegwerfende Geste der Erschöpfung. «Hat alles ein bisschen länger gedauert. Bis die Kollegen da waren und die Spurensicherung und wir den Kellinghusen in Husum in Verwahrung … Na ja, die Kollegen haben den Zellenschlüssel zuerst nicht … egal. Jetzt sitzt der jedenfalls im Trockenen. Und dann waren wir eigentlich auf dem Weg zu der Frau Düseler. Die wohnt dahinten.»

Er zeigte auf eine Neubausiedlung, die direkt hinter dem Rapsfeld begann. Weiße Fertigbauhäuser, einstöckig und mit grauen Satteldächern, standen in Reih und Glied wie Figuren auf einem Schachbrett. Diese musterhaften Häuser mit ihren musterhaften Vorgärten waren sicherlich auch bei Tage leicht zu verwechseln, aber vergleichsweise günstig zu finanzieren. Obwohl der Mond hinter den dichten Wolkenfeldern verborgen blieb, reflektierten vereinzelt Solarzellen auf den Dächern das schwache Licht der Straßenlaternen.

«Und dann habt ihr den Jungen gefunden? Zufällig?», fragte Sörensen.

«Erst sein Fahrrad», sagte Malte. «Lag hier am Straßenrand im Graben wie weggeschmissen. Wir haben angehalten und nachgeguckt. Mit Taschenlampen und so. Jennifer hat ihn dann gefunden. Der saß zuerst noch weiter drin, einfach so, mitten in der Pampe, von oben bis unten eingesaut. Sah voll gruselig aus. Der hat so hin und her geschaukelt wie so ein … wie so ein …»

«Ich glaub, das heißt Hospitalismus.»

«Ja. Wie so ein … Hospitant. Jenni redet die ganze Zeit mit dem, aber der sagt kein Wort. Ich hab dem was untergeschoben, damit der nicht so friert, aber zu mir wollte der auch nichts sagen.» Malte gähnte herzhaft. «Entschuldigung», sagte er. «Das sollte nicht …»

«Ist doch klar, dass du müde bist», sagte Sörensen, lächelte ihn ein zweites Mal an und betrat mit matschenden Geräuschen und großen Schritten das aufgeweichte Feld. Malte blickte neidisch auf Sörensens Gummistiefel und blieb beim Wagen. Den Blondschopf erkannte Sörensen sofort wieder, jetzt gab es auch ein Gesicht dazu, wenn auch ein sehr schlecht ausgeleuchtetes. Bengt Düseler trug eine Brille wie sein Vater, hatte aber ein runderes, weicheres Gesicht und war von oben bis unten mit Schlamm beschmiert. Es sah so aus, als hätte er sich damit eingerieben.

«Na?», sagte Sörensen und ging in die Hocke. Das war nicht gut für seine Gelenke. «Ach, scheiß drauf», sagte er und kniete sich beherzt in die Pampe, darauf achtend, dass Bengt das auch ja wahrnahm. Als Verbrüderungssignal, als Zeichen der Annäherung. «Sag mal, was machst denn du für einen Kram?», fragte er. Natürlich hatte er nicht damit gerechnet, dass der Junge jetzt plötzlich anfangen würde loszuplaudern, aber irgendeine Reaktion hatte er sich schon erhofft. Bengt hingegen tat so, als wäre Sörensen nicht da. Jennifer wickelte die Decke noch fester um seine Schultern.

«Wir kennen uns», sagte Sörensen. «Gestern im Gebüsch. Du und dein Papa. Mit der Heckenschere. Ich bin der neue Nachbar neben eurem Hotel. Komischer Zufall, ne?»

Keine Reaktion.

Sörensen legte alle Wärme in seine Stimme, die er zur Verfügung hatte. «Wir können hier nicht bleiben», sagte er. «Du holst dir ja den Tod.»

«Malte und ich haben schon ein paarmal probiert, ihn zum Aufstehen zu überreden», sagte Jennifer. «Wir sind nur bis hierhin gekommen.» Sie zeigte auf ihre Nase und machte eine Handkanten-Geste. Bengt hatte sich also gewehrt.

«Du hast das gesehen, ne?», fragte Sörensen. «Du warst dabei.»

Keine Reaktion.

«Muss schlimm gewesen sein, ich weiß.» Sörensen streckte die Hand aus. «Komm, lass uns mal das Auto dreckig machen, okay? Da können wir dann mal drüber reden. Und da ist das auch wärmer.»

Bengt drehte den Kopf zur Straße, wie um sicherzugehen, dass da überhaupt ein Auto war, nahm die Hand aber nicht an.

«Ich weiß gar nicht, wie alt du bist», sagte Sörensen.

Keine Reaktion.

«Bengt ist elf», sagte Jennifer schließlich.

«Echt?», fragte Sörensen. «Kennst du den Jan Hinrichs?»

Jetzt blickte Bengt auf, sagte aber nichts.

«Den suchen wir nämlich», sagte Sörensen. «Der ist irgendwie weg. Und wenn du den kennst, dann kannst du uns ja vielleicht sogar helfen. Das wär doch super, oder?»

Bengt zögerte zunächst, dann schüttelte er den Kopf. Ganz leicht nur, aber trotzdem: Sörensen hatte ihn am Haken.

«Der hat das nämlich auch erlebt», sagte er. «Genau dasselbe wie du. Ist doch komisch, oder? Zwei Papas, einfach so weg. Und Jan ist auch weg. Ich bin froh, dass du noch da bist, Bengt.»

Bengt bewegte sich im Sitzen vor und zurück wie auf einer unsichtbaren Schaukel. Und fing an zu zittern.

«Verrätst du mir, was du gesehen hast?», fragte Sörensen.

Bengt schüttelte erneut den Kopf, diesmal deutlicher, fuhr aber in seiner wippenden Bewegung fort.

«Bitte», sagte Sörensen. «Es ist so wichtig. Wir wollen doch den Jan finden. Hilft doch nichts, wenn der jetzt auch noch weg ist.»

Bengt gab sich ganz dem eigenen Rhythmus hin.

«Na ja, muss ja auch nicht jetzt sein», sagte Sörensen sanft. «Kannst ja auch später noch helfen. Komm jetzt erst mal. Wir müssen dich nach Hause bringen. Mal schön aus den Klamotten raus. Na los, ich wette, ich saue den Wagen noch mehr ein als du.»

Jetzt nahm der Junge Sörensens Hand und ließ sich hochziehen. Erde bröckelte von ihm ab und fiel zu Boden. Jennifer und Sörensen nahmen ihn in die Mitte und führten ihn vorsichtig zur Straße, unauffällig aufpassend, dass sich Bengt nicht wieder losriss. Sie setzten ihn auf die Rückbank des BMWs, Jennifer ließ sich neben ihm nieder, Sörensen ging zum Passat und befreite Cord aus dem Auto.

«Was ist das denn?», fragte Malte.

«Das ist ein Hund», sagte Sörensen zutreffend.

«Stimmt», bestätigte Malte, als hätte es dieser Bestätigung bedurft. Cord hechelte.

«Der kommt mit mir», sagte Sörensen.

«Wenn das muss», sagte Malte.

«Das muss. Der heißt Cord.»

«Wie die Hose?»

«Wie die Hose.»

«Perfekt.»

«Dann hätten wir das ja geklärt.» Sörensen drückte Malte die Autoschlüssel für den Passat in die Hand. «Du nimmst dir bitte eine Taschenlampe und gehst einmal das Feld ab. Im Umkreis, wo ihr den Jungen gefunden habt. Okay?»

«Soll ich Dhonau und Faltermeyer dazuholen?»

«Nee, auf freiem Feld kann man kein Absperrband befestigen.»

«Wonach suche ich denn?»

«Vielleicht nach der Tatwaffe.»

«Was?»

«Und wenn du sie nicht findest, holst du dir noch ’ne Mütze voll Schlaf. Ein paar Stunden zumindest, okay?»

Malte fand die Vorstellung, sich alleine mitten in der Nacht auf einem düsteren Rapsfeld auszustellen, offensichtlich nicht besonders erhebend. Aber was sollte er machen? «Okay», sagte er tapfer und schaltete die Taschenlampe ein.

*

«Kannst du uns sagen, vor welcher Tür wir halten sollen?», fragte Sörensen in den Rückspiegel, obwohl er diese Hilfe eigentlich nicht zwingend benötigt hätte. Aber es erschien ihm wichtig, Bengt einzubinden. Der Junge saß hinter ihm, in der äußersten Ecke der Rückbank, so weit von Cord und Jennifer entfernt, wie das Auto es eben zuließ, und hatte sich wieder zur Gänze verschlossen. Das einzig fröhliche Gesicht auf der Rückbank gehörte dem Hund, der aufrecht zwischen Jennifer und Bengt saß und die Fahrt richtiggehend zu genießen schien. Aber das war natürlich nur Einbildung. Jennifer hatte nichts gesagt, nur reichlich irritiert geschaut, als Sörensen ihn hineingelassen hatte. «Erklär ich dir später», hatte Sörensen gesagt und auf Jennifers Tierliebe gehofft. Sie hielt allerdings respektvollen Abstand zu Cord und hatte ihn kein einziges Mal gestreichelt, soweit Sörensen das beurteilen konnte.

Sie befuhren die Brookstwiete, die bestimmt einen besonders traditionell klingenden Namen bekommen hatte, weil der Rest aus der Retorte stammte. Nach wenigen Metern zeigte Bengt auf eines der weißen Häuser. Im Vorgarten stand ein lebensgroßes blaues Deko-Schaf. Das waren die kleinen Unterschiede, die sich wahrscheinlich jeder Bewohner dieser Truman-Show-Kulisse erdachte, um seine Individualität zu beweisen. Sörensen fragte sich, was wohl wäre, wenn die Düselers anstelle des Schafes die Hausfassade blau gestrichen hätten. Ob es dann einen nachbarschaftlichen Aufstand gegeben hätte? Ob alle ihre Häuser blau gestrichen hätten, um die Gleichheit wiederherzustellen? Oder ob die Siedlung plötzlich bunt geworden wäre? Unwahrscheinlich. Dennoch: Es wunderte ihn, dass wirklich überhaupt niemand aus der Reihe tanzte. Er hielt an, das Haus war hell erleuchtet, die Tür öffnete sich, kaum hatte er den Motor ausgemacht. Eine untersetzte Frau mit kurzen braunen Haaren und dem runden Gesicht ihres Sohnes eilte ihnen entgegen.

«Frau Düseler?», sagte Sörensen, nachdem er ausgestiegen war. Jennifer half Bengt aus dem Auto und achtete darauf, dass der Hund drinnen blieb.

«Bengt», sagte die Frau. «Wo kommst du denn her? Und wie siehst du bloß aus?»

Sörensen hätte erwartet, dass Bengt auf seine Mutter zulaufen, sich in ihren Armen verstecken, endlich loslassen würde, aber nichts da. Er schlich wortlos an ihr vorbei, wie in Trance, so, als wäre sie gar nicht da.

«Das ist der Schock», sagte Sörensen. «Ihrem Sohn geht das gut. Körperlich zumindest. Jenni, gehst du mit? Bitte?»

Jennifer folgte Bengt ins Haus. Frau Düseler schaute ihr hinterher.

«Wieso Schock?», fragte sie. «Was ist denn passiert? Warten Sie, ich muss gleich meinen Mann anrufen. Ich weiß auch nicht, wo er … Er ist noch gar nicht nach Hause gekommen.»

Sörensen sah ihr in die Augen, deren Ausdruck sich gleich verändern würde. Jetzt folgte der Teil seines Berufs, den er am meisten hasste. Der seine Sinne so sehr beanspruchte, dass er keinerlei Angstsymptome zeigte. Irgendwie auch absurd. Pervers geradezu. «Sie können ihn nicht anrufen», sagte er. «Wollen wir vielleicht kurz reingehen?»

Frau Düseler bekam einen Adrenalinschub, der sie fast aus dem Gleichgewicht brachte. «Was ist passiert?», hauchte sie. «Nicht reingehen. Sagen.» Selbst in der Dunkelheit war ihre plötzliche Blässe gut zu erkennen. Sie sah aus wie ein Gespenst mit Strähnchen.

«Es tut mir leid, Frau Düseler», sagte Sörensen den Satz, den Frau Düseler erwartete. «Ihr Mann ist leider heute Nacht verstorben.»

Bengts Mutter brachte den leisesten Schrei zustande, den Sörensen je gehört hatte.

«Er ist erschossen worden», fuhr er fort, so unpathetisch wie möglich. «Am Schreibtisch. In Ihrem Hotel.»

Frau Düseler ließ sich auf die Stufe vor ihrer Haustür fallen und schnappte nach Luft wie eine Ertrinkende im Wellengang. Sörensen setzte sich daneben. Die Hose spannte an den Kniescheiben, der Matsch des Rapsfelds war getrocknet und hart geworden.

«Aber wer?», fragte sie. Sie war erschüttert, natürlich, aber von Tränen weit entfernt. Sörensen schätzte Frau Düseler grundsätzlich nicht als Frau ein, die viel weinte. Sie strahlte eine gewisse Härte aus, keine kalte Härte, sondern eine Härte, mit der man Städte wiederaufbauen konnte. Sie versuchte, die Kontrolle über sich und die Situation zu behalten. Sörensen zuckte mit den Schultern. «Das wissen wir noch nicht. Fällt Ihnen jemand ein?»

«Horst ist der netteste Mensch, den ich kenne», sagte sie. «Wir haben keine Feinde. Noch nie gehabt. Nur Freunde.»

«Das gibt es nicht», rutschte es Sörensen heraus. Ein kurzzeitiger Empathieverlust, der unbemerkt an ihr vorüberging.

«Doch. Das gibt es», sagte sie. «Kann ich nicht erst mal … muss ich jetzt sofort Ihre Fragen beantworten? Wie soll das denn jetzt hier weitergehen? Was ist mit Bengt? War er dabei? Hat er es gesehen?»

«Wir haben ihn auf einem der Felder dahinten eingesammelt. Unter Schock. Er spricht nicht mit uns. Mehr wissen wir auch nicht. War er denn heute Abend bei seinem Vater?»

«Ja», sagte sie. «Ich hab erst noch auf die beiden gewartet. Bin dann irgendwann ins Bett gegangen, ich gehe sehr früh ins Bett. Um neun. Vor einer halben Stunde bin ich wach geworden. Keiner da. Ich hab versucht, Horst zu erreichen, aber er ist nicht drangegangen. Das hat er noch nie gemacht. Ich hab mich wieder angezogen. Wollte gerade losfahren, zum Hotel, da sind Sie gekommen.»

Sie versuchte, dem Verlust ihrer bürgerlichen Idylle irgendeine Logik entgegenzusetzen, das sah man. Wenn man sich für ein Haus in dieser Gegend entschieden hatte, hatte man sich für ein bestimmtes Leben entschieden. Das war nun vorläufig vorbei. Sie tat Sörensen leid. Niemand hatte es verdient, aus seinem Lebensentwurf gerissen zu werden. «Frau Düseler», sagte Sörensen. «Kümmern Sie sich heute Nacht um Bengt. Lassen Sie ihn nicht aus den Augen. Ich weiß noch nicht, was er alles gesehen oder mitgemacht hat, aber er ist ziemlich neben der Kappe. Da machen die Menschen die komischsten Sachen. Auch elfjährige Menschen. Okay?»

«Ja», sagte Frau Düseler leise. «Ich könnte ja sowieso nicht schlafen jetzt. Horst war eine Seele von Mensch. Er hat in der Kirche die Orgel gespielt. Wer tut so etwas bloß? Und warum?»

*

«Immer wieder die Kirche», sagte Sörensen, als er in den Dienstwagen stieg. «Alle haben irgendwie Verbindungen zur Kirche. Kirche, sexueller Missbrauch, Kirche. Das ist ja fast schon zu einfach.»

«Ist ja auch Quatsch», sagte Jennifer. «Oder? Ich meine, bislang ist das ja auch nur ein Gerücht. Hat ja noch keiner zugegeben. Das mit dem sexuellen Missbrauch.»

«Klar. Ich muss trotzdem mit diesem Pastor Mielke reden. Bald. Nachher.» Sörensen sah aus den Augenwinkeln, wie sich im gegenüberliegenden Haus eine Gardine bewegte. «Ich wette, die kleben hier alle hinter den Fenstern», sagte er. «Polizei in der Nacht, so was Aufregendes hat man ja nicht alle Tage.»

«Ganz schön arrogant, Sörensen», sagte Jennifer.

«Stimmt», gab er zu und fuhr mit Tempo dreißig zurück zur Hauptstraße. Der Hund lag auf der Rückbank und schlief. «Ich find's trotzdem gruselig.»

«Ich hätte gern so ein Haus», sagte sie wehmütig. «Es zieht nirgendwo rein, du hast Platz für die Familie, einen netten Garten hinten raus, und wenn du das irgendwann weitervererbst, ist das wertvoller als vorher.»

«Es sei denn, eure tolle Firma macht pleite, und die ganze Gegend hier ist so tot wie vorher. Dann kannst du die Häuser auch verschenken. Wer will denn dann noch hier wohnen?»

«Ich zum Beispiel», sagte Jennifer.

«Wah? Ich denk, du willst hier weg?»

«Nee, eigentlich nicht. Nur manchmal. Also, eigentlich dauernd. Aber was soll ich denn woanders? Und warum sollte die Firma pleitegehen?», fragte Jennifer und schnallte sich an.

«Weil wir uns den Schäffler holen.»

«Mit was? Als was? Wir haben doch gar nichts. Außerdem, wenn du bei so 'ner Firma den Kopf abschlägst, wächst ein anderer nach.»

Sie fuhren wieder an dem Rapsfeld vorbei, an dem nach wie vor Sörensens Passat parkte. In einiger Entfernung leuchtete eine Taschenlampe auf dem Acker, tanzte auf und ab wie ein Glühwürmchen in einer heißen Sommernacht.

«Der arme Malte», sagte Jennifer.

«Wir machen den zum Mann», sagte Sörensen trocken.

Jennifer lachte. Es war geradezu befreiend. «Ich muss ja eigentlich mal schlafen», sagte sie.

«Mach doch», sagte Sörensen. «Soll ich dich nach Hause bringen? Ich fahr dann weiter ins Revier. Ich kann nicht mehr schlafen. Will ich auch nicht.»

Sie antwortete nicht und blieb einfach sitzen, schweigend, in stiller Übereinkunft, bis Sörensen auf den Marktplatz einbog und den Wagen abstellte. Katenbüll lag in tiefem Schlaf. Dem Regen war es egal, er machte keinen Unterschied zwischen Tag und Nacht, es war September, und er gab alles, so als müsste in den Wolken Platz geschaffen werden für den nahenden Winter.

«Was ist eigentlich mit Dhonau und Faltermeyer?», fragte Sörensen und hielt sich beim Aussteigen die Hand vor die Stirn. «Mal irgendwas von denen gehört?»

«Nee», sagte Jennifer. «Liegen wahrscheinlich im Bett und schmieden Rachepläne.»

«Zusammen?»

Jennifer lachte erneut. «Lass mal reingehen.»

«Kann ich den Hund mitnehmen?»

«Na klar. Aber der bleibt schön unter deinem Schreibtisch.»

Sörensen weckte Cord, dann eilten sie zu dritt auf das Polizeirevier zu, der Hund immer im Zickzack um sie herum. Sörensen überlegte, ob er sich eine Leine zulegen sollte. «Was ist das denn?», fragte er. Direkt neben der Tür hatte jemand etwas mit schwarzer Farbe an die Wand gesprüht. *«Ich bin nichts. Ich kann nichts. Gebt mir eine Uniform»*, las Jennifer laut. «Was für ein Dreck.»

«Jetzt fühle ich mich wie zu Hause», sagte Sörensen. «Anarchie in Katenbüll.»

«So was gab es hier noch nie», sagte sie.

«Bis ich gekommen bin, ich weiß.»

Er schloss die Tür auf, betrat das Revier, machte Licht, zog die Jacke aus, setzte sich an seinen Schreibtisch und hatte Angst davor, dass das Adrenalin nachließ. Wenn nämlich das eine ging, kam das andere. Die Angst. Bald würde es hell werden. Es war halb fünf.

Bis um sechs schrieb er Berichte, fasste das Geschehen zusammen, versuchte sich einen Reim zu machen. Zunächst die Toten: Hinrichs, die alte Göntje, Düseler. Der verschwundene Jan Hinrichs. Der verstörte Bengt. Kellinghusen, der verhinderte Flüchtling. Frieder Marek, das Bauernopfer. Pastor Mielke, Jens Schäffler. Er dachte an die einschüchternde Präsenz des Fleischfabrikanten. Der kam ihm heute gerade recht.

«Gibt es was Neues aus der Pathologie?», fragte er Jennifer, die ihren Computer ähnlich fanatisch bearbeitete wie er seinen.

«Ja», sagte sie. «Göntje Fuhl ist nicht am Erdrosseln gestorben, sondern an dem Herzinfarkt davor. Die muss sich so erschreckt haben, dass sie von selbst … da hätte der das gar nicht mehr machen müssen. Wer auch immer das war.»

«Na ja, sicher ist sicher. Irgendwelche Bibelzitate in irgendwelchen Körperöffnungen?»

«Nichts», sagte Jennifer. «Überhaupt, das Bibelzitat. Das ist uns irgendwie ein bisschen weggerutscht, oder?»

«Ich glaub gar nicht, dass das eine besondere Bedeutung hat», sagte Sörensen. «Ich glaube, dass der Hinrichs das nur in seinem Mund hatte, damit wir uns darüber den Kopf zerbrechen. Ansonsten würde das ja auf einen Ritualmörder oder Serienkiller mit fanatisch-religiösem Hintergrund hindeuten, und dafür sehe ich keinen Anhaltspunkt.»

«Drei Tote in zwei Tagen sind kein Anhaltspunkt für einen Serienmörder?»

«Wir wissen ja noch gar nicht, ob das alles derselbe Täter war.»

«Und andauernd fällt das Wort Kirche, und das ist kein Anzeichen für einen Fanatiker?»

Sörensen streckte die Beine aus. «Ich glaube nicht, dass wir den Fall behalten dürfen», sagte er. «Der Typ aus Flensburg hat mir gestern erzählt, dass die im ganzen letzten Jahr nur zwölf Morde im gesamten Kreis hatten. Wir schaffen drei an zwei Tagen. Das nehmen die uns ab. Spätestens nach der Pressekonferenz heute.»

«Dann lass uns den Fall bis dahin lösen.» Ihr Handy piepste. «Der Malte ist das», sagte sie. «Der geht jetzt ins Bett. Auf dem Rapsfeld war nix.»

Sörensen stand auf. «Gut. Ich fahre zu Schäffler.»

«Um diese Uhrzeit?»

«Gerade! Wo wohnt denn der?»

Nicht vom Dorf

Schäffler wohnte nicht in Katenbüll, sondern etwas außerhalb, in einer der kleinen Ortschaften um Katenbüll herum, die eigentlich keine Ortschaften waren, sondern lose Ansammlungen von versprengten Höfen und Bauernhäusern. An den Auffahrten lockten Schilder, die den Touristen Zimmer und Apartments offerierten.

Sörensen fuhr an großflächigen Feldern vorbei, passierte grasende Schafherden, ab und an grüßte eine Kuh am Zaun, oder ein paar Pferde dösten desinteressiert auf ihrer Koppel. Die Straße machte viele Kurven gegen die Langeweile, dann kam plötzlich ein grünes Schild mit der Aufschrift Wildeskoog, und wenn man zum Beispiel ein Sandkorn im Auge hatte oder eine allergische Reaktion und nieste, wenn also die Lider nur für einen winzigen Moment geschlossen waren bei einer durchschnittlichen Geschwindigkeit von siebzig Stundenkilometern, dann war man schon vorbeigefahren und hatte Land und Leute verpasst. Sörensen schaute auf seinen Zettel. Die Hausnummer war sechzehn, aber wie sollte man eine Hausnummer erkennen können, um diese Uhrzeit und bei der Entfernung der Häuser zur Straße?

Er stellte den Wagen an den Rand und weckte den kombinierenden Kommissar in sich. Ein Haus auf der linken Seite war von einer hohen Steinmauer umgeben, bot keine Zimmer für Laufkundschaft an und wirkte insgesamt so abweisend wie eine Wespe im Bienenstock. Dieses Anwesen, schlussfolgerte er scharfsinnig, gäbe eine wundervolle Nummer sechzehn ab. Es war Viertel nach sechs. Er befahl Cord, im Auto zu bleiben, wartete, bis der sich hingelegt hatte, stellte sich vors Tor und suchte eine Hausnummer. Nichts zu erkennen. An der Klingel stand kein Namensschild. Vielleicht am Haus selbst, dachte er, obwohl das natürlich vollkommen sinnlos war. Wer so weit gekommen war, brauchte keine Hausnummer und keinen Namen mehr.

Er sah sich um. Nebenan stand eine Schubkarre an der Straße. Warum auch immer. Sörensen vergewisserte sich mit einem Rundumblick, dass ihn wirklich niemand beobachtete, dann holte er sich die Schubkarre, nicht übertrieben hektisch, eher lässig-souverän, und stellte sie vor das Tor. Er kletterte vorsichtig hinein, es wackelte gefährlich, seine Knie knackten, seine Arme balancierten den von den Antidepressiva schwer gewordenen Körper vorsichtig aus. Er richtete sich auf wie ein Balletttänzer, hielt sich am Tor fest und stieg langsam auf die Zehenspitzen, um über die Kante schauen zu können.

«Darf man fragen, was Sie da machen?», ertönte eine Stimme aus der Gegensprechanlage. Sörensen erkannte Jens Schäffler sofort. Er seufzte, ließ die Zehenspitzen Zehenspitzen sein und stellte sich so fest in die Schubkarre, wie es eben ging. Man konnte Würde auch in den absurdesten Situationen bewahren.

«Ich war mir nicht ganz sicher», sagte er.

«Womit?»

«Ob das hier die Nummer sechzehn ist», sagte Sörensen.

«Das hier ist die Nummer sechzehn», sagte Schäffler. «Und es ist Viertel nach sechs. Und die Kamera ist direkt neben Ihnen.»

Sörensen drehte den Kopf nach links. Tatsächlich, die Überwachungskamera befand sich auf der Mauer nicht einmal eineinhalb Meter von seinem Kopf entfernt und folgte sportlich jeder seiner Bewegungen.

«Können wir das Gespräch vielleicht drinnen fortsetzen?», fragte er.

«Brechen Sie sich nicht die Knochen, wenn Sie da runtersteigen», sagte Schäffler, dann surrte das Tor und zwang Sörensen, sich ziemlich zu beeilen. Er trat von innen gegen die Seite der Schubkarre, lehnte sich dabei nach vorne und brachte sie so zum Umkippen, wodurch er mit einem eleganten Schritt und einer fließenden Bewegung festen Boden betreten konnte. Er hoffte, Schäffler hatte auch das gesehen.

Das Grundstück benötigte erwartungsgemäß Personal. Der Rasen war wie mit der Rasierklinge gestutzt, zwei Buchen waren durch eine Hängematte verbunden, und in der Auffahrt stand tatsächlich ein roter Ferrari hinter einem VW Touran. Das Haus selbst war eine zweistöckige Villa, die mit friesischen Motiven spielte, sich aber gleichzeitig durch Modernität über die Tradition erhob. Schäffler stand erhöht auf einer komfortablen Veranda, im grünen Lacoste-Pullover und einer Golfhose, die linke Hand in der Hosentasche, einen Becher Kaffee oder Tee in der rechten. «Ich sag's Ihnen gleich», knurrte er. «Ich bin nicht besonders gut gelaunt.»

«Ist früh, ne?», sagte Sörensen und versuchte, sich nicht wie ein Bittsteller vorzukommen, wie er so vor den Stufen der Veranda im Nieselregen stand.

«Ich stehe immer früh auf. Aber gestern Abend hat mich so eine Reporterin mit ihrem Team belästigt. Richtiggehend belagert. Irgend so ein Boulevard-Scheiß von der ARD. Bis in die Nacht standen die hier rum und haben immer wieder geklingelt und mich mit Fragen gelöchert.»

«Das tut mir leid», log Sörensen.

«Ich hätte fast die Polizei gerufen.»

«Warum haben Sie es nicht gemacht?»

«Weil die genau das dann in ihrer Sendung gebracht hätten. Nicht gut für das Image ist das. So können die gar nichts senden, außer dass sie geklingelt haben. Was wollen Sie eigentlich hier? Was ist so dringend, dass Sie nicht später in mein Büro kommen können?»

«Es gibt Gründe», sagte Sörensen. «Mir macht das ja auch keinen Spaß.»

«Das ist mir total egal, ob Ihnen das Spaß macht oder nicht», sagte Schäffler und vermied die Höflichkeit, Sörensen hineinzubitten. Das war ihm wichtig, dachte Sörensen: er, Schäffler, überdacht mit Becher in der Hand, Sörensen ein paar Stufen tiefer im Regen.

«Können wir rein?», fragte Sörensen.

«Nein», sagte Schäffler. «Die Kinder und meine Frau schlafen noch.»

Sörensen zeigte auf die Hose. «Sie spielen Golf? Heute?»

«Natürlich nicht», sagte Schäffler. «Die ist einfach nur bequem. Ich hab mich gerade um die Beerdigung von Heiner gekümmert, da steht da plötzlich so ein Polizist auf einer Schubkarre vor meinem Haus und glotzt übers Tor. Muss man sich mal vorstellen.»

«Wirklich unfassbar», bestätigte Sörensen. «Sie kümmern sich also um die Beerdigung von Heiner Hinrichs? Um sechs Uhr morgens?»

«Einer muss es ja machen. Was kann ich denn jetzt für Sie tun, Herr ... Entschuldigung, jetzt habe ich den Namen wieder vergessen.»

Natürlich, dachte Sörensen. Aber gut, spielte er eben mit. «Sörensen», sagte er. «Aber Sie können auch Kriminalhauptkommissar sagen, das gibt unserer Unterhaltung so was Offizielles. Herr Kriminalhauptkommissar oder einfach nur Herr Kommissar. Oder vielleicht sogar einfach Herr KHK. Aber dann würde ich lieber hören, dass Sie KHK Sörensen sagen, sonst komme ich mir noch vor wie ein Roboter. Ich versteh das auch, das ist bestimmt ganz schön schwierig, sich immer wieder neue Namen zu merken. Oder sich überhaupt irgendwas zu merken. Speziell wenn man so viele Angestellte hat wie Sie.»

Schäffler betrachtete Sörensen interessiert, als hätte er den Favoriten im Wettrennen um den Idioten des Jahres vor sich. «Ich verstehe kein Wort ... Herr Kommissar.»

«Na ja, wie anders ließe sich sonst erklären, dass Sie ziemlich dreist gelogen haben, als es um Ihr Verhältnis zu Heiner Hinrichs ging? Von wegen ab und zu mal telefoniert. Sie hatten ja zuletzt quasi eine Standleitung.»

«Ach so … das.»

«Und jetzt höre ich von Ihnen, dass Sie sich sogar um seine Beerdigung kümmern. Warum haben Sie das verschwiegen, Herr Schäffler? Also, nicht das mit der Beerdigung. Das mit den Telefonaten?»

Schäffler stellte den Becher auf dem Geländer der Veranda ab, um Zeit zu gewinnen. «Das ist ein bisschen heikel, und ich wollte nicht, dass Hilda …»

«Was?»

Schäffler tat so, als koste die Antwort ihn mächtig Energie. «Also gut, also gut», sagte er. «Sie haben sie ja bestimmt getroffen. Ich weiß nicht, wie sie gerade drauf ist, aber sie verliert immer mehr die Kontrolle. Sie nimmt seit einiger Zeit wirklich zu viele Tabletten und kümmert sich kaum noch um Jan. Der Junge ist schon mehrmals abgehauen.»

«Ach, wirklich?»

«Ja. Aber nach zwei, drei Tagen war er dann immer wieder zurück. Hat sich irgendwo im Koog oder hinterm Deich versteckt, was weiß ich. Wo soll er auch hin?»

Sörensen hatte jetzt für seine Begriffe lange genug im Regen gestanden. Er ging bedächtig die Stufen zur Veranda hinauf und stellte sich neben Schäffler. Einfach so. Und eigentlich ein bisschen zu nah. Aber der Fleischfabrikant ließ es geschehen.

«Das ist interessant, was Sie da gerade erzählt haben», sagte Sörensen. «Jan ist nämlich tatsächlich verschwunden.»

«Sehen Sie», sagte Schäffler ungerührt. «Der taucht bestimmt wieder auf. Keine Sorge.»

«Das sagen Sie so. Ach so … Apropos verschwinden … Ihr Steuerberater hatte vor, den Abflug zu machen.»

«Heinz?»

«Heinz. Auf die Seychellen wollte er. Heute. Für immer.»

«Der Spinner.»

«Sie sind Taufpate seines Sohnes.»

«Das war eher eine politische Entscheidung. Wenn man gefragt wird … Wir haben nicht viel miteinander zu tun. Der Heinz ist niemand, mit dem man gerne mal ein Bier trinkt.»

«Der Heinz hat Ihre Akten verbrannt. Heute Nacht.»

«Was? Warum?»

«Sagen Sie's mir.»

«Keine Ahnung. Ich weiß nicht mal, was da drinsteht. Dafür hat man doch seinen Steuerberater, oder?»

«Herr Schäffler», sagte Sörensen. «Warum haben Sie mit Heiner Hinrichs telefoniert, so oft und so kurz vor seinem Tod?

Schäffler blickte in die leere Tasse, als läse er darin die Antwort, dann passte er seine Strategie an.

«Heiner wollte sich scheiden lassen, diesmal endgültig», sagte er in vertraulichem Ton. «Alleiniges Sorgerecht und so. Das hat er zumindest gesagt. Und diese Woche sollte es so weit sein. Deswegen die vielen Telefonate zwischen uns. Er brauchte Hilfe. Trennen Sie sich mal von einer Süchtigen.»

«Hatte er das seiner Frau schon gesagt? Das mit der Trennung?»

«Soweit ich weiß, schon.»

Sörensen spürte ein unangenehmes Kribbeln in den Fingerspitzen. Er dachte an das Citalopram und dass er auf jeden Fall noch mal nach Hause musste, um es zu nehmen.

«Herr Schäffler», sagte er dann, «Sie wissen schon, dass Sie mir da gerade ein 1-a-Mordmotiv mit Sternchen liefern, oder?»

«Ich sage nur, was ich weiß.»

«Und das, wo Sie und Frau Hinrichs doch mal ein Paar waren.»

Sörensen hatte das fast beiläufig gesagt, so, als wäre es nichts Besonderes. Dass es das war, sah er an Schäfflers erstarrtem Gesicht.

«Das ist schon ewig her», sagte der Firmenchef.

«Wessen Sohn ist Jan eigentlich?», schob Sörensen lässig hinterher. «Hinrichs'? Oder Ihrer? Zeitlich würde das doch gut hinkommen. Ich sag nur Lanzarote.»

Schäffler änderte seine Körperhaltung. Er straffte sich, war jetzt auf der Hut, vielleicht nahm er Sörensen zum ersten Mal ernst.

«Wissen Sie, vorgestern, als Sie in meinem Büro saßen», sagte er, «da hab ich gedacht, was ist das denn für einer? Bei allem Respekt. Sie konnten ja kaum geradeaus gucken. Alkohol, hab ich gedacht. Psychische Probleme, irgendwas. Und jetzt zeigen Sie mir morgens um kurz vor halb sieben, dass Sie ja doch was draufhaben. Was wollen Sie denn in einem Ort wie Katenbüll?»

«Wessen Sohn ist Jan?»

«Na, Hinrichs'.»

«Sicher? Ich meine, vielleicht hat Jan das herausgefunden, dass Hinrichs gar nicht sein Vater ist. Vielleicht ist Hinrichs deshalb tot und Jan verschwunden?»

«Das kann ich mir überhaupt nicht vorstellen.»

Sörensen griff sich an die Nase. «Nein, wahrscheinlich nicht. Dazu passen auch nicht die anderen Toten.»

Schäfflers Augen flackerten. «Welche anderen Toten?»

«Die alte Göntje Fuhl zum Beispiel.»

Schäffler entspannte sich. «Kenne ich nicht.»

«Und Horst Düseler.»

Schäffler verschluckte sich fast, obwohl er gar nichts trank. «Horst ist tot?», sagte er, und bei aller Fassade war sein Entsetzen zu echt, um gespielt zu sein.

«Ganz schön schlimm, was?», sagte Sörensen und zeigte auf Schäfflers Becher. «Ihr Kaffee riecht gut. Bekomme ich auch einen?»

«Das ist mir zu kompliziert mit Ihren Extrawünschen», sagte Schäffler. «Wieso ist Horst tot?»

«Mord. Erschossen. Wie Heiner Hinrichs. Heute Nacht. Hier ist vielleicht was los.»

«Verdammt. Ausgerechnet der Horst.»

«Woher kennen Sie ihn denn, den Horst?», fragte Sörensen und bemerkte, dass sein linkes Knie zitterte. Was sollte das denn jetzt? Ignorieren.

«Das war ein Freund von Heiner. Die beiden haben zusammen Golf gespielt.»

Sörensen zeigte auf Schäfflers Hose. «Ach, und Sie nicht?», fragte er.

Schäffler atmete genervt aus. «Doch, natürlich. Daher kenne ich ihn ja.»

«Vom Golfspielen. Sonst hatten Sie keinen Kontakt?»

«Nein. Doch. Gelegentlich.»

«So gelegentlich wie mit Heiner Hinrichs?»

«Seltener.»

«Wie stehen Sie eigentlich zu Frieder Marek? Ihrem dritten Musketier aus Unizeiten?»

«Woher wissen Sie …»

«Ich bin ja nicht vom Dorf.»

«Ich hab keinen Kontakt mehr. Marek ist nie damit klargekommen, dass Heiner und ich das große Geld gemacht haben und er nicht. Hatte einfach kein Händchen dafür. Aber Ideale, die ihm im Weg standen. Und ein paar ziemlich üble Neigungen.»

«Sie meinen kleine Jungs», sagte Sörensen.

Schäffler nickte. «Weiß nicht, ob er das jetzt endlich mal therapiert hat. Ob man so etwas überhaupt therapieren kann. Der ist mit so Schweinkrambildern erwischt worden und achtkantig aus dem Rathaus geflogen. Wohnt hier aber noch in der Stadt, der Perverse.»

«Sie waren doch immerhin mal enge Freunde?»

Hinter ihnen im Haus ging ein Licht an. «Meine Frau», sagte Schäffler und lehnte sich gegen den Türrahmen. «Tja, da glaubt man einen Menschen zu kennen … über all die Jahrzehnte … und kann doch nicht in seinen Kopf gucken. Ich hätte das nie gedacht vom Frieder.»

Sörensen lächelte und schaffte es, dabei grimmig und ironisch gleichzeitig auszusehen. «Ach wissen Sie, Herr Schäffler», sagte er. «Manchmal muss man einen Menschen gar nicht so gut kennen, um von ihm enttäuscht zu sein. Ich kenn Sie zum Beispiel überhaupt nicht – und glaub Ihnen trotzdem schon kein Wort.»

*

Sörensen war unzufrieden. Er steuerte seinen Wagen zurück in Richtung Stadt und sah dem Tag beim missgelaunten Erwachen zu. Er war unzufrieden mit sich, seinen Ergebnissen und seinen Möglichkeiten. Manchmal beneidete er die Fernsehkommissare, wie sie bei jeder noch so unpassenden Gelegenheit ihre Dienstwaffe zückten, sie dem Verdächtigen unter die Nase hielten und mit feurigem Blick Geständnisse erzwangen, bar jeglichen Zweifels, ohne hinderlichen Papierkram, mit allem moralischen Recht dieser Welt auf ihrer und damit der Seite des Gesetzes.

Da wurden Versprechungen gemacht, Abmachungen getroffen, Drohungen ausgesprochen, gar nicht zu reden von Einbruch, Diebstahl und anderen Straftaten, die im Sinne einer höheren Gerechtigkeit keinem Rechtfertigungszwang unterlagen. Mit der Realität hatte das nichts zu tun, in Wirklichkeit hatte man schon eine Beschwerde am Hals, wenn man sich auch nur kurzzeitig einer angebrachten Unfreundlichkeit hingab – selbst wenn der Verdächtige die rötlich tropfende Axt noch in der Hand hielt und gerade erneut damit zuzuschlagen drohte. Vielleicht galt es ja, die Wirklichkeit ein wenig zu beugen.

Er öffnete das Fenster einen Spaltbreit, ließ es hineinregnen, bemerkte beim Treten der Kupplung einen stechenden Schmerz im linken Oberschenkel, dachte an seinen Traum und dann an Nele, an ein Streitgespräch, das sie einmal geführt hatten, an ihre Frage, wie er, Sörensen, wohl reagieren würde, wenn er erführe, dass sein linkes Knie kaputt sei, dass er eine künstliche Kniescheibe benötige und in Kürze operiert werden müsse. Ob er das Knie dann schonen würde in der Hoffnung, es sich so lange wie möglich zu erhalten, oder ob er noch einmal alles geben würde, Fußball spielen, Badminton, Bergsteigen, Tanzen, um sich die Operation auch redlich zu verdienen und bis dahin nichts ausgelassen zu haben. Er hatte gesagt, er würde das Knie schonen, sie hingegen wäre auf die Tische gestiegen und hätte dem Bein gezeigt, wo der Kopf war. Ihre Beziehung hatte nicht gut enden können, er war nicht so fürs Tanzen.

Sörensen ließ das Fenster wieder hinauf. Er musste so langsam mal zu Potte kommen. Er hatte so viele lose Enden, so viele unsortierte Zusammenhänge, aber er brauchte jetzt die Naht. Unbedingt. Und wenn er Jan heute nicht fand, glaubte er nicht, ihn überhaupt noch einmal zu finden. Zumindest nicht lebend. Er schrieb Jennifer eine SMS, steuerte dabei eiernd durch die Kurven, dann schrieb er eine weitere SMS an seinen Vater, verboten war das, bis er endlich vor der Kirche stand, dieser kleinen, lächerlichen, über Katenbüll thronenden Kirche aus Backstein, an der so viele Fäden zusammenliefen wie bei Jens Schäffler, nur vielleicht nicht dieselben. Oder eben doch.

Er parkte vor dem Pfarrhaus, ließ Cord einmal an der Bushaltestelle das Bein heben, dann setzte er ihn wieder ins Auto, klingelte und wartete. Niemand öffnete. Er klingelte noch einmal, es war ja wirklich noch sehr früh, und er fragte sich, warum man Geistliche eigentlich stets für Frühaufsteher hielt. Vielleicht weil Ausschlafen etwas von Müßiggang hatte. Und Faulheit war ja grundsätzlich eher unchristlich. Konnte man sagen.

Nachdem auch auf sein drittes Klingeln niemand reagiert hatte, stieg Sörensen die Stufen zur Kirche hinauf, vorbei an den Gräbern, den Blick zunächst auf den schiefen Turm gerichtet, der von meterhohen, rampenartig an den Seiten festgezurrten Steinen gestützt wurde, dann auf die verästelten eisernen Beschläge an der Hintertür, die offen stand. Also doch ein Frühaufsteher, der Herr Pastor, dachte Sörensen, betrat die Kirche und fand das Kirchenschiff leer vor.

«Pastor Mielke?», rief er. «Sind Sie da?»

Ein tiefer Ton fing sich in den Wänden, das Gestühl war hellblau und rot gehalten, über dem Taufstein schwebte ein an der Decke befestigter geschnitzter Taufengel, der sicherlich ausgesprochen alt war.

«Von 1815 ist der», sagte eine Stimme neben Sörensen. Pastor Mielke tauchte zwischen den Reihen auf, einen rot-weißen Putzlappen in der Hand. «Und die Kanzel ist aus der Spätrenaissance. Kann ich Ihnen helfen?»

«Erinnern Sie sich an mich?», fragte Sörensen. «Kriminalhauptkommissar Sörensen, der neue Revierleiter.»

«Ich erinnere mich.» Mielke sah heute noch mehr nach einer rebellischen Filmfigur aus den Sechzigern aus, irgendwie verwegen, ungestüm, selbst der Lappen in seiner Hand und die grüne Küchenschürze konnten den Eindruck nicht schmälern. «Wissen Sie schon, wer das mit der alten Göntje war?», fragte er.

«Nein», sagte Sörensen. «Sie putzen? Um diese Uhrzeit?»

«Gegen Scharfsinn ist kein Kraut gewachsen», sagte Mielke. «Besser jetzt als später, wenn die Touristen kommen, oder? Das sieht ja dann noch beschissener aus. Wir haben nicht mal Geld für eine Putzfrau, deshalb muss ich das selber machen.»

«Herr Mielke, ich suche Jan Hinrichs. Er ist ausgebüxt. Oder entführt worden.»

Mielke legte das Tuch ausgebreitet über eine der Bänke. «Entführt?»

«Vielleicht. Könnte zumindest sein. Wir haben keine Lösegeldforderung bekommen oder so was.»

«Hier ist er jedenfalls nicht.»

«Aber er war öfter mal hier, oder? Wenn er von zu Hause ausgerissen ist. Ich habe mich gefragt, wo ein Junge in seinem Alter wohl in Katenbüll hin kann, wenn er es bei Mama und Papa nicht mehr aushält.»

«Ja», sagte Mielke und sah Sörensen aus kühlen, strahlend blauen Augen an, die in der weiblichen Gemeinde sicherlich ganz und gar unchristliche Gedanken verursachten. «Bestreite ich ja gar nicht. Wenn man solche Hirnkrampen als Eltern hat, braucht man eben manchmal Hilfe. Jemanden, der mit einem redet. Der einem zuhört. Ist halt scheiße schwer in dieser bekackten Welt. Auch schon für Kinder. Leider.»

Sörensen beschloss, sich nicht länger über Mielkes explizite Ausdrucksweise zu wundern. Die Menschen waren halt verschieden.

«Hat Jan jemals davon erzählt, dass er misshandelt worden ist?», fragte er. «Vielleicht sogar sexuell missbraucht? Und kommen Sie mir jetzt nicht mit dem Beichtgeheimnis.»

Mielke knurrte. «Ich bin evangelisch, Sie Kirchenlegastheniker. Ich sag Ihnen was: Mich haben im Laufe der Jahre schon mehrere Eltern und Kinder angesprochen mit so Andeutungen. Und wenn ich gesagt hab: ‹Komm, Deckel drauf, wir machen ’ne Anzeige›, dann war’s damit plötzlich Essig. Als wäre nix gewesen. Kollektive Gedächtnislöschung.»

Sörensen setzte sich und widerstand dem anerzogenen Drang, in einer Kirche die Stimme zu senken. «Und wie erklären Sie sich das?»

«Mit irdischen Gütern», sagte Mielke und zog sich die Schürze über den Kopf.

«Schweigegeld?»

«Vermute ich mal.»

«Und was ist mit Jan?»

«Hat mir von Albträumen erzählt. Von Abenden, wo ihm nach dem Essen schwindelig geworden ist und er in so ’nem Halbnebel schlimme Dinge tun musste. Ich hab fast auf den Altar gekotzt. Aber er konnte sich nicht genau erinnern. Oder wollte es nicht. Hatte Angst vor seinem beschissenen Vater. Bürgermeister hin oder her: Der Mann war jähzornig, ein tiefschwarzes Schaf in unserer kleinen, verdorbenen Herde. Mit seiner Abberufung hatte der Herr ein feines Händchen.»

«Und Sie wüssten nicht zufällig, wessen Hand der Herr geführt haben könnte?», fragte Sörensen.

«Mir verbietet das ja leider mein Job», sagte Mielke. «Vielleicht eines der Elternteile der angeblich dann doch nicht missbrauchten Kinder. Auge um Auge und dieser ganze Quatsch.»

«Namen?»

«Ich habe kein Interesse daran, dass Hinrichs’ Mörder gefunden wird.»

«Da sind wir aber schnell bei Beihilfe zum Mord.»

«Sind wir nicht», sagte Mielke gelassen. «So einfach ist das nun auch nicht. Und Sie wissen das.»

«Es ist ja nicht nur Hinrichs», sagte Sörensen. «Die alte Göntje, Horst Düseler.»

Mielke pfiff durch die Zähne. «Der auch?»

«Der auch. Fällt Ihnen was zu ihm ein?»

«Ein Schwabe halt.»

«Hesse.»

«Wie auch immer. War gut integriert in die Gemeinde. Mehr weiß ich nicht.»

«Ihr Kirchenchor …»

«Der läuft unabhängig von mir. Wir besprechen höchstens die Auswahl der Titel für den Gottesdienst.»

«Ich weiß, dass Hilda Hinrichs den Chor leitet. Wieso lassen Sie das zu, wenn Sie ihren Mann für einen solchen Vollversager halten?»

Jetzt zögerte Mielke erstmals, verschränkte die Arme vor der Brust und wirkte dennoch weniger abweisend. «Ich habe darüber nachgedacht», gab er zu. «Aber ich kann sie ja schlecht in Sippenhaft nehmen. Außerdem tut sie mir leid.»

«Was, wenn sie eine Mitwisserin ist?»

«Das kann ich ja nicht beweisen. Im Zweifel für den Angeklagten heißt es doch, oder?»

«Haben Sie sie jemals darauf angesprochen?»

«Nein.»

«Warum nicht?»

«Weiß ich nicht.»

«Sie hätten etwas verändern können.»

«Oder verschlimmern.»

Sörensen nickte. «Wie gläubig ist Hilda Hinrichs, was meinen Sie?»

«Bis zum Anschlag», sagte Mielke. «In dem Moment, wo, sagen wir mal, Thor mit seinem Hammer vor ihr stehen und ihr damit beweisen würde, dass das mit dem Christentum alles nur eine einzige große Illusion war, würde sie ihm ins Gesicht spucken und sagen: ‹Geh weg, ich glaube trotzdem nur an Jesus und seinen allmächtigen Vater.› Das war schon immer ihr einziger Trost in ihrer beschissenen Ehe. Sogar ich zweifle manchmal an dem ganzen Kram hier. Hilda nicht eine Sekunde. Sie führt den Kirchenchor mit der Überzeugungskraft der Vorsitzenden des Jüngsten Gerichts.»

Sörensen betrachtete die futuristische Kirchenorgel auf der Empore. Die Orgelpfeifen gingen über die komplette Breite des Raumes und wirkten zu groß für das Kirchenschiff. «Wissen Sie, Herr Pastor», sagte er, «ich könnte mir gut vorstellen, dass Sie Jan schützen.»

Mielke nickte heftig. «Das könnte ich mir auch vorstellen.»

«Dass Sie ihn hier vor uns verstecken. Oder vor seiner Mutter.»

«Jetzt liegen Sie falsch.»

Sörensen stand wieder auf. «Vielleicht ist es aber auch ganz anders. Vielleicht stecken Sie mit Hinrichs, Düseler und Jens Schäffler unter einer Decke. So eine Art Kinderpornoring mit Ihnen an der Spitze.»

«Am Arsch!» Jetzt sprang Pastor Mielke auf. Entweder war er ein hervorragender Schauspieler oder tatsächlich kurz vor einem cholerischen Anfall. «Ich hab mit so einem Scheiß nichts zu tun! Und wieso überhaupt Schäffler?»

«Wann haben Sie Jan das letzte Mal gesehen?»

Mielke ging mit geballten Fäusten über den Mittelgang zum Altar, um auf geordnete Weise Dampf abzulassen. Sörensen folgte ihm. «Vorgestern», sagte er, ohne sich umzudrehen. «Er war hier, klatschnass, aufgewühlt. Hatte gerade das von seinem Vater gehört. Ich wollte ihm trockene Sachen holen, hab aber den Fehler gemacht, im Pfarrhaus kurz ans Telefon zu gehen, und schon war er wieder weg.»

«Wer war dran?»

«Was?»

«Am Telefon. Wer war dran?»

Mielke biss sich auf die Lippen. «Seine Mutter.»

«Haben Sie ihr gesagt, dass Jan bei Ihnen ist?»

«Ja», sagte er widerwillig. «Leider. Sie hat gesagt, ich soll ihn nach Hause schicken. Da hab ich gewusst, dass ich es nicht hätte erzählen sollen.»

«Warum?»

«Weil sie nicht auf die Idee gekommen ist herzukommen. Sie hätte herkommen müssen, um ihren Sohn zu holen. Aber nein, sie sagt, er soll selber fahren. Mit seinem Scheißfahrrad. Durch den Regen. Sie hat keine Gefühle für ihn. Zumindest nicht die richtigen.»

Sörensen bemerkte ein Vibrieren in seiner Hosentasche.

«Bengt Düseler», sagte er.

«Was ist mit dem?»

«War das auch eines von den Kindern, das Ihnen von sexuellem Missbrauch erzählt und dann alles zurückgenommen hat?»

Mielke schüttelte nicht den Kopf, bejahte aber auch nicht. Er hielt einfach nur die Fäuste geballt und betrachtete das Altarbild, das eine glückliche Familie beim Picknick zeigte. Was für Sörensen ein klares Bejahen war. «Entschuldigung», sagte er und holte sein Handy heraus. Sein Vater hatte ihm geantwortet. Zu einer für ihn absolut spektakulären Uhrzeit. «Ich will Sie nicht länger beim Putzen stören», sagte Sörensen. «Wenn Ihnen noch irgendetwas einfällt …»

«Dann melde ich mich», sagte Mielke.

Abrakadabra

«So hatte ich mir das aber nicht vorgestellt. Du erklärst mir jetzt bitte sofort, was du eigentlich vorhast», schimpfte Jennifer Holstenbeck. Sie lief stolpernd neben Sörensen her, der ihr immer einen Schritt voraus war und mit geradezu vorbildlicher Energie das Tempo anzog. Sörensen war nach dem Gespräch mit Mielke eine Viertelstunde mit Cord um die Kirche herumgestromert, wobei er nachgedacht und der Hund den ein oder anderen Grabstein in seinem Sinne markiert hatte. Anschließend war er zu seiner Kate gefahren, hatte das Citalopram genommen, Cord nur mit Mühe überreden können, von seiner Seite zu weichen, war wieder losgefahren, nicht ohne dem jaulenden Hund traurig im Rückspiegel hinterherzublicken. In der Stadt hatte er seinen Stammplatz auf dem Marktplatz angesteuert, Käse-Käthe zugewinkt, das Revier betreten, Malte heimlich etwas zugeflüstert und Jennifer gebeten mitzukommen. Nein, nicht gebeten, befohlen hatte er es ihr. Jennifer hatte sich gefügt, in sprachloser Verblüffung über plötzlich ausgeübte Autorität. Sie hatten den Dienstwagen genommen, waren dann aber an Hinrichs' Hof vorbeigefahren und hatten auf dem Nachbarhof geparkt, fünfzig Meter weiter, bei dem älteren Ehepaar namens Pohl, wo sie beide schnarchten wie die Weltmeister, dafür aber Frau Pohl ein phantastisches Pflaumenkompott herstellte. Dann waren sie den Weg zurückgelaufen, am Straßenrand entlang, bis Sörensen «Da hinein» gesagt hatte, obwohl da gar nichts gewesen war außer Bäumen, Gebüsch und einer dahinterliegenden Wiese mit grasenden Schafen.

«Was – bitte – hast du vor?», fragte Jennifer erneut, dieses Mal noch ungeduldiger, sie schien es nicht leiden zu können, wenn über ihren Kopf hinweg Pläne geschmiedet wurden, in die sie nicht eingeweiht war und die buchstäblich den Dienstweg verließen. Sörensen zeigte auf den Zaun, der das Grundstück der Hinrichs umschloss, und kletterte nicht ohne Mühe hinüber, nur um auf der anderen Seite unsanft inmitten eines weiteren Gebüschs zu landen, das dem Anwesen als Sichtschutz diente.

«Ich komme nicht mit», sagte Jennifer. «Vergiss es!» Auf einem der grasenden Schafe neben ihr ließ sich ein Spatz nieder. Dem Schaf war es egal.

«Mach hin», sagte Sörensen und schmiss sich an einer lichten Stelle des Unterholzes auf den Bauch wie ein Gefreiter im Manöver. «Es geht gleich los.»

Jennifer zog eine Grimasse, rollte wild mit den Augen und schaffte es irgendwie ebenfalls leidlich elegant über den Zaun. Das sah so komisch aus, dass Sörensen lachen musste. Als Jennifers wütendes Gesicht direkt neben seinem knapp oberhalb der Grasnarbe auftauchte, stellte er das Lachen wieder ein. Besser war das. Es roch nach frischer Erde, nach Jugendabenteuer, nach Winnetou und Old Shatterhand im Tal des Todes. Er war Shatterhand, der alte Indianerversteher, und Jennifer … Jennifer war nicht ganz so romantisch veranlagt. «Ich versteh überhaupt nicht, was dieses bescheuerte Versteckspiel soll, Sörensen», zischte sie.

«Psst», sagte er und kroch vorwärts, zwischen den knackenden Ästen hindurch, den Hintern herausgestreckt. Jennifer folgte ihm, einen Fluch auf den Lippen. Zweige brachen, es raschelte, brodelte und lärmte wie im Auge eines Sturms. Obwohl es da ja eigentlich eben nicht brodelte, sondern ganz ruhig war, aber das sagte man halt so. Als Indianer oder Blutsbrüder waren sie jedenfalls eine klare Fehlbesetzung; selbst für nur eingeschränkt aufmerksame Zuhörer musste es so klingen, als zwängten sich da zwei besonders korpulente Nashörner durchs Dickicht. Am Ende kamen sie direkt neben den Pferdeställen raus. «Warum haben wir nicht einfach die Toreinfahrt genommen?», fragte Jennifer. «Fünf Meter sind das von der Einfahrt aus. Zu Fuß!»

Sörensen hörte Schnauben und Scharren aus den Boxen. Sie hatten einen guten Blick auf Hinrichs' Wohnhaus und waren sichtgeschützt. «Wirst du gleich sehen», sagte er und entfernte einen Käfer von seiner Nase.

«Wir sind Beamte und sollten da an der Tür klingeln und nicht im Gebüsch lauern wie … wie zwölfjährige Jungs, die Detektiv spielen», fuhr sie fort.

«Indianer», sagte Sörensen.

«Was?»

«Wir spielen Indianer.»

«Mir egal. Jedenfalls ist das peinlich! Sind das eure Hamburger Methoden? Da bin ich überhaupt nicht mit einverstanden!»

Sörensen hielt sich den Finger vor die Lippen und spürte gleichzeitig, wie Feuchtigkeit in seine Hosen drang. Er hoffte, es kam vom Regen. «Jetzt hör doch mal einen Augenblick auf zu schimpfen und pass auf, was gleich passiert», sagte er. Er sah auf die Uhr. Wie aufs Stichwort kam Hilda Hinrichs aus dem Haus und stieg in ihr Auto. Sie schien aufgewühlt zu sein, die Frisur saß nur auf einer Seite korrekt. Insgesamt machte sie einen desolaten und aufgescheuchten Eindruck. Sie fuhr los, ohne sich angeschnallt zu haben, dafür so ruckartig, als hätte sie keinerlei Übung.

«Okay, Hilda fährt davon», sagte Jennifer. «Sensationell. Abrakadabra. Hast du das vorher gewusst, oder was?»

«Ja, das habe ich gewusst», bestätigte Sörensen und richtete sich mühsam auf.

«Wieso?»

«Na ja, weil … weil ich mir gedacht habe, dass wir mit den normalen Methoden nicht weiterkommen.» Er versuchte den Rücken durchzudrücken. «Die im Fernsehen dürfen auch alles und machen das anders, und wir stellen immer nur Fragen, und alle sagen nein, und da hab ich gedacht … na ja.»

Jennifer stand plötzlich deutlich sportlicher neben ihm. «Na ja, was?», sagte sie, Böses ahnend.

«Hilda hat eine SMS von Jens Schäffler bekommen. Da steht drin, dass er Beweise hat, dass sie ihren Mann umgebracht hat. Und dass er sich mit ihr bei sich zu Hause treffen will, um zu klären, wie es jetzt zwischen ihnen weitergehen soll.»

«Moment, sie hat ihren Mann umgebracht?»

«Weiß ich nicht.»

«Jetzt verstehe ich gar nichts mehr.»

Sörensen schaute gespielt betreten zu Boden. «Schäffler hat die SMS nicht geschrieben, sondern … jemand anderes. Kennst du nicht. Und ich hab Malte zu Schäffler geschickt. Der wird das Treffen mit Hilda für uns überwachen. Wenn Schäffler überhaupt noch zu Hause ist und nicht im Büro. Komm, wir haben ungefähr eine halbe Stunde.»

Er lief los, über den Hof, freute sich über seine Kraft, diese irrationale, fiebrige Kraft, die man manchmal hatte, wenn man völlig übermüdet war und wenn der Körper sich in eine Art Selbststeuerung begab. Das Adrenalin tat den Rest.

«Ich protestiere», sagte Jennifer von der Seite. «So arbeiten wir nicht. Das ist illegal. Das hab ich ja noch nie erlebt. Wir verlieren unsere Jobs!»

«Kriegst du die Haustür auf?», fragte er.

«Nein!», sagte sie entsetzt.

Sörensen betrachtete die Tür, diese glücklicherweise moderne, nicht gar so massive Holztür, und stellte eine theoretische Verbindung her zwischen der Verankerung und seinen nicht sonderlich trainierten Restmuskeln.

«Kannst du sie aufschießen?», fragte er.

«Was? Nein!»

«Na gut», sagte er. Kneifen war ja nun eh keine Option mehr. «Geh mal beiseite.»

«Ich werd verrückt!» Jennifer hielt sich die Hände über den Kopf, Sörensen nahm Anlauf, rannte auf die Tür zu, sprang dagegen – und prallte ab.

«Auuu!», schrie er auf die denkbar unmännlichste Weise. Die Schulter war geprellt, eindeutig. Der Tür hingegen ging es gut, sie hatte keinen Schaden genommen.

«Das funktioniert eben nur in Filmen», sagte Jennifer. «Soll ich dir mal was sagen? Du machst dich total zum Affen hier. Bei allem Respekt.»

«Das wollen wir ja mal sehen», sagte Sörensen und nahm Anlauf für die andere Schulter. Wofür hatte er schließlich zwei? Es krachte. Und tatsächlich, die Tür splitterte und sprang zumindest teilweise aus den Scharnieren. Sörensen stöhnte und erledigte den Rest mit dem rechten Fuß.

«Du hast sie doch nicht alle!», rief Jennifer.

«Zieh deine Handschuhe an», sagte er und tat dasselbe. «Und komm jetzt, es geht um den Jungen. Wo ist das Kinderzimmer?»

«Oben», sagte sie und gab nach. Das war zwar alles eine Katastrophe, aber er hatte ja recht, es ging um den Jungen. Sie stiegen die Treppen hinauf, hinterließen Dreck auf den Stufen, Lehm im Flur. Sörensen öffnete alle Türen, um sich zu vergewissern, dass Jan nicht irgendwo angekettet oder eingesperrt war. «Hallo?», rief er. «Jan?»

«Du glaubst doch nicht, dass Hilda …», sagte Jennifer. «Ich meine, ihren eigenen Sohn?»

«Ich glaub mittlerweile alles», sagte Sörensen und war endlich am Kinderzimmer angelangt. Es sah aufgeräumt aus, sogar zu aufgeräumt. Es sah nicht einmal aus wie ein Kinderzimmer. Kein Spielzeug auf dem Boden, keine Poster an den Wänden. Kahles Weiß. Das Bett war frisch bezogen. Welche Mutter bezog das Bett frisch, wenn ihr Kind verschwunden war?, fragte sich Sörensen. Vielleicht eine Übersprungshandlung. Bestenfalls.

«So, toll. Und was jetzt?», fragte Jennifer.

«Wir suchen nach Spuren, Hinweisen, irgendwas», sagte Sörensen und öffnete den Kleiderschrank, der so aufgeräumt war wie das ganze Zimmer. Die Fächer waren mit Etiketten beklebt, auf denen stand, was jeweils hineingehörte. Die Socken waren nicht ineinander geschoben, sondern gestapelt, sogar die T-Shirts gebügelt. Sörensen dachte an die Küche mit dem ganzen Siff. Dieses Zimmer war der Gegenentwurf. Sörensen schaute hinter die Kleiderstapel, fand aber nichts von Interesse. Jennifer durchsuchte ein rotes Sideboard mit Schubladen. Sörensen wandte sich dem Schreibtisch zu. Der einzige belebte Platz im gesamten Zimmer war der Bereich rund um den Computer. Post-its klebten auf der Tischplatte. Einige Runen standen darauf, Zahlenkolonnen. Vielleicht Spielstände. Passwörter. Und immer wieder ein Name. Shadow-Kid.

«Ein Gamer», sagte Sörensen. «Ich wüsste zu gerne, was der alles so auf seiner Festplatte hat.»

Jennifer zog etwas aus einer Schublade. «Oh Gott», sagte sie. «Sieh dir das an.»

Sörensen sah Krieger, Magier, Helden, Abenteurer im Kleinformat. «Hat die Mutter doch gesagt, dass Jan noch mit Puppen spielt», sagte er abgelenkt.

«Ja, aber guck sie dir genau an.» Etwas in ihrer Stimme hatte sich verändert. Sörensen stellten sich ein paar Härchen auf.

«Scheiße», sagte er. Die Puppen, die allesamt männlich waren, hatten etwas gemeinsam. Der Unterleib war entweder abgerissen, zerstochen, übermalt oder mit Tesafilm abgeklebt worden. Sörensen wurde übel.

«Mach die Schublade wieder zu», sagte er, stand auf und trat ans Fenster. Von hier oben hatte man einen Blick auf den Schuppen gegenüber. Den Schuppen, dessen Fenster von innen mit schwarzer Folie abgeklebt waren. «Komm mal mit», sagte er. Dieses Mal gab Jennifer keine Widerworte. Sie eilten die Treppe hinunter und verließen das Haus. «Ich muss da rein», sagte Sörensen und zeigte auf den Schuppen.

«Jan ist sexuell missbraucht worden, oder?», sagte Jennifer schockiert. «Stimmt doch, oder?»

Sörensen nickte grimmig und blieb vor der groben Holztür stehen. «Wie kommen wir da rein? Ich kann mich nicht da … Meine Schultern tun weh.»

«Ich weiß, wie», sagte Jennifer, betrachtete das Vorhängeschloss mit professioneller Genauigkeit und zog tatsächlich einen Draht aus ihrer Jackentasche. Es dauerte keine drei Sekunden, dann war das Schloss offen.

«Aber …?», fragte Sörensen.

«Ich hab mal für einen Schlüsseldienst gearbeitet. Früher. Sehr viel früher», sagte sie ungerührt.

«Und das sagst du erst jetzt? Meine Schultern …»

«Stell dich nicht so an», sagte sie und zog die Tür auf. «Niemand mag Männer, die jammern.»

«Vorsicht», sagte Sörensen und fühlte sich ertappt. «Ich bin immer noch dein Vorgesetzter.»

«Mein Vorgesetzter, der mich gerade ins Gefängnis bringt. Warte, hier ist der Lichtschalter.»

Eine Neonröhre unter der Decke surrte und erleuchtete den Schuppen mit eisiger Kälte. Der Anblick war nicht weniger erschreckend als der in Jans Zimmer. Die Fenster waren aus gutem Grund zugeklebt. Der Raum war kahl bis auf ein Bett in der Mitte. Davor und dahinter vier Scheinwerfer, die auf die Matratze gerichtet waren. Zwei Kameras waren fest installiert, konnten sogar auf Schienen bewegt werden. Das war er also … das war der Ort, an dem die Kinder missbraucht worden waren. Oder wurden?

Es war zu viel für Jennifer. «Oh», sagte sie, spürend, was da in ihr aufkam, dann hielt sie sich am Türrahmen fest und übergab sich mitten auf den Holzboden. Sörensen überlegte, ob er ihren Zopf festhalten sollte, griff kurz danach, ließ es dann aber doch lieber bleiben. Wusste man ja nicht, ob das gerade so angebracht war.

«Das ist nicht gut», sagte er stattdessen. «Damit lässt sich nachweisen, dass wir hier waren.»

«Du Arsch», stöhnte sie.

«Stimmt», sagte er einsichtig. «Tut mir leid.»

Er nahm einen schwarzen Vorhang beiseite, der auf der linken Seite des Schuppens einen kleinen Bereich abtrennte. Dort stand ein Regal. Eine Art Archiv. Dutzende von DVDs, fein säuberlich beschriftet und sortiert. Mit Datum. 16.08.2009, 13.04.2011, 22.11.2014. Dazu Vornamen, manchmal auch nur Buchstaben, wahrscheinlich Anfangsbuchstaben. Siemen, las Sörensen. Lukas, Samuel, Bengt, J. Sehr oft der Buchstabe J. Eine DVD aus dem Jahr 2007 mit der Aufschrift O fiel ihm ins Auge. O wie Ole?

Sörensen schob sich zwei der DVDs unter die Jacke, zog den Vorhang wieder vor und fand Jennifer auf dem Hof, die Hände auf den Knien, nach innerer Sicherheit suchend.

«Geht's?», fragte er. Viel war das nicht, aber was sollte man auch sagen?

«Ich hasse dieses Kaff», sagte sie.

Sörensens Handy klingelte. Malte.

«Und?», fragte er.

Malte erfreute sich bester Laune. «Hilda kommt zurück», sagte er. «War ein interessantes Treffen in Schäfflers Auffahrt. Da stand so 'ne Schubkarre rum, die hab ich mir genommen und … na ja, sah bestimmt albern aus, aber ich hab wenigstens was gesehen. Jedes Wort verstanden hab ich jetzt nicht, aber sie hat ordentlich herumgefuchtelt, dann hat er herumgefuchtelt, dann hat sie ihn geschubst, dann hat er ihr eine geschallert. Daraufhin hat sie seinen Ferrari mit dem Schlüssel zerkratzt, woraufhin er einen Tobsuchtsanfall bekommen hat. Und jetzt ist sie auf dem Weg zu euch. Also nichts wie weg.»

Sörensen winkte ab, obwohl Malte das ja gar nicht sehen konnte. «Danke», sagte er. «Aber wir haben so viele Spuren hinterlassen, da können wir auch gleich auf sie warten.»

«Oh, ist das gut?», fragte Malte, eher interessiert als besorgt.

«Das ist nötig. Bis später.»

Er legte auf und lächelte Jennifer aufmunternd an.

«Hast du ein Kaugummi?», fragte sie.

Sörensen schüttelte den Kopf. «Menthol-Allergie», sagte er. «Kaugummis gehen gar nicht.»

Sie seufzte. «Du willst echt auf Hilda warten?»

«Keine Versteckspielchen mehr. Das Abenteuer ist vorbei.»

Sie setzten sich auf die Stufen vor der Haustür. Sörensen trat mit dem Fuß gegen einen umgedrehten Blumentopf. Ein Haustürschlüssel kam darunter zum Vorschein. Sörensen befühlte seine schmerzenden Schultern. Das Adrenalin schwand, die Luft war raus. Was blieb, war ein kalter, klammer Herbsttag und zwei Polizisten, die eine Lungenentzündung riskierten.

«Wie kann man Kindern nur so etwas antun?», fragte Jennifer. «Ich meine, ich weiß ja, dass es so etwas gibt, aber wir sind doch hier in Katenbüll, verdammt noch mal.»

«Ach, Jenni», sagte Sörensen. «Das hatten wir doch schon.»

«Ich weiß», gab sie zu. «Aber, ich meine, Hinrichs? Ich hab den fast jeden Tag irgendwo gesehen … ich kenn den, seit ich klein bin. Da glaubt man doch nicht … das kann man sich doch gar nicht vorstellen.»

«Weißt du, was *ich* nie verstehen werde?», sagte Sörensen. «Ich werde nie verstehen, warum keiner Hinrichs oder wen auch immer angezeigt hat. Kein Kind. Kein Erwachsener. Niemand.»

«Geld», sagte Jennifer.

«Echt? Das geht alles mit Geld? Oder ist das Scham? Ich meine, was läuft in den Familien schief, dass über so was nicht geredet wird? Dein Kind wird missbraucht … und du sagst nichts? Dein Kind sagt nichts? Keiner will etwas bemerkt haben? Kein Nachbar? Kein Freund? Kein Onkel oder Opa? Wie hoch ist da wohl die Dunkelziffer?»

Jennifer umklammerte ihre Knie und legte ihren Kopf darauf ab. «Hinter jedem Vorhang ein Abgrund», sagte sie.

Sörensen dachte an seine Tochter und den Amoklauf, den er gestartet hätte, wäre ihr Vergleichbares passiert. «Vielleicht *verkaufen* die Leute am Ende sogar ihre Kinder», sagte er bitter.

«Hör auf.»

«Kann doch sein. Oder? Kann doch sein.»

Jennifer bäumte sich ein letztes Mal auf, so als wären damit zumindest Teile ihres alten Lebens noch zu retten. «Vielleicht ist das ja auch alles ganz anders, als wir denken», sagte sie. «Vielleicht …»

«Jenni», unterbrach Sörensen. «Es gibt keine heile Welt in Katenbüll, okay?»

Jennifer betrachtete ihre Stiefelspitzen. «Okay», sagte sie.

Sie hörten das Geräusch eines Motors, beiseitespritzenden Kies. Hilda Hinrichs kam zurück. Sörensen und Jennifer erhoben sich. Hildas schwarzer Mercedes raste fast ungebremst auf das Grundstück und hielt in Vollbremsung direkt vor ihnen. Sie sprang heraus, sie war nicht angeschnallt gewesen, dafür reichlich derangiert. Wut und Unverständnis hatten ihr Gesicht zerfurcht wie einen abgeernteten Kartoffelacker. Kein Make-up der Welt hätte das kaschieren können.

«Was ist denn hier los?», fauchte sie. «Was ist mit der Tür passiert?»

«Jemand ist in Ihr Haus eingebrochen, Frau Hinrichs», sagte Sörensen trocken.

«Das ist ja furchtbar», ereiferte sie sich. «Wer denn?»

«Hast du was genommen, Hilda?», fragte Jennifer. «Du siehst nicht fahrtauglich aus.»

«Quatsch! Das ist noch von gestern Abend», sagte sie mit einer Selbstverständlichkeit, als wäre das Problem damit aus der Welt.

«Wir müssen mit Ihnen reden», sagte Sörensen. «Jetzt.»

«Wissen Sie denn, wer es war?»

«Wir haben so eine Ahnung. Aber darum geht es gar nicht. Haben Sie etwas dagegen, wenn wir Jans Computer mitnehmen?»

«Aber wieso denn?»

«Haben Sie oder haben Sie nicht?»

«Nein», sagte Hilda zögerlich.

«Gut. Wir machen jetzt auf dem Revier erst mal schön einen Drogentest. Und dann beantworten Sie uns ein paar Fragen.»

Hilda Hinrichs machte Anstalten, sich wieder in ihren Mercedes zu setzen.

«Hilda», mahnte Jennifer. «Du fährst nicht selber. Du kommst mit uns.»

*

Ole hatte den gestrigen Abend genossen wie keinen zweiten, an den er sich erinnern konnte. Alle Probleme schienen wie ausgeklammert gewesen zu sein. Sie waren von der Hauptspeise zum Dessert übergegangen, hatten sich noch mehr schmutzige Witze erzählt, und Ole hatte irgendwann so viel Persönliches von sich preisgegeben, dass selbst Lucy dabei noch etwas über ihn erfahren hatte. Am Ende, es mochte schon gegen eins gewesen sein, hatte Lucys Großmutter ihn umarmt, in der Familie willkommen geheißen und verkündet, sie habe ein ganz und gar großartiges Gefühl mit ihm. Ole hatte Henriette sofort ins Herz geschlossen, sie war eine wirklich außergewöhnliche Frau, eine Art menschliches Auffangbecken mit einem Herz in der Größe ihrer Kleider. Gleichzeitig verpasste ihre Wärme ihm einen Stich. Ole hatte sich aufgehoben gefühlt, den Hauch einer familiären Bindung verspürt, eine Ahnung davon, wie es sich anfühlen mochte, wenn die Dinge gut liefen in so einer unfreiwilligen Blutsverwandtschaft.

Dann war er nach Hause gefahren und hatte seine Stiefmutter auf dem Sofa vorgefunden, völlig aufgelöst, mit einer Armee zerknüllter Taschentücher um sich herum, inmitten des üblichen Miefs und Gestanks, der dieses Mal zusätzlich nach verbranntem Plastik gerochen hatte. Sein Vater war nicht mehr da gewesen, natürlich nicht, Ole hatte ihn schließlich selbst ans Messer geliefert. Es wunderte ihn, dass er es tatsächlich geschafft hatte, diese Tatsache zu ignorieren, sich einen schönen Abend zu machen in dem Wissen, dass bei seiner Heimkehr nichts mehr so sein würde wie zuvor. Er hatte sich nach kurzem Zögern neben Maj gesetzt, auf die Taschentücher, und ihre Hand gehalten, zum ersten Mal in seinem Leben körperlichen

Kontakt gesucht zu dieser Frau, die ihm immer noch mindestens so fremd war wie sein Vater. Sie hatte ihm leidgetan. Nach fünf Minuten hatte es geklingelt, mehrere Beamten waren hereingestürmt, hatten ihn freundlich, aber bestimmt an die Seite gedrückt und sich das Arbeitszimmer und die ganze Wohnung vorgenommen, hatten alles mitgenommen, was nicht bei drei im Schredder gewesen war, alle Akten, Dokumente, Computer, dann hatten sie sich für die Unordnung entschuldigt und ihn dazu verpflichtet, erreichbar zu bleiben.

Der Spuk hatte etwa eine halbe Stunde gedauert, dann war es so still wie nie zuvor gewesen. Maj war die ganze Zeit auf dem Sofa sitzen geblieben, hatte sich nicht gerührt, wie eine verschlossene Auster auf dem Meeresgrund. Ole aber war, kaum hatte sich die Tür hinter dem letzten Beamten geschlossen, so schnell wie möglich nach oben verschwunden. Er hatte zwar zunächst noch überlegt aufzuräumen, die Flaschen wegzuschmeißen, die Aschenbecher auszuleeren, dann aber doch darauf verzichtet. Das war nicht nur nicht sein Schlachtfeld, nein, es befand sich nicht einmal innerhalb seiner persönlichen Grenzen. Dennoch: Das wärmespendende Vitamin D der Holstenbecks war der gewohnten Gletscherkälte seines Zuhauses gewichen.

Er hatte sich ins Bett gelegt, ein paar Seiten in dem Buch von Hubbard gelesen, das alles endgültig für unerträglichen Schwachsinn gehalten und seine Koketterie mit dem Bösen dadurch beendet, dass er das Buch mit einem Feuerzeug angezündet und es langsam hatte herunterbrennen lassen, zunächst in seiner Hand, dann auf einem Teller. Es hatte keine Stichflamme gegeben, keinen letzten großen Auftritt, einfach nur ein sanftes Ausbrennen bis zur völligen Schwärze. Die verkohlten Reste hatte er aus dem Fenster geschmissen, sich wieder ins Bett begeben, die Decke unters Kinn gezogen und über die Zukunft sinniert. Er und Lucy. Er und Lucy und ein Baby.

Am Morgen ging er zum Frühstück hinunter, so wie immer, setzte sich in die Küche und nahm sich Müsli aus dem verstaubten Glasbehälter. Maj kam herein, in ihren gelben Hausschuhen; sie sah so aus, als hätte sie nicht geschlafen, und setzte sich wortlos neben ihn an den Tisch.

«Er wollte sowieso abhauen», sagte Ole nach einer Weile. Er wusste nicht, ob sie ihn verstand, aber er vermutete es. «Kaffee?»

Maj nickte. Er schenkte ihr ein.

«Verstehst du?», fragte er. «Er wollte abhauen. Dich im Stich lassen. Uns.»

Sie trank den Kaffee und sah ihn aus trüben Augen an.

«Er ist kein guter Mensch», sagte Ole. «Du hast falsch geheiratet. Das ist einfach Pech.»

Sie sagte nichts, stellte die Tasse ab, nahm sich den Wandkalender herunter und blätterte darin.

«Du brauchst ein neues Zuhause», sagte er. «Papa will das Haus verkaufen. Ein neues Zuhause. A new home. Do you understand?»

Maj stand auf und ging zum Kühlschrank. Sie nahm eine Packung Milch heraus und schüttelte sie. Sie war leer.

«Ich hab noch», sagte Ole und zeigte auf sein Müsli. Er hielt mit dem Löffel die Flocken zurück und kippte etwas von der Milch über den Rand seiner Schale in ihren Kaffee.

Maj setzte sich wieder. «Where is Heinz?», fragte sie mit brüchiger Stimme.

Ole wusste nicht genau, wo Heinz war, aber er fand, dass das eigentlich keine Rolle mehr spielte. «He will not come back», sagte er. «Nicht so, wie du denkst.»

Maj verrührte die Milch, dann lächelte sie schmal. «Gut», sagte sie. «Gut.»

*

«Hinschauen», sagte Sörensen grimmig. «Oder ich hebe Ihren Kopf hoch.»

Hilda Hinrichs wand sich, rang mit den Händen, Tränen hinterließen schwarze Schlieren auf den Wangen; sie verdeckte sich halb die Augen, ließ die Hand wieder sinken, bewegte den Oberkörper ruckartig hin und her wie unter elektrischen Schlägen. Sörensen hatte einen Laptop auf den Tisch des Verhörraums gestellt und eine der beiden DVDs, die er aus dem Schuppen des Hofs mitgenommen hatte, eingelegt. Er machte lauter. Auf dem Bildschirm war ein Junge zu sehen, ein Junge, der nicht Jan, aber keinesfalls älter war. Er war offensichtlich zugedröhnt, mit irgendwelchen Mitteln betäubt worden. Er bewegte sich auf dem Bett, dem Bett in dem Schuppen hinter Hinrichs' Haus, zeigte sich zur Gänze nackt, spielte wie in Trance an sich herum. Von allen Seiten gefilmt mit neckisch wackelnder Kamera. Erwachsene waren nicht im Bild. Nur der Körper des Jungen. Eine männliche Stimme befahl ihm, was er zu tun hatte. Wo seine Hände sein sollten. Wo er sich wie anfassen sollte. Sörensen konnte nicht hinsehen.

«Ist das die Stimme Ihres Mannes?», fragte er heiser.

Hilda nickte, sie schien kurz vorm Kollabieren. «Wo ist das?», fragte sie.

«In dem Schuppen hinter Ihrem Haus. Das wissen Sie doch.»

«Nein», rief sie. «Nein! Das weiß ich nicht. Ich weiß gar nichts. Ich wusste nicht, was die da machen, das müssen Sie mir glauben!»

«Ich glaube Ihnen nicht», sagte Sörensen kalt. «Und wer sind ‹die›?»

«Mein Mann hat mir verboten, da hineinzugehen. Er hat gesagt, das wäre besser für mich. Ich hab gedacht, er hat sich da ein Liebesnest gebaut. Für seine Affären oder was weiß ich. Ich hatte nicht mal einen Schlüssel.»

«Wer sind ‹die›, Hilda?», fragte Jennifer, die bislang am Türrahmen gelehnt hatte.

Hilda schwieg zwei lange Sekunden. «Ich weiß es nicht», sagte sie dann.

«Und Sie haben nie Kinder in den Schuppen hinein- oder hinausgehen sehen?» Sörensen klappte den Laptop zu. «Mit Ihrem Mann oder irgendjemand anderem?»

«Nein», sagte Hilda.

«Ich glaube Ihnen schon wieder nicht. Wo ist Jan?»

«Ich kann das … ich weiß es nicht.» Hilda wischte sich den Lidschatten durch das halbe Gesicht. «Nur …»

«Nur was?», fragte Jennifer.

Hilda holte tief Luft. «Ich verstehe gar nicht … eigentlich hätte er gar nicht wegrennen … er hat das schon öfter gemacht, wissen Sie? Einfach abzuhauen. Mitten in der Nacht. Wie soll man denn da als Mutter auf sein Kind aufpassen? Was? Ich kann ihn ja nicht einsperren. Nachher lässt der sich noch aus dem Fenster … Da hab ich ihm … ich dachte … gerade weil sein Vater … na ja.»

«Was?», fragte Sörensen scharf.

«Ich hab ihm was in die Milch gemischt. Ein Schlafmittel. Ein sehr starkes.»

«Du hast was?», fragte Jennifer entsetzt.

«Ich hab's nur gutgemeint», sagte Hilda trotzig. «Ich meine es immer nur gut. Es wird einem nicht gedankt.»

«Gedankt? Ihr Sohn ist sexuell missbraucht worden», sagte Sörensen.

«Quatsch. Nein!»

«Oh doch, Frau Hinrichs. Haben Sie sich mal die Puppen in seinem Zimmer genauer angesehen?»

«Warum sollte ich?»

Sörensen seufzte. «Jans Zimmer ist sehr aufgeräumt», sagte er. «Geradezu aseptisch ist das. Das war er doch nicht selbst. Das waren Sie. Sie haben die Puppen in die Schublade getan. Sie kennen da jede Teppichfluse.»

Hilda schaute Sörensen in die Augen. Er hatte das Gefühl, ganz weit durch sie hindurchsehen zu können. Schön war das nicht. «Woher wissen Sie, wie es in Jans Zimmer aussieht?», fragte sie.

«Ihre Haustür war aufgebrochen», sagte Sörensen ungerührt. «Wir haben nachgeschaut. Entschuldigen Sie mich.»

Er stand auf und drängelte sich an Jennifer vorbei durch die Tür. Malte saß an seinem Schreibtisch, sah völlig erledigt aus und wischte sich hastig ein paar Tränen aus den Augen, als Sörensen hereinkam. «Hast du schon was?», fragte Sörensen.

«Ich gehe gerade über seinen Browser ins Internet», sagte Malte leise. Er hatte Jans Computer mit seinem Bildschirm verbunden.

«Ich weiß, dass das scheiße ist», sagte Sörensen. «Aber du musst weitermachen. Schaffst du das?»

Malte nickte dreimal kurz hintereinander. «Ach so … die Kollegen aus Husum haben sich wegen der Waffe gemeldet.»

«Und?»

«Dasselbe Kaliber … Also, bei Düseler ist dasselbe Kaliber benutzt worden wie bei dem Mord an Hinrichs.»

Sörensen lächelte aufmunternd, nahm sich ein Glas und eine Flasche Wasser und ging zurück in den Verhörraum. Jennifer stand immer noch an der Tür, mit verschränkten Armen, den rechten Fuß an der Wand. Es schien ihr unmöglich, sich hinzusetzen und sich dadurch mit Hilda auf eine Ebene zu begeben. Sörensen hatte nicht so viele Skrupel. «Wasser?», fragte er und setzte sich.

«Ja», sagte Hilda. «Danke.»

Sörensen befüllte ihr Glas. Sie trank es gierig in einem Zug aus.

«Hören Sie», sagte sie dann. «Ich will das noch mal … Ich weiß nichts davon, dass Jan … sexuell missbraucht worden sein soll.»

«Wenn Sie es aber doch wüssten», sagte Sörensen, «hätten Sie ein wunderbares Motiv, Ihren Mann umzubringen. Ich meine, was kann man sich Schlimmeres vorstellen, oder? Für das eigene Kind. Wir reden hier von einer Schädigung fürs ganze Leben. Von einem Trauma. Mit unvorhersehbaren Folgen. Wünscht man das seinem Nachwuchs? Das wünscht man dem doch nicht, oder?»

«Natürlich nicht», sagte Hilda leise.

«Ja, und da verstehe ich nicht …», sagte Sörensen. «Da verstehe ich nicht … müssten Sie da nicht völlig außer sich sein, wenn Sie erfahren, dass Ihr einziges Kind sexuell missbraucht worden ist?»

Hilda hob den Kopf. «Das vermuten Sie doch nur.»

«Ich vermute sogar, dass das mehr als ein Mal passiert ist. Vielleicht zieht sich das schon durch Jans gesamte Kindheit. Müsste sich Ihnen da nicht der Magen umdrehen, wenn Sie so etwas hören?»

«Mir dreht sich der Magen um.»

«Und deshalb haben Sie Ihren Mann erschossen und ihm dieses Bibelzitat in den Mund gestopft.»

«Nein. Das habe ich nicht.»

«Doch, das haben Sie. Sie haben ihm das Bibelzitat in den Mund gestopft, damit wir Schäffler verdächtigen. Oder Pastor Mielke. Oder irgendwen. Damit wir völlig wegkommen von Ihnen. Denn Sie sind ja angeblich Atheistin. Wieder etwas, das Ihnen kein Mensch glaubt. Und was so schlecht durchdacht ist. War doch klar, dass wir bei Mielke nachfragen.»

«Pastor Mielke ist ein Lügner. Immer schon gewesen.» Hilda Hinrichs' Renitenz war nicht zu unterschätzen. Jennifer stieß sich mit dem Fuß von der Wand ab.

«Du bist eine Fundamentalistin, Hilda!», sagte sie. «Das weiß doch jeder hier. Ich wette, du hast sofort gewusst, welche Seite du in der Bibel aufschlagen musst, um irgendwas mit Tieren zu finden und einen Zusammenhang zu Schäffler herzustellen.»

Hilda fuhr jetzt völlig aus der Haut. «Ich hab meinen Mann nicht ermordet! Das schwöre ich! Bei Gott!», schrie sie und trommelte dabei mit den Fäusten auf den Tisch. Und das war noch nicht alles. Die Wut steigerte sich, sie trat gegen das Tischbein, fiel dabei fast vom Stuhl und schlug mehrmals die Stirn gegen die Tischplatte, bis es blutete.

Jennifer blickte Sörensen erschrocken an, aber er ließ Hilda so lange weitermachen, bis sie erschöpft Ruhe gab. Dann reichte er ihr ein Taschentuch und zeigte auf ihre Stirn. Sie hielt es zitternd dagegen, um die Blutung zu stoppen.

«Nein. Sie haben Ihren Mann nicht ermordet, Frau Hinrichs», sagte Sörensen und horchte in sich hinein. Es ging ihm richtig gut. Wirklich krank war das. «Denn das war Jan. Die Einschüsse in den Oberkörper sind in einer fast geraden Linie erfolgt. Und das, obwohl Hinrichs nach dem ersten Schuss, der ihn von hinten ins Bein traf, nicht mehr aufrecht gestanden haben dürfte. Gehen wir einfach mal davon aus, dass der erste Schuss wirklich ins Bein ging. Sagen wir mal, Ihr Mann befand sich danach auf den Knien. Sie sind nicht ganz so groß wie er, aber dennoch hätten Sie ihn mit den beiden nächsten Schüssen von schräg oben getroffen, wenn Sie die Schützin gewesen wären. Aus Jans Höhe aber passt der Winkel. Er ist ja nun wirklich klein für sein Alter. Sie haben nicht geschlafen, Frau Hinrichs. Sie haben die Schüsse gehört und Jan bei der Leiche seines Vaters gefunden.»

«Schwachsinn. Ich habe geschlafen.»

«Jan hat sich an seinem Vater gerächt, für die ganzen Misshandlungen, für die lebenslange Angst. Ist natürlich scheiße, ne? Kann ja keiner mit rechnen. Dass Ihr Sohn den Mut hat, den Sie nie hatten. Jetzt mussten Sie irgendwie die Spuren verwischen. Sie haben Ihren Mann gegen den Balken gelehnt und aus der Bibel dieses komische Zitat gerissen. Das fanden Sie eine gute Idee, denn kein zwölfjähriger Junge würde seinem toten Vater so etwas in den Mund stopfen. Etwas geradezu Mystisches, was die Tat wie einen Ritualmord aussehen lässt. Sie haben die Bibel verschwinden lassen, sogar das Handy Ihres Mannes. Wahrscheinlich dem Meer übergeben. Was hätten wir darauf gefunden? Fotos von kleinen Kindern? So einen Scheiß wie das hier?»

Er zeigte auf den Laptop. Und hoffte inständig, Hilda würde jetzt zusammenbrechen und einfach ja sagen. Zu allem. Aber sie tat ihm den Gefallen nicht.

«Das können Sie alles überhaupt nicht beweisen», sagte sie.

Sörensen fühlte einen rapiden Energieverlust. Da hatte sie nämlich recht. «Aber Jan könnte es», sagte er. «Wenn wir ihn denn finden würden. Ich glaube, er wollte mir gestern Nacht alles erzählen. Jedes Jugendgericht der Welt hätte ihn verstanden. Na ja, hoffe ich zumindest. Aber Sie haben sein Hinausschleichen aus dem Haus bemerkt und sind ihm gefolgt. Bis zu mir. Dann haben Sie ihn sich geschnappt und mir eins übergezogen. Warum eigentlich? Um mich einzuschüchtern? Eine Kurzschlussreaktion? Zu viele Pillen? Wenn Sie übrigens weniger einschmeißen würden, hätten Sie sich das alles etwas besser überlegen können.»

«Wenn ich weniger einschmeißen würde, hätte ich mich längst umgebracht», sagte sie. «Und ich habe Ihnen nichts übergezogen. Ich tue so etwas nicht.»

«Weil Sie Christin sind?», fragte Sörensen. «Oder nicht? Oder doch? Wie war das noch mal?»

Sie biss sich auf die Lippen. «Ich will meinen Anwalt.»

«Und ich will wissen, wo Jan ist.»

«Sie wissen, dass alles, was ich hier sage, nichts gilt ohne meinen Anwalt. Sie können mir nicht einfach meinen Anwalt verweigern. Ich will meinen Anwalt!»

Jennifer spuckte auf den Fußboden. Einfach so.

«Du bist keine Mutter, Hilda», sagte sie verächtlich. «Du bist scheiße!»

«Ich bin eine wunderbare Mutter», zischte sie. «Ich bin die beste Mutter, die Jan kriegen konnte. Du weißt ja nicht, wie das war, wenn Heiner …»

Sie verstummte.

«Wenn Heiner was?», fragte Sörensen.

Hilda Hinrichs schloss die innere Tür ab und warf den Schlüssel weg. Das Schweigen wog schwer. Sörensen erhob sich.

«Frau Hinrichs, Sie sind vorläufig festgenommen. Vielleicht verraten Sie uns ja dann, wo Jan steckt.»

*

Jan lag auf der Matratze, eingerollt wie ein Fötus, zitternd. Alle Muskeln taten ihm weh, er verspürte eine tiefsitzende, lähmende Angst, gleichzeitig verschwamm die Dunkelheit vor seinen Augen, und er begann, die wundersamsten Dinge zu sehen, Farben, tanzende Lichtspiele, manchmal konkrete Formen, Dreiecke, Kreise, die nicht da sein konnten, die ihm zeigten, dass er langsam durchdrehte. Oder schon durchgedreht war. Es war lange niemand mehr gekommen. Niemand brachte ihm etwas zu essen oder zu trinken. Er hatte sich unendlich geschämt, aber vor ein paar Stunden war es nicht mehr anders gegangen, er hatte sich erleichtern müssen, irgendwohin, nur nicht in die eigene Hose. Er war in die von der Matratze am weitesten entfernte Ecke gekrochen, hatte mit Tränen in den Augen losgelassen, den einsetzenden Gestank ignorierend, hatte verzweifelt versucht, ihn nicht mit sich in Verbindung zu bringen.

Jetzt lag er da. Und hatte sich aufgegeben. Er hatte keine Hoffnung auf Erlösung mehr. Zwischenzeitlich hatte er gebetet, Vergebung gesucht, um die Hilfe Gottes gefleht, so wie seine Mutter es ihm immer vorgemacht hatte. Er hatte geschrien, dass er jetzt verstanden hätte, dass es falsch gewesen war, was er getan hatte. Aber er hatte es nicht gefühlt, nur behauptet. Und das konnte ja nicht helfen. Gott musste seine Lüge schließlich bemerkt haben. Allwissend, wie er nun mal war. Oder etwa nicht?

Er erinnerte sich an den Sonntagabend. Den einen Tag, der Monate her gewesen sein mochte. Oder nur eine einzige Nacht, wer wusste das schon. Immer wieder dachte er daran. Wie der Postbote nachmittags gekommen war mit dem Paket. Dem Paket ohne Absender. Wie er nach oben in sein Zimmer gestürmt war und es geöffnet hatte. Wie er in dem Paket Comichefte gefunden hatte und einen Schuhkarton. Einen Schuhkarton, in dem sich keine Schuhe befunden hatten, sondern die Pistole. Eine HK P30. Und eine Schachtel Patronen. Wie er die Waffe hochgehoben, sich über das Gewicht gewundert hatte, sie in seinen Händen gewogen hatte wie eine Fleischeinlage. Wie er den Zettel mit der Anleitung gelesen hatte, wie er probiert hatte, die Pistole zu entsichern, sie geladen hatte, wie er verinnerlicht hatte, auf den Rückstoß zu achten und dass es gar nicht so einfach war, so ein Ding abzudrücken. Er hatte die Pistole wieder in den Schuhkarton zurückgelegt, den Karton unter sein Bett geschoben und gewartet. Gewartet, bis der Tag zur Neige ging. Natürlich hatte er hin und her überlegt, ob er es wirklich tun sollte, hatte in seinem Kopf nach guten Gründen gesucht, die HK nicht zu benutzen, hatte nach fröhlichen Erinnerungen geforscht, nach Bildern, die positiv besetzt waren, aber er hatte nichts gefunden.

Nur Angst und Hass. Und das Gefühl, jetzt nicht mehr zurückzukönnen.

Es war Abend geworden, seine Mutter hatte mal wieder vor sich hin gedämmert, er die Comics gelesen, die von Superhelden handelten, von gebrochenen Superhelden mit schlimmer Kindheit, in der sie üble Verletzungen erlitten hatten, innere und äußere, einer war sogar blind, hörte, roch und fühlte aber besser als alle anderen und war nicht aufzuhalten in seinem Drängen, die Welt zu einem besseren Ort zu machen. Auch für ihn war es noch nicht zu spät, hatte er gedacht. Die Helden in den Comics hatten sich neu erfunden. Das konnte er auch.

Er hatte noch eine Weile gewartet, dann die Schuhschachtel unter dem Bett hervorgezogen und den Inhalt entnommen. Die Pistole hatte noch schwerer gewirkt als am Nachmittag. Er hatte sie in seinen Rucksack gesteckt, den Rucksack auf den Rücken geschnallt und war hinuntergeschlichen, durch den Flur, an der verglasten Wohnzimmertür vorbei, durch die der Fernseher flimmerte und irgendein Publikum aus der Konserve im Fünf-Sekunden-Takt Fröhlichkeit simulierte. Er hatte das Haus durch die Hoftür verlassen und war durch den Regen zu den Pferden geeilt, hatte Bonnie gestreichelt und sich gewundert, warum sein Vater noch nicht nach Hause gekommen war.

Eigentlich hatte er gar nicht den Plan gehabt, es im Pferdestall zu tun, aber irgendwann hatte er es in seinem Zimmer eben nicht mehr ausgehalten. Dann hatte er gewartet, nichts anderes getan, als zu warten, bis er irgendwann im Stroh eingeschlafen war, an seinen Rucksack gelehnt, umgeben von Pferden, die sich an seine Anwesenheit gewöhnt hatten und die mehr Wärme ausstrahlten als seine ganze Verwandtschaft zusammen.

Irgendwann war er aufgeschreckt, weil die Scheinwerfer des Jeeps ihn geblendet hatten, weil sein Vater auf den Hof gebraust war mit aller Aggressivität, die er sogar beim Fahren noch ausstrahlte. Es war stockdunkel, Jan war für einige Sekunden desorientiert gewesen. Dann hatte er sich in die Hocke begeben, auf dem Sprung, seinem Vater hinterherzuschleichen in Richtung Haus, ihm vielleicht sogar in den Rücken zu schießen, was man ja eigentlich nicht tat, das wusste er, aber in diesem Fall ging es schließlich um das Ergebnis, nur um das nackte Ergebnis.

Er hatte die Pistole aus dem Rucksack gezogen, die Tränen behinderten seine Sicht, gleichzeitig hatte er sich stark gefühlt, hatte das Heft des Handelns zum ersten Mal in seiner Hand gefühlt. Und dann war sein Vater nicht in Richtung Haus gegangen, sondern direkt auf ihn zu. Die Pferde waren unruhig geworden, besonders Bonnie direkt neben ihm. Jan war das Herz in die Hose gerutscht, er war von Bonnie weggesprungen, auf die andere Seite, hinter einen Pfeiler, das hatte sein Vater bemerkt, hatte gerufen, in so einem misstrauischen, furchteinflößenden Ton, und dann hatte Jan einen Schuss abgegeben, mit zitternden Händen, ohne wirklich zu zielen. Er hatte getroffen, irgendwo ins Bein, sein Vater war zusammengesackt, zu Boden gegangen. Sie hatten sich in die Augen gesehen. Sein Vater, auf den Knien, hatte ihn erkannt, und dann war Jan nichts anderes mehr übriggeblieben, als erneut zu schießen, ein Mal, zwei Mal, so genau erinnerte er sich nicht. Der Rückstoß hatte ihn umgehauen. Und als er da gelegen hatte, auf dem Boden, hatte er angefangen zu schreien, haltlos, gleichzeitig beschwert und befreit, so laut, dass nicht einmal seine Mutter das ignorieren konnte.

Sie war aus dem Haus geeilt und hatte sie beide im Stall vorgefunden, den einen tot, den anderen zum ersten Mal so lebendig, dass er brüllen musste. Es hatte ihm nicht leidgetan. Nicht für eine Sekunde. Seine Mutter hatte nicht gezögert, sie hatte die Initiative ergriffen, den Rest getan für ihn; er war einfach so davongelaufen, in die Nacht hinaus, hatte seinen Teil der Abmachung erfüllt und verabredungsgemäß die Pistole weitergereicht, dann war er zurückgekehrt und hatte sich in der Küche neben seine Mutter gesetzt, die ganze Nacht hatten sie da gesessen, er hatte warme Milch getrunken, sie Unmengen von Kaffee.

Sie hatte ihm eingebläut, den Mund zu halten, wenn am nächsten Tag die Polizei kommen würde. Dass sie ihn schützen würde, hatte sie gesagt, dass sie ihn jetzt endlich schützen könne. Und dass sie nicht zulassen würde, dass ihm etwas passiere. Und er? Er hatte ein schlechtes Gewissen bekommen, hatte sich stellen wollen, hatte sich diesem neuen Polizisten offenbaren wollen, der gar nicht aussah wie ein Polizist, sondern wirklich nett. Und traurig.

Und nun lag er hier, und alles war zu spät, und nichts würde jemals wieder gut werden. Sein ganzes Leben war vorbei, genau in dem Moment, wo es endlich hätte beginnen können. Jan schob sich noch mehr in sich selbst zusammen und bemerkte, dass er keine Tränen mehr hatte. Es sollte eben so sein. Manche wurden glücklich in ihrem Leben. Und andere nicht.

Schattenkind

Malte Schuster brauchte lange, bis er in sich den richtigen Moment abgepasst hatte, um sprechen zu können. Sörensen und Jennifer ließen ihm die Zeit. Sie hatten sich auf Stühle gesetzt, neben seinem Schreibtisch, und lehnten sich demonstrativ zurück. Malte bewegte die Maus hin und her, klickte wie wild in ein imaginäres Feld auf dem Bildschirm, fuhr den Browserinhalt rauf und runter und suchte nach Worten.

«Das ist alles so …», begann er und schüttelte den Kopf. Dann gab er sich einen Ruck. «Jan hat ein Lesezeichen gesetzt», sagte er. «Gibt da so ein Forum für misshandelte und missbrauchte Kinder. Die reden über … über alles und versuchen sich zu helfen. Er nennt sich Shadow-Kid.»

Sörensen hätte schon jetzt die ein oder andere Nachfrage gehabt, aber er hielt sich zurück, um Malte nicht aus der Spur zu bringen. Er lächelte ihm nur vorsichtig aufmunternd zu.

«Er schreibt darin, dass er seit seinem siebten Geburtstag misshandelt wird», fuhr Malte fort. «Und fotografiert wird. Und in Filmen mitspielen muss. Dass er Schwierigkeiten hat, sich zu erinnern. Und sich kaum noch traut, etwas zu essen. Aus Angst, dass danach wieder die Lichter ausgehen. Und dass er glaubt, dass sein Vater nicht sein Vater ist, weil er ihm so etwas doch niemals antun würde, wenn er sein Vater wäre. Dann gibt's da so ein Unterforum, da phantasieren die Kinder darüber, wie sie sich an ihren Vergewaltigern rächen könnten. Und eines der Kinder, ein ‹Aragorn99›, bietet Jan vor anderthalb Wochen an, ihm eine Pistole zuzuschicken. Sein Vater sammelt die Dinger wohl in seinem Arbeitszimmer und schließt sie nicht richtig weg.»

Malte klickte zweimal mit der Maus. «Jetzt gibt es hier diesen Chat», sagte er. «Lest selbst.»

Sörensen und Jennifer beugten sich vor.

Shadow-Kid:	Ernstgemeintes Angebot? *(23:25 Uhr)*
Aragorn99:	Ja. *(23:25 Uhr)*
Shadow-Kid:	Du bist nicht Polizei? *(23:25 Uhr)*
Aragorn99:	Nein. ACAB. *(23:25 Uhr)*
Shadow-Kid:	Ist das okay, wenn Jon Snow mitliest? *(23:25 Uhr)*
Aragorn99:	Weiß nicht. *(23:25 Uhr)*
Shadow-Kid:	Ähnliche Geschichte. Gleiche Stadt. *(23:25 Uhr)*
Aragorn99:	Dann okay. *(23:26 Uhr)*

Malte drehte den Bildschirm ein wenig mehr in Sörensens Richtung. «Ein paar Sekunden später kommt ‹Jon Snow› dazu», sagte er.

Jon Snow:	Hi. Was läuft? *(23:26 Uhr)*
Aragorn99:	Hi. Du weißt Bescheid? *(23:26 Uhr)*
Jon Snow:	Ja. *(23:26 Uhr)*
Aragorn99:	Shadow-Kid bekommt bald Post. *(23:26 Uhr)*
Jon Snow:	Wow. *(23:26 Uhr)*
Shadow-Kid:	Was ist mit dir, Jon Snow? *(23:26 Uhr)*
Jon Snow:	+1. *(23:27 Uhr)*
Aragorn99:	Einfach so? *(23:27 Uhr)*
Jon Snow:	Halte es nicht mehr aus. *(23:27 Uhr)*
Aragorn99:	Gut. *(23:27 Uhr)*
Jon Snow:	Kenne sogar noch einen. Darf der auch? *(23:27 Uhr)*
Aragorn99:	Alter, das wird jetzt langsam Massenmord??? *(23:27 Uhr)*

Shadow-Kid:	Danach ist Ende. *(23:27 Uhr)*
Shadow-Kid:	Noch da, Aragorn99? *(23:28 Uhr)*
Aragorn99:	Also gut. Brauche Adresse, Shadow-Kid. Wenn fertig, gib Pistole an Jon Snow. *(23:29 Uhr)*
Jon Snow:	Und dann? Später zurück zu dir? *(23:29 Uhr)*
Aragorn99:	Nein. Verschwinden lassen. Vorher gut sauber machen. Ist eine Heckler & Koch. Mit Ladestandsanzeige. Saugeiles Teil. Hey, willst du Comics, Shadow-Kid? Daredevil? Spider-Man? *(23:29 Uhr)*

Shadow-Kid wollte Comics und bedankte sich. Nach ein bisschen Geplänkel beendeten die Kinder den Chat um 23:32 Uhr. Wenn es denn überhaupt alles Kinder waren, dachte Sörensen und wunderte sich über die Beiläufigkeit des Dialogs.

«So viel zur Mordwaffe», sagte Jennifer. «Ich kann das gar nicht glauben, Jan ist tatsächlich der Täter.»

«Es gibt wohl kaum jemanden, der mehr Opfer sein dürfte», sagte Sörensen. «Das wiegt für mich schwerer.»

«Macht aber für uns keinen Unterschied.»

«Nein. Ich telefoniere mit Flensburg. Wir brauchen noch mehr Leute. Wir müssen ganz Nordfriesland auf den Kopf stellen, damit wir ihn endlich finden.»

Jennifer erhob sich. «Und Jon Snow ist Bengt Düseler, ja?»

«Davon müssen wir ausgehen», sagte Sörensen. «Ich fahre hin. Und spreche mit ihm.»

«Jugendknast? Echt?», fragte Malte. Seine sonst so forsche Attitüde war wie weggewischt.

Sörensen befühlte seinen ein wenig zu vorgewölbten Bauch und drückte den Speck nach innen. «Na ja, er ist ja noch nicht strafmündig. Aber er sitzt doch eh schon die ganze Zeit im Knast», sagte er.

«Was ist eigentlich, wenn wir ihn finden?», fragte Jennifer. «Jan, meine ich. Die Mutter so gut wie im Gefängnis, der Vater tot …»

«Mal sehen.»

Sörensen sah aus dem Fenster. Der Regen hatte aufgehört, dafür wehten braune Blätter durch die Luft. «Scheint nicht viele Gewinner zu geben, was?», sagte er. «Erst mal müssen wir ihn finden. Nachher ist die Scheißpressekonferenz … ich weiß gar nicht …»

«Was willst du denn da sagen?», fragte Jennifer.

«Was Kurzes. Was sehr Kurzes.»

*

«Ich habe Sie erwartet», sagte Frau Düseler. Sie stand im Türrahmen, kaum dass Sörensen das blaue Vorgarten-Schaf passiert hatte. Die Anfahrt hatte sich unkompliziert gestaltet, irgendwie waren alle Ziele in Katenbüll ja nur eine Songlänge entfernt. Er hatte sich für *We'll Inherit The Earth* von den Replacements entschieden und so laut aufgedreht, dass er den Lärm in sich nicht hören konnte. Die Replacements hatten eine Lässigkeit in ihrem Spiel, eine Ungenauigkeit, die sie Mitte der Achtziger zur Haltung erhoben hatten. Wahrscheinlich aus spielerischer Not heraus, aber wen kümmerte es? Das war Weltschmerz aus der Hüfte, der Sörensen guttat. *I got my hands in my pockets and I'm waiting for the day to come.*

Frau Düseler sah gefasst aus, mit starren Gesichtszügen, aber aufrecht.

«Hat Ihr Sohn Ihnen alles erzählt?», fragte Sörensen. «Also, wirklich alles?»

Sie nickte. «Wir hatten die ganze Nacht Zeit», sagte sie. «Und ich muss wirklich sagen … Ich bin froh, dass Horst tot ist.»

«Bengt muss es mir auch erzählen», sagte Sörensen. «Meinen Sie, das geht?»

«Ja», sagte sie. «Das wird gehen.»

Sörensen trat sich geflissentlich die Füße ab und betrat das Haus, das voller nackter Wände war, weißer, glatter Wände, an denen keine Bilder hingen, kein Wandschmuck, keine Fotos. Der Teppich war ebenfalls weiß, wie die Garderobe, wie das Treppengeländer. Frau Düseler betrachtete Sörensens durchaus nicht weißen Schuhe wie eine trampelnde Horde auszumerzender Parasiten, konnte sich aber gerade noch zurückhalten, ihn zum Ausziehen anzuhalten. Sie öffnete eine Tür am Ende des Flurs und machte eine einladende Geste. Das Wohnzimmer war erstaunlich geräumig, Bengt saß auf einem Sofa an der Fensterseite zum Garten, auch hier war alles weiß, inklusive der Schränke, Sessel und Bengts Gesichtsfarbe. Ein steriler Albtraum. Der Junge saß am rechten Rand des Sofas, obwohl es bestimmt zwei Meter fünfzig breit war. Sörensen setzte sich ihm gegenüber auf einen Sessel, an einem geöffneten Fenster hinter Bengt klirrte ein Mobile aus Glas. *We'll inherit the earth, but we don't want it*, ging es Sörensen im Kopf herum. Beim nächsten Mal würde er ein positiveres Lied aussuchen. Vielleicht etwas Absurdes, von Kool & The Gang oder Earth, Wind & Fire.

«Bengt», sagte er. «Erinnerst du dich an mich?»

«Ja», sagte der Junge. «Von heute Nacht.» Seine Stimme war leise, aber fest.

«Können wir drüber reden?»

«Ja.»

«Du weißt, was ich dich jetzt fragen muss, richtig?»

«Ja.»

«Du hast deinen Vater erschossen.»

«Ja», sagte Bengt zum vierten Mal. Es klang wie in Endlosschleife vom Tonband abgespielt, monoton, leblos.

«Warum?», fragte Sörensen.

«Ging nicht anders.»

«Was heißt das?»

«Er hat mich dazu gezwungen.»

«Das musst du ein bisschen erklären, Bengt.»

Bengt senkte den Kopf, horchte in sich hinein, schien darüber nachzudenken, was jetzt als Nächstes kam, was er als Nächstes zu erzählen hatte. Er war von seiner Mutter auf dieses Gespräch vorbereitet worden, das merkte Sörensen.

«Ich musste halt Dinge machen. Immer wieder.»

«Was für Dinge?»

«So ganz genau weiß ich es gar nicht», sagte Bengt. «Ich hab Ausflüge gemacht. Mit Papa. Ans Meer. Aber ich bin immer eingeschlafen unterwegs, und da waren dann andere Männer.»

«Wie sahen die aus?»

«Die hatten Masken auf. Alle. Aber ich habe Papa trotzdem erkannt.»

«Wie viele Männer waren das?»

«Manchmal zwei, einmal drei.»

«Manchmal? Wie oft war das denn, dass du so Sachen machen musstest?»

«Ich erinnere mich nicht.»

«Versuch's.»

«Mehrere Male. Oft.»

«Hast du deinem Papa nichts gesagt? Dass du das doof findest?»

«Doch.»

«Und?»

«Einmal hat er gelacht und gesagt, ich irre mich. Dass ich das alles nur geträumt habe.» Bengts Augen funkelten. Er ballte die Fäuste. «Aber ich hab das nicht geträumt», sagte er.

«Nein, hast du nicht», sagte Sörensen. «Und weiter?»

«Dann hat er gesagt, dass ich ruhig sein soll und dass das dazugehört, wenn man ein Mann wird. Und dass er aufpassen würde, dass mir nichts passiert. Weil er mich ja liebhat.»

Bengts Mutter drehte den Kopf zur Seite und blinzelte gegen die Tränen.

«Aber er hat nicht aufgepasst», sagte Bengt. «Es hat weh getan. Manchmal. Und ich hab Angst bekommen. Ich hab gesagt, ich will das nicht mehr. Da hat er mich geschlagen. Mit dem Gürtel.»

Bengt hob sein T-Shirt hoch und drehte sich halb um. Sein Rücken war voller Striemen. Sörensen sah Frau Düseler an. «Ich weiß», sagte sie. «Ich hätte … er hat mir versprochen, dass das nie wieder passieren würde. Dass er das nie wieder macht. Dass er nur ein Mal die Nerven verloren hat.»

«Die Nerven verloren?», fragte Sörensen.

Frau Düseler nickte hektisch. «Er hat gesagt, dass er sich schämt. Ich kenne ihn doch … kannte ihn. Er war cholerisch. Manchmal. Aber er war kein schlechter Mensch.»

Sörensen atmete aus.

«Habe ich gedacht», sagte sie schnell. «Gedacht habe ich das. Ich habe mich geirrt. Er war ein schlechter Mensch.»

«Bist du Jon Snow?», fragte Sörensen.

Bengt zappelte auf seinem Sitz. «Woher wissen Sie das?», fragte er.

«Das ist egal. Bist du es?»

«Ja», sagte Bengt. «Ja.»

«Wer ist Jon Snow?», fragte Frau Düseler.

Sörensen ging nicht auf sie ein. «Wo ist die Tatwaffe, Bengt?», fragte er. «Wo ist die Pistole?»

Bengts Gesicht verdüsterte sich, verschloss sich, er saß jetzt wieder ganz still, wie einbetoniert in diese weiße Schneelandschaft, in der die Düselers ihre ganz persönliche porentiefe Reinheit gesucht hatten.

«Bengt?», hakte Sörensen nach.

«Ich habe sie nicht mehr», sagte Bengt.

«An wen hast du sie weitergegeben?»

Bengt schwieg.

«An wen, Bengt?»

Bengt schüttelte den Kopf.

«Was passiert denn nun mit ihm?», fragte Frau Düseler leidend. «Muss er ins Gefängnis? Wenn Sie ihn mir wegnehmen, ist niemand mehr da.»

Sörensens Schläfen kribbelten. «Daran denken Sie gerade?», fragte er. «Sie denken nicht an Ihren Sohn und was aus ihm wird, Sie denken daran, dass Sie dann allein sind?» Er stand auf. «Kommen Sie bitte mit. Beide. Bengt, du musst dein Geständnis auf dem Revier im Beisein eines Anwalts wiederholen. Kriegst du das hin?»

«Ja», sagte Bengt. «Aber ich will nicht wieder hierher zurück.» Er wich dem Blick seiner Mutter aus. «Kriegen Sie das hin?»

«Weiß ich nicht», sagte Sörensen und legte Bengt die Hand auf die Schulter. «Das weiß ich wirklich nicht.»

*

Es war kurz nach zwölf, als Sörensen das Foyer des Rathauses betrat. Er hatte sich verspätet, weil es mit Bengts Aussage länger gedauert hatte – und weil er zwar eigentlich keine Lust auf das ganze Procedere verspürte, gleichzeitig aber doch den großen Auftritt anstrebte. Wennschon, dennschon. Seine Angstsymptome waren so sehr vom Alltag verdrängt worden, dass er sie für einen Moment vergessen durfte. Die Reporterköpfe ruckten zu ihm herum, es war noch voller als gestern, die Luft hatte sich in Windeseile verbraucht und war dem Geruch durchgeschwitzter Hemden und billiger Deodorants gewichen. Er erkannte kein einziges Gesicht wieder, von

Lina Baumgarten einmal abgesehen, die natürlich auch da war und im Gegensatz zu allen anderen hier aussah wie der frischgebügelte Morgen. Vielleicht hatte sie einen eigenen Visagisten im Gepäck. Die Zweite stellvertretende Bürgermeisterin Frauke Dietz und der Mann vom Südschleswigschen Wählerverband, dessen Namen Sörensen spontan vergessen hatte, saßen schon auf ihren Plätzen, der Stuhl daneben wartete auf ihn. Das Namensschild war ausgetauscht worden, es war immer noch ein instabil gefaltetes Papier, aber er war jetzt richtig geschrieben. Immerhin. Eine deutliche Verbesserung also. Er bestieg das Paletten-Podium, setzte sich, die Journalisten sortierten sich lautstark, die Fotografen schossen ihre Fotos, die Kameras wurden in Position gebracht. Frauke Dietz wandte sich ihm zu und zeigte der Menge alle achtundsechzig Zähne. «Sie sind zu spät», flüsterte sie lächelnd. «Es gehört sich nicht, uns warten zu lassen.»

«Genau», sagte der Mann vom SSW, wie hieß er denn bloß noch mal? Irgendwas mit Knut. Sörensen beugte sich vor, um das Namensschild lesen zu können. Genau, Knutzen hieß er.

«Entschuldigung», sagte Sörensen. «Ich habe gearbeitet.»

«Wir auch», versetzte Frauke Dietz und strahlte ihn an. «Ich habe kein gutes Gefühl mit Ihnen und Katenbüll, Herr Sörensen.»

Jetzt lächelte auch Sörensen. «Kriminalhauptkommissar Sörensen», sagte er. «Oder KHK. Können Sie sich aussuchen. Wollen wir denn mal?»

Frauke Dietz nickte ihm freundlich zu und räusperte sich. «So», sagte sie mit unnötig lauter Stimme in das Heer der Mikrophone vor ihr. Es gab eine Rückkopplung. «Ich heiße Sie …»

«So», unterbrach Sörensen. «Guten Tag, mein Name ist KHK Sörensen, wir überspringen die lästigen Formalien, denn wir haben Ihnen einiges mitzuteilen.»

Die Zweite stellvertretende Bürgermeisterin lächelte jetzt nicht mehr, sie fraß Sörensen von der Seite auf, mit weit aufgerissenem Schlund und dem Wahnsinn im Blick. Das konnte er zwar nicht sehen, weil er seine Aufmerksamkeit nach vorne richtete, aber er spürte es. Dass sie ihn nicht unter dem Tisch mit der Spitze ihres Hackenschuhs trat, war alles.

«Wir haben einige neue Entwicklungen, die ich Ihnen nicht ersparen kann», sagte er. «Dem gestern verkündeten Todesfall des Ersten Bürgermeisters Heiner Hinrichs sind zwei weitere Todesfälle gefolgt. Die Namen der Opfer behalten wir vorläufig für uns, aus Gründen des Opferschutzes. Wir suchen aber nach dem Sohn von Heiner Hinrichs. Er heißt Jan, ist zwölf Jahre alt und seit zwei Tagen verschwunden. Bislang ist es uns nicht gelungen, seinen Aufenthaltsort ausfindig zu machen. Wir wissen ebenfalls nicht, ob er entführt wurde oder sich auf der Flucht befindet. Eine Lösegeldforderung ist bislang jedenfalls nicht eingegangen. Ich bitte Sie, nach der Pressekonferenz eine der Fotokopien hier vom Tisch zu nehmen und damit zu arbeiten. Jede Hilfe, jeder Hinweis auf seinen Aufenthaltsort ist uns willkommen. Fragen sind heute nicht zugelassen. Und das Ende der Pressekonferenz ist übrigens jetzt. Vielen Dank.»

Sörensen stand auf, einfach so, und verließ das Podium. Gemurmel setzte ein, empörtes Gemurmel, aufgeregtes Gemurmel. Frauke Dietz warf ein verzweifeltes «Mir können Sie Fragen stellen» in die Runde, aber niemand hörte ihr zu. Alle geiferten Sörensen hinterher, der sich vorbeidrängte, Ellenbogen voraus, aus dem Rathaus stürmte und so schnellen Schrittes zurück über den Marktplatz eilte, den tatsächlich zaghaft sonnenbeschienenen Marktplatz, dass es gerade eben so nicht nach Rennen aussah. Käse-Käthe glotzte ihn aus ihrem Wagen heraus an, ihr Mann verkaufte eine Bratwurst an ein Touristenpärchen. Lina Baumgarten, die wie üblich am schnellsten reagiert hatte, folgte ihm mit klackernden Absätzen. Er sah die Sinnlosigkeit einer Flucht ein und ließ sie auf der Höhe seines Passats aufschließen. «Wir hatten eine Verabredung», schimpfte sie und sah nun gar nicht mehr so elegant aus. «Warum haben Sie mir nicht vorher Bescheid gesagt? Das ist doch scheiße!»

«Ich steh gar nicht auf so Verabredungen, hab ich gemerkt», sagte Sörensen. «Machen Sie mal schön Ihren Kram. Ich mach meinen.»

«Ich hab mir die Nacht bei Schäffler um die Ohren gehauen!», fauchte sie.

«Vielen Dank», sagte Sörensen. «Das war sehr hilfreich.»

Er drehte sich um, überquerte die Straße und nahm vor der Eingangstür des Reviers dynamisch zwei Steinstufen auf einmal. Lina Baumgartens hinterhergeschickte Flüche ließen das Moos unter seinen Füßen welken. Er schüttelte sie ab, innerlich und äußerlich, und sah sich schon mit dem nächsten Problem konfrontiert. Im Revier war Vollversammlung und ein solches Durcheinander, dass jede an Gewusel gewohnte Ameise in ihrem Haufen um Struktur gebeten hätte.

Jennifer instruierte rotwangig zwei Dutzend Kollegen aus der Umgebung, die sich so mitteldiszipliniert zeigten und in permanenter Bewegung zu sein schienen, Dhonau und Faltermeyer waren damit beschäftigt, beschäftigt auszusehen, dazwischen standen ein paar Reporter herum, und Malte hing schon wieder am Telefon, verzweifelt versuchend, den Lärm zu übertönen. Sörensens Selbstvertrauen schwand, die Kraft verließ ihn im gleichen Maße, wie die Sinneseindrücke ihm schlagartig zu viel wurden. Die Umgebungsgeräusche vermischten sich, sammelten sich, spuckten sich wieder aus, mit Nachhall und im falschen Raum. Einzelne Stimmen waren nicht mehr zuzuordnen, Gesichter verschwammen, der Pulsschlag beschleunigte sich, das Herz klopfte gegen den Brustkorb, der Blutdruck stieg in den roten Bereich, dazu dröhnte die Klimaanlage, war die auch schon vorher da gewesen, diese verdammt noch mal beschissen laute Klimaanlage?

Sörensen hielt sich an einer Schreibtischkante fest, räusperte sich, spürte einen eingerissenen Mundwinkel, einen ausgetrockneten, eingerissenen Mundwinkel, der eben noch nicht geschmerzt hatte, dann ließen seine Beine nach und wollten ihn zum Hinsetzen zwingen, gleich hier, auf dem Fußboden, aber er hielt dagegen und blieb stehen, mit durchgedrückten Knien. Dennoch: Das war's für ihn. Hier war Ende. Es ging nicht mehr weiter. «Stopp», sagte er viel zu leise. «Stopp.» Keine Reaktion, nur Malte winkte ihm zu und brüllte einen weiteren Anrufer an.

«Ruhe!», rief Sörensen mit letzter Kraft. «Alle raus! Alle raus bis auf KOK Holstenbeck und KKA Schuster!»

Schweigen senkte sich über das Revier. «Aber wir wissen noch gar nicht …», sagte einer der hinzugezogenen Beamten, ein junger Mann mit Bürstenhaarschnitt, Kinnbart und voller Dienstausrüstung.

«Dann lassen Sie sich das … lassen Sie sich das draußen erklären», sagte Sörensen. «Hier, von den beiden …», er wedelte mit der Hand durch die Luft, «POM Dhonau und POM Faltermeyer, die kennen sich hier aus. Sie werden die Abschnitte einteilen, in denen nach dem Jungen gesucht wird. Kaufen Sie sich auf dem Marktplatz ein Käsebrötchen, und dann geht das aber los!»

Die Polizisten trabten folgsam nach draußen, es klang wie der Abgang einer römischen Kohorte im Kettenhemd; die paar versprengten Reporter, die sich in das Allerheiligste getraut hatten, blieben zunächst unschlüssig im Raum stehen, erhaschten dann aber einen wenig gewinnenden Gesichtsausdruck Sörensens und machten sich ebenfalls davon. Draußen war es ja auch schön.

Sörensen ließ sich erschöpft auf einen Stuhl fallen.

«Ist er da?», fragte er.

Jennifer nickte. «Geht's dir gut?», fragte sie.

Malte ließ das Telefon klingeln und wischte sich den Schweiß von der Stirn.

Sörensen nickte und band seine Schnürsenkel neu. Beim Nach-vorne-Beugen stöhnte er auf. Er war ja nicht in dem Sinne dick. Er musste nur dringend abnehmen. «Wie ist er drauf?»

«Lethargisch. Müde», sagte Jennifer. «Unterversorgt, was seine Mittelchen betrifft.»

«Gut.» Sörensen stand auf, seine Knie schmerzten. «Ich mach das jetzt», sagte er. «Sag mal, haben wir hier eigentlich ein ganz normales Aufnahmegerät?»

*

So etwas nannte sich wohl *Vintage*. Für Liebhaber veralteter Technik war das offizielle Diktiergerät des Polizeireviers Katenbüll möglicherweise ein begehrenswertes Objekt, Sörensen hingegen stellte sich beim Anschließen des klobigen Teils im Verhörraum nicht sonderlich geschickt an. Jennifer hatte es aus irgendeinem Schrank gezogen, wo es unter Ersatztoilettenpapier und Druckerpatronen verschüttet gewesen war, und man sah ihm an, dass sein letzter Einsatz ungefähr zur Zeit des Mauerfalls gewesen sein musste. Grob geschätzt. Der Akku war natürlich leer, und es erwies sich zwar der glückliche Umstand eines Ladegeräts, allerdings nicht der einer zweiten Steckdose in unmittelbarer Umgebung des Tisches, schon gar nicht der eines Dreifachsteckers zum Weiterverteilen, sodass sich Sörensen am Ende endlosen Suchens dann doch zwischen dem Diktiergerät und der Tischlampe hätte entscheiden müssen. Schließlich und damit sein Gegenüber nicht allzu sehr die Spannung verlor, legte er doch einfach wieder sein Handy auf den Tisch und drückte den roten Knopf zur Aufnahme. An der Moderne war nicht alles schlecht.

«Ich wollte mich heute Nacht aufhängen», sagte Heinz Kellinghusen, bevor Sörensen auch nur eine Frage stellen konnte. «Ernsthaft, ich habe darüber nachgedacht. Aber nicht einmal das habe ich hinbekommen.»

«Die achten da ja auch drauf, die Kollegen, dass das nicht so einfach geht», sagte Sörensen. Selbstmitleid war ihm zuwider. Vielleicht weil er selbst so oft dagegen ankämpfen musste.

«Ja, das wäre auch gar nicht gegangen», sagte Kellinghusen traurig. «Die haben mir sogar meinen Gürtel weggenommen, das müssen Sie sich mal vorstellen.»

«Furchtbar», sagte Sörensen. «Wirklich frech.»

«Und dann hätte man den ja auch nirgendwo einhängen können.»

«Herr Kellinghusen …»

«Ich frage mich, ob man sich eigentlich aufhängen kann, wenn man, sagen wir mal, die rechte Hand – die ist bei mir die stärkere – mit dem einen Gürtelende über den Kopf hält und sich dann fallen lässt. Also den restlichen Gürtel natürlich als Schlinge um den Hals vorher und zuziehen, sonst wäre das ja Quatsch. Den Körper fallen lässt und die Hand so lange wie möglich oben in der Luft hält als Gegengewicht. Wahrscheinlich, also, ich glaube, dass das gar nicht geht.»

«Herr Kellinghusen …»

«Und ich hatte ja auch gar keinen Gürtel. Deshalb ist auch meine Hose gerutscht. Das war entwürdigend.»

«Herr Kellinghusen, wollen wir jetzt vielleicht …»

«Ich habe die ganze Nacht nicht geschlafen und mir tausend Todesarten ausgedacht. Zuerst für mich. Dann für Sie. Und dann wieder für mich. Und nicht eine einzige hat geklappt. Irgendetwas ist immer schiefgegangen. Das muss man sich mal vorstellen. So schlecht zu sein, dass sogar in Gedanken nichts klappt.»

«Wieso denn für mich?»

«Sie haben gesagt, ich darf nicht auf die Seychellen.»

«Herr Kellinghusen, ich bin in keiner Weise für Ihr Leben zuständig oder verantwortlich. Von mir aus könnten Sie schon tausendmal auf den Seychellen sein, das wäre sogar total super, denn dann hätte ich Sie nicht kennengelernt. Wenn Sie jetzt nicht auf den Seychellen sind, dann weil Sie Scheiße gebaut haben und nicht meinetwegen.»

«Ah, ich verstehe, diese grobe Masche ist ein Verhörtrick, Sie wollen mich provozieren.»

«Was? Nein, ich will, dass wir das zu Ende führen, was wir gestern angefangen haben. Dass Sie jetzt einmal aussagen, und zwar nichts als die Wahrheit, und dann Schwamm drüber.»

«Heißt Schwamm drüber, ich darf dann als freier Mann gehen?»

«Nein, Schwamm drüber heißt, *ich* darf dann als freier Mann gehen.»

«Keine Seychellen?»

«Erst nach Verbüßung Ihrer Strafe.»

Kellinghusen wirkte immer noch ein wenig weggetreten, wie er so dasaß und langsam das Kinn in Richtung Brust bewegte. Fehlte nur noch ein leichtes Sabbern aus dem Mundwinkel. Sörensen fragte sich, was man in Sicherheitsverwahrung eigentlich so zu sich nehmen durfte über Nacht.

«Nach Verbüßung meiner Strafe …», wiederholte Kellinghusen behäbig, um sich den Satz auf der Zunge zergehen zu lassen. «Wissen Sie, Herr Kommissar, ich habe ein Beruhigungsmittel bekommen. Gestern Abend schon. Und heute Morgen. Das war auch gut so, ich war nämlich ganz schön aufgeregt. Man ist ja nicht jede Nacht in

Untersuchungshaft. Und jetzt sagen Sie was von Verbüßung einer Strafe.»

«Ich wollte natürlich nicht vorgreifen.»

«Ich fühle mich nicht motiviert auszusagen», sagte der Steuerberater und schaffte es, beleidigt auszusehen.

Sörensen seufzte. «Wir handeln nicht miteinander …», er drückte auf die Pausetaste seines Handys, «… Sie Arsch …», er ließ die Taste wieder los, «… sondern wir befolgen streng das Procedere. Ich gebe Ihnen jetzt die Möglichkeit, eine Aussage zu machen.»

«Irgendwie wird das mit dem Anwalt immer vergessen. Meiner heißt Lubinski, und er …»

«Wir vergessen den nicht. Herr Kellinghusen, wir suchen immer noch Jan Hinrichs. Sagen Sie mir, wo er ist. Dann warten wir auf Ihren Anwalt.»

«Ich weiß es nicht. Woher soll ich das wissen?»

«Was wir wissen, ist, dass Horst Düseler und Heiner Hinrichs Kinder missbraucht haben. Für Filmaufnahmen. Und dass die beiden nicht allein waren. Dass da mindestens ein weiterer Mann dabei war. Und dass es sich dabei entweder um Jens Schäffler oder Sie gehandelt haben muss.»

«Ich habe noch nie ein Kind missbraucht», sagte Kellinghusen und bohrte sich ungeniert, dafür mit sichtlichem Interesse, in der Nase. «Ekelhaft. Ich weiß auch nichts von so was.»

«Das heißt, Sie beschuldigen Schäffler.»

«Ich beschuldige niemanden. Und schon gar nicht den Taufpaten meines Sohnes.»

«Ich habe Neuigkeiten für Sie, Herr Kellinghusen. Wir wissen, dass Horst Düseler von seinem Sohn Bengt erschossen wurde. Und wir wissen, dass Heiner Hinrichs ebenfalls von seinem Sohn erschossen wurde. Von Jan. Und das Dumme ist: Die Tatwaffe ist noch im Umlauf. Die wird so herumgereicht, jeder darf einmal. Aber wo ist die jetzt, fragen wir uns? Wer hat noch ein Kind, das sexuell missbraucht wurde und Rachegedanken haben könnte?»

Heinz Kellinghusen dachte ein paar Sekunden nach.

«Ich gestehe Steuerhinterziehung», sagte er dann. «Ich gestehe Geldwäsche bei Heiner Hinrichs. Das war's. Ich weiß nicht, wo das Geld herkam. Ich weiß nicht, wer mit wem zusammengearbeitet hat und warum. Ich wollte meine Provision und das war's.»

«Was ist mit Geldwäsche bei Jens Schäffler?»

«Nein.»

«Bei Horst Düseler?»

«Was? Nein.»

«Wir werden Konteneinsicht beantragen.»

«Nur zu.»

«Haben Sie Göntje Fuhl ermordet?»

«Nein, habe ich nicht. Es gibt auch keinen Grund. Und wenn Sie irgendeinen Anhaltspunkt hätten, würden Sie mich nicht immer wieder fragen, sondern mir diesen Anhaltspunkt nennen. Oder zeigen. Weiß ich nicht, die Mordwaffe oder so … Wie ist sie überhaupt umgekommen?»

«Mit einem Draht. Erdrosselt.»

«Oh Gott, so was könnte ich niemals tun.»

Sörensen begann, mit dem Handy auf dem Tisch zu spielen, bis ihm einfiel, dass das wahrscheinlich Nebengeräusche auf der Aufnahme verursachte.

«Wie kommt es eigentlich», fragte er, «dass Sie so dermaßen ohne schlechtes Gewissen auskommen? Was muss mit einem Mann passieren, dass ihm alles so dermaßen egal wird? Was aus seiner Frau wird, was aus seinem Sohn wird? Was aus ihm selbst wird?»

Kellinghusen rieb sich das Kinn. Er nahm sich Zeit, dann sah er

Sörensen aus gelblich verwässerten Augen an. «Ich schätze mal, eine Mischung aus Veranlagung, Sozialisation, Abhängigkeit, Gier und Enttäuschung», sagte er.

Sörensen sagte nichts. Warum auch? Dem war nichts hinzuzufügen. Er nahm sein Handy, beendete die Aufnahme, stand auf und ließ Kellinghusen einfach sitzen. Er hatte Hunger. Es war kurz vor eins.

*

«Ich möchte mich mit Ihnen versöhnen», sagte Sörensen. «Ich habe keine Lust, jetzt hier jeden Tag auf den Marktplatz zu fahren und Ihnen entweder aus dem Weg zu gehen oder eine blöde Bemerkung zu machen oder eine zu bekommen. Ich möchte, dass wir uns vertragen. Noch mal von vorne anfangen.»

Käse-Käthe stemmte die Hände in die Hüften. Sie hatte natürlich den strategischen Vorteil, dass sie innerhalb ihres Wagens erhöht stand und auf Sörensen herunterschauen konnte. Psychologisch war das nicht zu unterschätzen.

«Und was ist mit meiner Genehmigung?», fragte sie spitz. «Ich hab die herausgesucht, und jetzt will die niemand sehen.»

«Doch», sagte Sörensen müde. «Ich will die sehen. Zeigen Sie mir die doch mal.»

«Ich finde, es ist eine Unverschämtheit, dass ich Ihnen meine Genehmigung zeigen soll. Nach all den Jahren, die ich jetzt schon hier stehe.» Der Käsewagen bebte, so sehr erregte sich Käse-Käthe.

«Sollen Sie ja gar nicht», sagte Sörensen. «Sie haben doch …»

«Und warum habe ich die dann herausgesucht? Wollen Sie die jetzt sehen, oder wollen Sie die nur sehen, weil ich will, dass Sie die sehen wollen?»

«Wie bitte?»

«Luise, der Mann macht dir ein Friedensangebot», krächzte der Bratwurstverkäufer, der wie immer an ihrer Seite stand und auch heute nicht gesünder aussah. «Das musst du auch mal wirtschaftlich sehen. Wenn der jetzt allen anderen Polizisten und den Leuten, die da immer reingehen und wieder rauskommen, sagt, die sollen nicht mehr herkommen und das spricht sich herum, dann können wir bald dichtmachen. Und hier, der Mann will ja auch mal was essen. Warum denn alles der Konkurrenz überlassen?»

Käse-Käthe, die nicht im mindesten Käthe, sondern Luise hieß, bewegte diesen rationalen Gedanken unter ihrem Dutt. «Ich hab ja auch gar nichts gegen Sie», sagte sie dann. «Nicht dass Sie denken, nur weil Sie neu sind … ich meine, es ist jetzt ja nicht alles schlecht, was neu ist. Ich habe zum Beispiel einen neuen Fernseher. Ganz flach ist der. Sie ja jetzt nicht so.»

Sörensen blickte an sich hinab und konnte alle lebenswichtigen Teile erspähen. So schlimm konnte es also nicht sein. «Also, Frieden?», fragte er und hatte eigentlich schon gar keine Lust mehr.

«Frieden», sagte Luise. «Aber Ihren Wagen parken Sie da weg.»

Sörensen verdrehte die Augen. «Zwei Brötchenhälften mit Frischkäse, bitte.»

Luise nahm den Auftrag an, grinste auf eine durchaus nicht komplett unsympathische Weise und machte sich ans Schmieren. Es röhrte außerhalb ihrer Sichtweite. «Der Meister kommt», sagte der Bratwurstverkäufer und legte vorsichtshalber eine frische Wurst auf den Rost. Jens Schäfflers roter Ferrari bog auf den Marktplatz ein und stellte sich direkt neben Sörensens Passat, der dadurch noch dreckiger und gewöhnlicher wirkte.

«Darf der da stehen?», fragte Sörensen.

«Der darf das», sagte Luise.

«Ich krieg Sonderkonditionen», erklärte der Bratwurstverkäufer und zeigte auf seine Würste. Schäffler stieg aus, schwungvoll, im Stile dieser machtbewussten Politiker, die für die Tagesschau aus irgendwelchen dunklen Limousinen aussteigen und huldvoll lächelnd ominöse Sitzungssäle betreten. Sörensen hatte immer schon die Idee gehabt, dass da in Wirklichkeit in diesen Sälen gar nichts war, dass die alle gleich auf der anderen Seite durch den Hinterausgang wieder herauskamen, in andere Autos stiegen, einmal um den Block fuhren und die ganze Prozedur für das Heute Journal und RTL Aktuell wiederholten. Und das den ganzen Tag lang, immer im Kreis, die Nachrichtensendungen mussten schließlich gefüllt werden. Schäffler überquerte den Marktplatz, verschloss den oberen Knopf seines Jacketts und betrat das Rathaus.

«Ich muss», sagte Sörensen und blickte ihm hinterher.

«Ja, dann. Hier, heute ist das geschenkt», sagte Luise und reichte ihm eine Pappe mit den beiden Brötchenhälften hinüber. Auf dem Frischkäse lag jeweils ein Stück Paprika. «Für den Frieden.»

Wie im Film

Sörensen betrat zum zweiten Mal an diesem Tag das Rathaus, steckte kurz die Nase in den buchstäblich leergefegten Museumssaal und reihte sich anschließend auf der anderen Seite des Foyers in die Schlange an der Information ein. Gut, die Schlange bestand lediglich aus einem älteren Ehepaar, dieses aber war augenscheinlich bemüht, alle Zutaten und Nachteile einer handelsüblichen, ausgewachsenen Schlange in sich zu vereinen. Das Pärchen war nicht aufeinander eingespielt, dafür ausgesprochen langsam, konnte sich für nichts entscheiden und entfachte, als es endlich dran war, bei plötzlich vorhandener Zeit im Angesicht des wartenden Sörensen einen handfesten Streit mit dem Personal. Daran, so dachte Sörensen, daran allein schon erkannte man, dass Menschen von Hause aus Einzelgänger waren, dass sie sich nur aus Fortpflanzungs- und Platzgründen in Sippen zusammenrotteten, dass sie als Gruppe im Sinne des gemeinsam zu bearbeitenden Strangs eigentlich nicht funktionierten.

In einer besseren Welt würden die Menschen während des Wartens einen Plan schmieden, eine Strategie entwickeln, eine möglichst verknappte, präzise Fragestellung vorbereiten, um den hinter ihnen Wartenden so schnell wie möglich zu ihrem Recht zu verhelfen, um als Gemeinschaft am zügigen und harmonischen Abbau besagter Warteschlange zu arbeiten. In Wirklichkeit aber steigerten die Individuen während des Wartens lediglich ihre schlechte Laune, fühlten sich grundsätzlich ungerecht behandelt, ausgebremst, unterstellten den Subjekten vor ihnen und vor allem dem Adressaten des Anstehens Unfähigkeit und Schlafmützigkeit, nur um dann, wenn sie selbst dran waren, urplötzlich ihre gesamte Ungeduld zu verlieren,

Zeit als größtes Kapital zu entdecken und gerne noch weitere zehn Mal den größten Scheiß nachzufragen, wenn doch eigentlich längst alle Fragen geklärt waren. Und warum? Weil man es konnte. Und weil man ja schließlich so lange gewartet hatte. Der Mensch war kein solidarisches Wesen.

Das dachte Sörensen, während er seine Brötchenhälften verdrückte, und drängelte sich schließlich dazwischen. «Entschuldigung», sagte er.

«Ich muss doch sehr bitten», sagte der ältere Herr, während seine Frau gerade dabei war, in Zeitlupe einen Stadtplan von Husum zu entwirren, der nie wieder in den Ursprungszustand zurückzufalten sein würde.

«Ich hab ja Entschuldigung gesagt», sagte Sörensen. «Ich bin Kriminalhauptkommissar Sörensen», wandte er sich an die Dame hinter dem Schalter. «Wohin ist Jens Schäffler gerade gegangen?»

«Sie sind aber nicht dran», sagte der ältere Herr und wedelte mit seinem Regenschirm. «Oder darf die Polizei etwa alles?»

«Ja», sagte Sörensen. «Also?»

Die Frau hinter der Rezeption war noch sehr jung, wahrscheinlich Studentin, und freute sich über die Randale. Endlich war mal etwas los. «Frauke Dietz», sagte sie und grinste. «Erster Stock, Raum 103.»

«Danke», sagte Sörensen und grinste zurück.

«So etwas habe ich ja noch nie erlebt», schimpfte der Mann. Er war ein professioneller Protestierer, eindeutig. Ein Wutbürger auf Urlaub. «Lass gut sein», sagte seine Frau mit flacher Stimme und legte entnervt den halb zerknüllten Stadtplan auf den Tresen.

Sörensen nahm die Steintreppe nach oben, hätte gerne jeweils zwei Stufen auf einmal genommen, um vor den Augen der Studentin ebenso dynamisch zu wirken wie eben noch Schäffler, aber da spielte seine Konstitution ihm einen Streich. Sein Kopf dröhnte bei jedem

Schritt, erinnerte ihn an die Gehirnerschütterung, an die verordnete Bettruhe; seine Oberschenkel brannten, er hatte wieder dieses asthmatische Gefühl, das man so leicht mit echten Lungenproblemen verwechseln konnte, dabei war das doch alles die Psyche. Alles war die Psyche. Sörensen war mittlerweile geneigt, so ziemlich das ganze Leben auf seine Psyche zu schieben, auf sein vegetatives Nervensystem, auf seine Angstzustände. Alle Missstände dieser Welt und seines Körpers. Dabei war das natürlich Quatsch. Er befühlte die Beule auf seinem Hinterkopf. Ein Schlag war ein Schlag war ein Schlag.

Als er vor Raum 103 stand, klopfte er kurz an und betrat nicht das Büro von Frauke Dietz, sondern ein Vorzimmer. Natürlich, was hatte er denn gedacht? Frauke Dietz war immerhin die Zweite stellvertretende Bürgermeisterin.

«Kann ich Ihnen helfen?», fragte eine Frau um die fünfzig mit Pferdeschwanz, Stupsnase und angenehmen Lachfalten um die Nase. Sie saß hinter ihrem Schreibtisch und hielt einen Locher in der Hand.

«Ja», sagte Sörensen. «Ich bin Kriminalhauptkommissar Sörensen, und ich müsste mit Frau Dietz sprechen.»

«Ich weiß, wer Sie sind», sagte die Sekretärin. «Ich habe die Pressekonferenzen gesehen. Vor allem die heutige war …»

«Super, oder?», sagte Sörensen, der nicht diskussionswillig war.

«Das ist eine interessante Umschreibung», sagte sie, lachte und zeigte mit dem Locher auf die Tür neben sich. «Frau Dietz hat Besuch, ich fürchte, Sie müssen ein anderes Mal wiederkommen.»

«Ehrlich gesagt …», begann Sörensen und spürte einen stechenden Schmerz zwischen den Schulterblättern. Was war das denn jetzt schon wieder? «Ehrlich gesagt müsste ich mit dem Besuch sprechen. Jens Schäffler, richtig?»

«Richtig», sagte sie, stellte das Bürogerät hin und hob den Telefonhörer ab. «Eine Sekunde.» Sie lächelte ihn an und drückte eine

Taste. «Ich weiß, Sie wollten nicht gestört werden», sagte sie. «Aber hier ist der Kommissar Sörensen, der … ja, aber der möchte gerne mit Ihnen … soll ich ihm *das* sagen? … Nicht … Eigentlich würde er auch gerne mit Herrn Schäffler sprechen … Aha. Alles klar.»

Sie legte auf. «Sie dürfen hinein. Übrigens: Entschuldigung.»

«Wofür?»

«Ich habe Ihren Namen gestern falsch geschrieben. Für das Podium. Heute war's aber richtig.»

Sörensen zuckte mit den Schultern. «Andersherum wär's blöder gewesen», sagte er und öffnete die Tür. Die Zweite stellvertretende Bürgermeisterin und Jens Schäffler saßen in einer beigefarbenen Ledersitzgruppe unter einem Bogenfenster. Das Büro wirkte edel, modern und gleichzeitig schlicht.

«Herr Sörensen», sagte Frauke Dietz. Sie lächelte nicht, sie erhob sich nicht. «Dass Sie sich hierhertrauen.»

«Was für eine Art Gespräch führen Sie beide denn hier?», fragte Sörensen und merkte an den feuchten Handflächen, wie nervös er war. «Teilen Sie die Stadt neu unter sich auf?»

Jens Schäffler lachte. «Also, Eier haben Sie. Das muss man Ihnen lassen», stellte er fest.

«Und Sie haben ganz schön gute Laune», sagte Sörensen. «Wo hier doch gerade alles für Sie zusammenbricht.»

«Ist das so?», sagte Schäffler ungerührt und goss sich aus einer Karaffe etwas Wasser in ein Glas.

«Was wollen Sie denn von uns?», fragte Frauke Dietz.

«Von Ihnen will ich gar nichts», sagte Sörensen. «Mit Herrn Schäffler würde ich gerne kurz sprechen. Und es wäre echt nett, wenn Sie uns so lange allein lassen würden.»

«Ich verlasse doch nicht mein eigenes Büro», sagte sie brüsk. Die Perlen ihrer Kette klapperten.

«Geh ruhig, Frauke», sagte Schäffler. «Es wird nicht lange dauern.»

Sie kniff die Augen zusammen, zögerte, und erhob sich einigermaßen würdevoll. «Wir sprechen uns noch», zischte sie Sörensen zu und verließ das Büro schwungvoll. Der Versuch, die Tür mit einem Knall zu schließen, scheiterte an der Modernität des Materials.

«Das hat sie schon mal gesagt», murmelte Sörensen und setzte sich unaufgefordert auf ihren angewärmten Platz.

«Wie bitte?»

«Dass wir uns noch mal sprechen. Das hat sie schon mal gesagt. Ist bislang nicht passiert.»

Schäffler lachte und lehnte sich zufrieden zurück. «Wissen Sie, das muss ich jetzt schon mal sagen: Das ist einfach hervorragende Arbeit, die Sie hier leisten, Kommissar Sörensen», sagte er. «Wirklich, das muss ich einfach mal loswerden. Es ist so was von erstaunlich, in was für einer Geschwindigkeit Sie die Abgründe Katenbülls durchschaut haben. Ich bin beeindruckt.»

«Verarschen Sie mich gerade?»

«Nein, überhaupt nicht. Wurde doch mal Zeit, dass jemand diesen schnarchigen Haufen hier aufweckt und Ahnung hat von dem, was er da tut. Ich bin mir sicher, Sie werden den Jungen bald finden.»

Sörensen machte eine lange Pause. Er überdachte Schäfflers Ruhe, seine Selbstgewissheit, seine geradezu unglaubliche Gelassenheit.

«Herr Schäffler», sagte er. «Ich bin mir fast sicher, wir werden Jan nicht finden. Zumindest nicht lebendig.»

«Ach? Und wieso?»

«Weil Sie so gute Laune haben.»

«Wie bitte?»

«Hinrichs hat diesen Kinderpornodreck nicht alleine durchgezogen. Das wissen wir schon. Das ganze Zeug musste ja auch unter die Leute gebracht werden. Und einer allein hätte sicher Probleme gehabt, sich die Kinder zu besorgen und anschließend gefügig zu machen. Wir wissen also von ihm – und wir wissen von Horst Düseler. Und von einem dritten Mann. Und ich glaube, dass Sie das sind.»

Schäffler schien sich königlich zu amüsieren. «Machen Sie sich nicht lächerlich», sagte er freudig.

«Wir kennen übrigens Düselers Mörder», sagte Sörensen.

Schäfflers gute Laune gefror. «Was?»

«Es war Bengt. Ermordet vom eigenen Sohn. Krass, oder?»

«Das ist … krass …», murmelte Schäffler.

«Tja, und wenn Jan wiederauftaucht, kann er eventuell bezeugen, dass Sie Hinrichs' und Düselers Partner waren. Also müssten Sie eigentlich Angst haben. Angst um Ihre Zukunft, Ihre Firma. Aber Sie sind ganz ruhig, geradezu gelöst. Weil Jan nicht wiederauftauchen wird. Sie haben ihn sich geholt, nachdem Sie erfahren haben, dass Hinrichs tot ist. Ihnen war sofort klar, dass das Jan gewesen sein muss. Und dass Sie nun selbst in Gefahr schweben. Und tatsächlich wollte mir Jan einiges beichten. Er hat niemandem aus Katenbüll getraut. Deshalb wollte er zu mir nach Hause kommen. Und Sie oder Düseler haben ihn abgefangen und mir als Warnung eins übergezogen.»

«Was Sie sich alles ausdenken.»

«Sie hatten bislang wirklich Glück. Ihr Steuerberater hat alle Unterlagen vernichtet, die Sie betreffen. Und er redet nicht. Wir können also bislang nicht beweisen, dass Sie Teil dieses, tja, Kinderpornorings sind.»

Schäffler schüttelte die dunklen Gedanken ab, die ihn kurzzeitig zu lähmen drohten. «Sie haben eine blühende Phantasie», sagte er bemüht heiter. «Allerdings kann Katenbüll Männer mit Phantasie wirklich gebrauchen. Auch zukünftig.»

Sörensen stutzte. «Was wollen Sie damit sagen?»

«Dass ich beschlossen habe, für das Amt des Bürgermeisters zu kandidieren. Außer mir ist niemand in Sicht, der diese Stadt führen könnte. Das sieht auch die Frauke so.»

«Ach, das sieht auch die Frauke so? Kann die sich denn bald ein neues Haus kaufen, die Frauke?»

Schäffler lachte. «Ich bin jedenfalls voller Tatendrang. Und auch Sie könnten davon profitieren.»

«Der Mord an Hinrichs passt Ihnen richtig gut in den Kram, nicht wahr?»

«Sein Verlust ist nicht zu unterschätzen», sagte Schäffler ohne Empathie. «Sonst noch was, Herr Kriminalhauptkommissar? Ich hätte da noch ein paar Termine. So eine Firma leitet sich nicht von allein.»

Sörensen stand rasch auf, es war ihm wichtig, nicht der Zweite zu sein. Schäffler tat es ihm gleich, es sah um einiges sportlicher aus, trotz seiner massigen Figur.

«Gehen Sie ruhig», sagte Sörensen und nahm das Glas hoch, aus dem Schäffler soeben getrunken hatte. «Aber ich suche weiter. Vielleicht finde ich nicht Jan, aber irgendeinen Zeugen, irgendein anderes Kind, das Sie im Laufe der Jahre misshandelt haben, werde ich auftreiben. Und dann sehen wir uns wieder.»

Sie gingen nebeneinanderher wie zwei Golfpartner auf dem Weg zum nächsten Loch, plaudernd, sich im Versuch angewandter Lässigkeit gegenseitig übertrumpfend. «Viel Glück, Herr Kriminalhauptkommissar», sagte Schäffler. «Und entscheiden Sie sich besser bald, wie Sie Ihr Leben in Katenbüll verbringen wollen. Das kann ein ziemlich ungemütlicher Ort sein.»

«Ach, tatsächlich?»

«Ich meine natürlich das Wetter.»

Schäffler öffnete Sörensen die Tür und verbeugte sich leicht. Sie schlenderten an der leider für Sörensen noch namenlosen Sekretärin vorbei, nickten ihr zu und befanden sich auch schon im Flur.

«Wollen Sie sich nicht von Frau Dietz verabschieden?», fragte Sörensen. «Ich meine, von der Frauke?»

«Das wäre taktisch nicht klug», sagte Schäffler. «Das würde sie aufwerten.»

Ihre Schritte hallten, als sie die Steintreppe hinunterstiegen. Sörensen sah, dass das ältere Ehepaar immer noch die Studentin belagerte. Der Husumer Stadtplan war mittlerweile vollkommen zerfleddert, der Mann markierte mit einem Edding bestimmte Sehenswürdigkeiten, die Frau versuchte mit geschätzten acht Händen alles, dass der Plan nicht vom Tresen fiel. Hinter dem Pärchen standen sechs Leute in der Schlange und schmiedeten Mordpläne.

«Herr Schäffler», sagte Sörensen und zeigte ihm das Wasserglas in seiner Hand. «Wissen Sie, hier oben am Rand befindet sich Ihr Speichel. Ich hatte gerade die Idee von so einem netten kleinen DNA-Abgleich. Vielleicht ist Jan ja tatsächlich Ihr Sohn. Das wäre doch was, oder? Dann hätten Sie Ihren eigenen Sohn auf dem Gewissen.»

Schäffler sagte nichts, sein Gesicht aber nahm die Farbe frischer Lava an, seine Schultern sackten ein wenig nach vorn. Für einen kurzen Moment wirkte er wie ein gebrochener Mann, aber er fiel nicht in sich zusammen. Und schon an der Rathaustür war er wieder ganz der Alte. Die alte Arroganz, die alte, machtbewusste Festigkeit. Wie machen manche Menschen so etwas nur, fragte sich Sörensen. Na ja, die Antwort lag in seiner Arbeitsplatzbeschreibung. Schäffler beschleunigte seine Schritte in dem Versuch, ihn abzuhängen.

«Denken Sie daran, die Tatwaffe ist noch im Umlauf», rief Sörensen ihm nach und blieb ein paar Meter zurück. «Sie haben doch Kinder, oder? Ist da auch ein Sohn dabei?»

Schäffler antwortete nicht. Es hatte etwas Militärisches, wie er im

Stechschritt den Marktplatz überquerte, den ewig leeren, vom Kopfsteinpflaster und von Käse-Käthe dominierten Marktplatz, einmal knickte er mit dem Fuß um, lief aber weiter, die ersten Regentropfen setzten ein, der Katenbüller Himmel öffnete die Schleusen im selben Moment wie Schäffler die Flügeltür seines Ferraris.

«Warum ist Ihr Wagen denn so zerkratzt?», fragte Sörensen, der schlendernd hinterherkam und interessiert die Spuren von Hilda Hinrichs' Wutausbruch betrachtete.

«Lecken Sie mich am Arsch, Sörensen.» Schäfflers Gelassenheit hatte Schaden genommen. Vielleicht der Regen.

«Oh, Beamtenbeleidigung.»

«Sie können mich mal.»

Schäffler blickte kurz gen Himmel, wie um sich der Tristesse zu versichern, dann legte er die linke Hand auf die Dachkante des Ferraris, um sich hineinzuschwingen. Eine Stimme hielt ihn davon ab.

«Jens!», rief die Stimme. Und so, wie sie es rief, waren sie beide sofort alarmiert, der Geschäftsmann und der Polizist.

Frieder Marek stand urplötzlich neben dem Ferrari, zitternd, verschwitzt, in der einen Hand ein geöffneter Rucksack, in der anderen die Pistole, die nicht geladen gewesen war, als er sie vorgestern an Sörensens Schläfe gehalten hatte.

«Frieder, was soll der Scheiß?» Schäfflers Bedarf an unliebsamen Überraschungen war sichtlich gedeckt.

«Was sagt man in so einem Moment, dass es nicht wie im Film klingt?», stellte Frieder Marek eine Gegenfrage und zielte auf ihn. Dabei schwankte sein Arm unruhig zwischen Schäfflers Gesicht und Bauchnabel. «Da hab ich mir echt Gedanken drüber gemacht. Man wird so schnell so pathetisch. Und das macht es ja irgendwie klein, oder?»

«Nimm das Ding runter, du Idiot. Wie tief willst du eigentlich noch sinken?», fragte Schäffler. Sörensen stand hinter ihm und überlegte, wie er sich unauffällig dazwischendrängeln konnte.

«Das ist zum Beispiel so ein klassischer Filmsatz», sagte Marek, ließ den Rucksack auf das Kopfsteinpflaster fallen und äffte Schäffler nach. «‹Wie tief willst du eigentlich noch sinken?› Aber du hast recht, Jens. Weiter runter geht's nicht mehr. Das Schöne ist, ich nehm dich mit. Zusammen ist man weniger allein, was, Jens? Ach, Scheiße, das war ja doch echt pathetisch jetzt. Das wollte ich nicht.»

Sörensen ging vorsichtig zwei Schritte vor und stand nun neben Schäffler. Der Marktplatz war plötzlich gar nicht mehr so leer, von allen Seiten drängten Leute herbei, umzingelten sie im Abstand von fünf bis zehn Metern, die Hände vor den Mund gelegt, die Regenschirme geöffnet, in dieser typisch menschlichen Mischung aus Sensationsgier und Entsetzen. Wo waren die denn alle vorher gewesen, fragte sich Sörensen. Es sah fast so aus, als hätten sie in den Hauseingängen gelungert und nur darauf gewartet, dass endlich einmal etwas passierte. Auch der Bratwurstverkäufer war dabei. Und das Touristenpaar aus dem Rathaus. Der Mann stemmte empört die Hände in die Hüften und streckte den Bauch vor, während die nervöse Frau versuchte, den Stadtplan zusammenzufalten.

«Herr Marek», sagte Sörensen eindringlich. «Wenn Sie jetzt abdrücken, nehmen Sie uns vielleicht die letzte Chance, Jan Hinrichs wiederzufinden. Verstehen Sie das? *Verstehen* Sie das?»

«Ist mir egal», sagte Marek. «Ich hab mir das genau überlegt. Diese Sau hier hat mein Leben zerstört. Ich weiß das jetzt. Das war alles ein abgekartetes Spiel. Von Heiner und Jens. Und ich war im Weg. Weil ich den ganzen Wahnsinn nicht mitmachen wollte.»

«Was denn für einen Wahnsinn?», sagte Schäffler. «Der einzig Wahnsinnige hier bist du! Ein Kinderschänder! Ein Alkoholiker! Ich verstehe überhaupt nicht, warum du nicht im Knast sitzt.»

«Das ist nicht hilfreich, Herr Schäffler», zischte Sörensen und machte noch einen weiteren Schritt nach vorne. Er verspürte überhaupt keine Angst. Na super, dachte er bitter. Einfach rund um die Uhr mit einer Pistole bedroht werden, und schon sind alle Symptome verschwunden. «Nehmen Sie die runter, und wir vergessen das Ganze, okay? Sie mögen doch keine Waffen, haben Sie gesagt. Wissen Sie noch? Herr Marek? Wissen Sie noch?»

«Ein Satz wie aus dem Lehrbuch. Also, das mit dem Runternehmen», höhnte Frieder Marek und hatte Schwierigkeiten, gerade zu stehen oder auch nur einigermaßen korrekt zu zielen. Er musste sich ordentlich Mut angetrunken haben.

«Und wir vergessen gar nichts», schimpfte Schäffler in theatralischer Selbstüberhöhung. Er schien entschlossen, sich diese Bühne zu nehmen, das Ganze als Teil seines zukünftigen Wahlkampfs und der Selbstinszenierung zu nutzen. «Das fehlt mir noch! Ich verstehe sowieso nicht, wieso Sie die ganze Zeit mich belästigen, Herr Kommissar, und den eigentlichen Verbrecher laufenlassen. Da steht er!»

Er zeigte auf Marek.

«Ich hab das mit dem Vergessen versucht», sagte der ehemalige Kurdirektor undeutlich. «Auf Dauer geht das einfach nicht. Irgendwann kommt das raus. Es kommt immer alles raus.» Er versuchte, Schäfflers Stirn anzuvisieren, und kniff die Augen zusammen. «Ist doch eine nette Abwechslung, mal wirklich an was schuld zu sein. Du hast mein ganzes Leben das Klo runtergespült, du Arsch.»

Durch die Menge ging ein Raunen.

«Ich denke, du willst kein Pathos, Frieder», sagte Schäffler und spielte mit dem Zündschlüssel in seiner Hand. Allzu große Sorgen schien er sich nicht zu machen. «Du drückst sowieso nicht ab. Du hast doch noch nie irgendwas hingekriegt, da wirst du doch nicht ausgerechnet heute damit anfangen.»

«Ich drücke ab!», rief Marek.

Die Menge stöhnte auf. Es klang fast nach einem kollektiven Orgasmus. Schäffler fand es an der Zeit, dem geneigten Publikum Großherzigkeit zu demonstrieren, Tatkraft, Durchsetzungsstärke.

«Ich mach dir einen Vorschlag, Frieder, ja?», sagte er. «Ich will hier Bürgermeister werden. Und du kannst dann wieder bei uns anfangen, ja? Entziehungskur, Wiedereingliederung, Pipapo. Überleg doch mal, was? Mit deinem Fachwissen. Du kommst ins Rathaus zurück. Machst irgendwas im Archiv oder bei der EDV. Worauf du Lust hast. Wir klären das Missverständnis von damals auf. Was meinst du, heh? Okay?»

Marek überlegte, ließ die Pistole für einen kurzen Augenblick sinken. Dann nahm er sie wieder hoch. «Du bist so widerlich, Jens», murmelte er.

«Da hat er recht.» Sörensen wollte es nicht sagen, es rutschte ihm so heraus. Er machte noch einen Schritt in Richtung Marek, dann einen zur Seite und stand nun genau zwischen Marek und Schäffler.

«Ich will mich gar nicht so hinstellen.» Sörensen atmete tief durch und hob die Hände. «Aber ich muss.» Er sah, wie sich Jennifer Holstenbeck Frieder Marek von hinten mit gezogener Dienstwaffe näherte. «Wenn Sie jetzt schießen, treffen Sie mich. Und nicht ihn», sagte er. «Das geht nicht gut aus, Herr Marek. Ich bitte Sie, die Pistole jetzt auf den Boden zu legen. Bitte. Wirklich, bitte.»

«Sie sind ein guter Mann, Sörensen», sagte Marek und fuchtelte mit der Pistole unkoordiniert durch die Gegend. Wenn sich da ein Schuss löste, konnte es jeden treffen. Das gab dem Publikum wahrscheinlich einen Extrakick.

«Wird Zeit, dass es hier einen Neustart gibt.» Er richtete die Waffe gegen seine eigene Schläfe.

«Scheiße, Marek», rief Sörensen. «Nein!»

«Viel Spaß noch in Katenbüll», sagte Marek, eine Träne lief ihm hinunter, dann ging alles wahnsinnig schnell. Er riss die Pistole von seinem Kopf weg, machte einen Schritt nach rechts, dann noch einen, zielte an Sörensen vorbei auf Schäffler, drückte ab, einmal, zweimal, die Menge schrie auf, Schäffler sackten die Knie weg, fast lautlos ging er zu Boden, als hätte man aus einem Heißluftballon die Luft herausgelassen. Sörensen erschrak, fiel um, prallte gegen den Ferrari, und noch bevor er sich wieder aufrappeln konnte, hatte Jennifer auf Marek geschossen, ebenfalls zweimal, ins rechte Bein, ins linke Bein. Marek riss es herum, er ging auf die Knie, gleichzeitig führte er die Waffe erneut gegen seine Schläfe, drehte den Kopf, suchte Sörensens Blick, bemühte sich um ein letztes Lächeln und drückte ein drittes Mal ab. Auch der zweite Körper fiel.

Dann war Stille.

Fassungslose Stille.

Ganz in der Nähe begann ein Baby zu weinen. In die Menge kam Bewegung. Ein Fotoapparat klickte, dann noch einer. Handys wurden in die Höhe gehalten. Kein Mensch sprach. Sörensen richtete sich auf und sah in die toten Gesichter. Die auf dem Boden und die um ihn herum. Ein paar Leute nahmen die Handys verschämt wieder herunter, als sie Sörensens Gesicht in ihrer Linse einfingen, für andere war es wichtiger, dass die Aufnahme nicht verwackelte. Jennifer half ihm auf die Beine. «Alles okay?», fragte sie.

«Nein», sagte er. «Nein.»

*

Sörensen holte aus dem Passat heraus, was herauszuholen war und was die Straßenlage zuließ. Jennifer hatte auf dem Marktplatz die Leitung der Aufräumarbeiten übernommen, assistiert von Dhonau und Faltermeyer, die hinsichtlich der Gemengelage natürlich absperren konnten, was das Zeug hielt. Er selbst hatte alle mitfühlenden Hilfsangebote abgelehnt und kurzfristig entschieden, dem Schock über gesteigertes Tempo zu entfliehen. Der Trick war einfach: Er musste einfach schneller sein als jeder negative Gedanke. Ein Ziel hatte er nicht, zumindest hätte er keines gewusst; wo sollte es einen schon hintreiben zwischen all den Windrädern und Deichen, die doch keinen direkten Meeresblick verbargen. Er raste erst in die eine Richtung, dann in die andere, dann ganz automatisch bis zu seinem eigenen Haus, ha, das eigene Haus, er fuhr viel zu schnell um die Kurve im Deichweg, wäre fast mit einem entgegenkommenden Seat kollidiert und war tief enttäuscht, als er Cord nicht vor der Haustür vorfand.

Er blieb im Auto sitzen, bei laufendem Motor, seine Lunge brannte, er suchte nach der inneren Mitte, dem ewigen Verschiebebahnhof, atmete sich mit all seinen Methoden herunter und kündigte innerlich den Dienst. Biobauer. Genau, Biobauer. Oder Archivar, Pförtner, Schuster, Weltverbesserer in Äthiopien. Das war die Zukunft. Polizist war vorbei, das ging nicht mehr. Was hatte er sich auch gedacht? Einfach so ins letzte Kaff des Landes zu ziehen in der Hoffnung, sich selbst zu entfliehen? Naiv war das, so funktionierte das Leben einfach nicht. Egal wohin man ging, man nahm sich immer mit.

Er dachte an Lotta, an Nele, sprang zu Expartnerinnen, Lebensentwürfen, friedlichen, soliden Lebensentwürfen, dachte an Ole Kellinghusen, an die Seychellen und wie es wohl war, jeden Tag eine Kokosnuss zu köpfen. Er sah sich in zwanzig Jahren, zerfurcht, verlebt, gescheitert in dem ewigen Bemühen, seiner Krankheit zu trotzen, dann wieder entspannt, weltmännisch, weise geworden über all den Scheiß, den er erlebt und überstanden hatte. Überstanden an der Seite eines Hundes. All das dachte er innerhalb weniger Sekunden, dann trat er das Gaspedal durch und fuhr die zweihundert Meter bis zum Hof des Bauern Pooch. Er sprang heraus, der Bauer kam ihm schon entgegen, ein kleiner, verhärmter Mann mit Hut, roten Wangen und einem missgünstigen Zug um den Mund.

«Ich will den Hund», sagte Sörensen atemlos. Er musste verstörend wirken, so durcheinander, wie er war.

«Ah, der neue Nachbar», sagte der Bauer, er hatte eine raue Stimme und blickte Sörensen skeptisch an. «Was wollnse denn mit dem?»

«Leben», sagte Sörensen. «Wie viel?»

Der Bauer hob die Fingerspitzen in die Höhe, als würde er sie abzählen.

«Fünfhundert.»

«Quatsch.»

«Zwei?»

«Nix. Einen Euro und keine Anzeige wegen Tierquälerei.»

Pooch lachte. Aber nur kurz.

«Wenn die hier vorbeikommen …», sagte Sörensen. «Wenn die hier vorbeikommen vom Tierschutz und sich die ganze Tierhaltung angucken und die Rippe vom Cord, sind Sie sicher, dass die dann glücklich sind mit dem, was die sehen?»

Pooch verstummte und nahm den Hut ab. «Cord!», brüllte er dann. Der Hund bog um die Ecke, kam schwanzwedelnd auf Sörensen zu und sprang an ihm hoch. «Könnense haben», sagte der Bauer. «Den Euro schenke ich Ihnen. Hab ich ein Schimpfwort frei?»

«Bitte.»

«Arschloch.»

Sörensen zeigte dem Bauern fast beiläufig den Mittelfinger, klopfte sich auf den Oberschenkel, um dem Hund zu zeigen, dass er mitkommen sollte, dann kletterten die beiden in den Passat, Cord hechelnd, Sörensen zumindest ein ganzes Stück weniger deprimiert, aber immer noch sensibilisiert bis in die Haarspitzen. Er gab nicht mehr ganz so viel Gas, als es zurückging, zurück in Richtung Stadt, die aus Sörensens Sicht keine Anstalten unternommen hatte, sich mit ihm gutzustellen. Katenbüll wollte Sörensen nicht. Also wollte auch Sörensen Katenbüll nicht mehr. Er fragte sich, ob Cord wohl anderswo zurechtkommen würde, in der großen Stadt zum Beispiel, dann zog er sein Handy aus der Tasche und rief seinen Vater an. Ausgerechnet.

«Hat es geklappt?», fragte der eifrig zur Begrüßung. «Das mit der SMS? Das war ganz schön viel Arbeit. Hat das geklappt?»

«Ja», sagte Sörensen und lenkte einhändig. «Danke. Der angebliche Absender ist mittlerweile tot. Aber sonst …»

«Wie, tot?»

«Tot halt.»

«Was ist denn da los bei dir?», sagte Vater Sörensen und schmatzte. Es klang nach klebrigem Zeug, sicherlich irgendetwas Süßem. «Wie kann das eigentlich sein, dass alle Leute, mit denen du Kontakt hast, sich irgendwann von dir trennen oder umkommen?»

«Papa …»

«Na ja, ich sag's ja nur. Ist doch auffällig, oder?»

«Mir geht's gerade echt nicht gut, Papa. Kannst du mal eine Minute auf deine Scherze verzichten?»

«Klar. Eine Minute.»

«Ich hab jetzt fünf oder sechs Tote, Angstzustände und einen Hund auf dem Rücksitz. Das ist meine Ausbeute aus drei Tagen. Was würdest du tun, wenn es dir so ginge?»

«Die Story an eine Filmgesellschaft verkaufen.»

«Und sonst?»

«Kündigen. Wegrennen. Irgendwo neu anfangen.»

«Im Ernst?»

«Natürlich nicht. Obwohl, wahrscheinlich schon. Aber es wäre falsch. Es wäre besser, erst einmal dazubleiben und darauf zu setzen, dass es nur besser werden kann. Nicht immer wieder aufgeben, nur weil es mal schwierig wird. Da, wo die Angst ist, da geht's lang, heißt es doch.»

«Du bist der, der damals immerzu abgehauen ist. Indem er nie da war.»

«Das habe ich ja auch bitter bereut.»

Sörensen war schon fast wieder im Zentrum. «Hast du?»

«Ja, sicher. Ich bin doch nicht aus Stein. Ist die Minute rum?»

«Die Minute ist rum.»

«Ich überlege, Madita zu heiraten.»

«Marita heißt sie», sagte Sörensen.

«Richtig.»

«Mach's gut, Papa.»

Sörensen drückte seinen Vater weg und fuhr am Zentrum vorbei. Im Schreibwarengeschäft, das eben noch den Sommerschlussverkauf ausgerufen hatte, turnte eine überaus attraktive Zwanzigjährige im Schaufenster herum und befestigte ein pinkfarbenes Schild mit der Aufschrift *Totalausverkauf*. Er begann, die ersten Leute auf der Straße wiederzuerkennen. Da lief zum Beispiel der chinesische Billy Idol mit einem Warmhaltekarton unter dem Arm, dort die Studentin, die heute Mittag im Rathaus an der Information gesessen hatte.

Am Ende befand Sörensen, dass sein Vater zumindest in einem Punkt recht hatte: Da, wo die Angst war, da ging es lang. Er war noch nicht fertig mit Katenbüll. Er durfte noch nicht fertig sein.

Und so saß er plötzlich zu einer Uhrzeit, zu der andere Menschen ihr zweites Stück Kuchen aßen, auf dem Platz, an dem Göntje Fuhl gestern gesessen hatte, in ihrem ziemlich toten Zustand. Der Passat parkte in der leicht ansteigenden Zufahrt zum Pfarrhaus, die immer wieder neue Wassermassen auf die Straße spülte. Es roch harzig in dem kleinen Wartehäuschen mit dem Spitzdach, es roch nach Berghütte, nach Moder, nach Ursprünglichkeit. Hinter ihm der Fahrplan, neben ihm Cord mit hängender Zunge, geduldig, entspannt, vor ihm die Kirche auf ihrem Hügel, die in Verbindung mit den dunklen Wolken auf ihn herunterblickte wie eine drohende Strafe Gottes. Ihm fielen zum ersten Mal die schwarzen Eisenbeschläge an dem schiefen, breitflächig abgestützten Turm auf, die sich in gleichmäßigen Abständen auf dem Rotklinker bis zur Spitze hinaufzogen. Sie waren geformt wie Dornen.

Sörensen saß da und streichelte und wartete und tropfte.

Es dauerte keine fünf Minuten, da kam Pastor Mielke aus seinem Pfarrhaus zu ihm herunter. Er hatte seinen schwarzen Schirm aufgespannt und sah heute eher aus wie Robert De Niro als wie James Dean. Er trug einen Anzug, der maßgeschneidert schien, er lächelte Sörensen zu, mit diesem verwegenen, schiefen Mund, schüttelte den Schirm aus und setzte sich neben ihn auf die Bank.

«Scheißharten Tag gehabt?», fragte er.

«Kann man wohl sagen», murmelte Sörensen. «Ich hab hier einen höheren Bodycount als Bruce Willis in *Stirb langsam 2*.»

«So einen Film zu sehen, verbietet mir meine Überzeugung», sagte Mielke. «Aber der dritte Teil war besser.»

Sörensen nickte und schwieg. Sie lauschten dem Regen, der plötzlich seine sanfte Seite zeigte und fast versöhnlich gegen das Spitzdach prasselte.

«Wie fühlt es sich an?», fragte Sörensen schließlich.

«Was?»

«Jemanden zu erdrosseln.»

«Nicht gut.»

Mielke hatte keine Sekunde mit seiner Antwort gezögert. Er lehnte sich zurück und streckte die Beine aus. «Das ist wegen des beschissenen Widerstands», sagte er. «Man denkt immer, man zieht einfach so die Schlinge zu und irgendwann ist Ruhe, aber so ist das ja gar nicht. Das ist ja nicht wie mit 'nem Löffel durch den Pudding. Im Hals gibt es Widerstand. Und man spürt das richtig. Man spürt richtig, wie man das Leben aus einem Menschen rausdrückt. Ich kann nicht verstehen, dass manche Leute so etwas öfter machen. Die müssen echt einen an der Klatsche haben.»

Der Pastor zog eine Zigarettenpackung aus der Innentasche seines Jacketts und bot Sörensen eine an. Sörensen lehnte ab.

«Ich wusste gar nicht, dass Sie rauchen», sagte er.

«Hab gestern wieder angefangen», sagte Mielke und zündete sich eine an. «Sieben Jahre war ich ohne. Scheiße, oder? Der Stress … Und was macht der Mensch, wenn es ihm nicht gutgeht? Er greift zu Krücken. Wir sind bloß Gottes fehlkonstruierte Versuchsballons, mehr nicht.»

Sörensen dachte an das Citalopram und nickte. «Wirklich schade», sagte er. «Ich fand, Sie waren hier noch einer der Nettesten.»

«Danke», sagte Mielke und betrachtete die Kirche mit schiefgelegtem Kopf. «Ich werd das Ding nicht vermissen. Es zieht einen runter. Die ganze Scheißstadt zieht einen runter … Wie sind Sie eigentlich draufgekommen?»

«Erst mal nur 'ne Kleinigkeit», sagte Sörensen. «Als Sie gestern mit Ihrem riesigen Schirm hier heruntergekommen sind, waren Sie trotzdem von Kopf bis Fuß durchnässt. Und klar, der Regen war stark, aber bei den dreißig Metern? Also haben Sie vorher irgendetwas anderes draußen gemacht, wobei Sie keinen Schirm halten konnten. Zum Beispiel die alte Göntje nach hier unten verfrachtet. Und na ja, ich sitze hier keine fünf Minuten, da tauchen Sie schon auf. Sie sehen von da oben einfach alles. Sie kümmern sich um die Leute.

Sie hätten die Leiche noch vor Ole Kellinghusen entdeckt, Sie hätten der alten Göntje eine Suppe bringen wollen oder was weiß ich.»

«Beweise sind das alles nicht», sagte Mielke. «Ich könnte ja sonst wo gewesen sein vorher. Im Kirchenschiff zum Beispiel.»

«Nee», sagte Sörensen. «Beweise sind das nicht. Aber Sie haben es ja gleich gestanden.» Er atmete tief durch. «Sie Idiot.»

Mielke lachte. Tatsächlich, er lachte. «Mann, das ist echt witzig», sagte er. «So eine Scheiße. Kann ich das nicht einfach widerrufen? Oder so tun, als hätte ich das nie gesagt?»

Sörensen öffnete seine Jackentasche und holte sein Handy heraus. Das Display leuchtete rot. «Geht nicht», sagte er. «Ich nehm das alles auf. Man kann nie wissen, hab ich mir gedacht.»

«Sie sind ja ein richtiger Sherlock Holmes», sagte Mielke und nahm einen Zug von seiner Zigarette. «Jetzt wird mir das Scheißherz doch ein bisschen schwer», gab er zu.

«Erklären Sie mir, warum? Also nicht warum das Herz schwer wird, sondern warum Sie es getan haben? Wegen Jan Hinrichs, richtig?»

Mielke zog die Beine zu sich heran und konzentrierte sich auf einen Raben, der auf dem Friedhof unterhalb der Kirche etwas aus dem Beet vor einem der Grabsteine zog. «Jan war doch vorgestern bei mir», sagte er. «Da habe ich nicht gelogen. Voll durch den Wind war der und klatschnass. Ich hab gesagt, raus aus den Klamotten, ich hol dir was. Er hat die Jacke ausgezogen, ich bin los. Und als ich wieder zurückgekommen bin, war er weg. Er hat aber was verloren, als er die Jacke ausgezogen hat. Zwischen den Bänken. Und ich hab's nicht gesehen. Scheiße noch mal.»

«Aber die alte Göntje hat's gefunden.»

«Ja, gestern sitzt sie da in der Kirche, hält ein Handy hoch, streckt es mir entgegen, mit weit aufgerissenen Augen, als wäre es ein Zeichen Gottes. Ein nagelneues iPhone. Genau da, wo Jan gesessen hat.»

«Und da haben Sie begriffen, dass das nicht Jans iPhone gewesen sein kann, sondern das seines Vaters. Und dass Jan … na ja, dass er das Handy mitgenommen hat, nachdem er seinen Vater getötet hatte. Dass Jan der Mörder seines Vaters war.»

«Wenn Sie Sherlock Holmes sind, bin ich immerhin Dr. Watson. Und Mörder ist in Jans Fall echt ein starkes Wort.»

«So nennt man das nun mal.»

«Aber würden Sie das auch zu mir sagen?»

«Ja, klar.»

«Ach so.»

Der Bus nach Husum kam unvermittelt um die Kurve gebraust, spritzte Wasser in das Wartehäuschen und hielt im letzten Moment mit einer Vollbremsung direkt vor ihnen. Der Holzverschlag war von der Straße aus wohl nicht sonderlich gut einzusehen. Sörensen erkannte hinter dem Fahrer das ältere Touristenpaar aus dem Rathaus. Beide machten angemessen unglückliche Gesichter. Vielleicht wegen des Erlebten. Wahrscheinlicher aber wegen des Wetters. Der Fahrer, ein stark übergewichtiger Mittfünfziger mit Schnurrbart und Zuhälterbrille, senkte den Bus ab und öffnete die Fahrertür. Keiner der beiden Männer machte Anstalten aufzustehen. Natürlich nicht.

«Ich überlege gerade allen Ernstes, einfach aufzuspringen und da reinzuhechten», sagte Mielke dann.

«Und dann?», fragte Sörensen. «Was soll das denn bringen außer Stress, Hektik und einer sinnlosen Verzögerung des Betriebsablaufs?»

«Nix bringt das», sagte Mielke. «Weiß schon.»

«Was ist denn nun?», rief der Fahrer genervt. «Ich hab nicht den ganzen Tag Zeit.»

«Wir bleiben sitzen», rief Sörensen. «Weiterfahren.»

Mielke winkte dem Fahrer freundlich zu. Der Mann zuckte mit

den Schultern, schloss die Tür und gab wieder Gas, so abrupt, dass Sörensen und der Pastor ein zweites Mal gewässert wurden.

«Die alte Göntje hält also das Handy hoch. Und dann?»

«Dann wollte sie es nicht rausrücken.»

«Und Sie? Sie wollten Jan schützen?»

«Ja, klar. Der arme Kerl. Was ist, wenn die Fuhl damit zur Presse geht, hab ich mir gedacht. Oder zur Polizei? Von wegen Finderlohn oder so? Oder gleich zu Jans verrotteter Mutter? Um irgendwie Geld rauszuschlagen? Ich finde, Jan hat genug gelitten in seinem Scheißleben. Und ganz ehrlich, er hat es richtig gemacht mit seinem hirntoten Vater. Sie haben ja keine Ahnung, wie viele seelisch zerstörte Kinder ich hier erlebt habe, weil der Hinrichs Geld mit seinen beschissenen Internetpornos machen wollte. Und es macht einen wahnsinnig, wenn man da nichts machen kann.»

«Also Auge um Auge, oder was?»

«Mit so einfachen Moralbegriffen brauchen Sie mir nicht zu kommen.»

«Jedenfalls haben Sie Göntje Fuhl erdrosselt. In der Kirche.»

«Ich wollte das gar nicht. Ich hab gesagt, her mit dem Handy, sie hat sich geweigert, gelacht hat sie sogar, das hatte ich noch nie gesehen, das sah total schräg aus, in diesem Gesicht. Sie hat ihren blauen Müllsack geöffnet und das Handy hineingeschmissen. Ich hab ihr den Sack weggerissen, mir von so einem Blumengebinde einen Draht genommen und damit in dem Sack herumgestochert. Ich meine, ich fass da doch nichts an. Sie fängt an, auf mich einzuschlagen, wie eine Furie, so richtig mit Kraft. Also, es hat nicht sonderlich weh getan, aber genervt hat es.»

«Sie haben mit dem Draht den Sack kaputt gemacht.»

«Ohne Scheiß, ich hab hinterher echt überlegt, das wieder zu kleben.»

«Wieso das denn?»

«Na, weil es kaputt war.»

Das leuchtete Sörensen ein. «Und wie ist der Draht dann von dem Müllsack um Göntje Fuhls Hals gekommen?», fragte er.

«Im Affekt.»

«Das glaube ich Ihnen nicht. Erdrosseln dauert doch viel zu lange, um das im Affekt zu machen.»

«War aber so. Der Anfang war im Affekt, und dann konnte ich irgendwie nicht mehr aufhören. Da hat mich echt der Teufel geritten.» Er überlegte. «Doch, das kann man so sagen, auf jeden Fall.»

«Und dann lag sie da.»

«Und dann lag sie da. Sie hat mir überhaupt nicht leidgetan. Krass, oder? Ich meine, Mord ist so ziemlich das Gegenteil von dem, was ich sonst so mache. Oder gemacht habe, muss man ja jetzt sagen. Aber am Ende war es gar nicht so schwer. Ich hab mich mehr über meinen Kontrollverlust aufgeregt.»

«Ja, das ist schlimm, so was», bestätigte Sörensen. «Die Kontrolle über sich zu verlieren, meine ich. Und dann haben Sie die alte Göntje und den blauen Müllsack hier hingesetzt. Hatten Sie keine Angst, dass Sie jemand dabei beobachtet?»

«Nee. In der Kirche steht ein Rollstuhl, falls mal was ist. Einer während der Predigt umkippt oder so. Damit habe ich sie geschoben. War echt unverdächtig.»

«Und wo ist das Handy jetzt?»

Mielke zeigte auf den Raben, der immer noch mit ganzer Kraft im Beet herumfuhrwerkte.

«Genau da», sagte er. «Ich hätte es besser vergraben sollen.»

Letzte Worte

Der Polizist mit dem Bürstenhaarschnitt und dem Kinnbart, der mit seinen Kollegen so unsanft von Sörensen aus dem Revier hinauskomplimentiert worden war, hieß Sönke Borchardt. Sönke Borchardt tat sich durch Pragmatismus und ein gutes Gespür hervor und war – kurz und knapp zusammengefasst – wohl einer der beliebtesten Polizisten Nordfrieslands.

Der ziemlich aufgeblasene Kollege Dhonau aus Katenbüll hatte ihn dem Suchteam C zugeteilt, das seine Arbeit rund um das Hotel Ankergraf begonnen hatte. Sie hatten zunächst das Haus durchkämmt, von oben bis unten, jedes einzelne Zimmer, jeden einzelnen Schrank, Frau Düseler, die Witwe des Inhabers, hatte mit einem Taschentuch bewaffnet hilflos danebengestanden, in einer Mischung aus Trauer und Fassungslosigkeit. Aber gefunden hatten sie nichts. Und vor allem niemanden. Sie waren ein gutes Dutzend Polizisten, sie durchsuchten den Park und würden ihre Fahndung nach Jan Hinrichs schon bald auf die Nachbarhöfe ausdehnen.

Sönke Borchardt, der Mann mit dem guten Gespür, warf einen letzten Blick in den Keller, der nur aus einem einzigen großen Raum mit niedriger Decke bestand, gut sortiert war er, voller Vorratsregale mit Konservendosen, Ersatzpackungen, Glühbirnen und Werkzeugen. Sönke Borchardt drehte sich einmal im Kreis, nahm Witterung auf, lauschte, suchte ein letztes Mal nach irgendetwas, was hier nicht hingehörte.

Dann sah er sie, sie war winzig, aber sie war da und gehörte hier nicht hin: eine Kratzspur auf dem Fußboden. Eine Kratzspur, die von einem Regal stammte, das bewegt worden war. Polizeiobermeister Borchardt griff nach dem Regal, es war bestückt mit Reinigungsmitteln, Toilettenpapier und Küchentüchern, und zog es von der Wand weg. Es war ganz leicht. Hinter dem Regal war eine Tür. Eine Tür mit einer Klappe knapp über dem Fußboden. Borchardt hielt die Luft an und drückte die Klinke. Es war abgeschlossen. Natürlich.

«Hallo?», rief er. «Junge, bist du dadrin?»

Er horchte, hoffte auf eine Antwort und sah sich gleichzeitig nach irgendetwas um, was ihm beim Öffnen der Tür behilflich sein konnte. Er zog seine Dienstwaffe. Sollte er das Schloss aufschießen? So wie die das in den Filmen immer machten? Was war mit dem Querschläger?

Da kratzte etwas von innen an der Tür, schwach, vorsichtig, ängstlich. «Scheiße», fluchte Sönke Borchardt und verspürte einen Adrenalinschub. «Wir haben ihn», brüllte er nach oben, «verdammte Scheiße, wir haben ihn!»

*

Ole Kellinghusen hatte seinen Dienst angetreten. Pünktlich wie immer. The show must schließlich go on, dachte er und sortierte ein paar Kaugummipackungen in das Regal vor der Verkaufstheke. Die Tankstelle war um diese Uhrzeit kaum besucht, es gab Stoßzeiten, wenn die Leute Feierabend hatten oder ihren Dienst antraten, aber so ein Nachmittag zur Teezeit gehörte nicht dazu. Jeder, ausnahmslos jeder, der hier hereinkam, erzählte von dem, was da heute auf dem Marktplatz passiert war, von einem Schusswechsel, mindestens zwei Toten und dem, was aus ihrem einst so beschaulichen Städtchen geworden war. Wildwest war das jetzt hier. Anarchie. Sodom und Gomorrha. Katenbüll würde die Schlagzeilen der nächsten Zeit beherrschen. Bundesweit. Komisch, dachte Ole, die Tankstelle war irgendwie dieselbe wie zuvor, während drum herum ein Tsunami gewütet und alles zerstört hatte, auch in seinem Leben. Eigentlich fühlte er sich sogar befreit. Befreit von dem bleiernen Stillstand des Wartens, befreit von seinem Vater, befreit von einem Leben, das er lediglich ertragen und nicht gemocht hatte. Er würde selbst Vater werden und alles anders machen. Weil alles anders werden musste. Und weil er es konnte. Er arbeitete etwa eine Stunde vor sich hin, dann fuhr ein roter Passat an der Zapfsäule eins vor. Ein roter Passat, der wie ein Symbol des Chaos wirkte, denn seitdem der rote Passat durch Katenbüll fuhr, war alles durcheinandergeraten und schließlich auseinandergefallen. Kriminalhauptkommissar Sörensen stieg aus, wartete, ließ einen Hund hinausspringen, einen gar nicht mal so kleinen Hund, betrat mit ihm den Laden und kam auf Ole zu.

«Na?», sagte Ole.

«Na», sagte Sörensen.

«Hunde dürfen hier ja eigentlich nicht hinein.»

«Ach so?»

Ole winkte ab. «Auf dem Weg zurück nach Hamburg?»

«Dachte ich zuerst», sagte Sörensen und griff nach einem Twix. «Weiß noch nicht. Mal gucken.»

«Viele Freunde hast du dir hier nicht gemacht», sagte Ole und zog den Riegel über den Scanner.

«Aber ein paar schon», sagte Sörensen und grinste. «Gibst du eigentlich Gitarrenunterricht? Ich spiel ja eher so mittel.»

«Klar», sagte Ole. «Zwanzig pro Stunde.»

«Gebongt», sagte Sörensen.

«Gebongt sagt man nicht mehr. Sag auf gar keinen Fall gebongt. Damit machst du dich nur alt.»

«Ich bin alt.»

«Aber nur äußerlich.»

Sörensen öffnete den Schokoriegel und bot Ole die Hälfte an. Ole griff beherzt zu.

«Was für ein Stress», sagte er. «Meinst du, das wird besser?»

«Muss ja», sagte Sörensen.

«Wie lange hast du das denn schon?»

«Was?»

«Na, diese Angststörung. Ist doch eine Angststörung, oder?»

Sörensen erstarrte. «Woher weißt du denn das?»

«Bin doch nicht blind. Jetzt krieg dich mal wieder ein. So schlimm ist das auch nicht, dass ich das weiß.»

«Für mich schon.»

Ole öffnete die Hand, um zu kassieren. «Katenbüll ist ein super Sanatorium», sagte er. «Mit erhöhter Sterblichkeitsrate zwar, aber den Überlebenden geht's super.»

Sörensen lachte und legte ein Zwei-Euro-Stück in Oles Hand. «Stimmt so», sagte er. Dann hielt er inne. «Ach, fast vergessen: Du weißt nicht zufällig irgendetwas von einer Heckler & Koch, die in der letzten Nacht zufällig in deine zufälligen Hände hätte geraten können?»

«Was ist denn eine Heckler & Koch?»

«Tu doch nicht so. Eine Pistole.»

«Aha. Nein, keine Ahnung.»

«Wenn du aber doch eine Pistole hättest bekommen können, sagen wir mal, von irgendeinem Kind …»

«Kinder sollten keine Waffen tragen.»

«Da bin ich ganz deiner Meinung. Also?»

«Dann hätte ich die an einem sehr tiefen Punkt in einem sehr, sehr tiefen Koog, einem völlig unzugänglichen Koog, vergraben, denn ich halte so ganz grundsätzlich überhaupt nichts von Waffen und würde niemals eine benutzen, sondern sie für alle Zeiten aus dem Verkehr ziehen.»

«Verstehe. Und da bist du dir auch ganz sicher?»

«Absolut. Aber ich hatte ja nie eine Waffe.»

«Natürlich.»

Ole grinste. «Was ist, bleibst du?», fragte er.

«Na ja», sagte Sörensen und tätschelte den Kopf seines Hundes. «Was soll man machen? Wo die Angst ist, da geht's lang.»

Er verabschiedete sich, stieg in seinen Passat und fuhr zurück zu seiner Kate, entspannt, wie von einer Last befreit. Er erklomm den Deich und setzte sich oben auf die Bank, Cord stob in der Gegend herum und machte sich einen Spaß daraus, die Schafe aufzuscheuchen. Sörensen kniff die Augen zusammen und spähte in die Ferne. Doch, dachte er, wenn er sich ganz doll anstrengte und das geheimnisvolle Flirren am Horizont richtig und in seinem Sinne interpretierte, dann, ja dann war dahinten das Meer.

Danksagung

Sörensen hätte noch wesentlich mehr Angst haben müssen ohne das Zutun folgender Menschen, denen mein besonderer Dank gilt:

Sünje Redies und Tobias Schumacher-Hernández für das feine und liebevolle Lektorat, Stefan Jurisch fürs Lesen, Kommentieren, Verbessern und Motivieren, Jan Krütze für die polizeiliche Beratung (und das Eröffnen von Lösungen, wenn die Fiktion zu stark mit der Realität kollidierte) und meine Tochter Juli, die mir einen Grund für absolut alles gibt.